NANCY VERDE BARR | Küsse all'arrabbiata

Das Buch

Casey Costello, 29, arbeitet hinter den Kulissen einer Fernseh-Kochshow. Und das heißt: die Launen aller Stargastköche mit hellseherischen Fähigkeiten vorausahnen, jeden Menügang des präsentierten Gerichts fünfmal bereithalten, aus ungenießbaren Rezepten in Sekundenschnelle preisverdächtige Leckereien baseln. Männer, die ihrer Erfahrung nach unzuverlässiger sind als jedes Flambee hat sie aus ihrem Leben verbannt – auch wenn ihre Mutter steif und fest behauptet, jede Art von Liebeskummer mit einer italienischen Köstlichkeit heilen zu können. Als sich der Starkoch Danny O'Shea nach einem Gastauftritt für sie interessiert, will sie lieber ein Jahr Zwiebeln schneiden, als sich schon wieder unglücklich zu verlieben. Doch Danny lässt nicht locker ...

Mit Originalrezepten der Autorin aus ihren mehrfach ausgezeichneten Kochbüchern.

Die Autorin

Nancy Verde Barr hat fast 20 Jahre hinter den Kulissen in einer amerikanischen Kochshow gearbeitet und ist Autorin von drei preisgekrönten Kochbüchern. Sie lebt mit ihrer Familie in Massachusetts.

NANCY VERDE BARR

Küsse all'arrabbiata

Roman

Aus dem Amerikanischen
von Renate Reinhold

Diana Verlag

Die Originalausgabe erschien 2006 unter dem Titel *Last Bite. A Novel of Culinary Romance* bei Algonquin Books, New York

Verlagsgruppe Random House
FSC-DEU-0100
Das für dieses Buch verwendete FSC-zertifizierte Papier *München Super* liefert Mochenwangen Papier.

Deutsche Erstausgabe 04/2007

Redaktion | Anja Freckmann
Umschlagmotiv | © Anja Filler
Umschlaggestaltung | Hauptmann & Kompanie Werbeagentur, München – Zürich, Teresa Mutzenbach
Herstellung | Helga Schörnig
Satz | Leingärtner, Nabburg
Druck und Bindung | GGP Media GmbH, Pößneck
Printed in Germany 2007
978-3-453-35155-4

http://www.diana-verlag.de

Für Roy

»Jeder kann ein Gericht so zubereiten, dass der erste Bissen schmeckt, doch nur ein richtiger Koch bringt es fertig, dass man auch den letzten Bissen noch genießt.«

François Minot, Herausgeber des *Guide Michelin*

1. Kapitel

I've always been crazy but it's kept me from going insane Waylon Jennings

Ich war schon immer verrückt, aber das hat mich davor bewahrt, wahnsinnig zu werden.

Wahnsinn, so sagt man, äußert sich darin, dass jemand das gleiche Verhalten immerfort wiederholt und dabei jedes Mal ein anderes Ergebnis erwartet. Ich hingegen glaube, wirklich wahnsinnig ist derjenige, der sich immer gleich verhält, obwohl er genau weiß, dass das Ergebnis sich nicht ändert. Als meine letzte Beziehung in die Brüche ging, kaufte ich mir eine Wüstenrennmaus und taufte sie auf den Namen »Wahnsinn«. Das Tierchen ist ziemlich harmlos und verdient diesen Namen wohl nicht, aber wenn ich sehe, wie es ohne Unterlass in seinem Rädchen läuft, ohne je irgendwo anzukommen, fällt mir auf, dass ich, wenn es um die Liebe geht, zu dem gleichen Verhalten neige. Außerdem erinnert es mich daran, dass mein Verflossener, wie ich leider feststellen musste, zur Gruppe der Nagetiere gehört. Tja, von nun an wird es nur noch »Wahnsinn« und mich geben – und meine Arbeit, die ich sehr liebe.

Ich arbeite für *Morning in America*, ein Morgenmagazin im staatlichen Fernsehen, das von sieben bis neun Uhr ausgestrahlt wird. Im Abspann der Sendung tauche ich als »*Executive Chef*, K. C. Costello« auf. Das K. C. steht für Katherine Conti, aber seit der fünften Klasse heiße ich für alle nur noch Casey. »*Executive Chef*« bedeutet, dass ich morgens gegen halb sechs im Fernsehstudio eintreffe und für das Kochsegment unseres Magazins die Vorbereitung der Zutaten und die Zubereitung der Gerichte überwache. Meistens arbeite ich mit Sally Woods zusammen, der Grand Old Lady des Food-Fernsehens, die regelmäßig in unserer Kochsendung auftritt, aber zu uns kommen auch Gastköche, Leiter von Kochschulen oder Prominente aus Film und Fernsehen, die bei uns ihr Können demonstrieren oder Werbung für ihr neuestes Kochbuch machen wollen. Wenn Sie bei Kochsendungen all die Schüsselchen mit den abgewogenen Zutaten bereitstehen sehen, wenn der Fernsehkoch irgendwelche rohen Zutaten in einen Topf gibt und dann einen zweiten Topf zur Hand nimmt, in dem die gleichen Zutaten bereits vorgegart sind, wenn schließlich gar ein fertiges Gericht unter dem Tresen hervorgezaubert wird, so geschieht das nur, weil jemand wie ich hinter den Kulissen die Fäden zieht. Die Vorbereitung und Zubereitung der Speise ist dabei der leichtere Teil der Aufgabe, nicht zuletzt, weil ich eine tolle Assistentin zur Seite habe, die schnell und effektiv arbeitet. Die Schwierigkeit besteht vielmehr in einer fernsehgerechten Aufteilung der einzelnen Arbeitsschritte, sprich, zu welchem Zeitpunkt man von rohen zu teilweise gegarten Zutaten und schließlich zum fertigen Gericht übergehen muss, damit alles in der zur Verfügung stehenden Sendezeit zu schaffen ist.

Manchmal, wenn ein bestimmtes Food-Special geplant ist, schickt man Sally für ein paar Tage zu Aufnahmen außerhalb des Studios, und gelegentlich schickt man mich zu ihrer Begleitung mit, damit ich dort meine Arbeit tue.

Vor etwa zwei Monaten teilte uns unsere Produktionschefin mit, dass wir in Kürze für eine Woche nach Italien reisen würden, um dort in mehreren Städten Beiträge zum Thema Essen und Trinken zu drehen. Übrigens war es dieser Auftrag, der meinen jüngsten Versuch, eine Liebesbeziehung zu haben, jäh scheitern ließ. Ich wollte, dass Richard, mein damaliger Freund, auch bekannt unter dem Namen Nagetier, gegen Ende der Dreharbeiten nach *bella Italia* nachreiste, um dort mit mir ein paar nette Tage zu verbringen. Ich sah mich bereits auf dem Rücksitz einer Vespa mit ihm durch die Straßen einer italienischen Stadt kurven, ganz wie Audrey Hepburn und Gregory Peck in *Ein Herz und eine Krone*.

Richard Payne ist Zahnarzt. (Bei dem Beruf hätte ich an seiner Stelle den Nachnamen geändert.) Ich lernte ihn kennen, als er in unserem Gesundheitsratgeber auftrat, um das Fernsehpublikum über Zahnimplantate zu informieren. Er ist fast eins neunzig groß und fit wie ein Turnschuh, und an jenem Vormittag wurde mir schon siedend heiß, als ich ihn mir nur in seinem weißen Arztkittel vorstellte. Seine Körpergröße machte mich an, weil ich selber eins achtundsiebzig groß bin und aus Erfahrung weiß, dass es viel romantischer ist, zu einem Mann aufzuschauen als auf ihn herabzuschauen. Ich war neunundzwanzig Jahre alt; er war, wie er erzählte, zweiunddreißig. Alles schien perfekt zu passen.

Nach seinem Auftritt ging ich hinaus zu ihm, um unseren kleinen Plausch fortzusetzen; mit anderen Worten, Hinweise zu streuen, dass ich Single war und ihn gerne wiedersehen würde. Ich nehme im Allgemeinen wahrlich kein Blatt vor den Mund, doch wenn es darum geht, einem

Mann ein Treffen vorzuschlagen, bin ich ziemlich konservativ – ich möchte einfach, dass er mich von sich aus fragt. Das tat Richard jedoch nicht, also sagte ich, ich würde mir gerne von ihm die Zähne behandeln lassen. Das war zwar meinem Empfinden nach überdeutlich, doch er gab mir schlicht und sachlich die Nummer seiner Praxis. Nachdem ich eine Zahnreinigung, eine routinemäßige Kontrolluntersuchung und ein Bleaching auf mich genommen hatte, musste ich schließlich doch meine Prinzipien begraben und ihm ein Treffen vorschlagen. Unter anderen Umständen hätte ich vielleicht mehr Geduld aufgebracht, aber die Besuche in seiner Praxis waren auf Dauer einfach zu teuer. Er meinte, auch er habe vorgehabt, mich um ein Date zu bitten – aber man fragt sich natürlich, auf was der Junge wartete. Wir fingen an, uns regelmäßig zu treffen, und nach ein paar Monaten zog ich praktisch bei ihm ein. Einerseits war es so viel bequemer für mich. Er wohnte in der Nähe meines Fernsehstudios; ich hatte damals vorübergehend wieder bei meinen Eltern in New Rochelle gewohnt, was bedeutete, dass ich für die Fahrt nach Hause vierzig Minuten brauchte. Am Abend kann einen das schon ziemlich nerven, wenn man eine Verabredung frühzeitig abbrechen muss, damit man noch den Zug nach Hause erreicht.

Überdies glaubte ich, mit ihm könnte es tatsächlich etwas werden. Wir fühlten uns in Gegenwart des anderen wohl und mochten meistens die gleichen Dinge. Nach siebeneinhalb Monaten Gemeinsamkeit jedoch konnte ich das nagende Gefühl nicht mehr verdrängen, dass unserer Beziehung etwas Entscheidendes fehlte. Als ich ihn dann bat, mir nach Italien nachzureisen, wich er mir zunächst gekonnt aus. Irgendwann runzelte er die Stirn, als hätte ich ihn aufgefordert, die Formel für Gentherapie aufzusagen.

»Weißt du, ich kann meine Praxis nicht einfach kurzfristig schließen.«

»Aber es ist doch erst in zwei Monaten! Außerdem hast du einen Partner. Du hast eine Sekretärin, die mit deinen Patienten neue Termine ausmachen kann. Du hast einen Reisepass. Du warst noch nie in Italien.«

»Jetzt geht das wieder los«, sagt er und schüttelt aufgebracht den Kopf.

»Was soll das nun heißen?«

»Jedes Mal, wenn diese Reisen anstehen, spielt sich das gleiche Theater ab, Casey. Du bittest mich, irgendwo hinzufahren, und ich kann nicht. Ich erkläre dir, warum ich nicht kann. Du fängst an, mich auf Italienisch zu beschimpfen, und dann stürmst du aus dem Zimmer.«

»Was willst du damit sagen?«

»Was ich sagen will ist, dass ich liebend gerne mit dir verreisen würde, aber ich möchte es tun, wenn wir genug Zeit zur Planung haben. Wenn wir uns vorher Informationen besorgt haben, Reiseführer gelesen, mit Leuten, die schon dort waren, geredet haben. Wenn wir in Ruhe günstigste Angebote einholen können.«

Ich ließ meine Stimme etwas flehentlicher klingen. »Nur dieses eine Mal, kannst du nicht ein einziges Mal ein bisschen spontan sein?«

»Nein. Kann ich nicht. Ich sträube mich dagegen, etwas zu tun, nur weil es sich gerade so ergibt. So etwas ist mir völlig fremd, und ich werde mich auch in Zukunft nicht anders verhalten. Du weißt das.« Nun war es auf dem Tisch. Ich hatte es die ganze Zeit gewusst, dennoch hoffte ich, er würde sich mit der Zeit ändern. Wie es scheint, bin ich wirklich nur ganz knapp am Wahnsinn vorbeigeschrammt.

»Es klappt nicht mit uns, habe ich recht, Richard?«

»Ich glaube, wir brauchen etwas Abstand voneinander.«

»Du möchtest, dass wir uns trennen? Einfach so? Ohne darüber zu reden?«

»Ich sagte, ›Abstand‹, nicht ›Trennung‹. Es hat keinen Sinn, mit dir zu reden, wenn du wütend bist.«

»Wir streiten uns. Da gehört eben dazu, dass ich wütend bin.«

»Nun, mir erschwert es jedenfalls das logische Denken«, sagte er in dem ruhigen, beherrschten Ton, den er immer anschlug, wenn wir uns zankten. Leider hat weder meine irische noch meine italienische Seite je die Vorstellung verinnerlicht, dass man einen Streit in ruhigem, beherrschtem Ton austragen könnte, also fing ich an, wüst in neapolitanischer Gossensprache auf ihn einzuschimpfen.

»*Mannaggia! Tu sei pazzo*«, wetterte ich, ehe ich auf dem Absatz kehrtmachte und zur Wohnungstür stürmte. Ich riss sie auf, ließ sie mit einem lauten Knall hinter mir ins Schloss fallen und brüllte dem wie einen Backenzahn geformten Türknauf zum Abschied »*Vaffanculo*« zu. Erst als ich schon auf halbem Weg zum Haus meiner Eltern in New Rochelle war, fing ich an zu heulen.

Als ich heimkam, saßen meine Eltern im Wohnzimmer und brüllten den Fernseher an. Es lief *Glücksrad*, und sie flehten gerade die Kandidatin an, ein F zu nennen. Die Frau kümmerte sich jedoch nicht um meine Eltern und wählte stattdessen den Konsonanten M.

»Oh, ich fasse es nicht! Dabei ist es so einfach«, stöhnte

meine Mutter. »So was Bescheuertes. Das Wort ergibt doch überhaupt keinen Sinn. Was soll denn das sein, ›Misch-Mutter‹?«

»Ich wusste gleich, dass die es nicht kapiert. Bei der Frisur!« Mein Dad ist der Meinung, eine schlechte Frisur bei einer Frau sei ein sicheres Indiz dafür, dass auch darunter nichts Gutes steckte.

»Hallo. Ich bin's nur.« Ich bemühte mich redlich, so zu klingen, als wäre ich gerade zufällig in der Gegend, um ihnen einen kleinen Besuch abzustatten, aber meine Mutter schaute mich nur kurz an und zog kaum merklich eine Augenbraue in die Höhe. Mehr brauchte es nicht. »Ich will nicht darüber reden«, war alles, was ich herausbekam, ehe ich in hysterisches Schluchzen ausbrach.

»Ich mache uns Cannoli«, sagte Mom und verzog sich in die Küche. Wenn Mutter sich an die Zubereitung von Cannoli machte, dann war in ihren Augen eine »Krise« eingetreten. Stets überließ sie es meinem Vater, mit dem ersten schlimmen Sturm fertig zu werden, und wartete in der Küche auf mich, wo ich ihr, sobald ich mich einigermaßen gefangen hatte, erzählen konnte, was passiert war. Die Frauen der Conti-Familie haben immer schon eine Menge Ballast vor dem Küchenherd abgeladen.

»Komm her, mein Schatz«, sagte mein Vater und breitete die Arme aus.

Ich setzte mich neben ihn auf das Sofa, und er drückte mich fest an sich. Er ist gut eins neunzig groß, und immer wenn er mich in den Arm nimmt, fühle ich mich augenblicklich gut aufgehoben. Ich bin nach ihm geraten, was die Körpergröße angeht, und von ihm habe ich auch, Gott sei's gedankt, die Fähigkeit geerbt, alles essen zu können, ohne Probleme mit dem Reißverschluss der Jeans zu bekommen. Die Leute sagen, wir sehen uns sehr ähnlich. Beide haben wir volles welliges Haar; seines ist eine Melange aus Hell- und Dunkelgrau, meines ist tief dunkelbraun und schulterlang. Seine Augen sind blau, wohingegen ich die dunkelbraunen Augen meiner Mutter geerbt habe, doch wenn wir lächeln, kneifen wir sie auf die gleiche Art zusammen. Im Moment bestand dazu keinerlei Veranlassung.

Er küsste mich auf den Scheitel. »Willst du nicht deinem Dad sagen, was passiert ist?«

Ich erzählte ihm meine Geschichte und fügte hinzu: »Ich meine, so tragisch ist das alles ja gar nicht. Meistens kommen wir wirklich gut miteinander aus.«

»Ach, Casey. Richard ist ein netter Kerl. Aber in der Liebe reicht es nun mal nicht, wenn man die gleichen Dinge mag. Man muss auch die gleichen Dinge brauchen, und was das betrifft, seid ihr beide nicht auf derselben Wellenlänge.«

»Siehst du das wirklich so? Weißt du, manchmal mache ich mir Gedanken, dass es einzig und allein an mir liegen könnte. Vielleicht brauche ich zu sehr das Gefühl, dass alles immer neu und aufregend sein muss. Ich habe Angst, es wird mir mal fürchterlich leid tun, später, wenn ich ruhiger geworden bin, dass ich eine wirklich solide Beziehung einfach aufgegeben habe. Wie alt warst du, als du ruhiger wurdest?«

Ein freches Grinsen breitete sich auf seinem Gesicht aus. »Ich arbeite noch daran.« Dann nahm er mich fester in den Arm. »Mein Mädchen, ich möchte erleben, dass du richtig Feuer fängst. Ich möchte zusehen können, wie du überschäumst vor Glück, im siebten Himmel schwebst, bis über beide Ohren verknallt bist, so sehr, dass du nicht einmal mehr was essen kannst. Begreifst du, was ich sagen will?«

»Na ja, das mit dem Nicht-mehr-essen-können ist mir unbegreiflich, aber den Rest verstehe ich durchaus. Nur ist es mit Richard und mir einfach nicht so.«

»Dann ist er nicht der Richtige für mein Mädchen.«

Der Duft der frittierten Cannoli-Teigrollen stieg mir in die Nase, und so küsste ich meinen Dad auf die Wange und ging in die Küche. Cannoli sind seit jeher mein Lieblingsgebäck. Als ich zwei war, stand ich in meinem Hochstuhl auf, um mir eins vom Küchentisch zu angeln, kippte dabei aus meinem Stühlchen und brach mir das Schlüsselbein. Ich war so blitzschnell gewesen, dass keiner der Erwachsenen reagiert hatte. Für Essen habe ich mich schon immer begeistern können.

Meine Mutter hat stets einen Vorrat an fertigen Teigscheiben im Gefrierschrank, damit sie jederzeit Cannoli machen kann. Die Scheiben sind weniger als einen halben Zentimeter dick, und bis sie das Öl erhitzt und den Zucker gesiebt hat und den Ricotta hat abtropfen lassen, ist der Teig angetaut und elastisch genug, um ihn um die Formen zu wickeln.

Als ich in die Küche kam, zog meine Mutter gerade einen alten Hocker vor den Küchenschrank, um aus dem obersten Fach eine Packung Schokoladenstreusel für die Füllung zu holen.

Meine Mutter ist klein und zierlich. Alles an ihr wirkt wie eine Miniaturausgabe. Ihre Hände, ihre Füße sind winzig; als ich in der dritten Klasse war, passte ich bereits nicht mehr in ihre Schuhe. Ihre dunkelbraunen Augen sind so ausdrucksvoll, dass wir alle immer sofort wissen, was sie denkt und fühlt. Dad nennt sie »Espresso-Augen«. In diesem Moment signalisierten sie gerade »höchst besorgt«. Dankbar registrierte ich, dass nicht darin stand: »Hab ich es dir nicht gesagt?« Als ich bei Richard einzog, hatte mir meine Mutter eine Woche lang heftige Vorhaltungen gemacht und immer wieder gejammert, ich sei nun auf ewig verdammt. Auch die Mütter meiner Freundinnen warnten mich mit Sprüchen wie: »Wer die Milch umsonst bekommt, braucht die Kuh nicht zu kaufen.«

»Ich hol dir die Streusel, Mom. Soll ich die Füllung machen?«

»Das wäre nett. Der Zucker ist schon gesiebt.«

Vier frittierte Cannoli-Rollen, immer noch um ihre Metallform gewickelt, lagen bereits zum Abtropfen auf Küchenpapier, vier weitere waren in Arbeit. Während meine Mutter den Teig mit dem Nudelholz – eigentlich ein Stück von einem ausrangierten Besenstiel – zu dünnen Scheiben ausrollte und diese anschließend mit den Fingern zu noch dünneren Ovalen auszog, erzählte ich ihr von meinem Streit mit Richard. Sie unterbrach ihre Arbeit nicht. Meine Mutter wäre in der Lage, Cannoli im Schlaf zuzubereiten, also konnte ich sicher sein, dass sie jedes meiner Worte mitbekam.

Erst als ich ihr gestand, dass ich im Korridor *vaffanculo* gebrüllt hatte, hielt sie abrupt in ihrer Arbeit inne und blickte zur Decke: »Jesus, Maria und Josef, Casey. Sag mir, dass ich mich verhört habe. Dieses Wort darf man auf keinen Fall laut zu jemandem sagen. Hat dich jemand gehört?«

Mein Problem mit diesen italienischen Kraftausdrücken ist, dass ich mich genau erinnere, unter welchen Umständen ich sie gehört habe, und daher weiß, in welcher Situation ich sie einsetzen kann, dass aber ihre genaue Bedeutung mir im Grunde verborgen geblieben ist.

»Nur die Nonnen, die gerade aus dem Aufzug kamen, aber die haben nur ›danke, gleichfalls‹ gesagt, also glaube ich kaum, dass sie mich verdammt haben.«

Sie schielte kurz zu mir hinüber, um sich zu vergewissern, dass ich nur einen Scherz gemacht hatte, dann widmete sie sich wieder ihrem Teig. Während ich Orangeat fein hackte und haufenweise Schokoladenstreusel verdrückte, wickelte sie jeweils eine Teigplatte auf ein kurzes Metallrohr und legte das Ganze in das heiße Öl.

»Sag mal, was genau bedeutet ›Abstand‹?«, fragte sie mich nachdenklich. »Heißt das, einfach eine kleine Weile getrennt sein?«

»Keine Ahnung. Das war seine Idee«, murmelte ich, während ich mir wieder eine Handvoll Schokoladenstreusel in den Mund kippte und dann die restlichen in die Schüssel zu dem Ricotta, Zucker, Vanillezucker und dem Orangeat warf.

»Was möchtest du denn, dass es bedeutet, Katherine?«, fragte meine Mutter und stellte die knusprigen Teigrollen auf den Tisch. Sie gab etwas von der Füllung in einen Gefrierbeutel, drehte eine Ecke zusammen und schnitt die andere Ecke mit einer Schere ab. Ich dagegen holte einen Spritzbeutel aus der Schublade, in der meine Mutter all diejenigen Küchengeräte aufbewahrt, die sie nie benützt, zusammen mit den sexy Schürzen, die ihr mein Vater geschenkt hat und die sie nie im Leben jemandem zeigen, geschweige denn tragen würde.

»Das weiß ich auch nicht. Ich meine, die meiste Zeit fühlen wir uns so wohl, wenn wir zusammen sind, dass alles perfekt erscheint. Aber dann brauche ich auf einmal mehr als nur Behaglichkeit. Dann sehne ich mich nach Leidenschaft, Überschwang, Spontaneität.«

»Ich hätte gedacht, dass du mit diesen Eigenschaften so reich gesegnet bist, dass es für euch beide genügt. Wie sagt man doch so schön: ›Gegensätze ziehen sich an‹.« Sie nahm eine Teigrolle in die Hand und drückte geschickt die Füllung aus dem Gefrierbeutel in das Gebäck. Ich schickte mich ebenfalls an, meine Teigrolle zu füllen, aber vor lauter Tränen konnte ich kaum die Öffnung sehen.

»Ich glaube, jemand hat vergessen, den Gedanken zu Ende zu denken. Es stimmt schon, Gegensätze ziehen sich an, aber wohl nicht immer auf Dauer. Es ist einfach zu schwierig. Du und Dad, ihr seid eine Ausnahme.«

Meine Eltern sind seit dreißig Jahren verheiratet, und man findet wohl nur selten ein Paar, bei dem die Partner so absolut gegensätzlicher Natur sind und sich trotzdem so innig lieben. Meine Mutter stammt aus einer konservativen Familie mit süditalienischen Wurzeln. Ihre Mutter, meine Nonna, zog ihre drei Jungen und zwei Mädchen auf, so wie sie selbst erzogen worden war – drüben in der *alten Welt*. Sie führte ein strenges Regiment und hielt ihre fünf kleinen Conti-Kinder mit der furchteinflößenden Behauptung in Schach, sie habe Augen im Hinterkopf. Und sollte Nonna irgendwann einmal nachsichtig gewesen sein in ihrer Erziehung, so bügelten das die guten Nonnen wieder aus, in den insgesamt sechzehn Jahren, die die Kinder an konfessionell geführten Schulen und Colleges unterrichtet wurden. Diese strenge Erziehung bewirkte, dass meine Mutter rein äußerlich als eine sehr beherrschte, bisweilen etwas zickige Person erscheint. Mom kann in der Tat ausgesprochen prüde sein, doch unter der Oberfläche lebt eine wilde

Frau, die nur darauf wartet, ausbrechen zu können. Diese Seite an ihr war es zweifellos, die meine Mutter so attraktiv für meinen Vater machte.

Viele Leute glauben, Costello sei ein italienischer Name, aber er ist irischer Herkunft, und wenn man den Iren nachsagt, sie seien Schmeichler, Charmeure und Teufelskerle, so hat mein Vater reichlich davon abgekriegt. Als meine Mutter ihn kennenlernte, hatte sie sogar Hemmungen, ihn ihren Eltern vorzustellen. Aber am Ende stellte sich heraus, dass die beiden wunderbar harmonierten. Sie brachte Ordnung in sein Leben; er brachte Leben in ihre Ordnung. Ich bin ihr einziges Kind, und ich habe deswegen nie gelitten, im Gegenteil. Auch wenn mir die Nonnen in der dritten Klasse einzubläuen versuchten, wie wichtig das Teilen ist, so bin ich der Meinung, dass dieses Gebot furchtbar überbewertet wird.

Mom nahm mich in den Arm. »Ich will nicht, dass du so leidest, und wenn Richard nicht der Richtige ist, dann ist es besser, du merkst es rechtzeitig.«

Ich umarmte sie ebenfalls, und danach ging es mir ein bisschen besser. Wir unterhielten uns über die Städte, die ich in Italien besuchen würde, während wir die restlichen Cannoli füllten und mit Puderzucker bestäubten. Wir brachten Dad einen Teller mit dem Seelentröster-Gebäck, und ich schaute noch eine Weile fern, ehe ich mich ins Bett legte, wo ich mit Unbehagen an die lange Fahrt morgens zur Arbeit dachte und über die mannigfachen Bedeutungen des Wortes »Abstand« grübelte.

Eine Woche später war ich immer noch am Grübeln. Ich saß gerade im Studio und naschte ein bisschen von den Überbleibseln unserer morgendlichen Kochsendung, als Richards Arzthelferin anrief und mir mitteilte, sie müsse leider meinen Termin für kommende Woche absagen.

»Wann haben Sie denn einen neuen Termin für mich?«, fragte ich.

»Im Moment ist leider nichts frei.«

Ich war wie vor den Kopf geschlagen. Richard und ich hatten seit unserem Streit kein einziges Mal miteinander geredet, und nun verwandelte er einfach eigenmächtig »Abstand« in »Trennung«. Indem er meinen Zahnarzttermin absagen ließ! War das nicht der Gipfel? *Mit mir nicht*, dachte ich.

Ich beschloss, mich schnurstracks in seine Praxis zu begeben und ihm mitzuteilen, dass *ich* mit *ihm* Schluss machen und mir einen neuen Zahnarzt suchen würde. Es war Viertel vor eins, von eins bis zwei war Richard immer beim Mittagessen. Wenn das ganze Personal zu Tisch war, würde die Praxis abgeschlossen sein. Falls sich doch jemand über Mittag in der Praxis aufhielt, würde ich mich eben ins Wartezimmer setzen, bis Richard zurückkam.

Die Praxis war geöffnet und das Wartezimmer leer, und aus einem der Behandlungsräume hörte ich ein leises Kichern. In der Annahme, es handle sich um eine seiner Sprechstundenhilfen, ging ich hinein, um Hallo zu sagen.

Das Kichern kam von Lexi, Richards aufreizender dreiundzwanzigjähriger Assistentin, die gerne durchscheinende weiße Kittelchen trug, die aussahen, als stammten sie von show-all.com. Im Augenblick saß sie auf dem Schoß meines Lebensgefährten, der Abstand wollte, und zeigte ihm alles.

»Casey!« Richard sprang auf und ließ seine Assistentin einfach zu Boden gleiten. »Was machst du hier?«

Als ob es darum ginge. »Was geht hier vor?«, rief ich. Okay, meine Frage war noch dümmer als seine, doch mein Gehirn weigerte sich zu begreifen, was ich gesehen hatte. Und dann war ich plötzlich vor Tränen halb blind. Lexi kauerte immer noch am Boden und hielt ihren Pseudo-Kittel vorn zusammen, in dem vergeblichen Versuch, ihren, wie ich missgünstig registrierte, üppigen Busen zu bedecken. Ich warf ihr einen bösen Blick aus tränenverschleierten Augen zu und brüllte sie an: »Sie sollten sich was schämen. *Puttana*!«, ehe ich aus dem Raum stürzte. Richard lief mir nach und packte mich am Arm.

»Casey. Lauf nicht weg. Lass uns darüber reden.«

»Mir scheint, da gibt es nicht viel zu reden, außer, warum du mir nicht wenigstens erklärt hast, was ›Abstand‹ für dich bedeutet. Ich dachte immer, Abstand heißt Zeit, um über gewisse Dinge nachzudenken, und nicht, um es mit deinen Assistentinnen zu treiben.«

»Das ist geschmacklos, Casey.« Er sprach nun leiser und betont langsam, als wollte er mir durch sein Beispiel demonstrieren, wie man sich als erwachsener, zivilisierter Mensch zu verhalten habe. »Du handelst wider jede Vernunft. Du lässt dich von deiner Wut beherrschen.«

An dieser Stelle trat ich mit aller Kraft auf seinen weißen Arztschuh und stürmte mit einem Schwall neapolitanischer Schimpfwörter aus der Tür.

Zu Fuß ging ich heulend zehn Straßen weiter, ehe ich die U-Bahn nahm. Unterwegs versuchte ich mehrmals per Handy meine Cousine Mary zu erreichen, die sechs Monate älter und gleichzeitig meine beste Freundin ist. Sie ging nicht ans Telefon, deshalb wählte ich schließlich ihre offizielle Büronummer.

»Es tut mir leid, Miss Alfano ist den ganzen Nachmittag in einer Besprechung.«

»Den *ganzen* Nachmittag?«

»Falls es sich um einen Notfall handelt, kann ich sie benachrichtigen.« Ich hatte mich bemüht, nicht hysterisch zu klingen, offensichtlich erfolglos. Ich klang wie ein Notfall.

»Nein. Vielen Dank. Ich rufe später noch mal an.«

Bei jedem meiner Schritte dachte ich bei mir, ich hasse ihn, ich hasse ihn. Warum fühlt man sich so elend, wenn der Kerl, den man ohnehin abschieben will, plötzlich aktiv wird und sich mit einer anderen einlässt? Ich war im Großen und Ganzen zu dem Schluss gekommen, dass ich ihn nicht mehr haben wollte, doch es passte mir überhaupt nicht, dass er nun eine andere wollte. Wenigstens nicht so Knall auf Fall. Eine kleine Trauerzeit wäre durchaus angebracht gewesen. Andererseits, was kann man schon von einem Mann erwarten, der, wenn er sich trennen will, einen Zahnbehandlungstermin absagt?

Kaum hatten meine Eltern mich erblickt, wollte sich meine Mutter auf den Weg in die Küche machen, und mein Vater wusste ausnahmsweise einmal nicht, was er sagen sollte.

»Mach dir keine Umstände«, erklärte ich meiner Mutter und schüttelte ablehnend den Kopf. »So viele Cannoli, wie ich jetzt bräuchte, gibt es in ganz Little Italy nicht.« Beim Abendessen und während der ersten Viertelstunde von *Glücksrad* erzählte ich unter Tränen, was vorgefallen war, dann zog ich mich erschöpft in mein Zimmer zurück.

Mary rief etwa zu dem Zeitpunkt an, als ich das letzte Foto zerrissen und meinen gesamten Vorrat an Zahnseide weggeworfen hatte.

»Hör mal«, sagte sie, »ich weiß, es tut weh, aber du musst dir immer wieder ins Gedächtnis rufen, dass eure Beziehung sowieso nicht funktioniert hätte.«

»Ja. Nicht mal die Trennung hat ja funktioniert.«

»Dass du Richard mit dieser Ziege gesehen hast, ist wirklich schlimm. Aber wenn du ehrlich bist, weißt du, dass du ihn nicht richtig geliebt hast.«

»Aber ich hab mich bemüht.«

»Das reicht nicht. Der Richtige ist irgendwo da draußen und wartet auf dich, und wenn du ihn triffst, wirst du dich nicht *bemühen* müssen, ihn zu lieben.«

»Na ja, aber er wird warten müssen, denn in nächster Zeit werde ich mich bestimmt nicht mehr mit einem Kerl einlassen. Ich werde mir eine Wüstenrennmaus zulegen.«

»Soll ich vorbeikommen?«

»Danke, es geht schon wieder. Ich werde jetzt noch alle meine Probetuben Zahnpasta ins Klo drücken und dann ins Bett gehen. Es war ein harter Tag.«

Viereinhalb Wochen später chauffierte mein Vater mich immer noch jeden Morgen nach Manhattan. Angeblich hatte er ohnehin in der Stadt zu tun, aber ich weiß, in Wirklichkeit wollte er einfach nicht, dass ich mich in die Nähe von Eisenbahnschienen begab.

2. Kapitel

My future ain't what it used to be Lonnie Spiker

Meine Zukunft ist auch nicht mehr, was sie einmal war.

Ich liebe es, frühmorgens im Fernsehstudio zu sein. Genau wie ich braucht es seine Zeit zum Aufwachen. Wenn ich dort ankomme, liegt es noch im Halbdunkel, und die paar Geräusche, die von den Männern in der Requisite herrühren, gehen in der Weite des Raums unter. Das alles ändert sich schlagartig nach etwa einer Stunde, wenn der Regieraum geöffnet wird, die Kamerateams und Tontechniker eintreffen und die verschiedenen Aufnahmeleiter sich auf dem Set versammeln. Die Moderatoren der Sendung, Jim und Karen, entziehen sich so lange wie möglich dem Trubel und erscheinen erst zehn Minuten vor Sendezeit, doch manchmal kommt Art, der Mann vom Wetter, morgens in die Küche gewandert, weil Kochen sein Hobby ist und er sich gerne ein paar Anregungen holt.

In dem Korridor vor unserem Studio ist immer ein großzügiges Frühstücksbuffet aufgebaut, mit reichlich gutem Kaffee, mundgerecht aufgeschnittenem Obst, Joghurt in allen erdenklichen Geschmacksrichtungen und einer Vielfalt von Kohlehydraten, die jeder Atkins-Diät den Garaus machen würde – Bagels, mindestens vier verschiedene Sorten von Muffins, Croissants, dreierlei Plundergebäck, glasierte Krapfen, englische Muffins, Rosinenbrötchen. Das Ganze wirkt wie ein gigantischer Gebäckkorb von einem Hotel-Buffet, und fast unweigerlich nimmt man sich mindestens drei Stücke. Ich wählte an jenem Tag einen Maismehl-Muffin, einen Krapfen und einen Karotten-Zucchini-Muffin, damit das Gemüse nicht zu kurz kam, dazu zwei große Becher Kaffee, und ging dann zurück in unsere Vorbereitungsküche, um mit meiner Arbeit zu beginnen.

Unsere Küche ist winzig, nur etwa drei mal sechs Meter groß. Bei ihrer Planung ging man davon aus, dass sie lediglich von den Studiomitarbeitern genützt werden würde, die sich dort gelegentlich einen Tee aufbrühen oder eine Suppe heiß machen könnten, und entsprechend sollte sie nur einen Kühlschrank und einen Herd beherbergen. Als es aber Sonya, unserer Produktionsleiterin, gelungen war, Sally regelmäßig für das Morgenmagazin zu gewinnen, funktionierte sie den kleinen Raum kurzerhand in eine Vorbereitungsküche um, denn er lag gleich neben dem Set und hatte die erforderlichen Strom- und Wasseranschlüsse. Unsere Küche wurde noch kleiner, als wir in der Mitte des Raums einen Arbeitstisch mit integriertem Hackblock aufstellten, denn jetzt ist es so eng, dass zwischen dieser Kochinsel und den umlaufenden Einbauschränken nur jeweils eine Person stehen kann. Wenn zwei Leute aneinander vorbeimüssen, findet, man kann es nicht anders bezeichnen, eine intime Begegnung statt, daher kamen wir auf die Idee, diesen Arbeitstisch in der Mitte »Romeo« zu nennen. Jeden Morgen um sieben, kurz ehe die Show auf Sendung geht, schließt uns eine schwere schallgedämmte Tür von der Außenwelt ab – »uns«, das sind meine Assistentin Mae, dazu zwei Bühnenarbeiter, die zum Küchendienst verdonnert wurden, und ich. Irgendwann später quetscht sich noch Sonya dazu, des Weiteren der jeweilige Gast, der in der Sendung kocht, in unserem Jargon »Talent« genannt, und ein Requisiteur/Foodstylist. Wir haben in der Zwischenzeit gelernt, einander in diesem engen Raum nicht in die Quere zu kommen, dennoch blicken wir immer wieder auf den Monitor, der die Sendung in die Küche überträgt, und warten sehnlich auf die Werbeunterbrechung, denn nur dann dürfen wir die Tür aufmachen und frische Luft hereinlassen.

Mae war schon da, als ich in die Küche kam. Ich hoffte, sie hatte sich vom Buffet ihr eigenes Frühstück mitgebracht. Ich hatte nicht die Absicht, meins mit ihr zu teilen.

»Hi«, sagte Mae und fuhr dann fort, aus verschiedenen Einkaufstüten Lebensmittel auszupacken, sie aus ihrer Verpackung zu wickeln und mit meiner Einkaufsliste zu vergleichen. Regel Nummer eins bei der Produktion von Kochsendungen lautet: Vergewissere dich, dass alle erforderlichen Zutaten vorhanden und identisch sind mit dem, was du bestellt hast. In meinen Anfängen beim Morgenmagazin hatte ich einmal frische Lachsfilets geordert. Als ich kurz vor der Sendung die Verpackung entfernte, musste ich feststellen, dass der Einkäufer stattdessen Räucherlachs besorgt hatte. Zum Glück war unser Studiogast, das »Talent«, an jenem Tag die liebe, durch nichts zu erschütternde Sally, die in ihren langen Jahren als Fernsehköchin schon die unmöglichsten Situationen erlebt und überstanden hatte. Sie riet uns, dem Lachs »eine ordentliche Abreibung« mit Öl zu verpassen, und wies das Kamerateam an, auf Distanz zu gehen. Es ging alles glatt, aber ich hatte meine Lektion gelernt: Lieber alles noch einmal rechtzeitig überprüfen, damit man, falls notwendig, Ersatz besorgen kann.

»Ebenfalls Hi. Wie läuft's denn so?«

»Voll cool.« Für die dreiundzwanzigjährige Mae March ist das Leben immer voll cool. Ihre ganze Familie, Mr. und Mrs. March und die drei Töchter April, Mae und June, sie alle haben einen gewissen Hang zur Exzentrik. Die meisten Leute denken, es handle sich um einen Scherz, wenn die Vornamen der March-Töchter zur Sprache kommen. Mae hat einen sehr individuellen Stil – oder Antistil, je nach Blickwinkel des Betrachters. Sie trägt bei der Arbeit eine herkömmliche weiße Kochjacke, doch sie schafft es, dass alles andere an ihr abgedreht und schrill erscheint – von den langen Flatterröcken aus dem Secondhandladen, die kurz oberhalb ihrer schwarzen, hochhackigen, Doc Martens-ähnlichen Stiefel enden, bis hin zu dem kleinen grünen Stern, den sie allmorgendlich mit einem Magic Marker unterhalb ihres linken Auges aufmalt. Ihr langes kastanienbraunes Haar nimmt sie oben zusammen, befestigt es mit Haarklipsen in allen möglichen Tierformen und fixiert das Ganze sicherheitshalber mit einem Paar japanischer Essstäbchen. Gelegentlich färbt sie vorne über der Stirn eine Strähne ein. An jenem Tag war es ein satter violettbrauner Ton, der hervorragend mit ihrem Nagellack harmonierte. Trotz ihrer Bemühungen, exzentrisch zu erscheinen, ist sie, was ihr Aussehen betrifft, einfach eine Wucht, mit ihrem makellosen Pfirsichteint und den hohen Backenknochen, die sich zartrosa überhauchen, wenn es in der Küche heiß hergeht. Und ihre sanften grauen Augen wirken sinnlich und einladend, selbst wenn sie nur die Einkäufe inspizieren.

Bei ihrer Verkleidung fällt es einem anfangs schwer, sie ernst zu nehmen, bis sie dann zu arbeiten anfängt. Alles, was Mae kann, hat sie in Hauswirtschaftskursen auf der Highschool und in dem Restaurant ihrer Eltern gelernt. Ihr haftet nichts von der Arroganz und den Starallüren an, die so mancher Absolvent einer renommierten Kochschule an den Tag legt, stattdessen hat sie gelernt, wie wichtig Geschwindigkeit und Präzision sind, und sie besitzt die Fähigkeit, auf engstem Raum mit anderen zusammenzuarbeiten. Unser Motto in der Fernsehküche von *Morning in America* lautet: Nie das Ziel aus den Augen verlieren. Für Mae ist das überhaupt kein Problem. Auch für unsere süßen jungen Bühnenarbeiter nicht, deren Ziel zufällig Mae ist. Man hat uns vier Bühnenarbeiter zur Verfügung gestellt – alle heißen sie Tony. Um sie besser auseinanderhalten zu können, nannten wir sie anfangs, entsprechend ihrer Nachnamen, Tony G. und Tony M. und so weiter, aber das führte zu einem heillosen Durcheinander, und so gaben wir es schließlich wieder auf. Inzwischen funktioniert es ganz gut, so wie es ist, denn wenn wir etwas erledigt haben wollen, rufen wir einfach »Tony«, und irgendeiner setzt sich dann schon in Bewegung. Zwei der Jungs arbeiten bei uns in der Küche, spülen, fegen den Boden, tragen den Müll raus und schälen, putzen und schneiden klein. Die anderen beiden halten sich immer in der Nähe in Bereitschaft, um irgendwelche Besorgungen zu machen, Tabletts zu befördern, Requisiten in Ordnung zu bringen und so weiter. Zwei Tonys trudelten gerade ein, als Mae die letzten Einkäufe auspackte, und sie stolperten geradezu übereinander in ihrem Eifer, ihr dabei behilflich zu sein. Wie pubertierende Knaben auf Ecstasy, dachte ich bei mir.

An jenem Morgen sollten wir live einen Spot mit Tina Lovely drehen, einer hochgewachsenen gertenschlanken Filmschauspielerin mit einer prächtigen rotblonden Haarmähne. Mit Stars zu arbeiten macht Spaß, denn es ist durchaus beeindruckend, so eine Berühmtheit plötzlich hautnah zu erleben, es kann aber auch frustrierend sein, vom kulinarischen Standpunkt aus betrachtet. Im Gegensatz zu Sally oder den Sterneköchen, die gelegentlich bei uns kochen, sind Stars in der Küche eben keine Profis, und manchmal müssen wir etwas tricksen, damit die Rezepte auch wirklich funktionieren. Tina wollte dem Fernsehpublikum zeigen, wie sie in ihrer Sauna unter bestimmten Lichtverhältnissen Küchenkräuter heranzog. Nicht gerade ein heißer Tipp, auf den die Welt schon lange gewartet hatte, doch Tina war zu dieser Zeit gerade mit einem Rockstar liiert, der für Schlagzeilen sorgte, weil ein Mitglied seiner Band in einer verfänglichen Situation mit einer Minderjährigen erwischt worden war, zufällig die Tochter eines bekannten britischen Politikers.

Tina schrieb an einem Kochbuch. Eigentlich kommt es mir so vor, als würden alle, die mir in letzter Zeit über den Weg gelaufen sind, ein Kochbuch schreiben oder es zumindest planen. Dank Sallys jahrelangem immensem Engagement für alles Kulinarische liegt Kochen inzwischen voll im Trend, und viele Menschen, die mit Fertiggerichten vor der Glotze und Fischstäbchen aufgewachsen sind, haben sich inzwischen zu richtigen Gourmetköchen entwickelt. Wenn man so im Rampenlicht steht wie Tina, reißen sich die Verleger darum, ein Kochbuch von einem herauszubringen. Ich habe damit kein Problem, denn ich liebe die Food-Szene, und je mehr Leute sich dafür engagieren, desto glücklicher bin ich. Und desto mehr Arbeit springt für mich heraus.

Tina hatte geplant, dem Publikum als Erstes zu zeigen, wie man Kräuter eintopft, danach wollte sie an einigen Beispielen erklären, was man mit diesen Kräutern alles anfangen kann. Sie hatte uns ihre Rezepte für Kräuter-Brathühnchen, Ofenkartoffeln mit Schnittlauch-Sauerrahmsauce und eine Art französisches Weißbrot mit Basilikum gegeben. Unsere Aufgabe war es nun, dafür zu sorgen, dass ihre Gerichte vor der Kamera gut aussahen, auch wenn wir eigentlich nichts mit ihnen anfangen konnten.

Mae nahm die Blätter mit den Rezepten zur Hand und ließ sich neben mir am Tisch nieder. Ich schob meine Muffins aus ihrer Reichweite. Wie immer kam sie gleich zur Sache.

»Ihre Rezepte sind beschissen. Glaubst du, dass sie wirklich danach kocht? Sie gart das Hühnchen zu Tode. Sie wickelt die Kartoffeln in Alufolie, du meine Güte. Selbst in miesen Restaurants wird das inzwischen nicht mehr gemacht. Sie kann überhaupt nicht kochen. Ich wette, sie isst nicht mal was. Sie ist so furchtbar mager.«

Ich beäugte mein angebissenes Muffin und stellte mir Tina vor, wie sie, statt zu frühstücken, Kaugummi kaute. »Da hast du wahrscheinlich recht. Ich habe Sonya bereits erklärt, dass wir ihre Rezepte ein bisschen abändern müssen, und sie hat versucht, das Tina beizubringen. Aber die hat behauptet, ihre Gäste wären immer völlig zufrieden und würden alles bis auf den letzten Rest aufessen.«

»Wahrscheinlich hat sie nie unter die Petersilie am Tellerrand geguckt.«

»Aber eigentlich kocht Tina ja nicht richtig, sondern zeigt hauptsächlich, wie man die Küchenkräuter eintopft, und stellt dann noch ein paar Möglichkeiten vor, was man damit alles machen kann. Deshalb ist Sonya der Meinung, wir sollten es dabei belassen. Wir müssen nur darauf achten, dass die Gerichte gut aussehen. Wir werden die Kartoffeln nicht einwickeln, sonst wird die Schale runzelig. Ich werde das Tina erklären. Achte darauf, dass das Hühnchen gut durchgegart ist, aber hole es aus dem Rohr, ehe es zu braun wird.«

Speisen sehen auf dem Bildschirm immer dunkler aus als in Wirklichkeit, deshalb ist das richtige Timing heikel, besonders bei Hühnchen und Pute. Geflügel muss stets völlig durchgegart sein, falls der Moderator davon kostet, ist es jedoch zu lange gegart, hat der Zuschauer den Eindruck, es wäre schwarz und vertrocknet. Als die Foodfotografie noch in den Kinderschuhen steckte, überzogen manche Zeitschriften kaum gegartes Geflügel gerne mit einer Mischung aus Spülmittel und Schuhcreme, damit es schön goldbraun glänzte. Solche Dinge haben wir nie gemacht.

»Wenn ich das Brot auf ihre Art backe«, argumentierte Mae, »macht es nicht einmal optisch etwas her. Ihr Rezept ist der reinste Witz.«

Laut Tinas Anweisung musste man für ihr Basilikum-Brot die üblichen Zutaten wie Hefe, Weizenmehl und Wasser mit in der Sauna gezogenem Basilikum in der Küchenmaschine verkneten und dann den Klumpen auf ein Backblech klatschen (ihre Worte), das Ganze irgendwie in eine gerundete Form bringen und backen. *Voilà*! Eine französische *boule*. Tina legte besonderen Wert darauf, dass der Teig nicht aufzugehen brauchte. Ausgemachter Blödsinn (meine Worte). Brotteig muss aufgehen.

»Nun gut, Mae. Du bäckst ein paar Brote auf die übliche Art. Du lässt den Teig aufgehen und sorgst dafür, dass die Oberfläche gespannt ist und schön glänzt. Das Ganze schneiden wir dann in Scheiben, damit es wie Brot aussieht, und verstecken Tinas Klumpen hinter Jonathans Requisiten. Ich fange mit den Backblechen an.«

Die Arbeit an einer Kochsendung beginnt bereits mehrere Wochen vor dem eigentlichen Drehtag. Sonya wählt einen Koch oder einen Prominenten aus, der als Gast in der Sendung auftreten wird, und dann treffen wir gemeinsam aus den Rezepten, die unser »Talent« uns vorschlägt, eine Auswahl. Sonya prüft, welche in das Gesamtprogramm passen; ich prüfe, ob sie von der Optik her interessant und vor der Kamera technisch möglich sind. Sobald wir uns auf ein oder mehrere Rezepte geeinigt haben, beginne ich damit, sie in einzelne Arbeitsschritte aufzuteilen, und entscheide dann, welche dieser Schritte unbedingt auf dem Bildschirm zu sehen sein müssen und wie man sie in der zur Verfügung stehenden Zeit, die gewöhnlich nur dreieinhalb Minuten beträgt, präsentieren kann. Nachdem Sonya meine Vorarbeit abgesegnet hat, kann ich mich daranmachen, die Listen für die Zutaten und die Küchenutensilien zusammenzustellen und die Skripts zu schreiben. Meine Skripts enthalten keinen Text, den das »Talent« auswendig lernen muss. Sie legen nur die einzelnen Arbeitsschritte und Handgriffe fest und die Reihenfolge, in der sie von der Kamera aufgenommen werden. Anhand der Skripts entscheide ich dann, welche Vorarbeiten zu erledigen sind, und kann entsprechende Listen für Mae und mich erstellen.

Da wir keine Zutaten oder Gerätschaften auf dem Set stehen lassen dürfen, ehe der Kochbeitrag auf Sendung geht, arrangieren wir alles auf großen Kantinentabletts, bis unsere winzige Vorküche aus allen Nähten platzt. Diese Tabletts sind enorm wichtig. Jedes einzelne repräsentiert eine der verschiedenen Arbeitsphasen des Rezepts, das der TV-Koch dem Publikum präsentieren wird. Mit Hilfe von beschrifteten Klebebandstreifen nummerieren wir die Tabletts in der Reihenfolge, in der sie auf dem Set zu erscheinen haben. In den drei Minuten Werbepause, ehe der Kochbeitrag beginnt, müssen wir alle benötigten Zutaten und Utensilien an den Set schaffen, und laut Gewerkschaftsbestimmungen dürfen diese Arbeit nur die Bühnenarbeiter verrichten. Dank der Nummern wissen sie, in welcher Reihenfolge sie die Tabletts nach draußen tragen müssen. Mae und ich folgen ihnen auf dem Fuß, nehmen die Sachen von den Tabletts und stellen sie dorthin, wo sie für den Koch leicht zu erreichen sind und gleichzeitig nicht die Sicht der Kamera behindern. Solche Details tüfteln wir aus, lange bevor der Beitrag aufgenommen wird, denn wenn es so weit ist, haben wir nicht viel Zeit, darüber nachzudenken. Jonathan, unser Requisiteur und Foodstylist, steht direkt hinter uns und macht daraus ein attraktives Arrangement mit Hilfe seiner Auswahl von Servietten, Geschirr, frischen Blumen und hier und da einem besonderen Deko-Stück, dem er nicht widerstehen kann. Darüber hinaus »frisiert« er die Speisen mit einer Reihe von Werkzeugen aus seinem Stylisten-Korb – als da sind Pinzetten, Zahnstocher, ein Pumpspray mit Wasser, ein Kännchen Öl und Pinsel in allen möglichen Größen.

An jenem Morgen arbeiteten alle ruhig in der Küche vor sich hin, als Jonathan hereinstürmte und uns damit zu verstehen gab, dass er wieder einmal einen schlechten Tag hatte. In einem Arm hielt er einen Karton mit kleinen Tontöpfen, im anderen einen Beutel Pflanzerde. Demonstrativ hob er den Arm mit der Pflanzerde, als wollte er sie versteigern.

»Alles ist braun. Die Töpfe sind braun; das Essen ist braun; die Erde hat die Farbe von Kacke. Braunes Brot; braunes Hühnchen; braune Kartoffeln. Wie stellt ihr euch das eigentlich vor? Wie soll ich daraus etwas Ansprechendes machen? Ist hier wirklich keiner in der Lage, mal einen Gedanken an die Optik zu verschwenden, wenn er diese Themen auswählt?«

Ich bin an Jonathans schlechte Laune gewöhnt. Ich reagiere überhaupt nicht mehr darauf, aber er versucht es immer wieder. »Guten Morgen, Jonathan. Hast du schon deinen Kaffee getrunken?«

Er ist besonders unausstehlich, solange er noch keinen Kaffee gehabt hat, aber dass er sich selber welchen holen könnte, auf die Idee kommt er nicht. Ein Tony schmiss augenblicklich sein Geschirrtuch hin und rannte zum Buffet, als hätte er Angst, er könnte für all das Braun verantwortlich gemacht werden. Ich machte einen halbherzigen Anlauf, Jonathan zu beschwichtigen.

»Viele Speisen sind braun, Jonathan. Wir haben hübsche rote Kirschtomaten und Unmengen Petersilie, die kannst du doch um das Hühnchen arrangieren.«

»Ich kann nicht andauernd alles mit Petersilie zudecken. Demnächst wirst du noch verlangen, dass ich einen Schokoladenkuchen damit dekoriere.« Er sperrte seinen Privatschrank auf, zu dem nur er einen Schlüssel hatte. Drinnen befand sich ein Sammelsurium aus Tellern und Schalen, Servietten, Vasen, Schüsseln in verschiedenen Dekors sowie Kerzen und allerlei Nippes. Es sah aus wie auf einem Flohmarkt. Geräuschvoll machte sich Jonathan daran, zwischen Tellern und Platten zu wühlen auf der Suche nach irgendetwas, das unser Hühnchen für das Frühstücksfernsehen in ein schönes Licht rücken würde.

In null Komma nichts hatte Mae den Basilikumteig geknetet, der nun zum Aufgehen in vier Schüsseln ruhte. Eine Livesendung lässt einem keinen Spielraum, sich aus irgendwelchen Patzern herauszumogeln, deshalb heißt unser zweites Motto: Auf Nummer sicher gehen. Für unsere TV-Kocherei bedeutet das vor allem, dass wir immer größere Mengen vorbereiten, als wir voraussichtlich brauchen.

Während der Brotteig aufging, wie er sollte, rührte Mae in einer großen Schüssel gut zwei Pfund Butter mit Hilfe eines Holzspatels geschmeidig. Die Berge von Kräutern, die wir benötigten, hatte sie bereits gehackt, nachdem ein Tony sie gewaschen, trocken geschüttelt und von den Stielen gezupft hatte; sie lagen nun in Schälchen aufgereiht vor Mae auf dem Tisch. Ein Tony bürstete Kartoffeln, und ein anderer Tony ölte den Rost ein, auf dem die Brathühnchen liegen würden. In der Küche herrschte eine fröhliche, entspannte Atmosphäre, und ich musste daran denken, was Sally immer sagt, wenn sie in so einer Küche arbeitet: »Macht es nicht Spaß, zusammen zu kochen?« In der Tat.

Als Nächstes nahmen Mae und ich uns jede ein Hühnchen vor und fuhren behutsam mit den Fingern unter die Haut, um Platz für die Kräuterbutter zu schaffen. Wir schoben die weiche Butter unter die Haut und rieben sie sorgfältig mit den Fingern in das Fleisch. Wenn man dazu neigt, dass einem ständig gewisse Dinge durch den Kopf schwirren, so kann einen dieser Anblick durchaus in eine sinnliche Stimmung versetzen, und auch unsere Tonys stießen nun einander die Ellbogen in die Seite und fingen an zu tuscheln. Ich konnte nicht hören, was sie sagten, aber ich hörte, was sie dachten.

Wir legten die beiden Hühnchen nebeneinander auf Tonys gut geölten Rost in einer Saftpfanne, rieben noch mehr weiche Butter in die Haut und schoben das Ganze in den Ofen. Ich widmete mich wieder meinen Tabletts, um alles noch einmal zu überprüfen und mich zu vergewissern, dass ich nichts vergessen hatte. Ich sage mir dabei immer mein Skript laut vor, damit ich schon im Voraus weiß, was eventuell noch gebraucht wird: »Tina und Karen schneiden jeweils eine Kartoffel ein und öffnen sie«, *zwei Messer, zwei Gabeln,* »und beide geben Schnittlauchsauce hinein«, *zwei Löffel,* »und kosten«, *extra Gabeln, weil die ersten möglicherweise nicht mehr appetitlich aussehen vom Öffnen der Kartoffeln.*

Ob man es glaubt oder nicht, aber die Leute schreiben wegen solcher Sachen Briefe an den Sender. Wenn ich schon darüber nachdenken muss, ob etwas eventuell gebraucht wird, lege ich es auf jeden Fall bereit. Diese heilsame Lektion wurde mir bei einer früheren Sendung erteilt. Damals musste ich, um nicht ins Visier der Kamera zu geraten, auf allen vieren zu Karen hinkriechen und ihr einen Schneebesen in die Hand drücken, weil das »Talent« sie gebeten hatte, Eier schaumig zu schlagen. Das Kriechen war nicht weiter schlimm für mich gewesen, viel peinlicher waren die Frotzeleien des Kamerateams, die ich anschließend auszuhalten hatte.

Ich versah ein leeres Tablett mit einer Nummer und schrieb auf das Klebeband: *fertig gegartes Huhn, hübsch angerichtet auf dekorativer Servierplatte.* Das Hühnchen war zwar noch nicht fertig gebraten, und Jonathan war immer noch am Überlegen wegen seiner Platte, aber kurz vor der Sendung geht dann alles so rasend schnell, dass man leicht den Überblick verliert. Ich beschriftete ein weiteres Tablett: *ein unaufgeschnittener fertig gebackener Klumpen, ein aufgeschnittenes Brot; Brotkorb, Servietten, Butterdose, Buttermesser;* danach informierte ich Jonathan darüber, welche Requisiten wir brauchen würden. Er stand in Gedanken versunken neben seinem Schrank, vor sich vier verschiedene Servierplatten, und ignorierte mich schlicht. Er hatte die Finger der einen Hand zu einem Kreis geschlossen, wie ein Objektiv, und bewegte seine Hand-Kamera von einer Platte zur nächsten. Nun war es beileibe nicht so, dass wir den ganzen Vormittag Zeit gehabt hätten, dennoch verkniff ich es mir, ihn zur Eile anzutreiben. »Oh, Jonathan, du hast viel zu viel freie Zeit«, murmelte ich nur leise vor mich hin.

Etwa gegen halb acht fingen wir an, in der Küche Dampf zu machen, im wörtlichen Sinn. Zwei fleischige junge Hühnchen schmurgelten im Ofen vor sich hin, und jedes Mal, wenn wir das Rohr öffneten, um sie zu wenden oder mit Bratflüssigkeit zu beschöpfen, strömte eine nach Thymian duftende Dampfwolke in die Küche. Mae, die inzwischen die Brotlaibe formte, schwebte selbstvergessen in anderen Sphären. Während sie die *boule* hochhob und wendete, fuhr sie in einer einzigen geschmeidigen Bewegung mit beiden Händen über die schön aufgegangene Teigkugel, zog zu beiden Seiten eine dünne Teigschicht straff nach unten und schlug sie am Boden des Laibes ein. Diese Bewegung wiederholte sie bei jeder Kugel etwa drei, vier Mal, wobei jedes Mal kleine Mehlwölkchen verpufften. Sally hatte ihr diese französische Technik beigebracht, mit der man eine schöne, glänzend gespannte Oberfläche beim Brot erzielte, und Mae beherrschte sie inzwischen so meisterhaft, dass man ihr gerne bei dieser Arbeit zuschaute. Ausgerechnet in diesem Moment kamen Sonya und Tina hereinspaziert, und Letztere war von Maes Technik nicht annähernd so beeindruckt wie ich.

»Was machen Sie denn da?«, rief sie entgeistert. »Soll das etwa mein Brot sein? Sie *dürfen* es nicht so machen. Klatschen Sie es einfach aufs Backblech.«

Tina grapschte sich einen vollendet geformten Laib und blickte sich suchend nach einem Backblech um, wobei sie die ganze Zeit die Teigkugel in ihren Händen balancierte und dabei ihre langen, signalroten, perfekt manikürten Fingernägel in die wunderschöne makellose Oberfläche grub. Als sie die *boule* endlich auf dem Blech hatte, war nur noch ein missgestalteter Klumpen davon übrig, der aber offenbar genau ihrer Wunschvorstellung entsprach. Mae blickte immer wieder entgeistert von dem Teig zu Tina, als hätte diese ihr gerade ihr erstgeborenes Baby aus den Armen gerissen und einem Gorillaweibchen übergeben. Ich war froh, dass Mae sich in Zen-Meditation übte, denn sonst, fürchte ich, hätte sie Tina eine Ohrfeige verpasst.

Tina schien Maes Zorn nicht zu bemerken. »Das ist alles, was man tun muss. Es ist kinderleicht. Deswegen mag ich dieses Rezept ja so. Oh, die Hühnchen duften ja köstlich. Glauben Sie, dass sie rechtzeitig fertig werden?«

»Aber sicher«, beruhigte ich sie und erklärte ihr, dass die Kamera alles dunkler erscheinen ließ. Sie begriff die Problematik.

»Glauben Sie mir, ich weiß, was die Beleuchtung bei einem Schauspieler anrichten kann, auch wenn es sich nur um ein Huhn handelt«, zwitscherte Tina. »Okay, sorgen wir dafür, dass dieser Vogel das richtige Licht bekommt und filmen wir ihn von seiner besten Seite.« Mit dieser Bemerkung hatte Tina die Lacher auf ihrer Seite, Mae ausgenommen, und ich nutzte das Insider-Geplänkel über die Wirkung der Kamera aus und erwähnte beiläufig, dass wir die Folie um die Kartoffeln weglassen müssten, damit sie nicht runzelig würden.

»Aber wie sollen die Zuschauer dann erkennen, dass sie gar sind, wenn sie nicht runzelig sind?«

Ich wollte gerade mit der Erklärung beginnen, dass Ofenkartoffeln nicht notwendigerweise runzelig werden müssen, als sie die Hand hob, um eine Haarsträhne zurückzuschieben und ich bemerkte, dass bei zweien ihrer Finger die künstlichen Nägel komplett fehlten und bei den anderen der Lack abgesplittert war. »Ach du lieber Himmel, Tina, sehen Sie mal auf Ihre Finger. Sie haben ein paar Nägel verloren.«

»Oh, Mist. Deswegen ziehe ich immer Haushaltshandschuhe beim Kochen an.«

Ich betatschte den Teigklumpen auf dem Blech ein bisschen und fand die Nägel. Wegen der Nagellacksplitter im Brot machte ich mir keine Sorgen, denn die würden auf dem Bildschirm wie Kräuter aussehen, doch die Fingernägel mussten wieder an ihrem Platz sein, ehe wir auf Sendung gingen.

Sonya fasste Tina am Ellbogen. »Wir gehen lieber noch mal nach oben in die Maske. Haben alle Tinas Anweisungen verstanden?«

Tina schenkte uns ein Lächeln, mit dem sie wohl sonst die Filmbosse bezirzte, und ging nach draußen. Sonya kam noch einmal zu mir her, ehe sie mit ihr nach oben ging. »Tu alles, was du für richtig hältst«, flüsterte sie mir zu.

Als wir mit unserer Arbeit fertig waren, sahen die Speisen auf dem Monitor richtig gut aus. Tina kam eigens noch einmal in die Küche, um sich bei uns zu bedanken. Sie war so liebenswürdig und aufrichtig, dass ich fast ein schlechtes Gewissen bekam, dafür, dass ich ihre Rezepte direkt nach der Sendung in den Müll geworfen hatte.

Die Tonys machten die Küche sauber; Mae ging nach draußen, um eine zu rauchen; und zahlreiche Mitarbeiter des Aufnahmeteams strömten in unsere Küche, um sich die Reste zu genehmigen. Aus Gewohnheit schaute ich auf mein Handy, ob Richard angerufen hatte. Früher telefonierten wir immer miteinander, sobald die Sendung vorbei war, und unterhielten uns über unsere Erlebnisse mit diversen Köchen, beziehungsweise Patienten. Er hätte sich totgelacht über die Fingernägel im Brotteig und hätte im Gegenzug sicher eine hübsche Geschichte über einen Patienten parat gehabt. Kein Anruf. Ich hatte begriffen, dass es zwischen uns aus war, und wollte ihn, ehrlich gesagt, auch nicht zurückhaben, doch mein Selbstbewusstsein hatte einen Knacks abbekommen. Ich wollte von ihm hören, wie leid ihm das alles tue. Ich brauchte es, dass er vor mir zu Kreuze kroch.

Gerade als ich mein Handy wieder ausschaltete, kam Mae zurück in die Küche. Sie kannte meine alten Gewohnheiten.

»Casey?« Sie zog die Augenbrauen in die Höhe.

»Was ist?«, fragte ich unschuldig.

»Du *weißt genau*, was ich meine. Der Mann ist es nicht wert. Ich versteh dich ja, du bist am Boden zerstört, aber solange du nicht loslässt, kannst du dich auch nicht neu orientieren.«

»Ich will mich nicht neu orientieren, Mae. Ich bin zu dem Schluss gekommen, dass ich zu einer Beziehung nicht tauge.«

»Das ist wieder etwas anderes. Aber hör endlich auf, dir Vorwürfe zu machen. Du hast dir alle Mühe gegeben, damit es funktioniert. Ihr habt einfach nicht zusammengepasst. Du musst loslassen können.«

»Zum Loslassen habe ich keine Begabung. Ich will, dass er mich anruft und mich bittet, zu ihm zurückzukehren, damit ich ihm sagen kann, ›Hau bloß ab‹.«

»Findest du wirklich, dass man die drei Wünsche, die man frei hat, mit so etwas vergeuden sollte?«

»Du hast recht.« Ich musste lachen. »Machen wir uns an die Arbeit.« Ich zog einen dicken Packen Rezepte und Skripts aus meiner James-Beard-House-Tasche.

Mae drückte mir kurz die Hand und nahm sich dann ihre Kopien vor. »Also, was steht für den Rest der Woche an?«

»Wir haben die Livesendung am Mittwoch mit Sara Paul, dieser veganischen Küchenchefin. Veganische Küchenchefin – ein Widerspruch in sich«, sagte ich, um Mae ein bisschen zu foppen. Auch wenn sich Mae nicht streng an eine bestimmte Kost hält, so ist sie doch eine begeisterte Anhängerin von Vollwert- und Bioprodukten und vegetarischen Gerichten – alles was natürlich und gesund ist. Ich bin da weniger kritisch und habe durchaus einen Hang zu allem, was üppig und mit Käse überbacken ist.

»Du solltest mal in ihrem Restaurant essen«, schwärmte Mae. »Es ist immer total ausgebucht. Sie macht ganz außergewöhnliche Sachen mit Getreide. Zum Beispiel formt sie Seitan so, dass er aussieht wie echte Lammkoteletts. Und in der Zeit um Thanksgiving bereitet sie sogar einen Truthahn aus siebenerlei Getreide zu und serviert ihn mit einer Coulis aus Zitrusfrüchten, Tamari und Preiselbeeren. Das schmeckt einfach irrsinnig gut. Sie schreibt auch ein Kochbuch, *Der Gourmet-Veganer.*«

»Ich hätte nie geglaubt, dass diese beiden Worte mal eine Verbindung eingehen würden.«

Mae verdrehte die Augen zum Himmel und kniff mich in den Arm. »Wart's nur ab, ihr Essen wird dich glatt umhauen.«

»Tempeh Fajitas und Schokoladen-Tofu-Käsekuchen? Nein, das glaube ich kaum.«

»Ich habe den Käsekuchen gegessen. Er ist wirklich fantastisch.«

Garantiert längst nicht so fantastisch wie einer, zu dessen Zubereitung man Frischkäse von Zabar verwendet, aber es hatte keinen Zweck, noch länger auf diesem Thema herumzureiten.

»Du musst Tony unbedingt genaue Anweisungen geben, wo er einkaufen und worauf er bei Tofu und Tempeh achten soll. Ich wette, die Tonys stehen mehr auf Cheeseburger, mit Lammkoteletts aus Seitan könntest du sie jagen.«

»Ich schicke sie in meinen Bioladen.« Mae las kurz ihr Skript für Donnerstag durch. »Warum macht Sally keine Livesendung am Donnerstag?«

»Sie tritt schon live auf, aber sie kocht nicht, sondern führt mit Jim und Karen ein Gespräch über die neuesten kulinarischen Trends. Nach der Sendung werden noch zwei Beiträge mit ihr aufgezeichnet. Im ersten demonstrieren Sally und Jim, wie man richtig Hummer isst, und danach backt Sally noch eine Tarte Tatin.«

»Eine Tarte Tatin? In dreieinhalb Minuten? Da bin ich aber gespannt.«

»Du kennst doch Sally. Alles, was eigentlich unmöglich ist, reizt sie besonders. Sie hat sich alles genau überlegt. Deshalb braucht sie auch zehn gusseiserne Tarteformen.«

Ich schob Mae einen weiteren Stapel Papiere zu. »Die da sind für nächste Woche. Dienstag wird unser Baseball-Tag, da machen wir einen Livespot mit einem Ersatzspieler der New York Mets – er will Calzone nach einem Rezept seiner Mutter zubereiten. Dazu nimmt er fertigen Pizzateig von Pillsbury. Du weißt schon, das Pillsbury Doughboy-Zeug.«

»Ich dachte, der sei an einem zu hohen Cholesterinspiegel gestorben.«

»Wer? Der Baseballspieler?«

»Nein, der Pillsbury Doughboy.«

Jetzt war ich an der Reihe, mit den Augen zu rollen. »Sally kommt dann am Mittwoch wieder ins Studio, für eine Livesendung und zwei Aufzeichnungen. Die Livesendung wird sicher lustig. Sie tritt mit der Küchenbrigade einer Feuerwehrwache aus Boston auf. Die Köche dort haben den diesjährigen Chili-Wettbewerb gewonnen und führen Sally ihr Rezept vor. Nach der Sendung zeichnet sie einen Werbespot für die Italien-Staffel auf und dann stellt sie noch kurz die allerneuesten und besten Kochbücher vor, die auf dem Markt sind.

Die Woche darauf kommt es knüppeldick. Ich habe noch keine Rezepte vorliegen, aber am Dienstag machen wir eine Livesendung mit diesem neurotischen Sal Vito.« Mae stöhnte auf. Sal Vito, ein italienischer Komiker, ist impulsiv und unberechenbar. Niemand arbeitet gern mit ihm. »Am Mittwoch folgt eine Livesendung mit so einem Newcomer, einem Küchenchef, der seit einem Jahr sein eigenes Restaurant hat, anschließend zeichnen wir zwei weitere Spots mit ihm auf, die dann in der Woche gesendet werden, wenn Sally und ich in Italien sind. Er war noch nie im Fernsehen, aber er ist total ›in‹, und Sonya will sich das auf keinen Fall entgehen lassen. Er heißt Danny O'Shea und sein Restaurant Oran Mor. Am Donnerstag geht es dann schon los nach Italien.«

Mae riss ihre wunderschönen grauen Augen weit auf und schlug mit beiden Händen flach auf den Tisch, während sie sich halb von ihrem Stuhl erhob. »Was sagst du da?! Hast du ihn schon mal gesehen? Er sieht einfach super aus. Und er hat so einen coolen irischen Akzent.«

»Na, Lassie, du meinst wohl diesen hübschen gälischen Singsang?« Ich bemühte mich redlich, einen echten irischen Tonfall hinzukriegen.

»Was auch immer. Jedenfalls ist der Typ echt klasse.«

»Wo hast du ihn gesehen? Warst du in seinem Restaurant?«

»Nein. Das kann ich mir leider nicht leisten. Ich hab ihn zufällig bei Dean & Deluca gesehen. Er hat bei einer Werbekampagne für irischen Räucherlachs mitgemacht. Die Frauen dort haben ihm den Lachs kiloweise abgekauft, um ein Lächeln von ihm zu erhaschen und ein paar persönliche Worte auf Irisch.«

»Ich denke, Sonya hat ihn nicht nur wegen seines goldigen irischen Akzents verpflichtet. Alle Zeitungen schreiben über ihn. Ich gebe dir die Skripts und Listen nächste Woche.«

»Gut. Dann verzieh ich mich jetzt. Bis morgen also. Ich bin zu Haus bei meinen Eltern, falls du jemanden zum Reden brauchst.«

»Danke, Mae. Mach's gut.«

Ich musste mit Sonya noch etwas besprechen wegen der Italien-Reihe, dann war mein Arbeitstag zu Ende. Das ist einer der Pluspunkte, wenn man beim Morgenmagazin arbeitet: Ab dreizehn Uhr wird das Studio zur Kulisse für eine Soap, deshalb müssen wir immer bis zwölf draußen sein. Da wir gewöhnlich bereits um halb sechs oder sechs anfangen, zählt unsere Arbeitszeit dennoch als voller Arbeitstag, der überdies zu einem höchst angenehmen Zeitpunkt endet.

Manchmal arbeite ich nachmittags mit Sonya an den Skripts, aber das passiert eher selten; gewöhnlich habe ich den ganzen restlichen Tag zur freien Verfügung. Doch nun, wo ich keine Bleibe mehr in Manhattan hatte, merkte ich, dass es nicht viel gab, was ich hätte unternehmen können. Ich hatte zwar überhaupt keine Lust, gleich nach der Arbeit nach New Rochelle zurückzufahren, aber wo kann man schon hingehen, wenn man penetrant Küchendunst verströmt? So etwas lässt sich eben nicht verhindern, wenn man in einem kleinen Raum kochen muss. Als ich noch bei Richard wohnte, ging ich nach der Arbeit in seine Wohnung, duschte, zog mich um und machte dann einen Einkaufsbummel, besuchte eine Ausstellung oder traf mich mit Freunden zum Mittagessen.

Ich verließ das Fernsehstudio und ging vier Straßen weiter zu Sonyas Büro. Die Büros der Produzenten liegen getrennt vom Studio, wahrscheinlich, damit die Bosse den Küchendunst nicht in *ihrer* Kleidung hängen haben. Als ich Sonyas kleines, aber immerhin nicht fensterloses Büro betrat, telefonierte sie gerade und wühlte gleichzeitig in Unterlagen, die sich auf dem Fußboden stapelten. Auf ihrem Schreibtisch türmten sich weitere Papiere und Stapel von

Videos und Büchern. Bei ihr sieht es immer so aus. Sie bekommt andauernd Material von PR-Agenten zugeschickt, die ihre Schützlinge in Sonyas Sendung unterbringen möchten. Es ist mir ein Rätsel, wie sie es schafft, in diesem Chaos den Überblick zu behalten.

Sonya Pierce-Jones ist fünfundvierzig, Engländerin und wirklich sehr gut in ihrem Job. Sie ist seit fünfzehn Jahren für das amerikanische Fernsehen tätig und arbeitet hart. Sie stieg zur Produktionsleiterin auf, nachdem es ihr gelungen war, Sally in das Team für *Morning in America* zu holen, ein Schachzug, der die Einschaltquoten prompt in die Höhe trieb. Ich arbeite sehr gern für Sonya. Sie ist knallhart und anspruchsvoll, aber niemals unfair. Aus ihrem Akzent schließen die Leute oft, sie müsse steif und unnahbar sein, aber ich habe in all der Zeit oft genug erlebt, wie herzlich und natürlich sie sein kann.

Sonya telefonierte seelenruhig weiter, unterbrach aber kurz ihre Suche, um ein Video in meine Richtung zu schwenken. Damit gab sie mir zu verstehen, ich solle es mir ansehen und entscheiden, ob das »Talent« wirklich Talent hatte. Sie hatte das Video mit einer Haftnotiz, auf der *Ravenna* stand, versehen. Wie geplant würden wir in Italien fünf Städte besuchen und dabei in jeder Stadt eine Folge drehen, also fünf insgesamt. Sally würde jeweils als Einleitung einen kurzen informativen Text über die Stadt sprechen und sich dabei auf die kulinarischen Besonderheiten konzentrieren, Kurioses und Faszinierendes erzählen und dann anschließend einen Einheimischen aus der besagten Stadt bitten, ein typisches Gericht aus der Region zuzubereiten. Was die adriatische Küste betraf, so waren wir immer noch auf der Suche nach einem geeigneten Koch.

Ich legte das Video ein, und auf dem Bildschirm erschien eine hübsche Frau mittleren Alters in geblümtem Hauskleid und Rüschenschürze, die verschiedene Fische und Krustentiere hochhielt und dabei in rasantem Italienisch enthusiastisch die Qualitäten dieser Meeresfrüchte pries. Sie stand hinter einem Holztisch, dem man ansah, dass auf ihm viel gearbeitet wurde, in einem Raum, der offensichtlich ihre eigene Küche war. Nachdem die Fische gebührend präsentiert worden waren, schnitt sie ihnen die Köpfe ab, nahm sie aus und wusch sie in einer etwas abgeschlagenen weißen Emailleschüssel, die sie auf ihrem Tisch stehen hatte. Sie legte die gesäuberten Stücke auf eine Servierplatte mit fröhlich buntem Dekor, die bestimmt mit weit weniger Überlegungen ausgesucht worden war, als unser Jonathan gemeinhin für nötig erachtete. Sie goss Olivenöl in einen großen, leicht eingedellten Schmortopf, der auf einem kleinen Gasherd mit nur zwei Kochstellen stand, hackte dann blitzschnell ein paar Zwiebeln und eine großzügige Menge Knoblauch und warf beides in das heiße Öl. Während sich, nun ja, das Aroma entwickelte, schnitt sie ein halbes Dutzend frischer Tomaten in Stücke, hackte einen ordentlichen Berg Kräuter und gab das Ganze in den Topf zu den Zwiebeln. Dann rührte sie um, und ehe man sich's versah, hatte sie auch schon all die Fische und anderen Meeresfrüchte in den Topf gegeben. Sehr vertraut war mir ihre abschließende Geste – sie drückte einen Finger in ihre Wange und drehte ihn – ehe sie das Wort *squisito* sprach – köstlich. Dann folgte eine kurze Unterbrechung, wahrscheinlich hatte an dieser Stelle die Kamera gestoppt, um die Fische gar ziehen zu lassen, doch kurz darauf war unsere italienische Mama wieder zurück, verteilte den Meeresfrüchte-Eintopf auf

Teller und forderte das Kamerateam mit einem temperamentvollen »*mangiate, mangiate*« auf zu essen. Als Sonya ihr Telefongespräch beendet hatte, wollte sie wissen, was ich von dem Video hielt.

»Wenn sie Englisch spricht, wird das ein klasse Spot«, erwiderte ich. »Sie verwendet andere Fischsorten, die es bei uns nicht zu kaufen gibt, aber Sally könnte dem Fernsehpublikum erklären, was man stattdessen nehmen kann. Sogar ihr Hauskleid gefällt mir. Es wirkt so gemütlich. Ich denke, die Zuschauer werden sich mit ihr identifizieren.«

»Ganz meine Meinung. Sie spricht übrigens Englisch. Wir haben auch ein hübsches Fischlokal am Meer ausfindig gemacht, wo sie draußen im Freien Aal auf dem offenen Feuer zubereiten. Könnte Spaß machen zuzuschauen. Magst du Aal?«

»Sicher. Den gibt es bei uns jedes Jahr am Weihnachtsabend. Er gehört in Italien zum traditionellen siebengängigen Fischmenü. Sally könnte man keinen größeren Gefallen tun, als sie einen glitschigen Aal vor die Kamera halten zu lassen. Haben wir dann alle fünf Städte beieinander?«

»Ja, ich denke schon. Die Rezepte werde ich spätestens Ende nächster Woche vorliegen haben.« Dann fügte Sonya noch irgendwie hoffnungsvoll hinzu: »Na, packt dich nicht langsam das Reisefieber?« Sie wusste, ich hatte gehofft, Richard würde mich begleiten.

»Doch, schon«, sagte ich in einem Ton, der alles andere als überzeugend war.

Sonya vernahm die Botschaft laut und deutlich und setzte ihre Brille ab, um mich genauer in Augenschein zu nehmen. Richard ist Sonyas Zahnarzt. Das war auch der Grund, weswegen er damals überhaupt in unserer Sendung auftrat.

Ich wusste, sie hatte ihn seit unserer Trennung wiedergesehen, aber nachdem sie hinterher nicht von sich aus gesagt hatte, er habe an Gewicht verloren und sehe fürchterlich aus, war ich entschlossen, sie nicht weiter über ihn auszufragen. »Du hast eine tolle Reise vor dir, Casey. Ich weiß, du hattest sie dir anders vorgestellt, aber nun ist es an der Zeit, wieder auf andere Gedanken zu kommen. Ehrlich gesagt, ich habe nie den Eindruck gehabt, dass ihr zwei füreinander bestimmt seid. Ich habe mich eher gewundert, wie lange ihr es zusammen ausgehalten habt. Ihr seid einfach zu verschieden.«

»Erklär mir das genauer. Ich finde es einfach bescheuert, wenn einer mit seinem Personal rumknutscht.«

»Aber Masochismus findest du nicht bescheuert. Du musst loslassen können, Casey. Sonst machst du dich noch ganz verrückt.«

»Zu spät. Ich fürchte, mein Gehirn hat bereits Schaden genommen.«

»Nein, sicher nicht, aber deine Zähne werden ganz bestimmt darunter leiden.« Sie lächelte und ließ ihre makellosen, strahlend weißen Zähne blitzen. »Ich bin felsenfest davon überzeugt, dass es dir bald wieder gut gehen wird. Er ist derjenige, dem alles noch fürchterlich leid tun wird. Glaube mir.«

»Danke. Jetzt geht es mir, denke ich, schon viel besser.«

»Gut. Denn ich muss dir jetzt etwas sagen, wonach es dir wieder viel schlechter gehen wird.«

»Hmm?«

»George Davis wird gleichzeitig mit uns in Italien sein.«

»Wie bitte? Warum denn?« George Davis war als Agent für TV-Promis tätig. Er tauchte vor weniger als einem Jahr plötzlich aus dem Nichts auf und schaffte es irgendwie, seine Klauen in Sally zu schlagen. »Aber der Typ hasst mich«, jammerte ich.

»Mich hasst er auch. Er hasst jeden, der mit Sally zu tun hatte, ehe er aufkreuzte.«

»Aber mich hasst er noch mehr.«

»Wahrscheinlich, weil Sally dich lieber mag als andere.«

Augenblicklich befiel mich ein gutes, warmes Gefühl, weil ich wusste, dass sie recht hatte. Ich arbeitete nun schon sechs Jahre mit Sally zusammen, und in dieser Zeit waren wir richtige Freundinnen und Vertraute geworden und überdies ein fantastisches Arbeitsteam. Wir hatten immer sehr viel Spaß miteinander, und die Vorstellung, dass George nun unsere schönen gemeinsamen Tage in Italien kaputt machen würde, gefiel mir ganz und gar nicht.

»Warum fährt er denn überhaupt mit?«, fragte ich.

»Angeblich hat er geschäftlich in Italien zu tun, und Sally ist wohl in seine Geschäfte verwickelt.«

»Wann hat sie dir denn erzählt, dass er mitkommt?«

»Überhaupt nicht. Er war es. Er hat angerufen, um mir mitzuteilen, dass er dort sein wird, und dann hat er den Vorschlag gemacht, ich könnte Carol Hanger als Leiterin der TV-Küche mitnehmen. Besten Dank, habe ich geantwortet, aber wir haben unser Team schon zusammen.«

Carol Hanger macht das Gleiche wie ich, jedoch auf freiberuflicher Basis. Sie tauchte zum selben Zeitpunkt wie George in der Szene auf, und die zwei scheinen sich verschworen zu haben, uns anderen das Leben schwer zu machen. Sie ist unfreundlich, arrogant und macht ihren Job nicht schlecht, auch wenn ich Letzteres nur ungern zugebe. Allerdings nicht so gut wie ich, und mit dieser Meinung stehe ich nicht allein da. »Dieses Biest. Nur über meine Leiche. Was hat dieser George bloß für ein Problem, frage ich mich?«

»Ich glaube, er will das Gefühl haben, dass er alle Fäden in der Hand hält, so etwas kennt man ja. Sein Ziel ist es, alle, die mit Sally seit jeher arbeiten, allmählich von ihr wegzudrängen. Es geht das Gerücht, dass er bereits mit einem anderen Fernsehsender verhandelt, um Sally in einer anderen Sendung im Frühstücksfernsehen unterzubringen. Er trifft sich am Mittwoch mit unserem Vorstand, um über eine Verlängerung ihres Vertrags zu sprechen.«

»Sally wird dich nie fallen lassen. Sie ist schon seit so vielen Jahren bei dir. Du gehörst für sie zur Familie!«

»Aus genau diesem Grund will er mich und dich ja offensichtlich draußen haben.«

»Kannst du nicht mit Sally darüber reden?«

»Nein. Sie lehnt es ab, über die Entscheidungen, die George für sie trifft, zu diskutieren. Früher hat sie immer darauf bestanden, dass alle ihre Geschäfte über Tom, ihren Anwalt, laufen. Erst mit seinem Tod ist alles anders geworden. Tom lag es immer sehr am Herzen, dass die Sally-Familie beieinanderblieb. Der neue Anwalt ist weniger engagiert und hat zugelassen, dass nun George die Richtung bestimmt, die Sally einschlägt.«

»Wie schlimm wäre es für dich, wenn sie *Morning in America* verlässt?«

»Meinen Job würde ich, denke ich, nicht verlieren. Aber ganz sicher werde ich auch nicht weiter Karriere machen.«

Wie ich wusste, hoffte Sonya auf eine Beförderung in die höhere Etage, wo die Büros der Vizepräsidenten lagen. Sie hatte einen der beliebtesten Teile des Morgenmagazins entwickelt und sich die Beförderung, weiß Gott, verdient, doch der Vorstand würde toben bei der Aussicht, mit Sallys Ausscheiden eine beträchtliche Summe an Werbeeinnahmen zu verlieren, die sie als Publikumsliebling garantierte. Mir war auch klar, dass mit diesen Einnahmen mein Job finanziert wurde. Sonya sprach es nicht aus, aber das Ganze konnte darauf hinauslaufen, dass ich über kurz oder lang auf Jobsuche würde gehen müssen. Meine Zukunft erschien mir auf einmal in düstereren Farben. »Was können wir tun?«

»Hoffen, dass Sally den wahren George Davis erkennt, ehe ihr Vertrag mit uns zur Verlängerung ansteht.«

»Richtig. Aber, *wer* genau ist der wahre George Davis?«

Sie zog die Augenbrauen in die Höhe und zuckte mit den Achseln. »Wenn ich das wüsste.«

3. Kapitel

Some people walk in the rain, others just get wet

Roger Miller

Die einen gehen im Regen spazieren, die anderen werden einfach nur nass.

Der Dienstag fing ganz harmlos an, nie im Leben hätte ich geglaubt, dass er sich zum zweitschlimmsten Tag meines Lebens entwickeln würde. Da an diesem Morgen keine Live-Aufzeichnung in der Fernsehküche stattfand, musste ich nicht vor acht im Studio erscheinen. Nach der Arbeit war ich mit meiner Cousine Mary verabredet, die nicht nur meine engste Vertraute und besonnene Ratgeberin ist, sondern obendrein, zu meinem Glück, als Einkäuferin bei Calvin Klein arbeitet. Bei Klein sollte am Tag darauf ein Sonderverkauf stattfinden, bei dem man fünfzig Prozent Rabatt bekam, und wenn ich Marys Personalrabatt noch dazurechnete, würde ich die Kleidung praktisch geschenkt bekommen. Wenn ich bereits heute hinginge, hätte ich Gelegenheit, mir die Rosinen herauszupicken. Mary hatte mich überzeugt, dass ich für meine Italienreise unbedingt eine neue Garderobe brauchte, und was mich betraf, so begann ich allmählich daran zu glauben, dass es vielleicht doch ein Leben nach Richard gab.

Dank der zwei gewonnenen Stunden am Morgen hatte ich Zeit, meine Haare zu stylen und ein paar Wellen hineinzuföhnen, sodass das Ganze einer Frisur recht nahekam. Ich trug Make-up auf, wobei ich, laut Marys Rat, die Augen betonte. Da wir an diesem Tag weder braten noch backen mussten, würde ich auch nach der Arbeit nicht wie der Koch einer Frittenbude riechen, und deshalb hatte ich Lust, mich für meinen Bummel bei Calvin Klein richtig schön aufzubretzeln. Ich wählte ein Oberteil von Chloé aus reiner Seide, darunter ein dünnes weißes Trägertop aus Baumwolljersey. Das Oberteil war von einem ganz lichten Hellblau, und ich hatte in meinem Kleiderschrank einen kurzen graublauen Satinrock von Max Mara hängen, der wunderbar dazu passte. So ein Designer-Sale bei Bergdorf hat doch etwas für sich. Dann schlüpfte ich in meine nagelneuen wunderschönen Sergio Rossi Wildleder-Sabots mit kleinem Absatz und zulaufender Spitze. Mary würde beeindruckt sein. Ehe ich mich auf den Weg ins Studio machte, packte ich noch ein paar von Mamas Cannoli in eine kleine weiße Gebäckschachtel, als Mitbringsel für meine Küchenmannschaft.

Als ich aus der U-Bahn-Station kam, vier Straßen vom Studio entfernt, goss es wie aus Eimern. Hatte der Wetterbericht etwa Regen gemeldet? Ich konnte mich nicht erinnern, etwas Derartiges gehört zu haben. Die Meteorologen wurden schließlich dafür bezahlt, dass sie, wenn schon Regen zu erwarten war, diesen wenigstens vorhersagten. Ich versuchte mich auf meinem Weg so dicht wie möglich an den Häuserfronten zu halten, doch ich bewegte mich gegen den Strom der Passanten und wurde immer wieder abgedrängt. Als mich dann an einer Ecke ein Lieferwagen von oben bis unten nass spritzte, gab ich es entnervt auf, mich oder meine Schachtel vor dem Regen schützen zu wollen.

Mit klatschnassen Haaren und Kleidern kam ich schließlich im Studio an und sah resigniert zu, wie das Wasser von meinen nassen Sachen auf den Boden tropfte. Meine hübsche weiße Gebäckschachtel war nun feucht und grau, ein trauriger Anblick. Wenn man schlecht aussieht, geht es einem auch dementsprechend schlecht. Ich ging schnurstracks in die Küche, in der Hoffnung, dass einer der Tonys daran gedacht hatte, die Schublade mit frischen Geschirrtüchern aufzufüllen. Ein mir unbekannter Bühnenarbeiter saß auf der Arbeitsplatte, trank Kaffee und war in das Kreuzworträtsel der *Times* vertieft. Da hörte sich doch alles auf! Jeden Morgen, wenn die Angestellten das Studio betreten, bekommen sie Arbeitsblätter mit ihren Anweisungen ausgehändigt. Das hier war schlicht eine Unverschämtheit – der Kerl kam mir gerade recht, um meinen aufgestauten Ärger loszuwerden.

»Guten Morgen, äh, ich schätze mal, Tony, aber falls das nicht Ihr Name ist, macht das auch nichts, denn von jetzt an heißen Sie so, weil alle hier so heißen. Also, Tony, wie wär's, wenn Sie Ihren hübschen knackigen Hintern schleunigst von der Arbeitsfläche schieben und wenigstens so tun würden, als ob Sie arbeiteten?«

»Hmm. Kann mich nicht erinnern, dass meine Mama mal was von Tony gesagt hat. Sie hat zwar mit dem Gedanken gespielt, mich Sean oder Bryan zu nennen, ehe sie sich dann doch für Daniel entschied, aber ich höre auch auf Tony, wenn Ihnen das lieber ist.« Der irische Akzent war schwach, aber unverkennbar. »Schön, dass Ihnen das mit dem ›knackig‹ aufgefallen ist, vielen Dank. Ich bin den ganzen Tag auf den Beinen und ich denke, das hält mich in Form.« Offensichtlich fand er meine schlechte Laune höchst amüsant, denn seine blauen Augen lachten und blitzten, als er sich von der Arbeitsplatte gleiten ließ. »Und ich würde liebend gern beschäftigt aussehen, wenn Sie mir sagen würden, was ich tun soll.«

Ich machte den Mund auf und wollte zu einer Erklärung anheben, brachte aber keinen Ton heraus. Wie sollte ich mich aus diesem Fettnäpfchen je wieder herausmanövrieren? Die einzig plausible Erklärung für mein Verhalten hätte lauten müssen: »Ich bin die Küchenhexe.« Also sagte ich lieber gar nichts und stand nur da wie ein begossener Pudel, im wahrsten Sinn des Wortes.

Er streckte mir seine Hand entgegen. »Danny O'Shea. Machen Sie lieber den Mund zu, sonst fliegt noch eine Fliege rein.«

Ich machte den Mund zu. Als ich mich umdrehte, um meinen Karton abzustellen, damit ich ihm die Hand schütteln konnte, gab die durchweichte Pappe plötzlich nach, und all die schönen Teigrollen mit ihrer Schokoladen-Ricotta-Füllung landeten in einer Wolke Puderzucker zu meinen Füßen. Ich tat so, als wäre nichts geschehen.

»Sie müssen Casey sein. Ein Mädchen mit einer violetten Haarsträhne sagte mir, ich solle nach einer großen, hübschen Frau Ausschau halten, die in der Küche sitzt und ein halbes Dutzend Quarktaschen verdrückt. Die Beschreibung scheint genau auf Sie zu passen.«

»Ich esse kein Gebäck.«

»Einige sehen noch ganz gut aus.« Er bückte sich, um die wenigen Cannoli aufzuheben, die obenauf gelandet waren und den Sturz relativ unversehrt überstanden hatten. Er trug ausgebleichte Jeans und ein eng geschnittenes schwarzes Polohemd, und so entging mir nicht, dass sein Hintern nicht das einzige Muskulöse an ihm war. Er war hochgewachsen und schlank, bestimmt fast eins neunzig groß, und wirkte von Kopf bis Fuß durchtrainiert und fit.

Ich holte ein Tablett und bückte mich ebenfalls, um unser Frühstück aufzusammeln. »Maître O'Shea. Ich ...«

»Danny.«

»Maître Danny ...«

»Einfach Danny, oder Tony, wenn Ihnen das lieber ist.« Er leckte sich Ricottafüllung von den Fingern und schaute mich dabei an, als käme ich als Nächstes an die Reihe.

»Wie Sie meinen.« Ich nahm mein Tablett und richtete mich kerzengerade auf, in der Hoffnung, er würde kapieren, dass ich immun gegen sein unverblümtes Flirten war. Auch er richtete sich auf. »Hören Sie, es tut mir furchtbar leid, dass ich Sie verwechselt und so dumm angeredet habe«, sagte ich. »Der Regen hat mich überrascht, ich bin völlig durchnässt und habe ein Paar sehr guter Schuhe ruiniert. Glauben Sie mir, normalerweise keife ich nicht so herum.«

Seine Augen wanderten nach unten, schafften aber den Weg zu meinen Füßen nicht. Sie verweilten kurz an meiner feuchten Bluse und kehrten dann zu meinem Gesicht zurück. »Natürlich glaube ich Ihnen das. Sie sind vielleicht ein bisschen derangiert ...« Bei diesen Worten bewegte sich sein Blick nach unten auf meine Schuhe, um sogleich amüsiert zu meinem Gesicht zurückzuwandern. »Aber ansonsten ist nicht das Geringste an Ihnen auszusetzen.«

Wurde ich etwa rot? Ich hatte keine Ahnung, wie durchscheinend Chloé-Seide in nassem Zustand war, deshalb hob ich mein Tablett in Brusthöhe, um, na ja, was auch immer zu verbergen.

»Möchten Sie eins?«, bot ich an.

»Sehr gern.« Ohne mich aus den Augen zu lassen, biss er in eins der zerbrochenen Cannoli, wobei unverhohlene Lust in seinem Gesicht geschrieben stand.

Natürlich wurde ich rot, und das brachte mich nun vollends aus der Fassung. Er hatte mich überrumpelt, was zur Folge hatte, dass ich mich wie ein absoluter Schwachkopf benahm; und dieser Mann war unverschämt frech und mit einer Libido ausgestattet, die offensichtlich auf Hochtouren lief; außerdem war er unverschämt attraktiv. Er hatte kurzes schwarzes, leicht gewelltes Haar, von dem ihm ein paar widerborstige Strähnen in sein wohlgeformtes, markantes, mit einem kräftigen Kinn ausgestattetes Gesicht fielen. Seine Augen waren das Tollste an ihm. Sie waren von einem tiefen Blau, umrahmt von dunklen Wimpern, sie strahlten Sinnlichkeit und Temperament aus und waren zweifellos der Grund, weswegen man ihn aus Irland hinausgeworfen hatte.

Ich fragte mich immer noch, wie viel von mir zu sehen war, als Mae hereinspazierte und meine Frage beantwortete, indem sie umgehend in ihren Rucksack griff und mir eine ihrer Kochschürzen hinhielt. Die Situation war mir aus den Händen geglitten, ich musste nun ganz schnell meine Autorität zurückgewinnen. Kühl und bestimmt wandte ich mich an Danny, wobei ich einen geschäftsmäßigen Ton anschlug: »Wissen Sie, dass Sie eigentlich zwei Wochen zu früh gekommen sind?«

»Eigentlich nicht. Sonya meinte, ich sollte diese Woche mal vorbeischauen, damit ich einen ersten Eindruck bekäme und meine Rezepte mit Ihnen besprechen könnte. Ich war noch nie im Fernsehen, und Kochsendungen schaue ich mir auch nicht an, deshalb habe ich keine Ahnung, worauf Sie Wert legen. Außerdem war ich sowieso gerade auf dem Weg zum Fischmarkt und dachte, ich könnte einfach mal vorbeischauen.«

»Nun, für heute Morgen ist keine Kochsendung geplant. Aber da Sie nun schon mal hier sind, können wir besprechen, was wir in Ihrer Sendung zeigen können.«

»Wunderbar.«

Ich bat ihn, an »Romeo« Platz zu nehmen, den ich wohlweislich als Kochinsel bezeichnete, und gab Mae Anweisungen, was für die Sendung am nächsten Tag vorzubereiten war. Als die Tonys eintrudelten, teilte ich ihnen ihre Arbeiten zu, trug ihnen aber auf, zuerst die Puderzuckerreste und Gebäckkrümel vom Boden aufzuwischen. Ich bombardierte sie mit meinen Anordnungen und bekam allmählich wieder das Gefühl, der Boss in der Küche zu sein. Dann holte ich Block und Stift aus dem Schub und setzte mich meinem Gast gegenüber an den Tisch.

»Okay. Was haben Sie sich überlegt? Welche Rezepte würden Sie gerne im Fernsehen vorführen? Sie haben dreieinhalb Minuten Sendezeit.«

»Oh-oh! Das ist aber nicht gerade viel.«

Ich erklärte ihm unser System, dass wir stets mehrere Gerichte in verschiedenen Stadien vorbereiten, und fragte ihn, welche Rezepte für seine Küche besonders repräsentativ waren. »Sie wissen schon, etwas, das Sie in Ihrem Restaurant anbieten, das wirklich besonders ist.«

»Alles ist besonders.«

Aha, also nicht nur ausgesprochen frech, sondern auch noch ausgesprochen arrogant. »Haben Sie zufällig eine Speisekarte mitgebracht?« Ich hatte wieder Oberwasser, wähnte mich in dem Gefühl, wieder alles im Griff zu haben, als Jonathan in die Küche kam und wegen der braunen Farbe des morgigen Schoko-Käsekuchens und der braunen Tempeh-Fajitas zu lamentieren anfing.

»Hübsche Frisur«, fügte er abschließend noch hinzu. »Was ist mit deinen Augen passiert?«

Ich hob die Hand und fasste an meinen Kopf; meine Haare waren immer noch klatschnass, und wie mein sorgfältig aufgetragenes Augen-Make-up aussah, konnte ich mir nun leicht denken. »Ist meine Wimperntusche etwa verwischt?«

Mae hab den Kopf. »Stimmt. Irgendwie sieht es abgedreht aus, richtig cool.« Erstaunlich, diese Worte aus dem Mund einer Frau zu hören, die sich selbst mit Magic Marker schminkte.

»Ich dachte, es wäre so eine Art New American Look. Wirkt irgendwie sexy.« Danny sah mir unverschämt direkt in meine mit Wimperntusche verschmierten Augen, während er diese Worte von sich gab, und ich fühlte mich erneut wie eine ausgemachte Idiotin. Ich stand von meinem Stuhl auf.

»Wissen Sie was, Danny? Das Ganze wird wesentlich einfacher, wenn ich vorher Ihre Speisekarten vorliegen habe. Am besten Sie schicken sie Sonya oder mir möglichst bald zu, und wir sehen sie uns dann an. Es tut mir leid, dass mir Ihre Gerichte nicht bekannt sind. Ich hatte noch keine Gelegenheit, Ihr Restaurant zu besuchen.«

»Oh, ehe ich es vergesse.« Er griff in die Tasche seiner Regenjacke, die er an einen Garderobenhaken gehängt hatte – offensichtlich hatte er den richtigen Wetterbericht gehört – und zog zwei Kuverts heraus. »Das hier ist eine Einladung für Sie alle hier und Ihre Freunde für kommenden Donnerstagabend. Unser Restaurant Oran Mor feiert sein einjähriges Bestehen, und wir haben uns kurzfristig entschlossen, zur Feier des Tages eine Party zu geben.«

Er überreichte mir einen neutralen Umschlag, und ich bemerkte, dass auf dem anderen *Sally Woods* geschrieben stand. »Ich habe auch eine Einladung für Sally Woods und wollte sie ihr eigentlich persönlich überreichen. Ist sie da?«

Da wurde mir alles klar. Die unverschämte Anmache vorhin. Nicht mir galt sein Interesse, es ging um Sally. Der Mann war nicht der erste Koch, der mich dazu benutzen wollte, an Sally heranzukommen. Sally war schließlich der Megastar der kulinarischen Szene, und anders als bei normalen Sterblichen garantierte ein Restaurantbesuch von ihr, dass der Küchenchef in die Zeitung kam. So mancher, der sich in der Gourmetszene Ruhm erhoffte, glaubte offensichtlich, wenn er sich mit mir anfreundete, würde er Sally obendrein bekommen.

»Heute nicht«, erwiderte ich knapp.

Mae ignorierte meinen eisigen Ton. »Aber am Donnerstag ist sie wieder hier, und ich bin sicher, sie würde liebend gerne kommen. Für eine gute Party ist Sally immer zu haben.«

Dannys blitzende Augen richteten sich auf Mae, und er überreichte ihr den Umschlag mit Sallys Namen drauf. »Fantastisch. Darf ich Sie bitten, dafür zu sorgen, dass sie die Einladung auch wirklich bekommt, meine Liebe? Und ich hoffe, auch Sie bei mir zu sehen.«

Die ach so coole Mae March schmolz förmlich dahin. Danny wandte sich wieder mir zu. »Falls Sie mitkommen, kann ich Ihnen die Speisekarten ja dann dort geben, oder ist das zu spät?«

»Nein, das würde reichen. Falls ich es nicht zu der Party schaffe, müssten Sie mir die Speisekarten eben faxen.«

»Kein Problem.« Er schenkte mir ein letztes Lächeln und ging.

Erst als er aus der Tür war, atmete Mae wieder aus. »Ist er nicht fantastisch?«

»Eigentlich finde ich ihn arrogant, eingebildet und unhöflich.«

Mae blickte mich entsetzt an. »Das kann doch nicht dein Ernst sein. Er war so charmant.«

»Charmant? Er ist nur einer von diesen Schickimicki-Köchen, die hoffen, durch die richtigen Beziehungen ein Star zu werden.«

»Ach.« Mae zog die Augenbrauen hoch, schwieg aber. Ich erwähnte nicht, dass ich ihn, in der Tat, für einen der attraktivsten Vertreter der Spezies Mann hielt, dem ich je begegnet war. Und während ich meine durchweichte Kleidung begutachtete, ging mir der Gedanke durch den Kopf, dass ich, um als richtige Beziehung zu gelten, in einem denkbar schlechten Zustand war.

Als ich mit der Arbeit für diesen Tag fertig war, hatte der Regen aufgehört, und ich zog Schadensbilanz, ehe ich mich auf den Weg zu Mary machte. Meine Frisur war okay. Zumindest waren die Haare trocken. Mein Rock hatte den wunderbaren Satinschimmer von einst zwar eingebüßt, aber immerhin war er getrocknet, ohne fleckig zu werden, und sah ganz passabel aus. Das Oberteil jedoch war eingelaufen und saß nun sehr eng am Körper, und auch die Schuhe hatten ziemlich gelitten. Ich war längst nicht mehr so chic, wie ursprünglich geplant, aber ein völliges Desaster war mein Äußeres nun wiederum auch nicht.

Mary dagegen sah einfach umwerfend aus. Man hätte sie ohne Weiteres für ein Calvin-Klein-Model halten können.

Wir hatten, während wir heranwuchsen, immer etwa die gleiche Körpergröße gehabt, allerdings war sie stets um einiges leichter gewesen als ich. Sie war, was man gemeinhin als »spillerig« bezeichnet, wenn diese Beschreibung linkisch und schlaksig einschließt. Mary hatte jahrelang eine Lücke zwischen den Vorderzähnen wie Letterman, ihr Haar war – man kann es nicht anders bezeichnen – mausbraun, und sie trug eine dicke Brille, die zur Sicherheit mit einem schwarzen Gummiband am Kopf befestigt war. In ihrem vorletzten Jahr auf dem College verwandelten ein sündteurer Kieferorthopäde, ein begnadeter Friseur von der Fifth Avenue und getönte Kontaktlinsen Mary in eine Wahnsinnsfrau. Irgendwie hatte sie es geschafft, genau an den richtigen Stellen zuzunehmen, obgleich ich sie immer noch um eine Körbchengröße schlug. Mary kann einen perfekten Lidstrich ziehen, selbst im Taxi, auf der Fahrt zu einem Date, von denen sie reichlich hat. Ich höre immer auf ihren Rat, ob es nun um Herzensangelegenheiten geht oder um Mode- und Make-up-Fragen. Sie ist Expertin auf all diesen Gebieten.

Mary führte mich schnurstracks zu den Kleiderständern mit der reduzierten Ware und bewies mir wieder einmal jenen sicheren Blick, der sie in Windeseile zur Einkäuferin hatte aufsteigen lassen. Sie begann an einem Ende des Ständers und schob systematisch einen Kleiderbügel nach dem anderen zur Seite, so schnell, dass ich kaum erkennen konnte, was daran hing. »Nein. Nein. Nein. Ja. Eventuell. Nein. Nein. Passt überhaupt nicht zu dir. Ja. Ja. Ja.« Als sie am anderen Ende angelangt war, zog sie alle mit »Ja« und

»Eventuell« bedachten Teile heraus und lud mir den ganzen Stapel auf den Arm. »So. Das probierst du jetzt an.«

Meine Arme umschlossen eine gewichtige Kollektion farblich aufeinander abgestimmter Hosen, Röcke, Tops und Kleider. Mary folgte mir in den Umkleideraum, damit ich keine Zeit mit Überlegen vergeudete. Ob etwas passte oder nicht, erkannte sie mit einem einzigen Blick.

Während ich mich meiner Kleider entledigte, meinte Mary: »Okay, parler chiffon.« So sagt man in Frankreich, wenn man ein Gespräch unter Frauen führen will.

Marys Beruf bringt es mit sich, dass sie des Öfteren nach Frankreich reisen muss, und so schleichen sich zwangsläufig französische Ausdrücke in ihre Sprache ein, was meine Cousine überaus feminin und kultiviert wirken lässt. Daran sollte ich mich erinnern, wenn ich mich wieder einmal in die Niederungen der neapolitanischen Gossensprache versteige.

»Du kennst doch diesen Anwalt, Bill, den ich vor ein paar Wochen kennengelernt habe?«, fuhr sie fort. »Er hat einen Freund, der sich irre gut anhört, und Bill hat es sich in den Kopf gesetzt, etwas für ihn zu arrangieren. Ich dachte, wir könnten mal alle vier zusammen ausgehen.« Sie schüttelte missbilligend den Kopf zu einem Rock, den ich gerade anprobierte, und reichte mir einen anderen.

»Du weißt doch, dass ich Blind Dates nicht mag.«

»Aber du selbst rührst keinen Finger, um wieder ins Spiel zu kommen, Casey! Es ist schon fünf Wochen her.«

»Viereinhalb.«

»Na wenn schon. Du müsstest schon längst darüber hinweg sein. Ich bitte dich.« Marys Anteilnahme für meine Situation hatte sich bereits eine Woche, nachdem ich Richard mit Lexi in der Praxis erwischt hatte, erschöpft. Das war so typisch für sie. Wenn Mary sagt, sie geht, ist sie auch schon verschwunden. Ich bin eher wie der Hund mit dem Knochen. Ich kann einfach nicht loslassen. Mary griff nach einer imaginären Gitarre und sang dazu eine kleine Melodie von George Strait: *»If you ain't lovin' (you aint't livin').«*

Ich nahm meine Luftgitarre und sang für sie etwas von Mark Chesnutt: *»I'm not getting any better at goodbyes.«*

In unserer Teenagerzeit hatten wir beide eine Freundin, Susie Jo Banks, deren Vater aus Nashville stammte. Wenn aus der Stereoanlage in ihrem Wohnzimmer mal keine Countrysongs ertönten, dann sang ihr Daddy sie. Mary und ich hätten wahrscheinlich ganze Dialoge allein aus den Titeln von Country- und Westernsongs und aus Zitaten daraus zusammenstellen können.

»Ich weiß, aber ich habe mir vorgenommen, diesen Zustand zu ändern«, versetzte Mary.

»Du hast ja recht. Ich will nur einfach ein bisschen ...«

»Sag jetzt *bitte* nicht, Zeit zum Nachdenken.«

»Ich wollte eigentlich sagen, Genugtuung.«

»Na, wenn das so ist, Genugtuung könntest du auch bei einem Italiener finden, und ich rede jetzt nicht vom Essen. Zieh die da mal an.«

Ich schloss den Reißverschluss einer tief sitzenden Hüfthose, und Mary trat einen Schritt zurück und musterte mich. »Ich wusste gleich, dass die toll an dir aussehen würde, und außerdem ist sie praktisch knitterfrei. Ich hab mir die gleiche für meine Reise gekauft.«

»Welche Reise denn?«

»Hab ich dir das nicht gesagt? Eine Einkaufsfahrt nach Paris, in drei Wochen.«

»Dann bist du also in Paris, während wir in Italien drehen?«

»*Oui*. Was sind wir beide doch kultivierte und weltgewandte Cousinen. Wer hätte das gedacht?«

»Von wegen weltgewandt. Du hättest sehen sollen, wie ich mich heute Morgen zum Deppen gemacht habe.« Ich schilderte ihr meine Begegnung mit Danny. Die Beschreibung meines unmöglichen, linkischen Verhaltens interessierte sie gar nicht, stattdessen wollte sie alles über ihn hören.

»Frech ist nicht schlecht. Du weißt schon: Frechheit siegt. Und was kümmert es dich, wenn er nur an Sally rankommen will? Alle wollen das.«

»Darum geht es doch nicht. Wenn er sich dazu meiner Person bedient, heißt das, dass er andere ausnützt. Und so einer ist nicht aufrichtig. Solchen Menschen kann man nicht trauen, weder, wenn es ums Geschäft geht, noch in der Liebe.«

»Ach, so geht es also zu auf der Welt? Ist das die Meinung von Dr. Phil oder eher die der zynischen Casey Costello?«

»Das ist schlicht eine Tatsache.«

»Und, willst du diesen Danny wiedersehen?«

»Ich bin *nicht* interessiert, Mary. Er ist ein Opportunist. Aber ich werde zwangsläufig mit ihm zu tun haben. Ich muss mit ihm zusammenarbeiten, und außerdem hat er uns alle für kommenden Donnerstag zu einer Party in sein Restaurant eingeladen.«

»Und? Gehst du hin?«

»Ja. Sally wird sich diese Party bestimmt nicht entgehen lassen. Sie war noch nie im Oran Mor und sie hasst es, wenn sie nicht auf dem Laufenden ist. Und das bedeutet, dass auch ich dort sein werde. Warum kommst du nicht mit?«

»Das brauchst du mir nicht zweimal zu sagen. Wie du siehst, nütze auch ich alle meine Kontakte so gut es geht, um überall dabei sein zu können. Warte mal einen Moment, ich bin gleich wieder da.«

Nach einer Minute kam Mary zurück, über dem Arm ein kleines Schwarzes, das definitiv nicht geschneidert worden war, um seine Trägerin warm zu halten. »Hier, schlüpf da mal rein.«

»Wo soll ich reinschlüpfen? Das Ding da ist nicht größer als ein Taschentuch.«

Sie drückte es mir in die Hand. »Zieh es an!«

Es war aus weicher glatter Seide und umschloss meinen Körper wie eine zweite Haut. Dünne Spaghettiträger hielten das Oberteil, dessen Dekolleté so tief war, dass man wer weiß wohin sehen konnte, wenn ich mich vorbeugte. Das Kleid hörte eine gute Handbreit über meinem Knie auf, und wenn meine Nonna mich darin sähe, würde ihr das Herz stillstehen.

»Du siehst toll aus. Du musst es *unbedingt* zu dieser Party tragen. Und dazu die schwarzen Jimmi-Choo-Highheels, die du letzten Sommer in Nantucket gekauft hast.«

»Bist du verrückt? In diesem Aufzug komme ich ins Gefängnis. Zumindest werden sie mich auf der Second Avenue anbaggern.«

»Du wirst dich nicht auf der Second Avenue rumtreiben. Du begibst dich in eine teure Gegend, und dort tragen die Leute eben so etwas.«

Die Leute, die ich kenne, nicht.«

»Stimmt. Die Leute, die du kennst, tragen weite Hosen, bedruckt mit allen möglichen Früchten, weiße Kittel mit kleinen Halstüchern und komische Hauben. Glaube mir,

Casey. Du siehst einfach umwerfend aus. Maître Danny wird sich die Finger nach dir lecken.«

»Ich hab dir doch gesagt, dass er mich nicht interessiert.«

»Na ja, genau darum geht es ja. Du musst erreichen, dass er sich nach dir verzehrt, und dann lässt du ihn abblitzen, weil er dich ausgenützt hat. Als Rache sozusagen.«

Dieser Vorschlag war gut. Rachegelüste sind in unseren Genen verankert. Ich schaute noch einmal prüfend in den Spiegel. Das Kleid war winzig, aber es enthüllte keine Körperteile, die ich als braves Mädchen nicht herzeigen durfte. Also kaufte ich es, zusammen mit mehreren sehr schicken Teilen für meine Reisegarderobe. Wenn ich das sexy Kleid für meinen Rachefeldzug nicht mitrechnete, hatte mich die gesamte Garderobe nicht einmal einen Wochenlohn gekostet.

4. Kapitel

Cookin' good Nancy Apple

Es sieht gut aus.

Mittwochmorgen ignorierte ich das Gebäck vom Frühstücksbuffet und begnügte mich stattdessen mit einem einfachen Joghurt. Wenn ich das kleine schwarze Kleid anziehen wollte, musste mein Bauch unbedingt schön flach sein. Ich aß den Joghurt nur zur Hälfte und fing dann an, die Bio-Lebensmittel auszupacken. Gerade als ich darüber nachsann, ob Tempeh wirklich einen Platz in dieser Welt verdiente, kam Mae in die Küche. Mir war natürlich völlig klar, welche Ansicht meine Assistentin in dieser Frage vertrat. Seit einer Ewigkeit, oder, wie mein Dad sagen würde, seit »die Schweine ihre kleine Schwester aufgefressen haben«, hatte sie nicht mehr so glücklich ausgesehen.

»Ist sie schon da?« Mae stellte ihren Rucksack auf einem Hocker ab. »Sara, meine ich.«

»Mae, ich muss dir was sagen, etwas Schlimmes. Sara liegt im Krankenhaus. Man hat bei ihr eine akute Unterversorgung an chemischen Zusätzen festgestellt. Sie bekommt nun über eine Sonde verflüssigte Cheetos und Peperoni-Pizza zugeführt, und sie reagiert gut darauf. Sie hat sogar schon nach einem Hamburger von Wendy's verlangt.«

Mae kreuzte die Arme vor der Brust, als wollte sie böse Geister abwehren. »Glaub mir, du wirst deine Worte bedauern, sobald du Sara kennengelernt und ihren Käsekuchen probiert hast.« Der Käsekuchen erinnerte mich an die Käsetasche, die ich mir bisher verkniffen hatte. Nun, eine einzige konnte ja wohl nicht schaden, dachte ich mir und begab mich schnurstracks zum Frühstücksbuffet.

Unsere veganische Köchin, Sara Paul, erwies sich als überaus angenehmer Mensch, und ihr Tofu-Käsekuchen war so köstlich, wie Mae prophezeit hatte. Wir brachten sogar alle vier Tonys dazu, ihn zu probieren. Die angebotenen Tempeh Fajitas stießen jedoch auf Ablehnung, und auch ich fand, dass die herkömmliche fleischlastige Tex-Mex-Version sich vor dieser Konkurrenz nicht zu fürchten brauchte. Ein einziges Mal während dieses Vormittags wurde die Situation etwas brenzlig, nämlich, als ich Sara nach oben in die Maske führte und sie mich fragte, ob die Make-up-Produkte garantiert ohne Tierversuche hergestellt worden seien. Keiner hatte irgendeine Ahnung.

»Dann kann ich sie nicht verwenden. Es tut mir leid, aber allein der Gedanke, dass dies der Fall sein könnte, regt mich schon fürchterlich auf. Kann ich nicht einfach so auftreten, wie ich bin?«

Ich nahm sie genauer in Augenschein und sah nur eins: Weizen. Ihr Haar, die Augen, Augenbrauen, der Teint, ihre Bluse – ein einziges Beige. Die Kamera würde Probleme haben, sie überhaupt zu finden. »Ich fürchte nein, Sara. Können Sie sich nicht einfach nur für die Sendung schminken lassen, und danach waschen wir alles ganz schnell wieder ab?«

Sara schüttelte langsam den Kopf. »Das geht einfach

nicht. Es tut mir leid. Wenn ich mir diese armen wehrlosen Kreaturen vorstelle, werde ich so furchtbar traurig.«

Das Letzte, was ich brauchte, war eine heulende Tierschützerin, die Tofu pürierte, Tempeh briet und dann die ganze Sendung dem armen, chemisch veränderten Hündchen-Spot widmete. Keine gute Show. Plötzlich hatte ich eine Idee.

»Warten Sie hier«, sagte ich und lief hinunter zu meiner mit einem sozialen Gewissen ausgestatteten Assistentin. »Mae, hast du dein Schminkzeug dabei?«

»Klar. Was brauchst du denn?«

»Alles mit Ausnahme deiner Magic Marker.«

Wie ich vermutet hatte, enthielt Maes Schminktäschchen nur Döschen und Tuben mit dem Vermerk, dass bei der Herstellung weder zwei- noch vierbeinige Lebewesen zu Schaden gekommen waren. Sara bekam etwas Farbe verpasst, und die Zuschauer erhielten eine aufregende Lektion, was man mit Tofu und Tempeh alles anstellen kann. Nun ja, aufregend ist natürlich relativ.

Nach der Sendung verzog sich Mae nach draußen, um sich eine Zigarette anzustecken, und ich ging geradewegs zum Buffet, um mir einen Muffin zu genehmigen. Mit dem vielen Gerenne, um ein politisch korrektes Make-up für Sara aufzutreiben, hatte ich mindestens so viele Kalorien verbraucht, wie die Käsetasche enthielt, die ich vorhin bereits verspeist hatte. Ich ging in die Küche zurück und nahm an »Romeo« Platz, um die Skripts für Sallys nächsten beiden Auftritte durchzusehen, die aufgezeichnet werden sollten.

Die Vorbereitungen für Aufzeichnungen unterscheiden sich wesentlich von denen für Livesendungen. Wenn in einem live gesendeten Spot etwas schiefläuft, gibt es keine Mittel und Wege, diese Panne auszubügeln; der Studiogast muss eben sehen, wie er sich am geschicktesten aus der Situation herausmanövriert. Aus diesem Grund brauchen wir uns auch nur für eine einzige Aufnahme vorzubereiten. Bei Aufzeichnungen hingegen besteht immer die Möglichkeit, dass wir mehr als einmal drehen müssen. Wenn das »Talent« einen Fehler macht oder die Kamera etwas verpasst, kann der Aufnahmeleiter oder der Regisseur eine Wiederholung der Szene fordern. Deshalb müssen wir gerüstet sein und mehrere vorbereitete Gerichte und Zutaten in Reserve haben, damit die Aufnahme so oft wie nötig wiederholt werden kann. Wenn die Zutaten unversehrt geblieben sind, ist das überhaupt kein Problem, denn dann wischen wir einfach alles sauber und fangen noch mal von vorn an. Aber wenn die Zutaten zerkleinert oder gegart oder irgendwie vermischt wurden, müssen wir auf frische Produkte zurückgreifen können. Konkret bedeutet dies, für jede Zutat, die während der Aufnahme eventuell verändert wird, müssen wir mindestens zwei identische in der Hinterhand haben. Zu meinen Aufgaben gehört es zu entscheiden, welche wir brauchen und in welchen Mengen sie vorhanden sein müssen.

Mae kam mit den Tonys in die Küche zurück. Sie schwärmte ihnen immer noch von Sara vor. »Ihr müsst *unbedingt* mal in ihr Restaurant gehen. Die Gerichte dort werden eure ganze Einstellung zum Essen verändern. Ihr bekommt ein ganz neues Lebensgefühl.« Die Tonys nickten begeistert, aber ich wusste genau, der einzige Ort, wo sie wirklich hin wollten, war Maes Bett.

Ich hatte mir jede Menge Notizen zum Tarte-Tatin-Skript

gemacht und versuchte gerade meine Aufzeichnungen zu entziffern, als sich Mae zu mir setzte. »Kommt Sally heute Vormittag ins Studio?«, fragte sie.

»Sie will es versuchen. Sie wollte eine frühe Maschine von Washington nehmen, und wenn es keine Verspätungen gibt und der Verkehr nicht zu schlimm ist, wird sie bei uns vorbeischauen. Das hat sie jedenfalls Sonya gesagt.«

»Ich will ihr die Einladung für die Party im Oran Mor geben.« Mae hatte anscheinend nichts anderes mehr im Kopf.

»Ich habe Sonya erzählt, dass wir alle eingeladen sind, und sie hat mir versichert, dass sie Sally informiert. Höchstwahrscheinlich wird sie hingehen wollen.«

»Na hör mal! Ganz bestimmt will sie das. Wer würde sich so etwas entgehen lassen? Du kommst doch auch, oder?«

Ich setzte eine gelangweilte Miene auf. »Ich muss ja wohl.«

»Was ziehst du an?«

»Nichts.«

»Hä?«

»Mary hat mir ein Kleid aufgeschwatzt, das so knapp ist, dass man es kaum als Kleid bezeichnen kann.«

Mae rückte etwas näher und hob die Brauen. »Aha, du hast dir also ein Kleid gekauft? Ein knapp sitzendes Kleid. Willst du damit jemand Bestimmten beeindrucken?«

Ich stützte mich auf die Ellbogen und beugte mich in den freien Raum, den Mae zwischen uns gelassen hatte. »Nein, wer sollte das sein? Unser Herzensbrecher etwa? Warum machst *du* dich nicht an ihn ran? Du bist doch diejenige, die ihn so charmant findet.«

»Weil es sonnenklar war, dass er hinter dir her ist.«

»Ach was, der ist doch hinter jedem Rock her.«

»Du vermutest nur, dass er ein Playboy ist, Casey.«

»Glaub mir. Mit meiner Vermutung liege ich goldrichtig, und so ein Kerl interessiert mich nicht. Ich hab das Kleid gekauft, weil ich es brauche.« Selbst in meinen Ohren klang diese Behauptung unaufrichtig. »Was ziehst du denn an?«

»Ich stelle mir ein irisches Outfit zusammen.« Sie lehnte sich zurück und kniff nachdenklich die Augen zu. »Ich weiß noch nicht genau, was ich dazu alles anziehe, aber ich hab eine Farbsprühdose im genau richtigen Grünton aufgetrieben.« Ich fragte mich im Stillen, ob sie irgendeine Vorstellung hatte, wie verquer sich das anhörte. »Weil wir gerade von Klamotten reden«, beendete sie das Thema Sprühdose, »hast du schon was Cooles für Italien gefunden? Du bist bestimmt schon total aufgedreht wegen dem Trip.«

»Ja, was die Klamotten angeht. Was die Reise an sich betrifft, hab ich noch meine Zweifel.«

»Weil Richard nicht mitkommt?« Sie hörte sich an, als würde sie mir im nächsten Moment ins Gesicht springen.

»Weil George Davis mitkommt.«

Ein Ausdruck höchster Abneigung trat an die Stelle ihres mitleidlosen Stirnrunzelns. »Ach du grüne Neune! Der Fürst der Finsternis. Wer hat denn den eingeladen?«

»Er selbst. Er sagt, er hat wegen Sally dort geschäftlich zu tun.«

»Das ist ja ätzend! Wie konnte sie sich überhaupt mit jemand wie ihm einlassen. Bei dem kriegt man ja eine Gänsehaut. Und weißt du, er bringt sie dazu, Dinge zu tun, die völlig untypisch für sie sind. Hast du ihren neuen Werbespot gesehen, den für das Waschmittel? Früher hätte sie so was niemals gemacht. Das Ganze ist so fürchterlich peinlich, finde ich. Also, wenn du mich fragst, irgendwas an dem Typen ist faul. Er erinnert mich an diesen Sven-Dingsbums.«

»Svengali.«

»Genau. Svengali. Wahrscheinlich versetzt er sie in Hypnose und bringt sie dazu, genau das zu tun, was er will.«

»Ich finde, das ist ein bisschen weit hergeholt, Mae.«

»Also, irgendwas Krummes *muss* da laufen. Na ja, vielleicht haben sie auch was miteinander. So was hört man ja immer wieder, dass eine einsame Witwe in die Fänge von so einem jungen Gigolo gerät und plötzlich ganz verrückte Sachen macht.«

»Jetzt hör aber auf! Du hast ja recht, ausnahmsweise liegt sie mal falsch mit ihrer Menschenkenntnis, aber blind ist sie nicht geworden. Hast du dir diesen George Davis schon mal genau angesehen?«

»Ja, oh Gott, er ist potthässlich.«

»Das allein ist es nicht. Er ist ungepflegt. Tina könnte unter seinen Fingernägeln ein Kräuterbeet anlegen. Er hat Schuppen, seine Schuhe sind nie geputzt. Seine Kleidung passt nicht zusammen. Und dann noch diese selbstgefällige Miene. Nie im Leben würde Sally sich in so einen Widerling vergucken.«

»Na ja, irgendwas muss er an sich haben. Das Ganze ist einfach zu seltsam. Wenn es ein Roman wäre, würde sich herausstellen, dass er in Wahrheit ihr Sohn ist, aus einer frühen Ehe mit einem Drogenhändler, der sie geschlagen hat, und sie musste den Kleinen nach der Geburt weggeben, weil es ein Crack-Baby war.«

»Was liest du denn nur für haarsträubendes Zeug, Mae? Also, diese Geschichte ist viel zu abstrus, selbst für einen Roman. Sallys Leben ist wie ein offenes Buch. Im wahrsten

Sinne des Wortes. Drei verschiedene Biografien wurden schon über sie geschrieben, da hätte bestimmt jemand eine Leiche im Keller gefunden, wenn es eine gäbe.«

»He, man kann nie wissen.«

»Stimmt. Ach du lieber Himmel. Sieh mal auf die Uhr. Wir machen uns lieber an die Arbeit.«

»Okay. Erzähl mir was über den Hummer-Spot.«

»Sally wird Jim zeigen, wie man einen Hummer korrekt verspeist. Jim und Sally haben jeweils einen Hummer vor sich, also habe ich vorsichtshalber sechs bestellt, was genügen dürfte. Damit haben wir noch zwei in Reserve. Es geht nur darum, auf welche Weise man den Hummer isst, nicht um die Zubereitung. Was kann dabei schon schiefgehen?«

»Das ist der Satz bei Food-Sendungen, der mir am meisten Angst einjagt.«

»Du hast recht. Ich nehme ihn zurück.«

»Müssen wir für den Spot noch irgendwas Essbares vorbereiten?«

»Nur flüssige Butter, aber das können wir am Morgen vor der Sendung machen. Wir sollten auch ein paar Zitronen aufschneiden, falls Jim etwas Saft auf seinen Hummer träufeln will. Die Tarte Tatin ist es, die uns Kopfzerbrechen machen wird.« Mae und ich nahmen unsere Rezepte und Skripts für die Tarte Tatin zur Hand. »Bei der Tarte Tatin wird Sally nicht den Teig zeigen, sondern von einem bereits fertigen Mürbteig ausgehen, also wird sie die Zuschauer darauf hinweisen, dass sie vorher einen Teig nach ihrem eigenen Rezept machen sollen. Wir können den Teig heute schon vorbereiten – drei Portionen für drei fertige Tartes, drei für Sally, zwei davon in Reserve. Wir können die drei fertigen Tartes bereits heute backen und alle Äpfel, die wir insgesamt brauchen, schälen und in Spalten schneiden. Vermische sie mit Zitronensaft und Zucker, damit sie nicht braun werden. Und vergiss nicht, Mae, ein paar Äpfel ganz zu lassen, weil Sally den Zuschauern zeigen will, wie man sie am geschicktesten schält und schneidet.«

Nachdem Sally verschiedene Methoden ausprobiert hatte, war sie zu dem Schluss gekommen, dass man die Äpfel am besten zuerst viertelt, dann das Kernhaus herausschneidet und sie dann erst schält und in Spalten schneidet. Damit fällt zwar leider der beliebte Wettbewerb flach, wer die längste Apfelschalenspirale zustande bringt, aber es geht viel schneller.

Es überraschte mich nicht, dass Sally für das Thema ihrer Kochsendung die Tarte Tatin gewählt hatte. Dieser flache Kuchen ist ein französischer Dessert-Klassiker, überaus köstlich, raffiniert, und es gibt eine hübsche kleine Geschichte dazu zu erzählen. Die berühmte Tarte Tatin, oder wie sie ursprünglich hieß, *tarte des demoiselles Tatin*, wurde von zwei unverheirateten Schwestern aus dem Loire-Tal erfunden, und zwar, nachdem sie angeblich vergessen hatten, den Teig vor der Füllung in die Form zu legen. Deshalb legten sie ihn kurzerhand oben auf die Füllung und drehten dann nach dem Backen das Ganze einfach um, und dies war die Geburtsstunde des gestürzten Apfelkuchens. Sally gefiel es, die beiden findigen Hotelbesitzerinnen als alte Jungfern zu bezeichnen, aber besonderes Vergnügen bereitete ihr die kleine Anekdote an sich, ob sie nun wahr ist oder nicht, weil sie davon handelte, wie man ein Missgeschick in einen Erfolg ummünzen konnte. Auch Sally legte ihrem Publikum immer wieder ans Herz, sich niemals bei seinen Gästen für etwas zu entschuldigen. »Wenn Ihr Kuchen zu feucht ist und zerfällt, wenn Sie ihn aus der Form nehmen, dann schaufeln Sie das Ganze einfach zusammen und nennen es einen Auflauf.«

»Okay. Fangen wir an. Als Erstes teilen wir die zehn gusseisernen Tarteformen ein und nummerieren sie, damit wir nicht durcheinanderkommen.« Alle vier Tonys reichten Mae einen Block mit Haftnotizen und einen Stift. Sie schob einen davon zu mir herüber.

»Zu Beginn der Sendung steht Form eins auf dem Herd, mit Butter darin, die bereits zum Teil geschmolzen ist. Sally wird nun in diese Form Zucker geben und ihn karamellisieren lassen. Form zwei und drei sind Reserven für Form eins. Dann haben wir Form vier, darin befinden sich karamellisierter Zucker und ein erster Ring Apfelspalten. Sally legt vor der Kamera die restlichen Äpfel in die Form. Fünf und sechs sind Reserven für Form vier. Sally stellt Form vier auf den Herd und lässt die Äpfel garen, bis ein dickflüssiger Saft austritt. In Form sieben ist der Saft bereits sirupartig eingedickt, und Sally legt nun über die Apfelspalten eine Teigplatte, die schon fertig ausgerollt auf dem Tresen bereitliegt. Wir werden keine Reserve für Form sieben brauchen, denn man könnte, falls nötig, leicht den Teig wieder wegziehen, ohne dass dabei die Äpfel leiden. Form acht ist ein fertig gebackener Kuchen, den Sally aus dem Ofen nimmt; neun und zehn sind fertig gebackene Kuchen in Reserve.«

»Falls sie Nummer acht fallen lässt.«

»Bitte, Mae. Nicht auch noch du.«

Immer wenn Fans Sally irgendwo entdecken, sprechen sie sie unweigerlich darauf an, wie sehr ihnen jene Sendung gefiel, in der Sally versehentlich pochierte Eier auf den Boden fallen ließ. Doch die Zuschauer erinnern sich auf ganz unterschiedliche Weise an diese Panne, manchmal ist es ein Hühnchen, das auf dem Boden landete, oder eine Lammkeule, bisweilen auch ein riesiger Fisch. Sally korrigiert sie nie; sie erwidert darauf immer nur: »Ja, war das nicht komisch?« Auch wenn sich manche Leute von ihrem Gedächtnis täuschen lassen, so glauben sie sich doch bis ins kleinste Detail zu erinnern, und das ist das Verblüffende dabei. Ein Mann etwa konnte vor lauter Lachen kaum sprechen, als er Sally schilderte, wie sehr es ihn und seine Frau erheiterte, als Sally das Eclair auf den Boden fallen ließ, und zwar mit der Zuckerseite nach unten. »Wissen Sie noch, wie Sie den Zuckerguss vom Boden gekratzt und ihn anschließend wieder auf das Eclair gestrichen haben? Wir haben uns vor Lachen fast in die Hosen gemacht. Es war so komisch.« Wie immer antwortete Sally nur seelenruhig: »Ja, nicht wahr?«

»Ich konnte es mir einfach nicht verkneifen.« Mae grinste schuldbewusst.

In Windeseile hatten die Tonys und ich mit Sallys Methode den Großteil der Äpfel geschält, in Spalten geschnitten, mit Zucker bestreut und Zitronensaft beträufelt. Mae hatte den Teig geknetet, in sechs Portionen aufgeteilt und zum Ruhen in den Kühlschrank gelegt. Als wir gerade über das Ausmaß der Brauntöne der Sendung diskutierten, um Jonathans zu erwartende Übellaunigkeit besser einschätzen zu können, hörten wir draußen vor der Tür ein unverkennbares »Hu-huu«. Unsere Überfrau am Herd war eingetroffen.

5. Kapitel

God must have spent a little more time on you

Alabama

Gott muss sich für Dich ein bisschen mehr Zeit genommen haben.

Die einundsiebzigjährige Sally Woods holperte in die Küche, dicht gefolgt von Sonya. Sally holpert wirklich; es trägt zu ihrem Charme bei, und überdies, schätze ich, ist es die einzig mögliche Gangart, wenn man Schuhgröße 42 hat und seine Füße in Pumps mit einem fünf Zentimeter hohen Absatz steckt.

»Ist *das* Casey Castello?«, sagte Sally in ungläubigem Ton, als hätte sie soeben die Königin von England beim Kloputzen ertappt. Diese Art der Begrüßung war typisch für Sally; und immer wieder überkommt mich dabei ein warmes, herzliches Gefühl.

»Ist denn das die Möglichkeit - *Sally Woods?*«, rief ich aus und ahmte dabei ihren Tonfall, ihren leichten Georgia-Akzent nach, während ich die Arme ausbreitete und sie fest an mich drückte. Sally ist genauso groß wie ich, deshalb ist es für mich nicht schwierig, sie zu umarmen. Manch anderer hingegen endet bei der Umarmung mit dem Gesicht in Sallys üppigem Busen, was ziemlich peinlich sein kann, wenn man bedenkt, wie berühmt diese Frau ist. »Wie *schön*, dich zu sehen.«

Sally ist der Megastar der Food-Szene, und das schon seit nunmehr dreißig Jahren. Man hat sie zur Legende erklärt, zu einem nationalen Kulturgut, drei Präsidenten der Vereinigten Staaten und einer von Frankreich haben sie gefeiert und zum Dinner eingeladen, und sie wurde derart mit Ehrungen und Auszeichnungen überhäuft, dass niemand mehr den Überblick besitzt, Sally eingeschlossen, die diesen Dingen nur wenig Aufmerksamkeit widmet. Der Mann auf der Straße kennt sie; Kinder, kaum groß genug, um über den Herd zu gucken, bitten sie um ein Autogramm; Gourmets fallen wegen ihr vor Begeisterung in Ohnmacht.

»Wir haben uns viel zu lange nicht gesehen, Schätzchen«, sagte sie, und dann drehte sie sich zur Seite, um Mae zu umarmen, die sich tatsächlich auf die Zehenspitzen stellte, um nicht gegen Sallys Busen gequetscht zu werden. »Und unsere Mae ist auch da.« Es war leicht zu erkennen, wer zur Sally-Familie gehörte.

Auch wenn Sally ein wirklich großer Star ist, so sind ihr Starallüren doch völlig fremd. Gleich nachdem sie uns beide umarmt hatte, griff sie in ihre Segeltuchtasche, holte eine Schürze heraus und fragte, was zu tun sei.

»Also, es müssen noch Äpfel geschält und in Spalten geschnitten werden. Der ganze Teig liegt fertig im Kühlschrank und muss noch ausgerollt werden, und wir müssen eine ausreichende Menge Zucker karamellisieren ...« Ich warf einen Blick in meine Notizen. »Für sechs – nein, sieben Backformen.«

Sally betrachtete die zehn gusseisernen Tarteformen, die sich auf der Arbeitsplatte stapelten, und ließ einen ihrer typischen Jauchzer los. »Ha! Schaut euch diese Formen an. Ist das nicht ein hübscher Anblick? Ich würde gern den Karamell machen.«

Sonya band sich eine Schürze um und fragte, wie sie sich nützlich machen könne. Maes Augen weiteten sich in Panik. Sonya ist ein Genie, was die Produktion von Kochsendungen angeht, aber wenn es ums praktische Kochen geht, hat sie zwei linke Hände. Das letzte Mal, als sie uns helfen wollte, hat sie sich um ein Haar zwei Finger abgehackt. Wir waren vollauf damit beschäftigt, sie ins Krankenhaus zu schaffen, wo die Wunde genäht wurde, und das Blut aus dem Kartoffelsalat zu waschen, und nur mit Ach und Krach schafften wir es, rechtzeitig zu Sendebeginn mit den Vorbereitungen fertig zu werden. Irgendwann würde wohl einer von uns ein ehrliches Wort mit ihr reden müssen, doch für den Augenblick musste ich einfach eine Beschäftigung für sie finden. »Wärst du so nett, meine Skizzen für die Set-Ausstattung noch mal durchzulesen? Wir brauchen allein eine solche Menge Backformen; ich möchte sichergehen, dass wir nichts vergessen haben.« Es war bestenfalls ein Lückenfüller. Sonya würde nicht sehr lange für diese Aufgabe brauchen.

»Klar«, sagte sie ohne Begeisterung und ließ sich mit meinem Skript an »Romeo« nieder. Am anderen Ende bestäubte Mae die Arbeitsfläche mit Mehl und stellte sechs Plastikbeutel in Reichweite, von denen jeder eine perfekt geformte, leicht abgeflachte Kugel *pâte brisée* enthielt.

Liebevoll tätschelte Sally auf ihrem Weg zum Herd die Mürbteigkugeln. »Die sehen wunderbar aus, Mae.« Sally holte eine der Teigkugeln heraus, brach ein kleines Stück davon ab und schob es sich in den Mund. Nicht ohne Grund ist Sally die Beste; sie muss immerzu alles probieren. »Hm. Schön buttrig, einfach köstlich«, lobte sie.

»Ich habe den Teig einfach nach Ihrem Rezept gemacht. Es ist, na ja, narrensicher.« Mae strahlte vor Freude, während sie sich bemühte, den Teig zu einem perfekten Kreis auszurollen. Ich wog Zucker und Butter für den Karamell ab und stellte beides auf die Arbeitsfläche neben Sally, die gerade versuchte, den unkooperativen Elektroherd dazu zu bringen, eine mäßige Hitze zu produzieren. Jeder vernünftige Koch arbeitet mit Gas, nicht mit Elektrizität, und unser Elektroherd stellte uns immer wieder vor neue Probleme.

Sally schaltete alle vier Kochfelder ein und fuhr mit der Hand dicht darüber, um zu sehen, welche davon reagierten. »Ich möchte wetten, dass kein Koch je so einen Herd entwerfen würde. Und wer verkauft diese Dinger? Irgendjemand, der die Woche zuvor noch Herrensocken verkauft hat. Eine Schande ist das.«

Wohl wissend, wie schlecht sich Elektroherde regulieren lassen, hatte ich für Sally eine aufgeschnittene Zitrone bereitgestellt. Wenn man der Butter und dem Zucker ein paar Tropfen Zitronensaft hinzufügt, kann man verhindern, dass der Karamell hart wird, auch wenn der Elektroherd verrückt spielt.

»Ob ihr es glaubt oder nicht, meine Freunde, es gibt tatsächlich einen Gott, und er hat meine Welt hübsch rot angemalt.« Ein offensichtlich bestens gelaunter Jonathan spazierte in die Küche, im Arm eine kleine Kiste mit sechs leuchtend roten, gekochten Hummern. Als er Sally sah, stellte er seine Beute auf die Arbeitsplatte. »Mrs. Woods! Wie schön, Sie wiederzusehen!« Alle anderen im Raum waren Luft für ihn. Er ging auf Sally zu und ergriff ihre Hand mit beiden Händen. Völlig untypisch für ihn, strahlte sein Gesicht vor Freude. »Wie geht es Ihnen?«

»Sehr gut, Schätzchen.« Dass sie ihn Schätzchen nannte, ohne ihn mit seinem Namen anzureden, verriet mir, dass sie ihn kannte und wusste, dass er einer von uns war, aber dass ihr im Moment sein Name nicht einfiel. Diese Taktik wendet sie häufig an, und sie beherrscht sie meisterhaft. »Wie geht es *Ihnen*?«

Wenn Sally an jemanden diese Frage richtet, kann man davon ausgehen, dass sie die Antwort wirklich interessiert. Ich habe erlebt, dass Sally nach einer Unterhaltung mit einem Fan noch Monate später wusste, dass der oder die Betreffende in einem Trailerpark lebte, oder in den sechziger Jahren ein Kiffer war oder zehn Kinder hatte. Sally faszinieren Menschen, und dies ist wohl auch der Grund dafür, dass ihre Fans sich ihr so nahe fühlen und keine Scheu haben, sie anzusprechen – in Restaurants, auf dem Flughafen, auf der Straße, auf dem Markt. Einmal hat sogar eine Frau auf der Toilette einen Zettel unter der Toilettentür durchgeschoben, mit der Bitte um ein Autogramm. Sally schrieb *Pipi* darauf und schob ihn zurück.

Sonyas Handy klingelte, und ich schickte ein kleines Stoßgebet zum Himmel, es möge jemand sein, der ihre Aufmerksamkeit anderweitig benötigte und sie eine Zeit lang von hier wegholte, damit ich mir keine neue Aufgabe für sie ausdenken musste. Mein Gebet wurde erhört, denn Sonya formte mit dem Mund ein tonloses »bin gleich wieder da«, während sie, das Handy ans Ohr gepresst, aus der Küche eilte.

Jonathan war inzwischen damit beschäftigt, einen sterbenslangweiligen, mit vielen Details ausgeschmückten Bericht abzuliefern, wie es ihm in der letzten Zeit ergangen war. Sally war ganz Ohr und gab ihre Kommentare dazu ab, während sie Butter und Zucker erhitzte und durch geschickte Handhabung ihres Holzspatels in Karamell verwandelte.

»... nachdem ich also mit meinem schönen Geld das Wohnzimmer, das Schlafzimmer, das Badezimmer neu streichen und tapezieren lassen habe, muss ich nun damit rechnen, dass ich mein wunderschönes kleines Appartement aufgeben und mich in einer weniger reizvollen Gegend nach was Neuem umsehen muss – mit meinen zwei Katzen und meinem Hund, der ganz bestimmt *nicht* den ganzen Tag lang bellt. Schlichtweg unfair ist das, vor allem, weil ich ... Mrs. Woods? *Mrs. Woods*? Ist alles in Ordnung? Kann ich Ihnen helfen?«

»Maen Ssehn kwem zsamn.«

Ich ließ meinen Apfel auf den Tisch fallen und fuhr erschrocken herum. Oh mein Gott, dachte ich, sie hat einen Schlaganfall. Sally hielt sich die Hand vor den Mund und schien nach Luft zu ringen. Ihre Augen tränten. Jonathan zitterte am ganzen Körper und konnte sich nicht von der Stelle rühren. Ich stürzte auf sie zu und erreichte sie, gerade in dem Moment, in dem sie sich ein Stück Karamell aus dem Mund zog. »Es klebte an meinen Zähnen, und ich konnte es nicht wieder rauskriegen«, krächzte sie.

»Du lieber Himmel, Sally! Du hast dir heißen Karamell in den Mund gesteckt? Was hast du dir dabei gedacht?«

»Ich hab nichts gedacht. Ich hab es einfach getan.« Sie warf mir einen typischen Sally-Blick zu, den die Öffentlichkeit nur selten zu sehen bekommt. Es ist das verlegene Grinsen eines frechen Schulmädchens, das man gerade bei einem schlimmen Streich ertappt hat. In ihrer Jugend, dessen bin ich mir sicher, hatte sie reichlich Gelegenheit, diesen Blick zu perfektionieren, denn wie es heißt, war sie ein richtiger Wildfang.

»Hast du dir den Mund verbrannt?«

»Na ja, *ja.*«

»Ich hol dir etwas Eis. Und iss ja nicht noch mehr davon.« Sie grinste immer noch, und der Schalk guckte ihr aus den Augen.

Ich bin nicht immer so locker mit Sally umgegangen. Als ich sie vor sechs Jahren kennenlernte, war ich so von Respekt vor ihrer Erscheinung erfüllt, dass ich ihr mit übertriebener Ehrerbietung begegnete. Damals unterrichtete ich gerade an einer Kochschule, die man beauftragt hatte, eine Wohltätigkeitsveranstaltung zu organisieren, bei der Sally die Hauptattraktion sein sollte. Veranstaltungsort war ein Theatersaal, deshalb wurde auf der Bühne eine Behelfsküche aufgebaut. Ein langer, mit Stoffbahnen verkleideter Tisch war die »Küche«, zu deren Ausstattung ein Schneidbrett gehörte, ein paar Messer, eine Elektroherdplatte mit zwei Kochstellen, ein Standmixer, eine Küchenmaschine und ein großer irdener Krug mit diversen Küchenutensilien. Sally stand hinter diesem Tisch, das Gesicht dem Publikum zugewandt. Ein paar Meter hinter ihr befanden sich zwei weitere, mit Stoffbahnen verkleidete Tische. Auf einem standen drei mit Wasser gefüllte Eimer, unsere Wasserversorgung und Spüleinrichtung. Für unsere Vorbereitungen diente der zweite Tisch, ausgestattet mit einer weiteren Kochplatte, Schneidbrett, Messer, Utensilien und den Zutaten für die Speisen. Auf einer Ablage unter dem Tisch befanden sich Töpfe, Pfannen, verschiedene kleine Küchengeräte und mehrere Steckerleisten.

Sally sollte für das Publikum Lachsfiletröllchen kochen,

gefüllt mit Forellen-Mousse, nappiert (was für ein hübsches Wort) mit einer Sauce hollandaise. Sie bereitete die Sauce auf ihrer Kochplatte zu und reichte sie mir dann, damit ich sie auf der Kochplatte auf dem rückwärtigen Tisch warm hielt. Als ich mit lächelndem Gesicht die Kasserolle entgegennahm, sah ich auf einen Blick, dass die Hollandaise geronnen war; wenn man genau hinsah, konnte man sogar kleine Teile des hart gewordenen Eidotters erkennen. Wie sollte ich mich in dieser Situation verhalten? Natürlich lag es mir fern, Sally vor dem Publikum darauf hinzuweisen, doch war mir klar, dass sie die Sauce in diesem Zustand ganz bestimmt nicht verwenden wollte. Also bereitete ich eine neue zu. Ich schmolz auf meiner rückwärtigen Kochplatte Butter und kauerte mich dann mit der Butter, Eidottern, Zitronensaft und dem Mixer unter den mit einer Stoffbahn verkleideten Tisch. Ich wartete, bis Sally ihre Küchenmaschine anschaltete, um die Forellenfilets zu pürieren, und stellte dann erst meinen Mixer an, in der Hoffnung, dass ihre Maschine mich übertönen würde. So verrührte ich Dotter, Butter und Zitronensaft zu einer perfekten Hollandaise und füllte die Sauce in eine Kasserolle, die genau so aussah wie jene, die Sally mir übergeben hatte. Sicherheitshalber schüttete ich ihre Sauce nicht weg, falls Sally eine Diskussion über das Gerinnen führen wollte, doch als ich ihr dann meine neue Sauce reichte, schenkte sie mir ihr Schulmädchengrinsen, lobte die »gute Arbeit« und widmete sich wieder ihrem Publikum.

An jenem Abend fragte mich Sally, ob ich Zeit hätte, als ihre Assistentin zu arbeiten, immer wenn sie in New York zu tun haben würde. Ich schätze, wenn man es schafft, auf dem Fußboden zu kochen, so ist das eine echte Zusatzqualifikation.

Mein erster offizieller Auftritt mit Sally entpuppte sich als achtzehnstündiger Marathon, beginnend mit einem Fernsehauftritt, gefolgt von mehreren Kochdemonstrationen und schließlich einem gemeinsamen Essen. Wir fingen früh um fünf Uhr an, hier bei *Morning in America*. In jener Zeit gab es dort noch keinen Küchenchef für die Vorbereitung, kaum Küchengeräte und keinen »Romeo«, deshalb waren die Arbeitsbedingungen kaum besser als in der provisorischen Theaterküche. Aber wir schafften es, eine Live-Sendung und drei Aufzeichnungen durchzuziehen, ohne dass ein einziger Take wiederholt werden musste. Wir feierten unseren Erfolg mit einem viergängigen Mittagessen und ausgezeichnetem Wein. Ehe wir zu der abendlichen Kochdemonstration aufbrachen, legten wir einen Zwischenstopp bei einer Champagner-Schokoladeneis-Verkostung ein, die von James Beard gesponsert wurde. Um achtzehn Uhr dann fanden wir uns an unserem Veranstaltungsort ein, wieder ein Theatersaal, wieder mit provisorischer Küche auf der Bühne, wo Sally für dreihundert Personen in zwei Elektrowoks Paella zubereitete. Sie war einfach eine Wucht. Als die Show um zehn Uhr abends endete, kredenzten uns die Sponsoren Champagner, um mit uns auf den Erfolg anzustoßen. Bis dahin hatte ich, vernünftig wie ich bin, an alkoholischen Getränken nur genippt – nicht umsonst sagt man mir nach, ich würde immer nur einen Fingerhut voll trinken –, doch nun, nach getaner Arbeit, hielt ich gierig mein Glas hin. Als ich gerade mein zweites Glas hinunterstürzte, fragte Sally, wo ich denn nun gerne zum Abendessen hingehen würde. Wer dachte zu dieser späten Stunde noch an Essen? Ich hatte mich bereits auf mein Bett gefreut. Stattdessen gingen wir in ein gemütliches italienisches Restaurant, und nach dem Essen und noch mehr Wein machte ich Sally vor, wie man das Einwickelpapier von Amoretti anzündet, wobei ich um ein Haar das ganze Restaurant abgefackelt hätte.

Am nächsten Morgen trafen wir uns zu einem gemeinsamen Frühstück, und ich hatte das ungute Gefühl, ich schuldete ihr eine Erklärung für mein Verhalten.

»Sally, ich fürchte, ich habe gestern Abend den Wein ein bisschen unterschätzt. Wenn mich meine Erinnerung nicht täuscht, habe ich auf dem Tisch getanzt.«

Sie legte mir die Hand auf den Arm, wieder blitzte Schalk in ihren Augen, und sagte: »Stimmt. Aber du warst sehr gut.«

Von diesem Moment an war sie für mich nicht mehr der große Star, sondern einfach eine überaus coole Person, und so dauerte es auch nicht lange, bis wir beide richtig gute Freundinnen geworden waren. Als sie wegen des Engagements für *Morning in America* verhandelte, erklärte sie Sonya, sie bestehe darauf, mit mir zusammenzuarbeiten. Und so bekam ich diese wunderbare Stelle, die ich heute innehabe.

»Zusammen zu kochen macht so viel Spaß«, rief Sally aus, während sie an ihren Eiswürfeln lutschte.

»Und wie«, sagten Mae und ich wie aus einem Mund.

Jonathan hingegen schaute nicht so aus, als amüsiere er sich. Vermutlich würde er einmal den medizinischen Beweis dafür liefern, dass man vor lauter Langeweile sterben kann. »Ich gehe jetzt zum Fischmarkt. Vielleicht finde ich dort etwas schönen Seetang für die Hummer«, sagte er.

»Gute Idee. Hast du an die Hummerzangen gedacht?« Ich sah nach, was sonst noch alles auf meiner Liste stand. Wir hatten so viel Zeit auf die Tarte Tatin verwendet, dass wir den Hummer-Spot nur noch kurz abfertigen konnten.

Jonathan schaute zum Himmel und lächelte gequält, während er demonstrativ Hummerzangen und Hummergabeln hochhielt.

»Es gehört zu meinem Job, dass ich frage.« Auch ich schenkte ihm ein spöttisches Grinsen.

»Was ist mit Lätzchen?«, wollte Sally wissen. Sie verwechselt Kochen nie mit Herzchirurgie und ist immer offen für ein wenig Dekor. Nicht, dass Lätzchen auch nur im Geringsten abwegig gewesen wären, doch die meisten unserer Gastköche, das stand für mich fest, würden nicht einmal im Traum daran denken, sich ein mit kleinen Hummern bedrucktes Plastiklätzchen umbinden zu lassen.

»Was für eine ausgezeichnete Idee!« Jonathan wurde geradezu euphorisch. »Ich werde passende Lätzchen besorgen. Meint ihr, dass Jim eines umlegen wird? Er ist so konservativ.«

»Wenn Sally es vormacht, wird er es auch tun.« Mae hatte recht. Die Moderatoren der Sendung wussten sehr wohl, dass Sally der Liebling des Publikums war, und so folgten sie nur allzu gern ihrem Beispiel, in der Hoffnung, dass ihr Ruhm etwas auf sie abfärben würde.

Sonya kam in die Küche zurück, gerade als Jonathan sich auf den Weg machte. Sie überflog noch einmal mein Skript und legte es dann beiseite. »Ich glaube, du hast an alles gedacht, Casey. Was kann ich sonst noch tun?«

Ich blickte mich prüfend um, wie wir mit unserer Arbeit vorangekommen waren. Ich schnippelte gerade an dem letzten Apfel, Mae hatte die ganze Teigmenge ausgerollt, und Sallys Butter und Zucker waren inzwischen zu Karamell geworden. Nun konnte nichts mehr schiefgehen. Keine Messer, keine heißen Herdplatten mehr. »Ich denke, wir können jetzt die Tartes belegen.«

Wir stellten sieben Formen in einer Reihe auf den Tisch, und ich löste die Haftnotizen ab, die an den Innenseiten klebten, und pappte sie daneben auf die Tischplatte. Dann nahmen wir unsere Arbeitsplätze am Tisch ein, zwei Personen auf jeder Seite, und begannen sozusagen mit der Montage der Tartes .

Sally hatte aufgehört, an ihren Eiswürfeln zu lutschen, und mampfte nun Apfelspalten. Kauend sagte sie: »Ich habe letzte Woche einen ungemein netten jungen Mann in Washington kennengelernt. Er ist Souschef im Citronelle, ein ganz witziger Kerl. Ich denke, er würde dir gefallen, Casey.«

Ach, sie meinte es ja so gut. Vor meiner Zeit mit Richard hatte sie mir immer Männer vorgeschlagen, die ihrer Meinung nach gut zu mir passen würden. Als ich einmal eine ausgesprochen lange Dürreperiode durchmachte, was Männerbekanntschaften anging, erzählte sie mir von einem Freund, der ein bisschen »zerknittert und angestaubt«, aber ansonsten ein feiner Kerl sei. Ob ich Interesse hätte? Ich dachte, sie wolle mich darauf vorbereiten, dass dieser Mann sich nicht besonders modisch kleidete, doch wie ich herausfand, war er ein schon sehr bejahrter, verwitterter Collegeprofessor, der, zum Glück, eine Partnerin fand, ehe ich Sally sagen musste, was ich von ihrem Verkupplungsversuch hielt. Da sie genau wusste, welche Turbulenzen ich während des Übergangs von »Abstand zu Richard« zu »Trennung von Richard« durchgemacht hatte, war ich bereits darauf gefasst, dass sie alle möglichen alten Freunde herauskramen würde.

»Habe ich dir erzählt, dass ich mir eine Wüstenrennmaus zugelegt habe?«, entgegnete ich. »Ich hab den kleinen Kerl inzwischen richtig gern.«

»Hast du. Aber ich habe gehofft, es wäre nur eine vorübergehende Laune.«

»Was heißt hier vorübergehend. Wüstenrennmäuse können zwei bis drei Jahre alt werden. Das ist länger als meine letzte Beziehung.« Dann summte ich eine kleine Melodie: *»It's not love, but it ain't bad.«*

»Diesen Song kenne ich nicht. Roy Rogers, vielleicht?« Sally ist nicht gerade ein Fan von Countrymusic – eher ist sie eine begeisterte Anhängerin von Gershwin –, aber sie mag es gern, wenn ich singe.

»Merle Haggard.«

»Nie gehört. Ich finde, du solltest nach Washington fahren und diesen Küchenchef kennenlernen.« Sie hob fragend die Augenbrauen, und ich schenkte ihr ein breites Lächeln.

»Wir werden sehen«, sagte ich.

Dann wandte Sally ihre Aufmerksamkeit Mae zu. »Wie steht's mit dir, Mae? Gehst du immer noch mit diesem süßen Jungen, diesem Timmy?«

»Tommy. Nein. Wir haben letzte Woche Schluss gemacht, und ich habe es so satt, mit Zwanzigjährigen auszugehen, die eine überentwickelte Libido und unterentwickelte Kommunikationsfähigkeiten haben. Ich suche einen älteren, vernünftigen Typ, der einen Saufabend mit Bier und Fritten nicht für eine kulturelle Veranstaltung hält. Aber leider tut sich in dieser Richtung gar nichts.« Mae befand sich in einem Dilemma. Auch wenn sie aussah, als würde sie sich aus dem Kleiderschrank ihrer Oma bedienen und Verkleiden spielen, so war sie doch sehr reif und erwachsen. Nur gaben ihr ältere Männer nie eine Gelegenheit, dies zu beweisen.

»Was genau ist älter für dich?«, fragte Sally.

»Mindestens über dreißig.«

»Ha!«, erwiderte unsere über Siebzigjährige.

»Das ist alles relativ, finde ich«, sagte Sonya. Sie hatte recht, denn unserem Gefühl nach war Sally nicht älter als wir. Es war nicht so, dass sie sich *bemühte*, jünger zu wirken; sie *war* tatsächlich jünger.

»Hör mal, bei den meisten Kerlen gibt sich das mit den Bierabenden und den Fritten, wenn sie älter werden.« Im Grunde hatte ich meine Zweifel, was die meisten betraf. Ich hätte wohl eher sagen sollen, bei ein paar wenigen.

»Das allein ist es nicht. Wenn er mich anruft, weil er ausgehen will, sagt er immer solche Sachen wie: ›He, sollen wir diese Woche nicht mal was unternehmen?‹ Ich sage dann, ›Klar, klingt gut.‹ Darauf er: ›Cool‹. Aber das war's dann schon, er sagt nicht, wo oder wann. Anfangs habe ich dann immer was vorgeschlagen, und das haben wir dann gemacht. Aber nach einer Weile hat es mich wirklich wahnsinnig gestört, dass er nie eine eigene Idee hatte. Er hätte ja mal anrufen und sagen können, ›Wie wär's, wenn wir uns Freitag Abend die Knitting Factory reinziehen?‹, oder ›Gehen wir Dienstag doch mal thailändisch essen und hinterher ins Kino.‹ Nach einiger Zeit hatte ich die Nase voll. Wenn er wieder anrief und sagte, ›Möchtest du was unternehmen?‹, erwiderte ich darauf nur, ›Gut‹, aber machte keine Vorschläge. Er wartete immer nur, dass ich entschied, was wir machen sollten. Tagelang ging das so. Er rief an und fragte, ›Wann kann ich dich sehen‹, und ich sagte, ›Jederzeit‹, doch er ließ sich immer noch nichts einfallen. Ich finde, das ist ein untrügliches Zeichen dafür, dass er mal ein richtiger *couch potatoe* wird.« Damit hatte sie wohl recht.

»Du findest was Besseres, Mae.« Sonya, die seit über zwanzig Jahren mit demselben, liebevollen Mann verheiratet war, wusste, wovon sie redete. »Ich denke, dieser Danny O'Shea ist ziemlich nett. Und er ist Single.«

»Also ich glaube, dass der hinter Casey her ist. Er hat sich, na ja, richtig an sie rangemacht, aber sie war total unnahbar.«

»Moment mal, ich war fast nackt. Ich fühlte mich verwundbar. Außerdem scheint er so veranlagt zu sein, dass er sich dauernd an Frauen ranmacht. Er war viel zu unverblümt. Ich bin gar nicht darauf eingegangen.«

»Mir hat es gefallen, dass er so klar und direkt war. Ich wette, wenn der eine Frau anruft, hat er ganz bestimmt einen festen Plan«, erwiderte Mae.

»Dessen bin ich mir ganz sicher. Und ich wette auch, dass dieser Plan nicht Abendessen und Kino vorsieht.«

Sally fand das Ganze höchst amüsant. »Woraus schließt du das?«

»Er flirtet auf Teufel komm raus und ist fürchterlich von sich eingenommen. Er benimmt sich wie einer, der seine ganze Freizeit darauf verwendet, Frauen zu verführen.«

»Ein richtiger Casanova«, meinte Sally.

»Du sagt es.«

»Zu meiner Zeit hieß es, ein junger Mann muss sich die Hörner abstoßen.«

»Nun, da hat Danny O'Shea sicher noch eine Weile zu tun.«

»Also, was ist nun mit dieser Party morgen Abend? Sollen wir alle zusammen hingehen?« Genau wie ich vermutet hatte, war Sally ganz versessen darauf.

»Ja, klar«, sagte Mae.

»Du wohnst ja jetzt wieder in New Rochelle, Casey. Vielleicht möchtest du dich morgen in meinem Hotelzimmer umziehen? Es ist eine ganze Suite, du könntest eigentlich auch dort übernachten.«

»Das wäre großartig. Mary hat mir zwar ihre Couch angeboten, aber die ist eigentlich zu kurz für mich.«

»Ich esse morgen im Gourmet zu Mittag, deshalb bringe ich dir morgen früh deinen eigenen Schlüssel mit, damit du jederzeit ins Hotel kannst.«

Endlich waren die Tarteformen mit den Apfelspalten ausgelegt. Wir bedeckten bei dreien die Äpfel mit Maes perfekt ausgerollten Teigkreisen und schoben sie in den Ofen. Sobald die Kuchen fertig gebacken waren, konnten wir für diesen Tag Schluss machen. Sonya sah auf die Uhr und meinte, sie müsse sich auf den Weg machen. Ich erinnerte mich, dass sie einen Termin mit George und den Fernsehbossen hatte, und war dankbar, dass die Büros in einem anderen Gebäude lagen. Allein die Vorstellung, mit George in einem Zimmer sein zu müssen, war für mich schon abstoßend genug.

Sally sagte: »Ich finde, wir sollten uns heute ein richtig gutes Mittagessen gönnen. Was meint ihr?«

»Ich bin dabei«, antwortete ich.

»So ein Mist«, schimpfte Mae. »Ich muss heute Nachmittag bei uns im Restaurant aushelfen. Wir sind unterbelegt, seit April und June weg sind.«

»Gleich zwei Monate auf einmal?«, fragte ich.

Mae fand meine dummen Witze über die Namen in ihrer Familie mittlerweile schon ziemlich zum Kotzen. »Lass dir bitte mal was anderes einfallen, Casey.«

»Du hast ja recht, aber es ist trotzdem schade, dass du nicht mitkommst.«

»Danke.«

Sally machte den Vorschlag, das neue Restaurant von Jean-George Vongerichten auszuprobieren.

»Na, viel Glück, Sally. Alle Welt will dort zum Lunch hingehen. Ich frage mich, wie wir da hineinkommen wollen«, sagte ich ironisch. Noch nie war es vorgekommen, dass Sally abgewiesen wurde, auch wenn das Restaurant bis auf den letzten Platz besetzt war.

Sally nahm ihr Handy und ihr kleines schwarzes Adressbuch heraus. »Ich rufe dort mal an.« Als die Verbindung zustande gekommen war, bellte sie ins Telefon: »Jeannie, hier spricht Sally ... Woods. Meinen Sie, Ihr Bruder könnte zwei von uns zum Mittagessen in Jean-Georges neuem Restaurant unterbringen, heute um eins? Okay, rufen Sie mich unter meiner Handynummer zurück.« Sie gab Jeannie die Nummer und klappte das Handy zusammen.

»Wer ist Jeannie?«, fragte ich.

»Sie ist meine Friseurin, hier in New York. Ihr Bruder arbeitet als Geschirrspüler bei Jean-George.«

»Bist du eigentlich nie auf den Gedanken gekommen, dass du einfach nur das Restaurant anrufen und deinen Namen sagen könntest? Wahrscheinlich müsstest du sogar nur sagen, ›Hallo, ich brauche einen Tisch.‹ Es erkennt doch *jeder* deine Stimme«, erklärte ich ihr.

»Oh, wegen mir würde sich keiner ein Bein ausreißen. Die haben die ganze Zeit mit richtigen Promis zu tun.« Mit dieser Einschätzung stand Sally vermutlich allein auf weiter Flur. Selbst der arroganteste Oberkellner würde Purzelbäume schlagen, wenn er dadurch Sally Woods als Gast begrüßen dürfte.

Als wir auf unserem Weg ins Nappa Valley einmal in San Francisco Station machten, entschlossen wir uns kurzfristig, in einem neu eröffneten »In«-Restaurant zu essen, das wegen seiner Krebsscheren und Exklusivität berühmt war. Ich traf vor Sally dort ein und fragte den höchst blasierten Oberkellner, ob er einen Tisch für drei Personen habe, worauf dieser mich mit einem Blick bedachte, als hätte ich das Gesicht voller Warzen, und mich fragte, ob ich denn reserviert hätte.

»Nein, wir haben uns buchstäblich in letzter Minute entschlossen, bei Ihnen zu essen, weil wir gehört haben, wie fantastisch Ihre Küche ist.«

Meine Schmeichelei ließ ihn völlig ungerührt. Mit einem hochnäsigen Schnauben erklärte er mir: »Wir sind auf Monate ausgebucht.« In diesem Moment trafen Sally und Sonya ein, und Sally fragte mich, ob wir einen Platz bekommen hätten.

»Erst in ein paar Monaten«, erwiderte ich.

Der Oberkellner hingegen fing nun plötzlich an, etwas von plötzlicher Absage zu stammeln. Der beste Teil dieses Mittagessens, abgesehen von den Krebsscheren, bestand für uns darin, zu erleben, wie er um uns herumscharwenzelte und katzbuckelte.

Kurz vor Mittag klingelte Sallys Handy, und Sally wechselte ein paar Worte mit Jeannie. »Alles geht klar«, verkündete sie mir anschließend. »Ich hoffe nur, man lässt uns nicht zu lange an einer engen, lauten Bar warten. Ich habe mächtig Hunger.«

Als wir im Restaurant eintrafen, begrüßte uns Jean-George höchstpersönlich und führte uns zu einem Tisch in der Mitte des Restaurants, wo ein nervös dreinblickender Oberkellner die Gedecke auf dem Tisch umarrangierte und Servietten faltete. Jean-George zog den Stuhl für Sally zurück und rückte ihn mit einiger Mühe wieder an den Tisch.

»Wir sind sehr glücklich, Sie als Gast in unserem Haus begrüßen zu dürfen, Mrs. Woods«, flötete er. »Gestatten Sie mir, Ihnen ein paar Amuse-Gueules an Ihren Tisch bringen zu lassen.« Grob übersetzt sind das winzige Portionen diverser Köstlichkeiten, gedacht, den Appetit des Gastes anzuregen. Meiner war bereits angeregt.

Sally faltete die Hände wie zum Gebet und senkte bescheiden den Kopf. »Das wäre sehr liebenswürdig. Vielen Dank.«

»Es ist gut, dass er weiß, dass du jemand bist«, bemerkte ich zu Sally, nachdem er fort war. »Denn jetzt bekommen wir alle möglichen Köstlichkeiten.«

Die Köstlichkeiten folgten kurz aufeinander. Zusätzlich zu den Vorspeisen, die wir bestellt hatten, servierte uns der Ober drei weitere auf Kosten des Hauses. Sally verspeiste die Suppe, die sie gewählt hatte, probierte meine Frühlingsrolle mit Krabben und senkte ihre Gabel in die zusätzlich offerierte Pilztarte.

»Du bist immer noch sehr traurig wegen Richard, hab ich recht?«

»Eher enttäuscht. Und immer noch wütend, schätze ich. Aber ganz ehrlich, die Trennung stand schon lange an. Unsere Beziehung hatte sich festgefahren. Wenn wir nicht gerade stritten, waren wir eher gute Freunde als ein Liebespaar. Doch die Art, wie es endete, gefällt mir überhaupt nicht.«

»Das war gemein. Zu meiner Zeit handhabte man solche Dinge nicht hintenherum, sondern offen und ehrlich, mit Anstand. Außer natürlich, es war Krieg und man war in Eile, einen anderen zu heiraten. Dann schickte man einen Abschiedsbrief, aber man verwendete anständiges Briefpapier und schrieb noch ein paar nette Worte dazu.«

»Nun, bei uns gab es definitiv keine netten Worte. Nicht einmal ein ›Vergiss nicht, regelmäßig Zahnseide zu benutzen‹.«

»Das ist diese neue Hightech-Generation.« Ich wusste, ihre Kritik galt nicht den neuen Technologien an sich, denn sie selbst stürzte sich mit Begeisterung auf die aktuellste Hard- und Software. »Die Menschen sind einfach nicht mehr so zuvorkommend wie früher. Aber das mit Richard ist vorbei, und du darfst dich nicht mit einer Wüstenrennmaus begnügen.« Ich bedachte sie mit einem sarkastischen Lächeln. »Weißt du denn überhaupt, was du willst?«, fragte sie und nahm sich eine weitere Gabel von meiner Frühlingsrolle.

Ich überlegte eine Minute. »Ich hätte gern das, was du und Peter hattet.«

Sallys Mann, Peter Woods, ein brillanter Wissenschaftler im Dienst der Regierung, war drei Jahre zuvor gestorben. Sally hatte ihn während ihres Studiums am Goucher College in Maryland kennengelernt. Er war sechs Jahre älter als sie, doch wie beide einhellig betonten, war es Liebe auf den ersten Blick gewesen. Am Tag nach Sallys erfolgreicher Abschlussprüfung hatten sie geheiratet. Peter war ein wunderbarer Partner – klug und charmant. Peter war es gewesen, der Sally zu gutem Essen hingeführt und sie ermutigt hatte, alle möglichen Kochkurse zu belegen. Sie trennten sich nur, wenn es unerlässlich war. Er war erst Mitte siebzig, als er an einem Herzinfarkt starb. Sally vermisst ihn, das weiß ich genau, sie erzählt immer wieder von ihm und ihrer gemeinsamen Zeit. Normalerweise.

Als ich diesmal seinen Namen erwähnte, sagte sie eine Minute lang gar nichts, dann seufzte sie. »Die Dinge sind nicht immer so, wie sie scheinen.«

Verblüfft blickte ich sie an. »Was willst du damit sagen? Wart ihr denn nicht glücklich miteinander?«

»Wir waren sehr glücklich. Es ist nur, erst vor Kurzem habe ich erfahren ...« Sie überlegte, wählte ihre Worte mit Bedacht. »Habe ich Dinge erfahren, von denen ich keine Ahnung hatte, als wir noch zusammen waren.«

Eine Reihe hässlicher Gedanken schoss mir durch den Kopf, und ich sprach den einzigen nicht hässlichen aus, der mir einfiel. »Oh Sally. Peter liebte dich – nein – er betete dich an. Jeder konnte das sehen.«

»Ich weiß, aber das ändert nichts daran.«

Ich wartete, dass sie fortfuhr, und als sie schwieg, fragte ich, ob sie darüber reden wolle.

»Lieber nicht, Casey. Vergiss, was ich gesagt habe. Lass uns lieber darüber reden, wie du diese Trennung von Richard verkraftest.«

Oder nicht verkraftest, dachte ich, während ich die wunderschön arrangierten Speisen betrachtete, die Jean-George auffahren ließ. Diese verdienten eine andere Unterhaltung. »Pfeif drauf, Sally. Lass uns über keinen von den beiden reden.«

»Du hast recht. Reich mir mal bitte diesen Teller da rüber.«

Schon bald kamen wir auf das Thema Italien zu sprechen.

»Habe ich richtig gehört, dass George Davis mitkommt?«, fragte ich.

»Er kommt nicht *mit* uns. Er wird dort sein, wenn wir auch dort sind. Wir haben dort geschäftlich zu tun.« Sallys Ton gab mir zu verstehen, dass es über dieses Thema nichts zu diskutieren gab, aber ich konnte mich nicht bremsen.

»Was habt ihr denn dort zu tun?« Meine Frage klang beiläufig und interessiert, aber nicht bohrend.

»Das ist etwas Persönliches. Nichts, was du zu wissen brauchst.«

Peng. So deutlich hatte sie mir noch nie zu verstehen gegeben, dass mich etwas nichts anging, und ich fühlte mich beschämt.

»Ich wollte nicht barsch mit dir sein, Schätzchen, aber George ist, nun, wie soll ich sagen, ein vorübergehendes Problem.« Na, das waren eindeutig gute Nachrichten. »Er und ich, wir beide haben etwas zu erledigen«, fuhr sie fort, »und wenn das vorbei ist, werden wir, denke ich, nicht mehr länger mit ihm zu tun haben.«

Ihre Worte machten Sinn. Vielleicht hatte ihr neuer Anwalt das Geschäft mit George ausgehandelt, und Sally war zu ehrenhaft, um sich davonzustehlen.

»Wann läuft dein Vertrag mit ihm aus?«

»Wir haben eigentlich keinen richtigen Vertrag miteinander. Es ist eher eine Vereinbarung.«

Ich blickte von meiner Gabel mit geschmorter Ente auf. »Kannst du da wieder rauskommen?«

Sie schüttelte den Kopf. »Nein. Jetzt noch nicht.« Sie legte ihre Gabel auf den Teller und blickte mir voll ins Gesicht. »Ich weiß, er ist ein Ekelpaket, Casey ...«

Trotz des unerfreulichen Themas musste ich über ihre

Wortwahl lächeln. Sally hat diese bezaubernde Angewohnheit, Wörter aus allen Lebensabschnitten, die bereits hinter ihr liegen, zusammenzumischen. Sie will gar nicht den Jargon der Jugend imitieren, aber hin und wieder wirft sie Wörter ein, die im Grunde völlig unpassend für sie wären, wäre sie nicht, nun ja, Sally.

»Und ich weiß«, fuhr sie fort, »du fragst dich unweigerlich, warum ich ihm gestatte, meine Geschäfte abzuwickeln. Die Sache ist kompliziert. Es ist mir nicht entgangen, dass er dich rüde behandelt, und ich will dir schon die ganze Zeit etwas dazu erklären, vor allem, wo wir beide doch immer ganz offen und ehrlich miteinander reden konnten.«

Auch ich legte nun meine Gabel nieder und setzte mich aufrecht hin, bereit, endlich zu hören, was eigentlich vor sich ging. Aber die nächsten Worte, die ich hörte, stammten nicht aus Sallys Mund.

»Ich fasse es nicht! Meine zwei liebsten Menschen an einem Tisch versammelt!«

Sally und ich blickten auf und sahen Suzy MacDonald.

»Suzette! Was machst du denn hier?« Suzy ist Amerikanerin, veranstaltet aber Kochkurse in Paris, daher der Name Suzette. Sie hatte mit Sally und mir bei mehreren Projekten zusammengearbeitet, und dank ihres übersprudelnden Temperaments und Überschwangs hielten auch wir sie für eine überaus liebenswerte Zeitgenossin.

Augenblicklich schloss Suzette Sally in die Arme. »Ich bin rübergekommen, weil mein Bruder heiratet«, erklärte sie. »Ich bin hier mit Linda zum Mittagessen verabredet.« Linda ist Foodredakteurin bei *Cooks Today* und genauso sympathisch wie Suzette.

»Du musst dich unbedingt zu uns setzen«, beharrte Sally.

Suzy zog einen Stuhl heran und setzte sich. »Aber natürlisch!«, sagte sie mit französischem Akzent. »Dieses Restaurant hier ist *très fantastique*!«

Es dauerte nicht lange, dann kam Linda, und auch sie nahm freudestrahlend in unserer Runde Platz. Unser Essen, begleitet von Gelächter und dem ungehemmten Austausch der neuesten Klatschgeschichten, dauerte über zwei Stunden, und nachdem wir auch das letzte der acht Desserts verspeist hatten, die auf Kosten des Hauses gingen, grübelte ich nicht mehr über die unerfreulichen Themen nach, mit denen unser Mittagessen begonnen hatte.

6. Kapitel

Famous last words of a fool George Strait

Berühmte letzte Worte eines Narren.

Am nächsten Morgen um Viertel vor neun saß Sally in einem Sessel am Set, der so gestaltet war, dass er wie ein gemütliches privates Wohnzimmer wirkte. Sie plauderte mit Karen und Jim, die nebeneinander auf der Couch Platz genommen hatten. Die Kameras liefen, und Sally legte im Plauderton den Moderatoren ihre Ansichten bezüglich Fusion Food dar, also die Verschmelzung von Aromen und Rezepten aus allen Teilen der Welt; des Weiteren sprachen die drei über Architectural Food, kunstvolle Speisenarrangements auf den Restauranttellern, und anschließend über kohlehydratfreie Ernährung. Sallys Meinung nach waren dies alles relativ kurzlebige Trends, gegen die sich die gute alte Kochkunst letztendlich immer behaupten würde.

»Statt sich kohlehydratfrei zu ernähren, denken Sie nicht, dass fettfrei mehr Sinn machen würde?«, fragte Karen.

»*Aber nein*! Wenn man kein Fett mehr isst, bekommt man Schuppen. Alles essen, aber mit Maßen, so lautet meine Devise.«

Wie immer wirkte Sally auf dem Bildschirm fantastisch. Ihre himmelblauen, ausdrucksvollen Augen blitzten temperamentvoll, und ihre kurzen, weichen, in mehreren Nuancen von Honigblond getönten Locken schimmerten im Scheinwerferlicht. Trotz der Falten und Altersflecken, die sich auch mit Make-up nicht völlig verdecken ließen, liebte die Kamera sie, wie man im Showbusiness sagt. Sally hatte das gewisse Etwas, jenen undefinierbaren, unvergesslichen Zauber, der einen Star ausmacht.

Die Sendung würde um neun Uhr zu Ende sein, deshalb warf ich noch einmal einen prüfenden Blick auf unsere Arrangements für die beiden folgenden Spots. Die Tabletts für die Hummer-Szene standen bereit. Jonathan hatte sich mit diesem Thema schier selbst übertroffen. Er hatte tatsächlich Seetang aufgetrieben, dazu einen wettergegerbten Hummerkorb nebst ausgebleichter Boje an einem dicken Tau – und die besagten Lätzchen. Auch die Tartes sahen überaus gut aus.

Als die Sendung zu Ende war, gingen Sally und Jim nach oben, um sich umzuziehen. Ich weiß nicht, welcher Mitarbeiter vom Produktionsstab auf diese Dinge achtet, aber an dem Tag, an dem der Hummer-Spot als Teil des Morgenmagazins gesendet würde, würde Jim dieselbe Kleidung tragen, die er für die heutige Aufzeichnung gewählt hatte. Er würde in dem Studiowohnzimmer sitzen und das Publikum mit ein paar Worten auf den nächsten Beitrag einstimmen, etwa: »Nach der Werbung besuche ich Sally Woods in unserer Fernsehküche von *Morning in America*. Sie wird uns zeigen, wie man Hummer richtig isst, also, bleiben Sie dran.« Nach der Werbepause würden er und Sally in der Fernsehküche auf dem Bildschirm zu sehen sein, und nichts an seiner Kleidung würde dem Publikum verraten, dass es sich nicht um denselben Tag handelte oder dass

Sally sich an diesem Tag gar nicht wirklich im Studio befand.

Sobald wir grünes Licht vom Regieraum bekamen, brachten wir die Hummer und all die Meeresrequisiten an den Set. Wir legten zwei Hummer auf die Mitte des Tresens und arrangierten drum herum reichlich Seetang, die Hummerzangen, Hummergabeln, Spießchen, die Schälchen mit zerlassener Butter, den Hummerkorb nebst Boje sowie die Plastiklätzchen. Dieser maritimen Szenerie fügten wir noch eine Flasche Wein und zwei hohe Weißweingläser hinzu. Jonathan machte viel Tamtam um seine Dekoration, die unglaublich gut aussah, sprühte einen feinen Wassernebel über den Tang und pinselte Öl auf die Hummer, damit alles seinen schönen Glanz behielt. Sally und Jim nahmen ihre Plätze ein, der Toningenieur stattete die beiden mit Mikrofonen aus, und wir von der Vorküche zogen uns zurück, damit ein Probedurchgang gemacht werden konnte. Der Probedurchgang zeigt dem Regisseur, was passieren und wo es passieren wird. Auf diese Weise kann er den Kameras präzise Anweisungen geben, welche Position sie einnehmen müssen, wenn es dann ernst wird. Sally und Jim machten alle erforderlichen Handgriffe der einzelnen Arbeitsschritte, wobei sie, natürlich, nie den Hummer wirklich zerteilten. Sie beendeten den Probedurchgang, indem sie so taten, als würden sie Wein einschenken, und dann prosteten sie sich zu und stießen dabei richtig mit ihren Gläsern an. Vielleicht, weil die Gläser leer waren, vielleicht, weil Sally ein wenig zu temperamentvoll vorging, jedenfalls ging dabei eins der Gläser zu Bruch. Wie ein geölter Blitz sauste Jonathan an den Set und zog mit spitzen Fingern die Glasscherben aus dem Seetang, während ich in die Vorküche eilte, um neue Butterschälchen zu holen. Es spielte keine Rolle, ob tatsächlich irgendwelche Glassplitter in der Butter gelandet waren, aber das Einmaleins meines Jobs ist nun mal, lieber auf Nummer sicher gehen. Ich reichte die frischen Butterschälchen einem Tony, der sie zu Jonathan brachte, und überprüfte noch einmal das Arrangement für die Tarte Tatin. Die Hummer würden ein Kinderspiel sein, doch die Tartes machten mir richtig Angst.

Ich kam an den Set zurück, gerade als der Regisseur um Ruhe bat, und nahm meinen Platz neben Jonathan ein, seitlich in den Kulissen. Die Aufnahmeleiterin unterbrach die Stille mit ihrem Countdown, »fünf, vier, drei ...« Danach sprach sie nicht mehr laut, sondern hielt nur zwei Finger hoch, dann einen, und dann machte sie mit Finger und Daumen einen Kreis, um »Los« anzuzeigen.

Jim wartete seine üblichen drei Sekunden, um dem Cutter etwas Spielraum zu lassen, dann begann er zu sprechen: »Sally, warum brauchen wir Ihrer Meinung nach Unterricht im Hummeressen?«

»In den Restaurants beobachte ich häufig, wie viel Mühe manche Leute damit haben. Oft werfen sie sogar gute Stücke weg, in denen sich noch köstliches Fleisch befindet.«

»Das ist ja schrecklich.«

»In der Tat. Aber wie wir in Georgia so schön sagen: ›Manche Leute sind so hilflos wie eine Gans im Schneesturm.‹«

Jim lachte. »Okay. Womit fangen wir an?«

Sally reichte ihm ein Lätzchen. »Sie werden dieses hübsche Ding da umbinden müssen, um Ihre Krawatte zu schonen, die übrigens sehr hübsch ist.«

»Danke schön. Die hat meine Frau ausgesucht.«

»Das machen immer die Frauen.« Sie banden einander die Lätzchen um, und Sally nahm ihren Hummer in die Hand und hielt ihn vor die Kamera.

»Das hier ist ein Prachtexemplar. Wahrscheinlich ein Zweipfünder.« Sie drehte ihn herum und begutachtete die Unterseite. »Nun, es ist ein Weibchen, also bekommen wir auch die köstlichen Eier zu essen.« Wir hatten, gemäß Sallys Anweisung, ausschließlich Weibchen gekauft.

»Woher wissen Sie, dass das Tier weiblich ist?«

Sally deutete auf das letzte Paar Schwimmflossen gleich hinter dem Körper. »Beim Weibchen sind diese kleinen Flossen weich und mit winzigen Härchen besetzt. Beim Männchen sind sie hart und dünn.«

Der arme Jim schien mit dieser Information ein wenig überfordert. »Aha«, sagte er nur.

Nun legte Sally einfach los. »Beim Zerteilen beginnen wir mit einer der Scheren und nehmen sie fest in die Hand.« Sie packte eine Hummerschere mit festem Griff und hielt kurz inne, damit Jim es ihr nachmachte. »Jetzt brechen wir sie mit einem kräftigen Ruck einfach ab.« Jim und Sally arbeiteten synchron.

»Ist das Fleisch in den Scheren schmackhafter als das vom Schwanz?«, wollte Jim wissen.

»Das ist Geschmacksache. Ich persönlich mag das vom Schwanz lieber. Jetzt trennen wir die Schere vom ersten unteren Gelenk.« Sally zog mit einer kräftigen Bewegung das Scherenstück nach außen. Jim tat desgleichen. »Um an das Fleisch in der Schere heranzukommen, braucht man eine gute Hummerzange.« Sally blickte suchend in die Umgebung ihres Hummers. Keine Zange da. Verdammt! Ich hatte sie mit eigenen Augen dort liegen sehen, doch nun waren sie einfach verschwunden. Sally ließ sich nicht aus der Ruhe bringen und machte einfach weiter. Als sie ihre Fernsehkarriere begonnen hatte, wurde alles *live to tape* gesendet, also aufgezeichnet und wenig zeitversetzt gesendet, deshalb würde Sally auf keinen Fall abbrechen, was auch immer passierte, es sei denn, sie bekäme die ausdrückliche Regieanweisung dazu.

Mit völlig gelassener Miene sagte sie: »Oder Sie versetzen ihr einen ordentlichen Schlag.« Bei diesen Worten hob sie die Hand, in der sie die Hummerschere hielt, und knallte sie mit aller Wucht auf den Tresen – beziehungsweise auf den Seetang, mit dem Jonathan die gesamte Oberfläche bedeckt hatte.

Der Scherenpanzer eines zweipfündigen Hummers ist ziemlich stark, außerdem dämpfte der Tang den Schlag, deshalb brachte auch Sallys zweiter Versuch nicht den gewünschten Erfolg, von einer leichten Delle im Panzer abgesehen. Nun nahm Sally die Küchenschere zur Hand, die eigentlich dazu gedacht war, den relativ dünnen Panzer des Schwanzes aufzuschneiden, und versuchte, mit ihrer Hilfe in den hartnäckigen Scherenpanzer einzudringen, doch dabei rutschte das Werkzeug immer wieder ab. In der Zwischenzeit war auch Jim dazu übergegangen, seine Hummerschere auf das Bett aus Seetang zu knallen, und obwohl er damit nicht viel mehr Erfolg hatte als Sally, blieb er bei dieser Methode. Schließlich nahm Sally ihre Küchenschere so in die Hand, dass die Spitze nach unten zeigte, und machte Anstalten, die widerspenstige Hummerschere damit zu attackieren. Die ganze Szene erinnerte zusehends an ein Massaker aus einem schlechten B-Movie. Nur das Blut fehlte noch, doch wenn Jim noch ein wenig näher an Sally heranrückte, würden wir nicht mehr lange darauf warten müssen.

Kurz bevor Sally ihre Hummerschere erdolchte, rief der Regisseur: »Schnitt. Wir unterbrechen. Bitte warten.«

Wenn der Regisseur uns bittet zu warten, bedeutet das, dass wir nichts anfassen oder umarrangieren dürfen, bis er sich das Band angeschaut hat, um zu sehen, ob er das Problem durch Schneiden lösen kann. Wenn ja, teilt er uns mit, an welcher Stelle er die Szene wieder aufnimmt und wie die Einstellung aussehen muss. Wenn er es nicht lösen kann, müssen wir noch einmal ganz von vorn anfangen.

In dieser prekären Phase drehte ich mich zu Jonathan herum und zischte ihn wütend an. »Was zum Teufel ist mit den Hummerzangen passiert? Ich hab sie zweimal in der Hand gehabt. Sie waren auf ihrem Platz.« Als ich sein Gesicht sah, wurde mir plötzlich klar, dass er sehr genau wusste, wie das passieren konnte. Er griff in seinen Stylistenkorb und holte die zwei Zangen heraus.

»Als ich den Tresen von den Glassplittern säuberte, hab ich alles weggenommen. Ich denke, ich habe vergessen, die Zangen zurückzulegen.«

Ich bemühte mich um einen nicht allzu sarkastischen Ton. »Denk lieber nicht.«

»Ich – ich – ich – ich kann nicht glauben, dass ich mir einen derartigen Schnitzer geleistet habe. Bring mich um. Nimm einfach dein Küchenmesser und stoße es mir ins Herz.«

Was für ein verführerischer Gedanke. Ehrlich gesagt, ich konnte selbst nicht glauben, dass ihm ein derartiger Schnitzer passiert war. Jonathan ist furchtbar penibel, er macht keine Fehler. Außerdem, auch wenn ich ihn umbrächte, würde mir das nicht viel nützen, denn alles, was am Set schiefläuft, geht letztendlich auf mein Konto.

»Komm schon, nimm dich zusammen. So tragisch ist das nicht. Wir haben Reserven, und vielleicht kann ja der Regisseur sogar da weitermachen, wo Sally und Jim die Scheren abgebrochen haben.«

Oder auch nicht. »Wir fangen noch mal ganz von vorn an. Szenenaufbau, bitte«, erklang es aus dem Regieraum.

Mae stand schon mit den Reservetabletts bereit, und sobald wir grünes Licht erhielten, kamen sie und zwei Tonys, ausgerüstet mit frischen Hummern und sauberen Lätzchen, an den Set. Zwei andere Tonys erschienen mit leeren Tabletts, um die gebrauchten Hummer und Lätzchen wegzuräumen.

»Ich kann die Zangen nirgends finden, Casey. In der Küche sind sie nicht«, sagte Mae, Panik in der Stimme, während sie an mir vorbeihastete.

»Es ist schon gut. Wir haben sie.« Mae schaute uns überrascht an, fragte aber nicht. Dazu hatten wir keine Zeit.

Der Regisseur wurde bereits ungeduldig. »Wie lange noch?«

Zusammen räumten wir ab und bauten neu auf. Jonathan legte die Zangen an Ort und Stelle, und ich überprüfte den Aufbau ein letztes Mal.

»Fünf, vier, drei ...«

»Sally, warum brauchen wir Ihrer Meinung nach Unterricht im Hummeressen?«

Wieder wurden die Lätzchen umgelegt, die Scheren abgetrennt, und diesmal lagen auch die Zangen einsatzbereit an Ort und Stelle. Sally zeigte Jim, wie man die Scheren aufknackt, und dann löste sie mühelos in einem Stück das Fleisch heraus. Dann war Jim an der Reihe, und auch bei ihm klappte es reibungslos.

Sally tunkte ihr Scherenfleisch in die zerlassene Butter und biss herzhaft hinein. Für diese Szene musste sie nicht schauspielern; sie liebte Hummer und genoss jeden Bissen. »Hm, hmmm, das schmeckt einfach köstlich. Probieren Sie mal.«

Möglicherweise wollte Jim warten, bis Sally hinuntergeschluckt hatte, ehe er zu essen anfing, damit wenigstens einer von beiden ungehindert reden konnte. Aber daran war nun nach Sallys Aufforderung nicht mehr zu denken. Sally biss bereits zum zweiten Mal hinein, unverkennbar begeistert über den köstlichen Geschmack, also machte sich auch Jim über den Hummer her, tauchte seine Schere in die Butter und biss ab. Leider war von ihm kein wohliges »Hmmm« zu vernehmen. Zwar öffnete er den Mund, brachte jedoch keinen Ton heraus. Schon hob er die Hände und fasste sich an die Kehle. Jim rang nach Luft – ein schauerliches rasselndes Geräusch war zu hören, seine Augen weiteten sich vor Entsetzen. Augenblicklich stürzten drei Mann aus dem Aufnahmeteam an den Set. Sally, die ja bereits neben ihm stand, schlang sofort die Arme von hinten um seinen Oberkörper und führte einen energischen, kraftvollen Heimlich-Handgriff aus, der den Moderator mehrere Zentimeter vom Boden hochhob, aber leider nicht dazu führte, dass der Fremdkörper aus der Luftröhre ausgestoßen wurde. Sally wiederholte ihren Griff, dieses Mal mit Erfolg, denn nun flog ein großes Stück teilweise gekauten Hummerfleischs in hohem Bogen über den Set und landete mitten in Jonathans Gesicht. Welch hässlicher Gedanke, dies als Rache für die fehlenden Zangen zu sehen, dennoch war es genau das, was mir durch den Kopf ging.

Jim hob die Hand, um anzuzeigen, dass er wieder okay war, dann fing er an zu hüsteln. »Ich hab es« – hüstel, hüstel – »in den falschen Hals gekriegt«, brachte er schließlich mit einer quäkenden, krächzenden Stimme heraus. »Jetzt ist wieder alles in Ordnung.« Dann trank er einen Schluck Wasser, das einer der Bühnenarbeiter ihm gebracht hatte.

Inzwischen versuchte ich mich mit dem Unvorstellbaren abzufinden. Die letzte Szene, dessen war ich mir sicher, ließe sich unmöglich herausschneiden, deshalb würde mit der nächsten Wiederholung unser Hummervorrat aufgebraucht sein. Sollte beim folgenden Take irgendetwas schieflaufen, wären wir erledigt.

Mae stand neben mir, bereit zum Einsatz, falls abgeräumt oder neu aufgebaut werden musste. Nicht zuletzt arbeite ich deshalb so gerne mit ihr zusammen, weil sie nie solche unpassenden Sätze von sich gibt wie: »Ist dir klar, dass wir nur noch zwei Hummer übrig haben?«

»Mae, ich glaube nicht, dass sie noch irgendwas von dieser Szene retten können, deshalb müssen wir unbedingt einen Reserveplan haben, falls beim nächsten Take etwas schiefgeht. Ich hab mir überlegt, man könnte den Spot an dem Punkt anfangen lassen, an dem bereits eine Hummerschere abgetrennt ist. Sally könnte irgendeine Erklärung liefern, etwa, ›ich habe bereits die Schere vom Gelenk abgetrennt‹, etwas in der Art. Anhand der zweiten, die ja noch dran ist, könnte sie dann demonstrieren, wie das geht. Es wird ihr nicht gefallen, aber wir haben keine andere Wahl, wenn wir nicht das ganze Ding streichen wollen. Leg die Hummer vom ersten Take wieder auf die Tabletts mit den abgetrennten Scheren, und dann werden wir sehen, ob es klappt.«

Mae ging in die Küche und kam gleich darauf wieder zurück. »Wir haben ein Problem. Die Tonys haben die Scheren gegessen.«

»Das gibt's doch nicht! Sie wissen doch genau, dass sie das nicht dürfen. Mist! Welche von den Tonys? Ich bringe sie alle um.«

Mae schaute mich verwirrt an. »Keine Ahnung. Ich meine, ich weiß, wer es war, aber ich habe keine Ahnung, welche Tonys es sind. Die beiden größeren, dünneren von den vieren.«

»Ich bringe sie um.«

»Sie haben ein total schlechtes Gewissen. Sie dachten, wir würden mit einer abgetrennten Hummerschere ohnehin nichts mehr anfangen können.«

»Nun haben wir wirklich ein Riesenproblem. Lass mich nachdenken. Diese Hummer ...«, ich zeigte mit dem Kopf in Richtung Set, »an jedem von denen ist noch eine Schere dran, und die beiden in der Küche, von denen hat auch jeder noch eine ganze Schere. Wir können die Scheren von denen in der Küche abtrennen, sie zu denen auf dem Set legen und gemäß meinem Reserveplan vorgehen, der von Hummern ausgeht, bei denen bereits eine Schere abgetrennt ist. Haben Jim und Sally jeweils die gleiche Schere abgetrennt?«

»Ich denke schon«, erwiderte Mae.

»Ich glaube auch. Meinst du, wir können uns durchmogeln mit Hummern, die zwei linke Scheren haben?« In jenem Augenblick hätte ein Angebot von zehn fertig gegarten Hummern, das Stück zu siebzig Dollar, in meinen Ohren wie ein Schnäppchen geklungen.

Jim gab ein paar unverständliche Töne von sich und meinte dann, er sei wieder okay. Der Regisseur verkündete, wir würden von Anfang an neu drehen, und so machten wir uns erneut an den Szenenaufbau.

»Fünf, vier, drei ...«

»Sally, warum brauchen wir Ihrer Meinung nach Unterricht im Hummeressen?«

Und los ging's: die Lätzchen umbinden, den Hummer vor die Kamera halten, die kleinen Flossen an der Unterseite kitzeln, die Schere abtrennen und aufknacken, das Fleisch in die Butter tauchen und essen. Das Bruststück aufschneiden, Hummerleber und -eier kosten, Fleisch herauslösen, in Butter tauchen und essen. Die dünnen Beine und Schwanzflossen auslutschen.

Als Jim Sally und dann sich selbst ein Glas Wein einschenkte, schickte ich mehrere gemurmelte Dankgebete zum Himmel.

Die beiden erhoben ihre Gläser, bereit für einen Trinkspruch. »Danke, Sally, für den wunderbaren Unterricht. Es war köstlich. *Bon appétit.*« Ganz sachte stieß Jim an Sallys Glas.

»Oder *bon appe-Titten*, wie man manchmal auch gerne sagt.«

Jim und Sally lächelten in die Kamera, und der Regisseur, der wahrscheinlich zurückspulte, um zu überprüfen, ob er sich auch nicht verhört hatte, bat uns erneut zu warten.

»Hat sie das *wirklich* gesagt?«, fragte ich in den Raum und gab mir dann selber die Antwort. »Natürlich hat sie es gesagt. Schließlich ist sie unsere Sally.«

»Was soll ich jetzt machen, Casey? Kommt jetzt der Hummer mit den zwei linken Scheren dran?«

»Hör mal, Mae, die kriegen das schon irgendwie hin, die überlagern das mit einer Off-Stimme oder so. Kümmern wir uns jetzt lieber um die Tarte Tatin.« Wahrscheinlich klang ich zuversichtlicher, als mir tatsächlich zumute war, aber zu diesem Zeitpunkt konnte ich nicht einmal mehr die Möglichkeit einer Wiederholung dieser Szene in Betracht ziehen. Der Gedanke allein ließ mich um Jahre altern.

»Alles im Kasten. Vielen Dank. Nächster Szenenaufbau bitte.«

Sally ging nach oben, um sich eine frische Bluse anzuziehen, und ich ging zurück in die Küche. Zwei große dünne Tonys versuchten, meinem Blick auszuweichen, während sie an mir vorbei zum Set eilen wollten, um zu putzen und aufzuräumen. Ich versperrte ihnen den Weg, indem ich jedem von ihnen eine Hand auf die armselige Hühnerbrust legte. »Dass ihr mir nie, nie, nie mehr auch nur einen Petersilienstängel anfasst, solange ihr nicht aus meinem Mund gehört habt: ›Wir sind vollständig fertig, es gibt nichts mehr zu tun, ich geh jetzt nach Hause.‹ Selbst wenn alle im Studio tot umfallen oder der Blitz einschlägt und alles niederbrennt und nur noch das Essen aus der Sendung heil geblieben ist, ihr rührt es nicht an, ehe ich es euch ausdrücklich erlaube. Sollte ich sterben, ehe ich es euch erlauben kann, rührt es auch keiner an, bis es verrottet. Habe ich mich klar genug ausgedrückt?« Die beiden nickten betreten, und dabei tanzten ihre Köpfe auf und ab wie die einer Gliederpuppe.

Dadurch, dass die Tarte nun unmittelbar auf den fast vermasselten, »kinderleichten« Hummer-Spot folgte, erhielt sie eine ganz neue Dimension. Ich kontrollierte noch einmal die Backformen und ließ vor meinem geistigen Auge all die Dinge abspulen, die möglicherweise schiefgehen konnten. Der Karamell konnte verbrennen. »Mae, sag einem der Tonys, er soll die große vordere Kochplatte auf mittlere Temperatur schalten und sich dann daneben hinstellen und aufpassen, damit sich niemand verbrennt.« Ich wollte sichergehen, dass die Kochplatte ordnungsgemäß funktionierte. »Und wiege zwei Butter-Zucker-Mengen in Reserve ab und lege ein paar Zitronenschnitze auf das Tablett.« Falls die Äpfel doch nicht reichten, konnten wir sie notfalls von der einen zur Hälfte belegten Tarte runternehmen und die andere damit belegen. Ich machte mir eine Notiz, von welchen Tartes wir im Notfall Apfelspalten entnehmen konnten. Sollte Sally tatsächlich beim Stürzen der Tarte drei Mal patzen, so standen dennoch die Chancen gut, dass wir eine Tarte zurück in die Form legen konnten, um sie erneut zu stürzen. Es sei denn, sie ließ den Kuchen komplett auf den Boden fallen. Apfelauflauf. Diesen Gedanken durfte ich gar nicht erst aufkommen lassen.

Ich ging nach draußen, um den Aufbau zu kontrollieren, und nahm einige Utensilien mit, die ich in das Regal unter dem Tresen legte, falls Sally etwas brauchte, das nicht oben auf der Arbeitsfläche lag. Ich vergewisserte mich, dass die Herdplatte auch richtig heiß wurde, dann blieb ich auf dem Set, bis Sally in einer hübschen apfelgrünen Bluse zurückkam. Das erschien mir als ein gutes Zeichen.

»Ruhe am Set«, bat der Regisseur.

»Fünf, vier, drei ...«, zählte der Aufnahmeleiter.

In exakt drei Minuten und dreißig Sekunden demonstrierte Sally die Zubereitung und das Stürzen einer perfekten Tarte Tatin, ohne dass eine einzige Szene wiederholt werden musste. Aus dem Regieraum ertönte lobend die Stimme des Regisseurs: »Alles im Kasten. Gute Arbeit, Sally. Danke euch allen.«

Mae, Sonya, Jonathan und ich applaudierten. Sally machte eine kleine Verbeugung und folgte uns dann in die Küche, wo die Tonys um die Tartes herumschlichen, aber sich nicht trauten, sie anzurühren. »Wir sind fertig. Ihr dürft sie jetzt essen«, sagte ich.

»Ich denke, das ist gut gelaufen.« Sally prahlte nie mit ihrer Arbeit; diese Bemerkung war das Äußerste an Eigenlob, was sie sich gestattete. Dabei hatte sie sich wahrlich Lob verdient.

»Kinderspiel«, sagte ich, warf den Kopf zurück und verdrehte die Augen zum Himmel.

»Also, ich fahre jetzt zum Mittagessen ins Gourmet, und dann gehe ich ein bisschen Klamotten kaufen.« Sie öffnete ihre Handtasche und reichte mir eine Steckkarte, damit ich in ihr Zimmer konnte. »Hier ist dein Schlüssel fürs Hotel, Casey. Fühl dich wie zu Hause. Hast du deinen Koffer mitgebracht?« Sie blickte sich suchend um, und ich deutete auf meine kleine Reisetasche.

»Das ist aber eine sehr kleine Tasche.«

»Mein Kleid ist auch nur sehr klein.«

»Ha!« Dann sagte sie, zu Sonya und Mae gewandt: »Ihr beide, kommt doch auch vorher in mein Hotel, wir könnten noch einen Schluck trinken, und danach gehen wir alle zusammen auf die Party.«

»Das wäre nett«, erwiderte Sonya. »Was ist mit Mary?«

»Sie fährt direkt ins Oran Mor und trifft sich dort mit uns. Sie muss eine Show bei Calvin Klein vorbereiten und kommt vielleicht erst etwas später.«

Beim Hinausgehen drehte sich Sally noch einmal um, als

hätte sie etwas vergessen. »Oh, übrigens, George will auch auf die Party kommen, er wird sich dort mit uns treffen.«

Niemand erwiderte etwas auf diese Ankündigung, kein »wie schön« oder »großartig«, nicht einmal ein unverbindliches »ah ja« war zu hören.

Wie immer war Sallys Hotelsuite vom Feinsten. Die Hotelleitung hatte auf den glänzend polierten Tischchen überall frische Blumen hinstellen lassen sowie Obstkörbe und kleine silberne Konfektschalen mit Pralinen, die mit dem Namenszug des Hotels versehen waren. Es gab zwei geräumige Schlafzimmer, einen großzügigen Wohnbereich nebst Schreibtisch und eine kleine Küche, ausgestattet mit einer Auswahl an Wein und anderen alkoholischen Getränken, Cocktailshakern und diversen Knabbereien.

Ich rief Mary an, um sie an die Party zu erinnern – als ob sie so etwas vergessen könnte –, dann ließ ich mir ein Bad ein und aalte mich eine Zeit lang entspannt in der Wanne, ehe ich mir die Haare wusch und fönte. Ich wickelte mich in einen flauschigen weißen hoteleigenen Bademantel und spazierte in die Küche, um mich zu vergewissern, dass ausreichend Eiswürfel, Gläser und Knabberzeug für unsere kleine Party vor der eigentlichen Party da waren.

Als ich gerade Gläser auf ein Tablett stellte, klingelte das Telefon. Ich ging hinüber zu dem Schreibtisch, hob ab und rief mehrere Male Hallo in den Hörer, ehe mir klar wurde, dass es sich um das Faxgerät handelte, das nun begann, einen Bogen Papier auszuspucken. Das Fax stammte von George, und ich machte mir so meine Gedanken, vielleicht wollte er in letzter Minute absagen oder irgendwo abgeholt werden oder er wusste nicht, wann die Party anfing; alles gute Gründe, die Nachricht zu lesen, damit ich Sally notfalls noch rechtzeitig per Handy Bescheid geben konnte, zumindest redete ich mir das ein. Georges Nachricht hatte rein gar nichts mit der Party zu tun. Er teilte Sally lediglich mit, dass für den nächsten Vormittag ein Termin für den Abschluss des neuen Buchvertrags bei Farrow Publishing vereinbart sei und der Verlag auf ihre Anwesenheit bestehe. Ich las die Nachricht ein zweites Mal. Was sollte diese Mitteilung? Farrow war nicht Sallys Buchverlag, sondern Welling. Dort waren alle ihre Bücher erschienen, mittlerweile dreizehn an der Zahl, und Jill Jennings hatte jedes Einzelne lektoriert. Wie es aussah, war *Morning in America* nicht der einzige Name auf Georges Abschussliste. Ich fragte mich, ob Sally eigentlich klar war, welch permanenten Schaden Georges angeblich vorübergehende Gegenwart in ihrem Leben anrichtete. Wie ich wusste, würde Sally nicht im Beisein von anderen Leuten über George diskutieren, deshalb hoffte ich, sie würde ins Hotel zurückkehren, ehe die anderen eintrafen.

Ich fing an, mich für die Party zurechtzumachen, zog das »kleine Schwarze« an und schlüpfte in meine hohen Jimmy-Choo-Stöckelschuhe, dank derer ich nun gut eins achtzig groß war. Kritisch begutachtete ich mich im Spiegel. Das Kleid war noch knapper, als ich es in Erinnerung hatte. Da ich Derartiges schon befürchtet hatte, hatte ich auch den roten antiken Damastschal aus Frankreich eingepackt, den Mary mir zu Weihnachten geschenkt hatte. Ich drapierte ihn über Schultern und Brust, und während ich auf meinen Jimmy Choo probeweise ein paar Schritte auf und ab stöckelte, hatte ich nur einen Gedanken: Wenn ich mich ganz bewusst auf das Gehen konzentrierte, würde ich es vielleicht schaffen, den ganzen Abend durchzustehen, ohne umzuknicken.

Natürlich kam Sally erst ein paar Minuten vor den anderen ins Hotel zurück. Sie wirkte gehetzt, zum Reden war keine Zeit mehr. Nachdem sie Georges Fax gelesen hatte, sagte sie nur: »Verdammter Kerl.«

»Hast du denn nicht gewusst, dass er mit Farrow verhandelt?«

»Doch, schon, aber danach hat er wieder mit Welling verhandelt, und die haben zähneknirschend seinen Preis akzeptiert.« Mir fiel auf, dass sie »seinen Preis« sagte.

»George wusste, dass ich bei Jill bleiben will, dennoch muss er weiter mit Farrow verhandelt haben, er hat wohl noch mehr verlangt und auch bekommen. Vermutlich geht es bei diesem Termin darum, den Vertrag zu unterschreiben.«

»Kannst du dich nicht einfach weigern?«

»Nein. Leider nicht. Ich geh mich jetzt lieber umziehen, es ist höchste Zeit.« Auf halbem Weg in ihr Schlafzimmer warf sie das Fax in den Papierkorb.

7. Kapitel

Whose bed have your boots been under?

Shania Twain

Unter wessen Bett haben deine Stiefel gestanden?

Ich weiß nicht genau, wie ich mir die Party im Oran Mor vorgestellt hatte. Das Restaurant galt seit seiner Eröffnung vor einem Jahr bei der New Yorker Schickeria als der letzte Schrei, aber in dieser Stadt sind trendige Lokale und Geschäfte so kurzlebig wie Internetfirmen. Was vor einer Woche noch eine irre, heiße Sache war, liegt womöglich den Tag darauf schon lasch und müde auf der Warmhalteplatte. Doch das Oran Mor machte auf uns nicht den Eindruck, als wäre es schon wieder out. Als wir dort ankamen, drängte sich vor dem Eingang bereits eine Traube aufgekratzter Partygäste, die auf Einlass warteten. Ein ganz in Grüntönen gekleideter Mann kontrollierte die Einladungen und wünschte, wie in Irland üblich, jedem Gast *»top o' the morning«*, ungeachtet der Tatsache, dass der Morgen schon längst vorbei war.

»Oje. Hat einer von euch an die Einladung gedacht?« Ich hatte meinen Umschlag seit dem Tag nicht mehr zu Gesicht bekommen, an dem Seine Gnaden ihn mir überreicht hatte.

»Ich hab sie dabei. Wie gut, dass ihr mich mitgenommen habt.« Mae hatte sich für diese Party mächtig ins Zeug gelegt. Sie hatte die Haarsträhne über ihrer Stirn Smaragdgrün eingefärbt, passend zu ihrem smaragdgrünen, engen knöchellangen Taftrock. Irgendwo hatte sie eine hauchdünne weiße Bluse aufgestöbert, deren Kragen mit Kleeblättern bestickt war. Ihre mit Pailletten besetzten Riemchensandalen aus dem Secondhandladen waren ebenfalls grün – mit passendem Farbspray eingefärbt, wie sie erklärte. Im Taxi auf der Herfahrt hatte sie ein Kleeblattabziehbild auf die Stelle unterhalb ihres Auges geklebt, wo sonst ihr üblicher Stern blitzte. Sie hatte noch mehr Abziehbilder dabei, für uns alle. Wir pappten sie uns aufs Handgelenk.

Wir stellten uns mit unserer Einladung in die Warteschlange, doch diese Mühe hätten wir uns sparen können. Als das grüne Männchen Sally entdeckte, kam es sofort herbeigeeilt. »Mrs. Woods. Es ist uns eine große Ehre, Sie hier begrüßen zu dürfen. Bitte kommen Sie doch gleich herein. Wir haben einen Tisch für Sie reserviert, falls Sie es vorziehen zu sitzen.«

Mae hielt dem grün gekleideten Mann ihre Einladung hin, doch dieser ignorierte sie schlicht, trotz ihrer irischen Aufmachung. Doch plötzlich schien er eine Idee zu haben. Er riss Mae die Einladung förmlich aus der Hand und wandte sich wieder Sally zu.

»Wären Sie so freundlich, mir darauf ein Autogramm zu geben, Mrs. Woods, für meine Mutter? Sie ist ein begeisterter Fan von Ihnen. Sie amüsiert sich immer noch darüber, wie Sie damals in Ihrer Sendung die Gans auf den Boden fallen ließen. Es war zum Totlachen.«

»Ja, nicht wahr?« Sally zog einen Stift aus ihrer Handtasche und schrieb ihren Namen auf die Einladung.

Ein Autogramm nahe einer Menschenansammlung zu

geben ist immer riskant, und schon löste sich eine Splittergruppe aus der Menge und drängte Sonya, Mae und mich ziemlich rücksichtslos zur Seite, um Sally auf den Pelz zu rücken. Die Fans hielten ihr Einladungen hin, Einkaufslisten, Kontoauszüge und etwas, das wie ein benutztes Papiertaschentuch aussah, damit Sally ihren Namen darauf schrieb.

Sonya schaute sich dieses Theater fünf Minuten an, dann griff sie ein. »Die Zeit ist um. Wir müssen jetzt hineingehen«, verkündete sie in einem Ton, der keine Mätzchen zuließ. Augenblicklich wichen die Menschen zurück. Nicht ohne Grund macht Sonya bei unserer Fernsehanstalt die große Kohle.

Sally steckte ihren Stift wieder weg. »Danke«, sagte sie leise zu Sonya. »Was finden die Leute eigentlich an alten Papierfetzen mit einer Unterschrift darauf? Und vor allem, was machen die nun damit?«

Das grüne Männchen führte uns in das Restaurant und übergab uns der Obhut einer nicht sehr großen, dafür sehr blonden Schönheit.

»Hi.« Es gelang ihr tatsächlich, dieses eine Wort zu zwitschern. »Ich bin Kim, Ihre Empfangsdame.« Empfangsdame? Hatte sie die Aufgabe, alle Gäste so zu begrüßen? »Wir freuen uns riesig, dass Sie heute hier bei uns zu Gast sind.« Ich ging davon aus, dass sie uns alle meinte, obwohl sie dabei nur Sally anschaute. Kims Kelly-grünes Kleid war, sofern überhaupt möglich, noch tiefer ausgeschnitten als meins, außerdem war sie oben herum viel üppiger gebaut als ich. Hoffentlich gehörte es nicht zu ihren Aufgaben, sich bei der Begrüßung der Gäste nach vorn zu beugen. Sie hatte sich ein kleines Sträußchen Kleeblätter an die Hüfte geheftet, der einzige Ort, wo Platz dafür war. Ob sie nun in ihrem Kleid besser aussah als ich in meinem, ließ sich nur schwer beurteilen, denn ich war ja feige gewesen und hatte zur Tarnung einen Schal übergeworfen.

Kim führte uns an einen runden Tisch für sechs Personen, an exponierter Stelle, von wo aus man den ganzen Raum gut überblicken und von allen im Raum gut gesehen werden konnte. Augenblicklich erschien ein Ober mit einem Tablett voller Drinks. Zu seinem Sortiment gehörten Sekt, Guinness und ein blassgrüner Cocktail, der in hochstieligen Martinigläsern serviert wurde. Letzterer war, wie uns der Ober erzählte, eine Kreation des Hauses und hieß »Shamrock Mintini«. Sicher war es so gedacht, dass der Gast sich von dem Tablett einen Drink auswählte, doch Sally bat den Ober, er solle einfach das ganze Tablett dalassen.

»Gute Wahl«, lautete sein Kommentar, während er die Gläser von dem Tablett auf unseren Tisch stellte.

Ich nahm einen Mintini; er schmeckte sehr gut und war wahrscheinlich tödlich. Wodka, schätzte ich, daneben schmeckte ich Apfellikör und einen Hauch Minze.

Der Raum füllte sich, ohne dass es ungemütlich wurde. Grüppchen fröhlicher Gäste drängten sich um Tische und saßen oder standen an der Bar. Andere zogen ihre Runden durch die dichte Menge, wahrscheinlich auf der Suche nach einem geeigneten Promi, neben dem sie sich in Pose werfen könnten, sobald der Pressefotograf anfinge, seine Bilder zu schießen. Ober in gestärkten weißen Hemden und lustigen grünen Fliegen schlängelten sich zwischen den Grüppchen der Gäste hindurch, Tabletts mit Getränken und Horsd'œuvres in den Händen balancierend. An allen Ecken und Enden prangten kleine, mit Bast umwickelte Buketts aus Kleeblättern.

Auf den ersten Blick erkannte ich, dass sich hier die Elite der Food-Szene versammelt hatte. Die Medien waren zahlreich vertreten, desgleichen eine ganze Reihe Leute aus der Unterhaltungsbranche, die man als eine Art Gourmet-Groupies bezeichnen könnte. Drei Food-Redakteure von konkurrierenden Gourmetzeitschriften standen lachend und plaudernd im Kreis beieinander, doch wer weiß, ob sie nicht insgeheim versuchten herauszufinden, was die anderen jeweils als Themen für die kommenden Ausgaben planten. Ein Kolumnist, berühmt-berüchtigt dafür, dass er erschöpfend und detailliert über so spezielle Themen wie die Wacholderbeeren der kroatischen Mittelmeerküste oder Kaviar aus Uruguay berichtete, kritzelte im Eiltempo Notizen auf einen Block, während er einen Ober ausfragte, der eine Platte mit Räucherlachs in den Händen hielt. Bestimmt wollte er wissen, ob dieser spezielle Lachs auf seinem Laichzug im oder gegen den Uhrzeigersinn um die Felsen herum geschwommen war. Ein bekannter Moderator einer Radioshow saß an einem Tisch mit den Doyens zweier Kochbuchverlage, die sich in seiner Gegenwart anscheinend köstlich amüsierten, jedenfalls wieherten sie vor Lachen, wenn er nur den Mund aufmachte. Wohin man auch blickte, überall saßen berühmte Köche; ich fragte mich nur, ob deren Restaurantbesucher sich darüber im Klaren waren, dass die Küche an diesem Abend ohne den Maître auskommen musste. Die Gästeliste war überaus beeindruckend. Danny war erst seit einem Jahr in den USA, und doch hatte er es geschafft, jeden, der in dieser Szene etwas zählte, zu seiner Party zu holen. Wären alle diese Leute weiblichen Geschlechts gewesen, hätte ich durchaus eine Erklärung für dieses Phänomen parat gehabt.

Eine große, rothaarige Küchenchefin, das Gesicht mit Sommersprossen übersät, trat an unseren Tisch. Sie trug eine makellos saubere weiße Kochjacke, bestickt mit einem grünen Kleeblatt und dem Namenszug *Erin* über der linken Brust. Erin hielt eine große Servierplatte mit Speisen in den Händen, ihr folgte auf dem Fuß ein Gehilfe, der ebenfalls mit einer großen Platte beladen war.

»Der Chef hat das eigens für Sie zusammengestellt. Ich möchte mich in seinem Namen bei Ihnen dafür bedanken, dass Sie heute Abend unsere Gäste sind«, sagte sie, während sie und der Gehilfe die Platten auf unseren Tisch stellten. Auf der einen lagen zwei Lachsseiten, hauchdünn aufgeschnitten, geschmackvoll garniert und mit kleinen dunklen Brotscheiben umlegt. Die andere enthielt eine üppige Auswahl verschiedener Vorspeisen.

»Also, das ist ja einfach wunderbar«, sagte Sally, während sie sich auch schon eine Briochehälfte dick mit Gänseleber belegt zum Mund führte. Ich ging zum Angriff auf den Lachs über. Sally kaute mit gesundem Appetit, schaffte aber dennoch eine Erwiderung auf Erins Begrüßung.

»Bitte danken Sie ihm in unserem Namen. Ich bin sicher, in der Küche geht es heute heiß her, aber wenn es Danny zeitlich irgendwie möglich ist, würde ich ihn später sehr gerne sehen.«

»Ich richte es ihm aus. Im Moment erinnert er mich eher ein bisschen an ein kopfloses Huhn.«

»Dieser Lachs ist einfach köstlich. Räuchern Sie ihn selbst?« Gratisgeschenke aus der Küche werden von mir grundsätzlich gelobt. Gewöhnlich führt das dazu, dass Nachschub geliefert wird. Dieses Mal meinte ich es völlig aufrichtig; der Lachs war ungemein wohlschmeckend.

»Ja. Die andere Lachsseite auf der Platte ist von uns mit Tequila und Limettensaft gebeizt. Und das dunkle Brot, das dazu serviert wird, backen wir auch selbst. Wir verwenden nur Lachs aus Irland, übrigens kommt auch das dunkle Mehl für das Brot von da. Ein bisschen ›Heimaterde‹ in der Küche, wie einer unserer amerikanischen Köche das nennt.«

»Stammen Sie auch aus der ›Heimat‹?«, fragte Sonya.

»Natürlich. Ich habe vorher drei Jahre bei Danny in Dublin gearbeitet, und als er hierher zog, hat er mich gefragt, ob ich mitkommen will. Es ist eine großartige Chance, das können Sie mir glauben. Er hat mir schon so viel beigebracht.« Daran zweifelte ich keine Sekunde. »Also, wenn Sie noch irgendeinen besonderen Wunsch haben, rühren Sie sich einfach, wir erfüllen ihn gerne.«

Sobald Erin fort war, widmeten wir uns voll und ganz den Speisen auf unserem Tisch. Küchenchef Danny O'Shea hatte sich wahrlich selbst übertroffen. Außer den zwei verschiedenen Lachszubereitungen und den Brioches mit Gänseleber, von denen sich Sally gerade ein weiteres nahm, gab es Artischockenböden gefüllt mit Hummerfleisch, das mit Kerbel gewürzt war, Kartoffelrösti mit Crème fraîche und Kaviar sowie Spalten von Hörnchenkartoffeln, mit geschmolzenem Käse überzogen und bestreut mit knusprigen Speckwürfelchen. Garniert war die Vorspeisenplatte mit sorgfältig geschnitztem rohem Gemüse.

»Was für ein wunderschönes Arrangement. Wir sollten in einer unserer Sendungen mal vorführen, wie so etwas gemacht wird«, bemerkte Sonya, die nur selten ihre Fernseharbeit vergaß.

Mae, die sich mit gesundem Appetit durch die verschiedenen Speisen arbeitete, meinte: »Das Entscheidende dabei ist, dass alles, auch die Garnitur, wirklich gut *schmeckt*. Denkt nur an den Kuchen.«

»Denkt nur an den Kuchen«, war eine Warnung, mit der wir uns gegenseitig daran erinnerten, dass Essen auch so gut schmecken sollte, wie es aussieht. Vor ein paar Jahren hatte eine Hobbybäckerin aus New York alles darangesetzt, in unsere Sendung zu kommen; um auf sich aufmerksam zu machen, hatte sie uns eine kunstvoll dekorierte Torte geschickt, einschließlich einer Marzipanfigur der Bäckerin, wie sie vor einer Kamera aus Schokolade posiert. Sonya war hingerissen gewesen und hatte sofort dafür plädiert, diese Frau ins Morgenmagazin einzuladen. Doch als dann Mae und ich die Torte kosteten, waren wir entsetzt. »Das kann doch nicht dein Ernst sein«, hielten wir Sonya entgegen. »Der Kuchen schmeckt fürchterlich! Sie hat den Boden im Supermarkt gekauft!« Feinschmecker müssen eben Prioritäten setzen.

Immer wieder kamen Bekannte an unseren Tisch, um ein wenig zu plaudern oder auch wohl um zu gucken, was wir Schönes auf unseren Tellern hatten, das sie nicht hatten. Sie machten Smalltalk, probierten dies und jenes von unseren Platten und schlenderten dann weiter zum nächsten Tisch. Das Reden, Essen und Mintini-Schlürfen nahm uns so in Anspruch, dass ich Mary erst bemerkte, als sie direkt neben mir stand.

»Mann«, sagte sie. »Ich musste diesem grünen Wicht draußen praktisch ein unmoralisches Angebot machen, damit er mich vor den anderen hereinließ. Was für eine unglaubliche Party!« Mary, die Sonya, Mae und Sally bei einer Reihe von Anlässen schon begegnet war, machte ganz auf europäische Lebensart und begrüßte alle mit Küsschen auf die Wangen.

»Was soll der Schal?«, zischte sie mir zu, als ich an die Reihe kam. Dann setzte sie sich, nahm ein Glas Champagner und lud einen Artischockenboden auf ihren Teller. »Habt ihr den Chihuly dort vorn gesehen?«, fragte sie. »Der ist ja eine Wucht. Der hat mich glatt umgehauen.«

Mae legte den Kopf schief. »Was ist ein Chihuly? Eine Lachsart?« Wir Food-Leute denken manchmal schon sehr eingleisig.

»Dale Chihuly. Der wahrscheinlich führende Glaskünstler der heutigen Zeit. Man findet seine Werke in Museen auf der ganzen Welt, aber auch an Orten, wo man sie überhaupt nicht vermutet. Wie etwa im Rainbow Room oder in der St. Peter's Church oder hier in diesem Restaurant. Sie kosten ein kleines Vermögen. Das Stück da draußen ist eine Menge Räucherlachs wert, das könnt ihr mir glauben. Dieses Restaurant hier muss eine Goldgrube sein.«

»Nun, wenn dieser Menschenauflauf hier ein Indiz dafür ist, dann stimmt das wohl«, meinte Sonya.

»Es war sehr klug von dir, Sonya, diesen Koch in deine Sendung zu holen.« Sally fühlte sich niemals vom Erfolg anderer bedroht. In der Tat hatte sie schon so manchem Sternekoch dazu verholfen, wirklich groß herauszukommen.

»Ich denke, er wird gut beim Publikum ankommen«, sagte Sonya. »Er sieht blendend aus, ist charmant und hat eine tolle Ausstrahlung. Wer weiß? Vielleicht wird er der nächste Starkoch mit einer eigenen Kochsendung.« Danny wäre nicht der erste Küchenchef, der nach einem Auftritt in Sonyas Morgenmagazin eine eigene Sendung bekam.

»Ich frage mich, ob es heutzutage überhaupt noch Köche gibt, die keine Fernsehstars werden wollen«, kritisierte ich. »Mir kommt es manchmal so vor, als ob keiner mehr nur einfach in seiner Küche stehen und kochen will. Meistens läuft es doch so: Heute beizt er seinen Lachs noch selbst. Morgen hat er einen Termin nach dem anderen und bestellt beim Großhändler fertig gebeizten, aufgeschnittenen Lachs.«

»Das gilt aber nicht für alle Köche«, wandte Mae ein. »Viele von ihnen können beides – im Fernsehen auftreten und ein tolles Restaurant führen.«

»Und dieser hier, glaubst du, dass ihn der Starruhm mehr interessiert als sein Restaurant?«, richtete Sally die Frage an mich.

»Oh, ich weiß nicht. Ganz sicher ist er egozentrisch und arrogant genug, um ein wirklich großer Star werden zu können. Außerdem bringt er eine ganze Menge Zeit damit zu, überall in der Stadt für irische Produkte Werbung zu machen. Und schau dir doch im Übrigen nur mal all diese Leute hier an. Er hat ziemlich tief in die Tasche gegriffen, um die Presse zu beeindrucken.« Ich nahm mir eine weitere Portion Lachs.

»Beißt du nicht die Hand, die dich mit hausgebeiztem Lachs füttert – *avec garni*?« Mary kann so furchtbar unverblümt sein.

»Moment mal, ich kritisiere ihn ja gar nicht. Ein großes Ego ist gewöhnlich unabdingbar für Erfolg. Ich stelle lediglich die Tatsache fest.«

Ich spürte, dass sich mir jemand von hinten näherte, dann hörte ich eine leise, heisere Stimme an meinem Ohr: »Hallo, Süße. Amüsierst du dich schon?«

»Sully! Was machst du denn hier?«

»Ich bin extra gekommen, um euch zu sehen, meine Lieben.«

Sally Sullivan war die Besitzerin einer sehr erfolgreichen Bostoner PR-Agentur und besaß darüber hinaus die drei begehrtesten Eigenschaften im PR-Geschäft: Beziehungen, Beziehungen, Beziehungen. Sie kannte einfach jeden, und falls sie einmal jemanden nicht kannte, kannte sie dafür einen, der denjenigen kannte. Außerdem war sie überaus kontaktfreudig, dazu witzig und schlagfertig, Eigenschaften, die dafür sorgten, dass man gern mit ihr zusammen war. Möglicherweise führte sie ihre Geschäfte mit einer aggressiven Strategie, aber wenn dem so war, konnte sie das jedenfalls gut verbergen. Wir kannten sie, weil sie eine ganze Reihe ihrer Klienten in *Morning in America* untergebracht hatte und gewöhnlich ins Studio kam, wenn diese ihren Fernsehauftritt hatten. Ich stellte sie Sally und Mary vor.

Sully begrüßte Mary und machte ihr ein Kompliment zu ihrem tollen Aussehen, dann reichte sie Sally die Hand. »Einen hübschen Namen haben Sie«, bemerkte sie zu ihr.

»Sie auch. Heißen Sie Sarah oder Sally?«

»Sally. Und Sally-May-Jane, wenn ich einen Klienten aus den Südstaaten umgarne, und unsere gute alte Sal, wenn ich einem Kunden über sechzig Honig um den Bart schmiere. Leider werde ich von meinen Freunden immer nur Sully gerufen. Diesen Namen schleppe ich seit meiner Kindheit mit mir herum, weil ich mich damals wie ein Junge aufgeführt habe – ich wollte unbedingt mit den Jungs aus der Nachbarschaft Football spielen.«

»Sind Sie eigens wegen dieser Party nach New York gekommen?«, fragte Sonya.

Ehe Sully antworten konnte, wusste ich plötzlich die Antwort. »Die ausgesuchte Gästeliste, die Mintinis, das grüne Männchen. Hast du dir das alles ausgedacht?«, fragte ich sie.

»Wenn du dich gut amüsierst, lautet die Antwort ja. Falls nicht, dann gib dem Kerl von Johnson-PR die Schuld, der dort drüben uneingeladen an der Bar hockt.«

»Die Party ist einfach super«, meinte Mae.

»Die Idee mit dem grünen Männchen ist etwas übertrieben, finde ich«, diese Bemerkung konnte ich mir nicht verkneifen.

»Vorsicht, Casey. Das sind meine Leute.«

»Woher kennen Sie Danny?«, wollte Sonya wissen.

»Ehe ich mit dieser Veranstaltung beauftragt wurde, kannte ich ihn überhaupt nicht. Einer von Dannys Köchen, Brian Reardon, arbeitete vorher in einem Restaurant in Boston, das zu meinen Kunden zählt. Danny wollte eine Party geben, weil das Restaurant nun schon ein Jahr existiert und noch immer nicht pleite ist. Er wollte aus diesem Anlass seine Freunde einladen und hätte sein ganzes Geld dafür ausgegeben, sie alle in Guinness zu ertränken. Brian überredete ihn, mich anzurufen und zu überlegen, ob man nicht ein Medienereignis daraus machen könnte. Am Anfang wollte Danny nicht recht mitziehen. Verzeihung, aber er kriecht den Promis nun mal nicht gern in den Hintern. Außerdem hatte er keine Ahnung, wer in dem Geschäft welche Fäden zieht. Stellen Sie sich vor, Sally, er hatte nicht einmal eine Ahnung, wer *Sie* sind.«

Alle bedachten mich mit einem Da-siehst-du's-Blick, außer Mae, die eben dies laut zu mir sagte.

»Okay, okay, okay. Er nützt also andere Leute nicht aus.

Aber ich denke immer noch, dass er egozentrisch und arrogant ist und nicht zuletzt ein großer Weiberheld.«

»In meinem Geschäft sind die meisten egozentrisch und arrogant, aber wieso glaubst du, dass er ein Weiberheld ist?«, fragte Sully.

»Ach, er hatte einfach eine so komische Art, mich anzuschauen, als ich ihn kennenlernte.«

»Du warst nackt«, erinnerte mich Mae. »Also hat er einen Blick riskiert. Wer würde das nicht?«

»Halb nackt. Das ist nicht dasselbe«, sagte ich lahm, denn ich war mir nicht sicher, ob es wirklich einen Unterschied machte.

»Welche Hälfte?«, fragte Sally.

»Spielt das eine Rolle?«, fragte Sonya.

»Kann mir mal jemand erklären, worüber ihr eigentlich redet?«, bat Sully.

Mae klärte sie auf und fügte hinzu: »Nur für das Protokoll, ich fand ihn überaus charmant.«

»Er *ist* charmant. Er ist toll. Ich hätte ganz bestimmt nichts dagegen, von ihm eingehend betrachtet zu werden«, meinte Sully.

»Ich kann es gar nicht erwarten, ihn zu sehen«, sagte Mary.

»Ich auch nicht«, meinte Sally, »aber ich glaube, er hat noch immer jede Menge in der Küche zu tun.«

»Oje. Er ist der Alptraum jedes PR-Agenten. Ein Küchenchef, der lieber kocht, als sich mit seinen Gästen abzugeben. Ich bring ihn einfach nicht dazu, hier draußen im Restaurant zu bleiben. Ich gehe ihn jetzt holen. Übrigens, lasst euch ja nicht diese Kartoffelspalten entgehen. Sie sind mit irischem Käse und Schinken gemacht und schmecken einfach himmlisch.« Sully machte sich auf in die Küche.

»Fragen Sie doch mal in der Küche nach, ob sie dort nicht zufällig einen Apfel der Erkenntnis für Casey haben«, rief Mae ihr hinterher.

Ein Ober kam und erkundigte sich, ob wir noch etwas zu trinken wünschten, Freunde und Fans schauten auf einen kleinen Plausch vorbei, und wir am Tisch aßen und tranken und genossen die Party.

Ich saß mit dem Gesicht zum Eingang, daher war ich die Erste, die sah, wie Kim mit dem grauenvollen Duo sprach: George Davis und Carol Hanger. Trotz ihres offenkundigen Versuchs, sich wie richtige Partylöwen zu kleiden, wirkten die beiden jämmerlich deplatziert. George trug seine üblichen schlecht sitzenden Hosen, die er, aus Gott weiß welchen Gründen, mit einer roten Hausjacke nebst breitem Plastron kombiniert hatte. Noel Coward wirkte in einer Hausjacke mit Plastron kultiviert und elegant. George Davis sah aus wie ein Esel. Vielleicht war ihm das auch bewusst, denn Mr. Hollywood hatte eine große Sonnenbrille aufgesetzt, um sich zu verstecken. Carol hatte ihre überschüssigen Pfunde in einen Hosenanzug aus pinkfarbenem Jersey gezwängt, der aus allen Nähten zu platzen schien. An den Füßen trug sie psychedelische grüne Turnschuhe, die zu dem Hosenanzug passten wie die Faust aufs Auge. Ihre kurzen glatten Haare (die mich daran erinnerten, wie Mary mit acht Jahren ausgesehen hatte, als ich ihr eine Schüssel über den Kopf gestülpt und Friseur gespielt hatte) waren frisch getönt, und zwar offensichtlich von ihr selbst. Sie hatte wohl einen Rotton angestrebt, doch das Resultat war so ausgefallen, dass ihr Mopp nun in einem unnatürlichen Rosa leuchtete, fast identisch mit ihrem Hosenanzug.

Als Kim Anstalten machte, sie in Richtung unseres Tisches zu führen, suchte ich Sonyas Blick und wies mit dem Kopf dezent auf die beiden.

Sonya reagierte blitzschnell. »Muss noch jemand auf die Toilette?«, fragte sie. Auch Mae sah das drohende Unheil und verzog sich schleunigst mit Sonya. Ich verharrte an meinem Platz, denn Marys Gesichtsausdruck beim Anblick dieser geballten modischen Aussage wollte ich mir einfach nicht entgehen lassen. Mary enttäuschte meine Erwartungen nicht. Als George und Carol an unseren Tisch kamen, verschluckte sie sich an ihrem Champagner und konnte sich gerade noch rechtzeitig die Serviette vor den Mund halten.

»Oh Pardon, ich hab wohl den Champagner in die falsche Kehle bekommen«, erklärte sie.

»Tja, das kommt davon, wenn man zu viel davon trinkt. Ihr wievieltes Glas ist das denn?« Carol Hanger – der Takt in Person.

»Carol, George. Darf ich Ihnen meine Cousine Mary Alfano vorstellen. Mary, George Davis und Carol Hanger.«

George und Carol bedachten Mary mit einem kurzen Kopfnicken, verzogen keine Miene und wandten sich so rasch wieder ab, dass Mary mit der ausgestreckten Hand stehen blieb. Dann begrüßten sie Sally und setzten sich auf die Plätze, die eigentlich Sonya und Mae gehörten. Sally erwiderte den Gruß mit einem schlichten »Hallo«, keine Küsschen, keine »Schätzchen«.

»Was servieren die denn da für Zeugs?« George beäugte die Getränke auf dem Tisch. Er hatte eine sehr hohe Stimme, fast wie eine Frau, und einen affektierten, gequälten

Akzent, dessen Ursprung sich nur schwer deuten ließ, außer man ging davon aus, dass ihm andauernd eine Laus über die Leber lief. Ehe ihm jemand antworten konnte, hob er den Arm hoch und schnippte mit den Fingern nach einem Ober, der sogleich erschien. Mit einer übertriebenen Gebärde nahm George seine Sonnenbrille ab. »Ich nehme einen Seven-and-Seven in einem hohen Glas mit nicht allzu viel Eis. Carol?«

»Ich möchte ein Cola light in einem großen Glas und die Eiswürfel separat dazu in einem extra Glas.«

Ich hoffte inständig, der Ober würde den beiden den Marsch blasen, doch er nahm die Bestellung mit einem höflichen »Kommt sofort, Sir« entgegen.

George wandte sich an Sally. »Haben Sie mein Fax bekommen?«

»Ja.«

»Gut. Wir treffen uns dann dort.« Er drehte sich zu mir herum und bedachte mich mit einem Blick, als wollte er sagen: »Du kannst mich mal.« Ich wandte mich zu Mary, die sich ihrerseits gerade bemühte, eine Unterhaltung mit Carol in Gang zu bringen. Carol jedoch war damit beschäftigt, Essen in eine Serviette zu packen, außerdem hatte sie Mary offenkundig als Säuferin abgestempelt. George begann Sally in ein Gespräch zu verwickeln, indem er sich vertraulich zu ihr neigte und in einem Ton auf sie einredete, der vermittelte, »Keine Störung erwünscht«. Sally fühlte sich so offensichtlich unwohl, dass ich den Drang verspürte, meine Hand auf die ihre zu legen und sie zu fragen, ob sie nach Hause gebracht werden wolle.

Zum Glück kehrte in diesem Moment Sully an unseren Tisch zurück, begleitet von Danny. Er hatte eine saubere

Kochjacke an, die mit einem Kleeblatt und seinem Namenszug bestickt war, also kein »Chef de Cuisine« oder »Obermacker« oder dergleichen. Sein Haar war ordentlich gekämmt, aber ein paar widerspenstige Strähnen fielen ihm in die Stirn, genau über jenen auffallend blauen Augen, die nun mit einem strahlenden Lächeln direkt auf mich gerichtet waren.

»Hi, Casey«, sagte er und legte mir seine Hand auf die Schulter. Mein Magen schlug einen Salto. Ich wollte gerne glauben, dass das von dem vielen Lachs und der rohen Zwiebel kam, die ich dazu gegessen hatte. Andererseits scheine ich ein Faible für Männer in weißer Berufskleidung zu haben. Der Anblick von Richard in seinem weißen Arztkittel hatte mich immer ganz kribbelig gemacht, und bereits im zarten Alter von neun hatte ich mich schwer in den Tierarzt verliebt, der meine Katze Meatball behandelt hatte.

»Hi, Danny«, sagte ich und blickte auf die glücklichen Partygäste um uns herum. »Das hier ist eine tolle Party. Und das Essen ist *fantastisch*.«

»Danke. Ich bin wirklich sehr froh, dass Sie gekommen sind.«

Sully legte die Hand auf Dannys Arm. »Danny, das sind Sally Woods und Caseys Cousine Mary.« Sie wartete, bis beide Danny begrüßt hatten. Sally stellte ihrerseits George und Carol vor. Hoffentlich würde Danny die beiden nicht für unsere Freunde halten, dachte ich insgeheim. Danny streckte ihnen seine Hand entgegen. George erwiderte seinen Händedruck, ohne sich jedoch von seinem Stuhl zu erheben. Seine Hand wirkte in Dannys kräftiger Hand wie ein nasser Lappen.

»Haben Sie Zeit, sich ein Weilchen zu uns zu setzen?«, fragte Sally.

»In der Küche geht es im Moment ein bisschen hoch her und …«, hob Danny an.

»Setzen Sie sich.« Sully schob kurzerhand einen Stuhl für ihn neben meinen. Dann zog sie noch einen weiteren freien Stuhl vom Nebentisch für sich selbst heran.

»Ihr Essen ist einfach köstlich, Maître«, sagte Sally mit offenkundiger Begeisterung.

»Danke. Ich habe eine hervorragende Küchenbrigade, auf die ich mich verlassen kann.«

»Aus welchem Teil Irlands kommen Sie?«, wollte Mary wissen.

»Cashel, in der Grafschaft Tipperary.«

»It's a long way«, sagte ich.

»Ihrem Vater ist es zuzuschreiben, dass sie derartige Kommentare von sich gibt«, erklärte Mary.

Danny lachte herzhaft. Es war ein gutes, aufrichtiges Lachen. »Das habe ich schon mal gehört. Sogar schon ziemlich oft.«

»Wo haben Sie gelernt, Danny?«, fragte Sally und langte nach einem Kartoffelplätzchen.

»Ich habe Hotelmanagement am Shannon College studiert. Als ich die Abschlussprüfung abgelegt hatte, wurde mir klar, dass ich nicht ein Hotel führen, sondern in der Küche arbeiten wollte. Also habe ich noch eine Kochausbildung angehängt, in Ballymaloe, in der Grafschaft Cork.«

»Oh ja, diese Schule kenne ich gut. Sie ist ausgezeichnet. Und hervorragend ausgestattet.«

»Ich hatte sehr viel Glück, dass ich dort aufgenommen wurde. Ich konnte mir die Schule eigentlich nicht leisten, aber dann bekam ich ein staatliches Stipendium, ganz ohne irgendwelche Gegenleistungen. Deshalb mache ich so viel Werbung für irische Produkte. Als kleine Wiedergutmachung, sozusagen.« Du meine Güte, der Mann war ein Heiliger.

Carol zog eine Visitenkarte aus ihrer Handtasche und hielt sie Danny hin. »Ich arbeite als Assistentin für etablierte Küchenchefs, die Food-Präsentationen machen. Ich bin selbständig, deshalb bin ich zu jeder Tageszeit verfügbar. Natürlich müssen Sie mir rechtzeitig Bescheid geben, denn ich bin sehr gefragt.« An dieser Stelle bedachte sie mich mit einem selbstgefälligen Blick.

Oh bitte! Berufliche Konkurrenz durch Leute wie Carol beunruhigt mich nicht im Geringsten, doch nun näherte sich unserem Tisch Konkurrenz auf modischem Gebiet.

»Wie schön, dich mal außerhalb der Küche anzutreffen, Danny«, zwitscherte Kim, die Empfangsdame.

»Danke, mein Schatz.« Er legte seinen Arm um ihre Taille. »Hast du schon alle hier kennengelernt?«

Sie hatte nur Augen für Sally. »Ja, danke«, sagte sie.

»Wie läuft es denn hier draußen?«, fragte Danny.

»Ganz großartig. Alle scheinen sich wirklich wunderbar zu amüsieren. Kann ich irgendetwas für dich tun?« Bei diesen Worten, ich schwöre bei Gott, beugte sie sich nach vorn, dass man wer weiß wohin sehen konnte.

»Nein, danke, mein Schatz.«

In dem Moment, in dem Kim unseren Tisch verließ, legte Mary beiläufig den Arm über meine Stuhllehne und zupfte an meinem Schal, sodass er von meinen Schultern glitt. Ich versuchte, sie unter dem Tisch zu treten, aber sie hatte meine Reaktion vorausgesehen und ihre Beine außerhalb meiner Reichweite gebracht. Dannys Bein rückte dafür näher. »Tolles Kleid«, bemerkte er. »Ich werde beten, dass es regnet.«

»Ich habe einen Schirm dabei«, versetzte ich.

Er lachte und kniff mich leicht in meine nun nackte Schulter. Ich nahm das nicht persönlich, denn innerhalb der nächsten Viertelstunde erschien eine spärlich bekleidete Dame nach der anderen an unserem Tisch, um ihn zu begrüßen, und alle bekamen sie dafür kleine Kniffe in alle möglichen Körperteile. Jede Wette, dass in dem Lagerraum neben der Küche viel mehr passierte als die Lagerung von Lebensmitteln.

Sally fragte Danny über die Produkte aus, die er aus Irland bezog, und während Danny von dem Käse erzählte, der auf kleinen Farmen produziert wurde, und dem speziellen Futter für die Schweine, die ihr Leben für den Schinken gelassen hatten, begann sein Gesicht regelrecht zu leuchten. Er sprach auch übers Lachsfischen, eine von Sallys Leidenschaften, und traf damit voll ins Schwarze.

In einer Pause der angeregten Unterhaltung fragte Mary: »Danny, der Chihuly da vorne ist absolut fantastisch. Haben Sie ihn in New York erstanden?«

»Ehrlich gesagt, es ist ein Geschenk des Künstlers.«

»Oh, Sie kennen ihn persönlich?«

»Ein wenig. Ich habe ihn in Irland kennengelernt. Er ist mit meinem Onkel befreundet. Das Glasobjekt hat er mir zur Eröffnung meines Restaurants geschenkt. Er ist ein wirklich großzügiger Mensch.« Danny blickte suchend nach links und rechts. »Er muss hier irgendwo sein.«

»Im Ernst? Wo?« Mary setzte sich aufrecht hin und ließ den Blick durchs Restaurant wandern.

»Ich weiß nicht genau, aber mit seinem Lockenkopf ist er normalerweise kaum zu übersehen. Möchten Sie, dass ich Sie mit ihm bekannt mache?«

»Natürlich!«

»Okay. Wir werden ihn finden.« Danny stand auf, ging um den Tisch herum zu Sally und schüttelte ihr die Hand. »Ich habe mich sehr gefreut, Sie persönlich kennenzulernen, Sally. Die Küchenmannschaft ist völlig aus dem Häuschen, weil Sie heute hier zu Gast sind. Würde es Ihnen etwas ausmachen, später, bevor Sie gehen, kurz in der Küche vorbeizuschauen und Hallo zu sagen? Das wäre wirklich sehr freundlich von Ihnen.«

»Natürlich, sehr gern.«

Danny verabschiedete sich von Carol und George, dann ging er zu Mary hinüber. »Sollen wir jetzt Chihuly suchen gehen?«

»Natürlich, ich bin schon so gespannt«, sagte Mary und stand auf.

Danny legte seine Hand auf meine Schulter. »Kommen Sie auch, Casey?«

»Vielen Dank, nein.« Normalerweise wäre ich vielleicht mitgegangen, aber ich wusste, dies würde George gefallen, also blieb ich am Tisch sitzen. Zum Glück blieb Sully ebenfalls und bemühte sich redlich, George und Carol in eine Unterhaltung einzubinden. Carol schob immer noch ihr Essen auf dem Teller zu Türmchen zusammen. Bestimmt stopfte sie ein paar von den Happen in ihre Handtasche.

»Was machen Sie beruflich, George?«, fragte Sully.

»Ich bin Agent«, antwortete er, ohne sie dabei anzusehen.

»Auf literarischem Gebiet oder anderweitig?«

George legte seinen Arm auf die Lehne von Sallys Stuhl und bedachte Sully mit seinem typischen selbstgefälligen Blick, der mich auf die Palme brachte. »Ich vertrete Sally.«

Wahrscheinlich bemerkte man es nur, wenn man Sully gut kannte – Sully warf den Kopf zurück und wollte schon losprusten, doch in letzter Sekunde schien ihr klar geworden zu sein, dass George nicht scherzte; also hüstelte sie stattdessen und warf mir einen fragenden Blick zu.

»Hervorragendes Geschäft«, sagte sie dann zu George. »Haben Sie auch noch andere Klienten?«

»Zurzeit nicht.«

»Ach. Aber vorher schon? Wer gehörte denn alles zu Ihren Klienten?«

»Ich ziehe es vor, die Liste meiner Auftraggeber vertraulich zu behandeln.« Selbst ich wusste, dass das Quatsch war. Agenten bauen sich ihr Geschäft auf, indem sie damit angeben, für wen sie alles gearbeitet haben.

Sully bohrte weiter. Weiß der Himmel, ob sie echtes Interesse hatte oder einfach nur Konversation machen wollte, ich jedenfalls brannte darauf, Einzelheiten aus George Davis' Leben zu erfahren. »Ein Freund von mir hat eine Agentur hier in New York. Ich bin sicher, Sie kennen ihn – Marc Friedman?«

»Ich habe nur kurze Zeit hier gearbeitet, meistens außerhalb von New York, daher war es mir nicht möglich, Kontakte zu knüpfen.«

»Wo waren Sie denn vorher?«

Georges selbstgefällige Miene bröckelte mehr und mehr und machte einem Ausdruck reinen Unbehagens Platz. Ich bildete mir ein, Schweißtropfen über seine Wange laufen zu sehen. Ohne auf Sullys Frage einzugehen, blickte er in die andere Richtung und sagte: »Oh, da ist ja ...« Den Namen, den er nun nannte, habe ich vergessen, denn er sagte mir nichts.

Sully musste sich herumdrehen, um in Georges Blickrichtung sehen zu können, aber ich saß mit dem Gesicht dazu, deshalb bemerkte ich, wie er in voller Absicht ein Glas Mintini umstieß, und zwar so, dass es in ihre Richtung stürzte. Sully sprang rasch auf, doch das grüne Getränk hatte bereits den Rock ihres Kleides durchtränkt.

»Entschuldigung«, sagte George, doch seine widerlich blasierte Miene drückte aus, was er wirklich empfand.

»Komm, Sully, wir waschen das schnell wieder raus«, sagte ich. »Ich besorge Mineralwasser, und dann treffen wir uns auf der Toilette.« Beim Aufstehen blickte ich George böse an, aber der schaute gar nicht zu mir her.

Während ich mich mit mäßigem Erfolg bemühte, den grünen Fleck aus ihrem Kleid zu entfernen, meinte Sully: »Wer zum Teufel ist dieser George? Wenn du mich fragst, steht der auf der Evolutionsskala gleich neben dem Neandertaler. Ein richtiger Fiesling ist das, Casey.«

Da ich ohnehin gerade auf dem Boden kniete, schaute ich unter die zwei Toilettentüren, um mich zu vergewissern, dass niemand mithörte. »Ich weiß, Sully«, erwiderte ich. »Keiner wird so richtig schlau aus diesem Kerl. Ich bin mir ziemlich sicher, dass er den Drink absichtlich umgestoßen hat.«

»Klar hat er das. Meine Fragen haben ihm offensichtlich nicht behagt. Es geht mich ja nichts an, aber es ist kaum zu glauben, dass jemand wie Sally sich von so einem Widerling vertreten lässt.«

»Ich weiß. Er liegt weit unter ihrem Niveau.«

»Niveau? Er gehört nicht einmal zur gleichen Gattung. Ist diese Carol seine Schwester?«

Ich hob überrascht den Kopf. Niemand hatte je erwähnt, dass die beiden verwandt wären. »Warum fragst du, Sully?«

»Ist dir noch nicht aufgefallen, wie sehr sich die beiden ähneln? Die gleiche Gesichtsform. Die gleichen slawischen Züge. Die gleichen Knopfaugen, die einen nie direkt anschauen.«

»Jetzt, wo du es sagst. Natürlich, die beiden sehen sich wirklich unheimlich ähnlich.«

»Hilfe naht!« Mit diesen Worten kam Mary zur Tür hereinspaziert, in der Hand ein Fläschchen mit extra starkem Fleckenwasser. »Als ich an den Tisch zurückkam, meinte Sally, du könntest vielleicht Unterstürzung brauchen. Lass mich mal ran, Casey. Man soll doch nie ohne Fleckenentferner aus dem Haus gehen. Wie ist denn das passiert? Hat Carol ein Glas nach dir geworfen?«

»Fast.« Sully schilderte den Vorfall und endete mit der Empfehlung, Mary solle sich einen Platz möglichst weit weg von George suchen, falls sie vorhabe, ihm irgendwelche Fragen zu stellen.

»Er ist schon gegangen. Carol auch. Und kaum waren die beiden weg, sind auch Sonya und Mae zurückgekommen.« Mary richtete sich auf und bewunderte das Resultat ihrer Arbeit. »Na, wer sagt's denn? Das Kleid ist so gut wie neu.«

Sully bedankte sich und meinte, sie müsse nun wieder zurück auf die Party und nach dem Rechten sehen. Beim Hinausgehen drehte sie sich noch einmal um. »Hütet euch vor diesem Kerl. Ich meine das ernst.«

»Was hat denn Sally eigentlich mit dem zu schaffen?«, fragte Mary, während sie mir ihren Lippenstift reichte, weil sie fand, ich müsse meine Lippen nachziehen.

»Gute Frage.«

»Vielleicht sorgt er dafür, dass sie viel mehr verdient als vorher.«

Auch wenn ich normalerweise vor Mary keine Geheimnisse habe, so behandele ich Sallys Angelegenheiten stets vertraulich. Deshalb achtete ich sorgsam darauf, das Wenige, das Sally mir von George erzählt hatte, nicht auszuplaudern. »Na hör mal. Sally hat bereits genug Geld. Sie schenkt es haufenweise her für wohltätige Zwecke. Außerdem liegt ihr nichts an teurem Schmuck oder einer Yacht, all diese Sachen. Daher glaube ich nicht, dass Geld der Grund dafür ist. Aber eins kann ich dir sagen: Nicht um alles Geld auf der Welt würde ich freiwillig mit diesem Kerl arbeiten.« Allein bei dem Gedanken schüttelte es mich. »Übrigens, hast du Chihuly gesehen?«

»Ja, stell dir vor. Das ist vielleicht ein Charmebolzen, sag ich dir, und er ist wirklich ein Genie! Er hat sich meinen Namen notiert. Er will mir eine Einladung zur Vernissage schicken, wenn er das nächste Mal in New York eine Ausstellung macht.«

»Du bist mir schon eine, Mary. Du bekommst am Ende immer alles, was du haben willst.«

»Apropos haben wollen. Dieser Danny ist echt heiß.« Sie riss die Augen auf.

»*Und* er nutzt das schamlos aus«, bemerkte ich. »Hast du gesehen, wie sich die Weiber an ihn dranhängen? Und mit dieser Kim scheint er sich besonders gut zu verstehen. Wenn der keine Wiesenwühlmaus ist?«

Mary und ich hatten in der Sonntagsausgabe der *Times* einen Artikel über das Sexualverhalten der Wühlmäuse gelesen. Präriewühlmäuse leben monogam; Wiesenwühlmäuse hingegen paaren sich mit vielen verschiedenen Weibchen und suchen dann das Weite, um als Einzeltier weiterzuleben. Meiner Einschätzung nach war Danny O'Shea eine Wiesenwühlmaus par excellence.

»Ja, aber denk daran: es braucht nur eine winzige Veränderung im Gehirn, und schon verwandelt sich die Wiesenwühlmaus in ein treues Prärietier.«

Ehe wir das Oran Mor verließen, schauten Sally, Sonya, Mae und ich noch kurz in die Küche. Wie immer überkam mich ein gutes warmes Gefühl, wenn ich beobachtete, wie Sally mit den jungen Köchen umging, sich aus ihrem Leben erzählen ließ und sie ermutigte, so weiterzumachen wie bisher.

Höchstwahrscheinlich hatte ihr Vorbild so manchen von ihnen dazu angeregt, diesen Beruf zu ergreifen, und so konnte man den jungen Leuten förmlich ansehen, wie aufregend diese persönliche Begegnung für sie war.

Während Sally ihr Autogramm auf abgegriffene Rezeptbücher, fleckige Schürzen und verschwitzte Mützen setzte, lasen Sonya, Mae und ich einige von Dannys Speisekarten.

»Wir haben eine täglich wechselnde Karte. Manche Speisen stehen immer darauf, weil die Gäste sie verlangen.« Danny stellte sich hinter mich und schaute mir über die Schulter, wobei er mit seiner Hand meinen bloßen Rücken berührte. Ich wünschte, ich hätte meinen Schal übergelegt, denn seine Berührung löste in mir ein unbehagliches Kribbeln aus. Nun ja, das Kribbeln an sich war nett, unbehaglich wurde mir nur, weil ich es als so angenehm empfand. Ich hätte es garantiert mehr genießen können, wenn ich nicht gesehen hätte, wie er den ganzen Abend lang bloße weibliche Rücken betatscht hatte.

»Welche Gerichte sind das denn?«, fragte Sonya.

»Wir haben ein fantastisches Lammgericht, das bei den Gästen sehr beliebt ist.«

»Haben Sie dafür ein Rezept?«, fragte ich und drehte mich dabei zur Seite, um meinen Rücken aus seiner Reichweite zu bringen. Küchenchefs haben nicht immer genaue Rezepte, so wie sie in Kochbüchern stehen. Ihre Versionen sind oft nur irgendwelche Aufzeichnungen, die sie als grobe Richtlinien benützen.

»Nicht für das Lamm. Wir alle hier haben es schon so oft zubereitet, dass wir nichts Schriftliches dazu brauchen. Aber Sie könnten mal vorbeikommen und mir bei der Zubereitung zusehen, wenn Sie möchten. An den Samstagen servieren wir kein Mittagessen, Sie könnten also am Vormittag vorbeikommen, und ich hätte dann Zeit, um Ihnen alles zu zeigen.«

»Kannst du das einrichten, Casey?« Sonya verlangte nie von mir, samstags zu arbeiten, aber wir mussten in der Tat Dannys Sendung endlich unter Dach und Fach kriegen. Außerdem wusste sie, dass ich nicht mehr mit Richard zusammen war und folglich samstags Zeit hatte.

»Klar, das geht in Ordnung«, versicherte ich ihr, dann wandte ich mich an Danny. »Sagen wir, zehn Uhr?«

»Jederzeit, Schätzchen.« Er grinste über das ganze Gesicht, und ich musste mich beherrschen, ihm nicht die Zunge herauszustrecken.

Danny begleitete uns bis zur Küchentür und legte dann

seine Hände auf meine Oberarme. »Bis Samstag dann«, sagte er. »Wenn Sie vorher *irgendetwas* brauchen, rufen Sie einfach an.« Er sagte das »irgendetwas« mit besonderem Nachdruck, und falls ich auf nur einem Jimmy Choo sicheren Stand gehabt hätte, hätte ich ihm einen Tritt ans Schienbein verpasst.

Mary und Mae wollten noch eine Weile bleiben, aber wir Übrigen machten uns auf den Heimweg. Sonya teilte sich mit Sally und mir ein Taxi zurück ins Hotel, und so unterhielten wir uns auf der Fahrt ein bisschen über Italien.

»Wisst ihr, allmählich freue ich mich riesig darauf«, sagte ich und meinte es auch so. »Fliegen wir alle zusammen? Bestimmt habt ihr beide für mich den Mittelplatz in einer Dreierreihe vorgesehen, hab ich recht?« Auch jetzt im Taxi saß ich eingeklemmt zwischen den beiden auf der Rückbank.

»Du und ich, wir fliegen zusammen«, erklärte Sonya.

»Ich werde ein paar Tage früher abreisen und einen Zwischenstopp in London einlegen«, erklärte Sally. Peter hatte Sally zu ihrem fünfzigsten Geburtstag eine Stadtwohnung in der Nähe von Harrods geschenkt. Sie hielt es für das wunderbarste Geschenk, das man ihr je gemacht hatte, und flog so oft wie möglich dort hin.

»Du Glückspilz. Nur zum Spaß oder wartet Arbeit auf dich?«

»Ich treffe mich mit einem Immobilienmakler, weil ich die Wohnung verkaufen will.«

Sally liebte ihr Apartment, liebte London. Ich fragte mich, ob sie verkaufen wollte, *weil* es ein Geschenk von Peter war und sie alles ausradieren wollte, was sie eventuell unangenehm an ihn erinnerte. Doch vor Sonya, dessen war ich mir sicher, würde sie mir bestimmt nicht ihre Gründe für den geplanten Verkauf offenlegen, deshalb wartete ich, bis wir allein in unserer Hotelsuite waren, ehe ich das Thema anschnitt.

»Ich brauche das Geld, Casey.«

Ich bemühte mich, ihr meine Überraschung nicht zu zeigen. Wie konnte es sein, dass Sally finanzielle Probleme hatte? Vielleicht lag Mary richtig mit ihrer Vermutung, Sally brauche George, damit er ihr helfe, ihre Einkünfte zu steigern. »Ist das der Grund, weswegen du George engagiert hast? Damit er mehr Geld ins Haus bringt?«

»Ha!«, rief sie aus und warf den Kopf zurück. »Er ist der Grund, weswegen ich das Geld brauche.«

»Sally, was zum Teufel ist eigentlich los?«

»Er hat etwas, das ich haben will, und ich bin willens, dafür zu bezahlen.«

»Mein Gott, Sally! Was redest du denn da?« Natürlich war mir klar, wovon sie redete, doch das, was sie mir da eben erzählt hatte, war so ungeheuerlich, dass es nicht in meinen Kopf wollte.

»So ist es eben. Nun ja, jetzt weißt du, warum ein so abscheulicher Mensch plötzlich in unser Leben getreten ist.«

»Moment mal, Sally. Ich weiß es eigentlich nicht. Was hat er denn in der Hand?«

»Das möchte ich dir jetzt noch nicht sagen.«

»Es gibt doch nicht etwa ein Crack-Baby in deiner Vergangenheit, oder?«

Sally musste so heftig lachen, dass sie mich damit ansteckte, und für eine Weile konnte keine von uns weiterreden.

»Gehen wir schlafen«, meinte Sally schließlich. »Wir müssen beide früh aus den Federn.«

»Aber ich muss unbedingt mehr über diesen George wissen. Ich mache mir Sorgen um dich.«

Sie umarmte mich. »Ich weiß, aber dazu besteht kein Anlass. Ich weiß genau, was ich tue, und ich vertraue darauf, dass du diese Sache für dich behältst. *Sogni d'oro.*«

Ich hatte meine Zweifel, ob sie wirklich wusste, was sie tat. »Goldene Träume« hatte sie mir gewünscht, doch das Gold schien im Moment ausschließlich George zuzufließen.

8. Kapitel

Wavin' my heart goodbye The Flatlanders

Ich hab mein Herz verloren und sage Tschüs.

Freitagmorgen ließen wir uns vom Zimmerservice das Frühstück servieren, Eier mit Speck und Würstchen, verschiedenerlei Gebäck, eine Portion Heidelbeerpfannkuchen, die wir uns teilen wollten, und die *New York Times*. Sally überließ mir das Kreuzworträtsel und nahm sich selber den ersten Teil der Zeitung vor. Obwohl wir am Abend zuvor mit köstlichen Vorspeisen verwöhnt worden waren, hatten wir nicht richtig zu Abend gegessen, deshalb waren wir beide nun wirklich hungrig. Offensichtlich hatte das Küchenpersonal es nicht für möglich gehalten, dass unsere umfangreiche Bestellung nur für zwei Personen galt, denn der Ober rollte den Servierwagen herein und deckte den Tisch für drei. Mich quälten tausend Fragen, George betreffend, die mich einen großen Teil der Nacht wach gehalten hatten, doch sobald ich davon anfing, gab Sally mir klipp und klar zu verstehen, dass sie vorerst nicht weiter über dieses Thema reden wollte. Dann schaute sie mich über den Rand ihrer Lesebrille an und schnitt ein ganz anderes Thema an.

»Ich fand, dieser Danny war schrecklich nett.« Ihre Aussage war offensichtlich nicht als reine Feststellung gedacht, sondern verlangte einen Kommentar meinerseits.

»Ich finde auch, dass Danny sehr nett ist, Sally. Aber ich denke nach wie vor, dass er sich noch die Hörner abstoßen muss, wie du es selber so treffend ausgedrückt hast, und ein junger Stier ist so ziemlich das Letzte, was ich jetzt brauchen kann.«

Ein Glitzern erschien in Sallys Augen. »Wer weiß? Könnte Spaß machen.«

»Sally Woods! Schäm dich!«

Als wir uns schließlich den letzten Pfannkuchen teilten, hatten wir das Thema Männer erschöpfend behandelt und redeten über die Kochbücher, die Sally in der kommenden Woche in ihrer Sendung vorstellen wollte. Eine Sendung im Jahr widmet Sally ausschließlich neuen Kochbüchern. Sie und Sonya bekommen automatisch fast alle Neuerscheinungen zugeschickt – etwa dreihundert im Jahr. Sonya gibt ihre Bücher an mich weiter, und wenn auch Sally mit der Durchsicht ihrer Exemplare fertig ist, vergleichen wir beide unsere Aufzeichnungen und wählen zehn aus, die dann im Fernsehen vorgestellt werden. »Ich schau mir immer zuerst die Geflügelrezepte an«, hatte Sally mir am Anfang als Tipp gegeben. »Wenn man nicht in der Lage ist, ein Hühnchen so zuzubereiten, dass es nicht trocken wird, taugt man nicht zum Kochbuchautor. Sobald ich die Anweisung lese, man solle eine Hühnerbrust ohne Knochen eine Stunde garen, werfe ich das Buch aus dem Fenster. Ein gutes Register ist ebenfalls unabdingbar.«

»Ich finde, dieses Jahr kannst du eine besonders schöne Auswahl vorstellen«, sagte ich nun zu Sally.

»Der Meinung bin ich auch. Es ist schon erstaunlich, jedes Jahr wieder kommen so viele Bücher auf den Markt, und alle scheinen sie ihre Käufer zu finden«, erwiderte Sally. »Gott sei Dank!«, fügte sie hinzu. »Vielleicht sollten wir fürs kommende Jahr auch ein paar Koch-DVDs ins Auge fassen. In letzter Zeit habe ich ziemlich viele bekommen.«

»Sonya auch. Ganz ehrlich, ich hatte noch keine Gelegenheit, mir welche anzusehen. Taugen sie was?«

»Einige schon. So eine DVD ist natürlich etwas ganz anderes als ein Buch, aber gerade die richtigen Arbeitstechniken lassen sich da sehr schön demonstrieren, zum Beispiel, wie man eine Hühnerbrust vom Knochen löst – so was ist für einen Anfänger bestimmt recht hilfreich.« Sally schaute auf die Uhr. »Du lieber Himmel, ich muss los.«

»Ich begleite dich nach draußen.«

Vor dem Hotel stand ein Wagen für Sally bereit. Wir umarmten uns, ein wenig länger als gewöhnlich.

»Sieh zu, Casey, dass du diese Sache mit Richard hinter dich bringst. Er hatte dich nicht verdient.« Sie stieg ein.

»Danke, Sally. Ich ruf dich am Wochenende an.« Hoffentlich würde sie mir am Telefon Näheres über ihre Probleme erzählen.

»Am Wochenende bin ich nicht zu Hause, aber wir sehen uns ja ohnehin nächsten Mittwoch. Nach der Sendung gehen wir beide schön zu Mittag essen. Such ein nettes Restaurant für uns aus. Und frag auch Mary, ob sie mitkommen will. Sie bringt mich immer zum Lachen.«

»Gute Idee. Ich werde dran denken.« Ob sie wohl noch eine dritte Person dabeihaben wollte, damit sie unbequeme Themen meiden konnte?, fragte ich mich, aber dann ließ ich es dabei bewenden. »Du bist ein Schatz. Ganz ehrlich«, sagte ich zum Abschied, ehe ich ihre Wagentür zumachte.

»Du auch.« Und fort war sie und mit ihr alle möglichen Antworten auf das Dilemma mit George.

Ich hatte noch eine halbe Stunde Zeit, also schaute ich auf einen Sprung bei Sonya vorbei. Sie telefonierte, als ich ihr Büro betrat, und ihr Gesichtsausdruck sprach Bände. Eine Hand an die Stirn gelegt, gab sie ihrem Gesprächspartner einsilbige Antworten: »Ich weiß. Mach ich. Habe ich gemacht.« Als sie mich bemerkte, schaute sie auf und schüttelte unglücklich den Kopf. Mit einem tiefen, resignierten Seufzer legte sie schließlich auf.

»Also, das ist richtig mies gelaufen.«

»Was ist denn passiert?«, fragte ich.

»Das Treffen am Mittwoch mit George und dem Vorstand war eine einzige Katastrophe. George fordert die dreifache Summe von dem, was wir Sally im Moment zahlen. Wenn wir nicht darauf eingehen, wird sie zu einem anderen Sender wechseln, sagt er. Noch hat es keiner ausgesprochen, aber ich weiß genau, in der Chefetage fragen sie sich jetzt alle, was ich angestellt habe, dass Sally so ohne Weiteres die Sendung aufgeben will, oder zumindest, warum ich es nicht schaffe, sie zu halten.«

»Ach du meine Güte. Wird Sally ihnen erklären, dass du gar nichts damit zu tun hast?«

»Die Verhandlungen gehen Sally im Grunde nichts an. Sie hat George autorisiert, die Gespräche in ihrem Namen zu führen, und ehrlich gesagt, nervt mich das ziemlich.«

Ich wünschte, ich hätte ihr sagen können, dass George

nur ein vorübergehendes Problem war, doch wenn Sally gewollt hätte, dass Sonya dies wusste, hätte sie schon längst selber mit ihr darüber geredet. »Und? Werden sie auf Georges Forderung eingehen?«, fragte ich.

»Ich weiß es nicht. Im Moment sind sie ziemlich aufgebracht. Sie haben das Gefühl, als würde man ihnen drohen. Du weißt ja, diese Typen haben alle ein starkes Ego. Die können es gar nicht vertragen, wenn jemand sie dermaßen unter Druck setzt.«

»Aber würden nicht die Sponsorengelder Sallys Gehaltserhöhung mehr als wettmachen?«

»Das ist ja gleich das nächste Problem.« Sonya nahm einen Block mit Haftnotizen und warf ihn quer über ihren Schreibtisch. Es war nur eine Ersatzgeste; ich war mir sicher, sie hätte gern etwas Größeres und Härteres auf unseren Freund George geworfen. »Mein Gott, was für ein fürchterlicher Vormittag«, stöhnte Sonya, »und dabei ist es noch nicht einmal halb zehn.« Dann begann sie zu erklären: »Wie es aussieht, hat sich Sally mit einigen ihrer Werbespots in einen Interessenskonflikt mit unseren Sponsoren manövriert. Ein paar von ihnen haben schon gedroht, vor Gericht zu gehen. Im Moment studieren sie das Kleingedruckte in ihren Verträgen, um zu sehen, ob Sally in irgendeiner Weise dagegen verstößt.«

»Ich kann nicht glauben, dass Sallys Anwalt das nicht vorher überprüft hat.«

»Sallys Anwalt hat sich damit nicht befasst. Das war *George*. Probleme dieser Art gibt es erst, seit er ihre Karriere managt. All die Jahre zuvor hat Sally peinlich darauf geachtet, bloß nicht unprofessionell oder unseriös aufzutreten, und jetzt schaut sie plötzlich seelenruhig zu, wie dieser

Schwachkopf ihren Ruf und wer weiß was sonst noch ruiniert, ohne irgendetwas dagegen zu unternehmen.«

Derart aufgebracht hatte ich Sonya noch nie erlebt. Ich wusste, es lag ihr wirklich am Herzen, was mit Sally passierte; doch das allein war es nicht. Schlagartig wurde mir klar, dass sie jetzt um ihre eigene Karriere kämpfen musste. Und dann brachte Sonya das Thema zur Sprache, das mir wirklich den größten Schrecken einjagte.

»Casey, ich erzähle dir das alles, weil ich dir nichts vormachen möchte. Ich will, dass du vorbereitet bist, falls, nun ja, falls die Dinge sich nicht so entwickeln, wie wir beide es hoffen. Vielleicht wäre es nicht schlecht, wenn du dich schon mal ein bisschen umhörtest, ob andere Sender womöglich gerade auf der Suche nach jemandem wie dir sind. Du machst deine Arbeit toll, das weißt du. Es könnte auch gut sein, dass Sally dich mitnimmt, falls sie tatsächlich die Seiten wechselt. Sie arbeitet wirklich gerne mit dir zusammen.«

»Ach, Sonya, ich ...« Ich wusste, ich sah so aus, als würde ich gleich zu heulen anfangen. Die Zusammenarbeit mit Sally ging mir über alles, doch bei dem Gedanken, dies ohne Sonya tun zu müssen, spürte ich einen Kloß im Hals.

»Ich lasse dich bestimmt nicht gern gehen, Casey. Aber ich will, dass du ein paar Alternativen hast, sollte es tatsächlich zum Schlimmsten kommen. Wenn Sally geht, werden eine Menge Köpfe rollen, das kannst du mir glauben.«

»Ich verstehe. Es ist nicht deine Schuld. Das weiß ich.« Wann genau würde denn George endlich aus Sallys Leben verschwinden?, fragte ich mich. Womöglich nicht bald genug, um meinen Job zu retten.

Nach diesem deprimierenden Gespräch nahmen Sonya

und ich uns Sal Vitos Rezept vor und arbeiteten an den Skripts für die Kochbuchsendung, und als ich dann Sonyas Büro verließ, empfing mich ein Tag, der sehr grau geworden war. Richard hatte mir zwar das Herz gebrochen, doch verantwortlich für meine schlimmen Kopfschmerzen war einzig und allein dieser George.

Es war spät, als ich nach Hause kam, meine Eltern schliefen bereits, also ging ich ins Arbeitszimmer und schaltete den Computer an. Ich wollte im Internet nachsehen, ob ich womöglich etwas über George fand. Es gab Hunderte von Einträgen auf den Namen George Davis, alle möglichen Variationen und Kombinationen von Agenten, Firmenrepräsentanten, Prominenten und dergleichen, doch selbst nach einer langen, erschöpfenden Suche fand ich niemanden, dessen Beschreibung auf diesen Stachel in meinem Fleisch passte. Für jemanden, der sich als »Agent für prominente Persönlichkeiten« bezeichnete, hielt er sich ungewöhnlich bedeckt. Schließlich hatte ich doch zwei mögliche Treffer, aber PR-Agenten waren sie nicht. Einer versprach viel Spaß und ein Foto für gerade mal zwei Dollar; der andere gab als Adresse das Staatsgefängnis von San Quentin an und war auf der Suche nach einer Ehefrau: »Sie muss einen Bagger und Bulldozer besitzen.«

Schließlich ging ich zu Bett und heulte mich in den Schlaf, während sie im Radio Emmylou Harris' rührselig-traurigen Song spielten, »*My Baby's Gone*«. Mein Baby war auch weg, und was meinen Job betraf, so waren die Aussichten kaum besser.

9. Kapitel

Down to my last teardrop Tanya Tucker

Ich hab mich fast ausgeweint.

Es war Samstagmorgen, ich musste mich zwingen, früh aufzustehen. Ich war emotional erschöpft und hätte am liebsten die Bettdecke über den Kopf gezogen und den gestrigen Tag neu geschrieben, doch ich hatte diesen Termin im Oran Mor und wusste, es würde einige Zeit dauern, bis ich meine verquollenen Augen überschminkt hatte. Ich zog meine Strandtasche aus der hintersten Ecke des Kleiderschranks und wühlte darin, bis ich die wasserfeste Wimperntusche fand, die ich beim Schwimmen benütze. Sie würde hoffentlich einer möglichen Überschwemmung trotzen können. Drei Meter hohe Brecher waren nichts im Vergleich zu der Flut, die sie aushalten müsste, wenn mich wieder das heulende Elend überkam.

Ich zog ein weißes T-Shirt an, ausgebleichte Jeans und setzte eine Baseballkappe auf. Ich hatte keine Ahnung, wie streng es Danny mit den Hygienevorschriften nahm, wonach die Haare in der Küche stets bedeckt sein müssen, und da ich ohnehin recht mitgenommen aussah, wollte ich mir keinesfalls eines dieser grässlichen Haarnetze zumuten.

Die Eingangstür des Restaurants war verschlossen, also klopfte ich, bis ein hochgewachsener schlaksiger Junge von etwa siebzehn Jahren öffnete. Er hatte einen kurzen, widerspenstigen roten Haarschopf, und sein Gesicht war übersät mit Sommersprossen. Oder vielleicht war es auch andersherum – jedenfalls offenbarten die Zwischenräume zwischen den Sommersprossen ein nettes Gesicht.

»Guten Morgen«, sagte er mit unverkennbar irischem Akzent. »Sie sind sicher Casey. Der Boss erwartet Sie schon. Ich bin Cian.« Er schenkte mir ein freundliches Grinsen und streckte mir seine Hand hin.

»Casey Costello. Es freut mich, dich zu sehen, Cian. Du siehst aus wie …«

»Erin. Ich weiß. Sie ist meine große Schwester. Sie hilft mir dabei, den Restaurantbetrieb kennenzulernen. Im Moment bin ich noch der Geschirrabräumer, aber ich arbeite mich nach oben. Eines Tages werde ich mein eigenes Lokal haben, so wie Danny.« Er blickte so stolz drein und sah dabei so süß aus, dass ich zum ersten Mal an diesem Morgen lächeln musste.

Danny stand bereits am Herd, fast genauso gekleidet wie ich. Doch ihm stand diese Montur viel besser. Als er sich zu mir herumdrehte, sah ich, dass vorn auf seiner Baseballkappe THE CHIEFTAINS stand; meine trug die Aufschrift TEXAS ROADHOUSE, mit Willie Nelsons Autogramm darunter. Oran Mor bedeutet in etwa »großes Lied«, also waren wir beide durchaus passend angezogen, fand ich.

»Hallo, Casey«, sagte Danny, kam zu mir herüber und legte den Arm um meine Schultern. »Meine Mannschaft haben Sie ja schon neulich Abend kennengelernt, nicht wahr?« Ich begrüßte seinen Souschef Brian, dann Erin, die beiden

Postenchefs, die aus exzellenten New Yorker Restaurants übernommen worden waren, und Sweetie, die für die Patisserie zuständig war, ein süßes, gertenschlankes junges Mädchen aus Irland.

Danny klatschte in die Hände. »Gut. Womit fangen wir an?« Er wirkte so begeistert von unserem Projekt, dass es mir leid tat, nicht besserer Laune zu sein. Normalerweise empfinde ich eine Restaurantküche als sehr viel anregender und interessanter als ein Broadway-Musical, aber da der Vortag eher einer Shakespeare-Tragödie geglichen hatte, wo ich mit Wahnsinn und schließlich sogar einer Exekution konfrontiert worden war, wollte ich partout nicht in die richtige Stimmung kommen. Ich bemühte mich, es die anderen nicht merken zu lassen.

»Also, ich würde sagen, ich lese mir am besten zuerst die Speisekarte für heute Abend durch, und dann sehe ich Ihnen allen einfach eine Weile bei Ihrer Arbeit zu. Anschließend würde ich mir gerne die Rezepte für die Gerichte vornehmen, die sich meiner Meinung nach fürs Fernsehen eignen.«

»Wenn Sie auf der heutigen Speisekarte nichts Passendes finden, kann ich Ihnen noch andere zeigen«, bot Danny an.

»Wunderbar.« Bei lebhafter irischer Musik, auf volle Lautstärke aufgedreht, bewegten sich Danny und seine Leute bei ihrer Arbeit wie geübte Tänzer. Es grenzte schon an Kunst. Im Rhythmus zur irischen Musik knetete Sweetie den Teig für das dunkle Brot, und Erin schnitt mit einem Messer mit langer biegsamer Klinge gebeizten Lachs in vollkommen gleichmäßige hauchdünne Scheiben. Brian klopfte mit dem Fuß den Rhythmus und schnitt dabei exquisiten Ahi-Thunfisch in Würfel. Es imponierte mir, dass sie alle diese Arbeiten von Hand erledigten, ohne irgendwelche Küchenmaschinen zu Hilfe zu nehmen. In meinen Augen ist das ein Zeichen, dass ein Koch sein Produkt liebt.

Danny hatte mehrere Lammkarrees vor sich liegen, die er so zuputzen musste, dass die Knochenenden frei von Fett und Fleischfetzchen waren, »parieren«, wie es in der Fachsprache der Köche heißt. Mit starken, geschickten Händen verrichtete er diese Arbeit wie im Flug, man sah sofort, dass ein Könner am Werk war. Als alle Lammkarrees pariert waren, briet er die abgefieselten Fleischreste in einer Kasserolle an und löschte mit Madeira ab. Dann fügte er ganze Schalotten hinzu, die er in einer eigenen Pfanne in Butter angeschwitzt hatte, goss drei verschiedene Arten von Fond hinzu und ließ diese Mischung zu einer satt glänzenden, kräftigen Sauce einkochen, unter die er, ehe er die Kasserolle beiseite stellte, noch eine Champignon-Duxelles rührte. Während ich beobachtete, wie entspannt und gleichzeitig selbstsicher er arbeitete und seine Mannschaft anwies, wurde mir auch klar, warum sein Restaurant solchen Erfolg hatte. Auch blieb mir nicht verborgen, dass sein Personal ihn wirklich mochte. Seine Küche war ein Ort, an dem man sich nicht scheute, Gefühle zuzulassen.

Nach etwa einer Stunde fragte mich Danny, ob ich etwas gesehen hatte, das mir gefiel. Ich hatte mir bereits zahlreiche Notizen gemacht und alle Gerichte gekostet, die fertig waren. »Oh natürlich, ja. Nicht nur gesehen, sondern auch gerochen und probiert. Die Sauce zum Lamm ist einfach ein Gedicht. Ich habe auch den gebeizten Lachs probiert und das Thunfischtatar. Beides schmeckt fantastisch.«

»Der Thunfisch ist ganz frisch und von höchster Qualität. Wir servieren das Tatar in Wantan-Schalen aus Sesamteig. Der Lachs kommt aus Irland. Irischer Lachs ist der beste der

Welt, wir beizen ihn selber. Wir räuchern ihn auch selber.« Er wandte sich an Erin. »Schatz, bring Casey mal eine Probe von unserem Räucherlachs.« Ich ließ unerwähnt, dass ich bei der Party bereits hinreichend in Räucherlachs geschwelgt hatte.

Ich traf meine Auswahl und entschied mich für das Thunfischtatar, den gebeizten Lachs und das Lamm. Danny suchte zusammen, was er an Rezepten dafür hatte, und wir setzten uns in den Speisesaal, um sie zusammen durchzugehen. Als ich die Rezepte vor uns auf dem Tisch ausbreitete, rückte er mit seinem Stuhl näher, bis sich unsere Arme berührten. In Erinnerung seiner überaktiven Libido bei unserer ersten Begegnung rückte ich meinen Stuhl wieder ein Stückchen weg, um Distanz zu schaffen.

»Diese Gerichte sind köstlich«, begann ich, »aber sie sind natürlich für eine Restaurantküche gedacht, deshalb könnte ein Hobbykoch beim Nachkochen Probleme damit bekommen. Manchmal verlangen Sie zu viele Zutaten oder auch Zutaten, die nur schwer zu bekommen sind. Wir müssen, wenn möglich, Ersatzprodukte dafür finden. Und wir müssen die Mengenangaben überarbeiten, damit wir etwa sechs bis acht Portionen bekommen, nicht achtzig.

Das Lammkarree ist großartig, und ich denke, Sie sollten den Zuschauern zeigen, wie man es pariert, aber sagen Sie auch, dass man auch bereits parierte Lammkarrees beim Händler kaufen kann. Wir zeigen dann vor der Kamera ein Karree, das zum großen Teil schon vorbereitet ist, damit Sie nur noch eine Rippe bearbeiten müssen. Wie garen Sie das Fleisch?«

»Ich brate es in der Pfanne rasch auf beiden Seiten an und lasse es dann im heißen Rohr fertig garen.«

»Gut. Das funktioniert in der Sendung ohne Probleme, außerdem ist es gut, wenn man dem Publikum mal zeigen kann, wie man rotes Fleisch zubereitet. Bei der Sauce könnte es jedoch etwas schwierig werden. Sie verwenden Kalbs-, Rinder- und Geflügelfond. Die meisten Leute haben keine drei verschiedenen Fonds vorrätig und würden sie wohl auch nicht extra kochen, für die kleine Menge, die man für die Sauce braucht. Können Sie die Sauce nicht auch nur mit einer Sorte Fond zubereiten?«

»Klar. Kein Problem.«

»Gut. Die Duxelles ist ein weiteres Problem. Sie gibt der Sauce ein köstliches Aroma, aber die meisten Leute wissen nicht einmal, was das ist.«

»Das ist eine Farce aus gehackten Schalotten, fein gehackten Champignons, Madeira ...«

»*Ich* weiß durchaus, was eine Duxelles ist. Ich meinte, unsere Zuschauer wissen es vielleicht nicht.«

»Ich wusste ja nicht, ob Sie richtig kochen oder nur fürs Fernsehen arbeiten und der Fernsehküche zugeteilt wurden.«

Ich war an diesem Vormittag besonders reizbar, deshalb machte ich meinen Rücken gerade und setzte eine möglichst unnahbare Miene auf. »Ich war am Culinary Institute of America und habe dort meinen Abschluss gemacht. Als Zweitbeste meines Jahrgangs.«

Sein Mund verzog sich zu einem leicht spöttischen Grinsen. Dann salutierte Danny mir. »Sorry, Küchenchefin. Ich hatte ja keine Ahnung.«

Ich wollte, dass er wusste, dass ich mich beim Kochen auskannte, aber ich bedauerte es, erwähnt zu haben, wie ich abgeschlossen hatte. Wie wichtigtuerisch das in seinen

Ohren geklungen haben musste. Mein Gefühl ignorierend, fuhr ich fort: »Nun zur Duxelles. Sie könnten natürlich den Zuschauern sagen, falls jemand sie vorrätig hat, könne er sie verwenden, aber für die Sendung wäre es von Vorteil, wenn Sie das Gericht mit frischen Champignons, Schalotten und Madeira zubereiten – also in der Pfanne eine Duxelles zubereiten würden. Glauben Sie, dass Sie das schaffen?«

Er legte seinen Arm auf meine Rückenlehne, sodass er meine Schulter streifte, und grinste übermütig. »Ich schaffe alles.«

Ich wusste, er meinte damit mehr als Pilze in der Pfanne, wahrscheinlich entsprach es sogar der Wahrheit, doch seine kühne Überheblichkeit brachte die irische Seite *in mir* zum Kochen. Ich bedachte ihn mit einem sarkastischen Blick und widmete mich den Rezepten für gebeizten Lachs und Thunfischtatar. Dann wollte ich von ihm wissen, wie er die Wantan-Schalen aus Sesamteig machte.

»Das ist im Grunde ganz einfach. Aber wir müssen heute sowieso welche backen, also schauen Sie am besten gleich zu. Sie können natürlich auch mithelfen, wenn Sie möchten.«

Wir gingen zurück in die Küche, wo er mir eine Schürze gab und Erin wissen ließ, dass ich ihr beim Backen der Wantan-Schalen helfen würde. Er informierte sie darüber hinaus, dass ich ausgebildete Köchin war; dankbar nahm ich zur Kenntnis, dass er nicht hinzufügte, »Zweitbeste ihres Jahrgangs«.

Erin stellte mehrere Backformen für Mini-Muffins auf den Arbeitstisch und reichte mir einen Kuchenpinsel. »Fetten Sie erst mal die Formen mit diesem Erdnussöl ein. Ich hole den Wantan-Teig.«

Wir arbeiteten zusammen, drückten die weichen Teigflecken in die Formen und bestrichen sie dann mit einer Mischung aus Öl und Stärkemehl.

»Warum das Stärkemehl?«, fragte ich.

»Dadurch bekommen sie einen hübschen Glanz, außerdem haften dann die Sesamkörner besser am Teig.«

Erin gab mir Sesamkörner und Meersalz und wies mich an, die Wantans damit auszustreuen. Sie schnitt inzwischen einen Stapel Teigflecken diagonal durch, sodass Dreiecke entstanden, legte diese auf Backbleche, bestrich auch sie mit der Öl-Stärkemehl-Mischung und bestreute sie abschließend mit Meersalz und Sesamkörnern.

»Wozu sind diese Dreiecke?«, fragte ich, während ich, wie befohlen, meine Wantan-Schalen ausstreute.

»Wir backen sie genau wie die Schalen und geben jeweils vier davon auf den Teller, als Beilage zum Thunfisch. Sie schmecken auch pur einfach super, zu Hause serviere ich sie mit allen möglichen Dips.«

Wir arbeiteten zur lebhaften Musik der Chieftains, und ich konnte verstehen, warum Danny diese Art Musik gewählt hatte. Automatisch passte man seine Bewegungen dem schnellen Rhythmus an, außerdem war es fast nicht möglich, dabei schlechter Laune zu sein. In null Komma nichts hatten wir alle Muffinformen mit Teig ausgelegt, die Teigdreiecke auf die Bleche gelegt und alles in den Backofen geschoben. Erin holte die Dreiecke nach sechs Minuten wieder heraus, ließ sie kurz auf Gittern auskühlen und reichte mir dann eins zum Probieren.

»Wirklich gut. Finden Sie nicht?«, fragte sie. Ich knabberte bereits an meinem zweiten und fand, sie wären auch die ideale Beilage zu Hummus, Kichererbsenpüree.

»Köstlich«, sagte ich zwischen zwei Bissen. »Also wir bringen auf alle Fälle das Lamm, den gebeizten Lachs und das Thunfischtatar in diesen Sesam-Schalen.«

»Gut, und wie geht es nun weiter?«, wollte Danny wissen.

»Ich schreibe mit Hilfe meiner Notizen die Rezepte dazu und anschließend die entsprechenden Skripts.«

»Muss ich irgendeinen Text lernen?«

»Nein. Die Skripts enthalten keinen Sprechtext. Sie legen nur die einzelnen Handgriffe fest und die Reihenfolge, in der sie zu erledigen sind. Ich werde sie Ihnen rechtzeitig zukommen lassen, damit Sie sie schon im Voraus studieren können.«

»Wann wird das sein?«

»Ich denke, ich habe sie Montagnachmittag fertig. Ich kann sie Ihnen entweder faxen oder per E-Mail schicken.« Ich zückte meinen Stift und Notizblock. »Haben Sie eine E-Mail-Adresse?«

»ODannyboy@oranmor.com«, erwiderte er ergeben, die Augen zum Himmel verdrehend. »Lachen Sie nicht. Meine Leute haben diese Adresse für mich eingerichtet.«

Während ich sie notierte, fing ich an, leise zu singen: »*Oh Danny boy, the pipes, the pipes are calling ...*«

»Bitte nicht. Bitte lassen Sie das.«

Unbeirrt fuhr ich fort: »*From glen to glen, and down the mountainside ...*«

»Ich weigere mich zuzuhören.« Danny ging zum Herd und schickte sich an, noch mehr Champignons in der Pfanne zu schmoren.

Ich trat hinter ihn und sang ihm direkt ins Ohr: »*The summer's gone and all the roses falling ...*«

»Ich höre Sie nicht.«

»*'tis you, 'tis you must go, and I must bide.*« An dieser Stelle stimmte die übrige Küchenmannschaft mit ein, so laut, dass nicht einmal die Chieftains gegen unser Gejohle eine Chance hatten.

»*But come ye back ...*« Brian und die beiden Postenchefs hatten einander die Arme um die Schultern gelegt und wiegten sich im Takt. Einer von ihnen hatte eine ziemlich gute Tenorstimme. Erin und Sweetie legten noch eins drauf und taten so, als würden sie sich mit ihren Geschirrtüchern die Tränen trocknen.

»Ihr seid alle gefeuert!«, brüllte Danny aus Leibeskräften, um unsere Singerei zu übertönen.

»*'tis I'll be here in sunshine or in shadow. Oh Danny boy,* oh Danny boy, I love you so.«

»Hoffentlich sind Sie nun zufrieden, jetzt, wo Sie dieses Chaos in meine Küche gebracht haben«, sagte er zu mir, nachdem wir das Lied zu Ende gesungen und die Jungs sich verbeugt hatten.

»Sie sollten sich eine andere E-Mail-Adresse zulegen. Soll ich Ihnen die Skripts vielleicht doch lieber faxen?«

»Vielleicht könnte ich sie mir selber abholen und dabei gleichzeitig ein bisschen zuschauen, wie so eine Kochsendung eigentlich gemacht wird, jetzt, wo ich weiß, welche Gerichte ich zubereiten werde.«

»Aber sicher. Dienstag wäre ein guter Tag. Wir drehen live und machen anschließend die Vorbereitungen für die Mittwochsendung mit Sally. Da können Sie dann gleich sehen, wie beides bei uns abläuft. Ich werde ab halb sechs Uhr früh im Studio sein. Sie können jederzeit vorbeikommen. Bringen Sie Ihr Handwerkszeug mit. Dann werde ich *Sie* ein bisschen bei der Arbeit einspannen.«

»Ausgezeichnet. Wird Sally denn Dienstagvormittag auch da sein? Die Begegnung mit ihr war wirklich ein Erlebnis für mich.«

»Nein. Sie kommt erst am Mittwoch wieder«, entgegnete ich, und dann fiel mir ein, dass sie mir ja aufgetragen hatte, für unser Mittagessen am Mittwoch einen Tisch zu reservieren. Ich fand, es wäre eine nette Geste nach allen Seiten, wenn wir hier bei Danny essen würden, also fragte ich ihn, ob er denn einen Tisch für drei Personen hätte.

»Natürlich. Ich schreibe mir das gleich auf.« Er kritzelte etwas auf einen Block und fragte dann: »Müssen Sie jetzt gleich gehen oder haben Sie Lust, noch ein bisschen mit uns weiterzuarbeiten?«

Die Arbeit mit seinem gut gelaunten Personal, begleitet vom fröhlichen Rhythmus der irischen Fiedeln, hatte bewirkt, dass ich mich bereits viel besser fühlte als am Morgen, also blieb ich noch eine Weile und schälte und hackte, blanchierte und pürierte, bis es mir wieder wirklich gut ging. Wie sagt doch Sally immer: Zusammen kochen macht Spaß.

Als es Zeit war, zu gehen, band ich meine Schürze ab und ging zum Spülbecken, um mir die Hände zu waschen. Spülbecken in Restaurants sind mit einem niedrigen Wasserhahn und einem hohen, einer Brause ähnlichen Wasserhahn ausgestattet, damit sich die großen Töpfe leichter spülen lassen. Zu spät merkte ich, dass ich den hohen Hahn aufgedreht hatte, denn ein Schwall kalten Wassers ergoss sich über meinen Oberkörper. Ehe ich zur Seite springen konnte, war ich nass bis auf die Haut. Mein T-Shirt, meinen BH von Calvin Klein – ein Schnäppchen, dank Mary – hätte man auswringen können. Ohne mich umzudrehen, wusste ich, dass Danny mein Missgeschick beobachtet hatte, denn ich hörte ihn lauthals lachen.

»Sie scheinen diesen Wet-Look zu mögen.«

»Nicht freiwillig«, versetzte ich und kreuzte verlegen die Arme vor meinen Brüsten.

Er blickte mir grinsend in die Augen. »Kein Grund, schüchtern zu werden. Ich hab sie ja schon mal gesehen.«

Ich wollte ihn gerade auf den Oberarm boxen, hielt mich aber im letzten Moment zurück, weil ich ja dann meinen Arm hätte wegnehmen müssen. »Sehr witzig. So kann ich nicht auf die Straße gehen. Haben Sie nicht irgendwas zum Überziehen, das ich mir borgen könnte?«

»Aber sicher. Kommen Sie mit.« Er führte mich in sein Büro, ein kleines fensterloses Zimmer, in dem gerade genug Platz für einen Schreibtisch war. Die Wände waren mit Regalen vollgestellt, auf denen reihenweise Kochbücher standen. Es war ordentlich, aber schmucklos. Danny nahm eine Jeansjacke vom Haken eines alten hölzernen Garderobenständers.

»Geht das?«

Ich schlug die Ärmel ein Stück um. »Das ist perfekt. Danke. Reicht es, wenn ich sie Ihnen am Dienstag zurückgebe?«

»Natürlich.« Er stand da, an seinen Schreibtisch gelehnt, und lächelte mich an – ein Lächeln, bei dem ich weiche Knie bekam. »Schade, dass Sie schon wieder fort müssen«, sagte er. »Es war schön, Sie hier zu haben.«

»Mir hat es auch gefallen. Sie führen eine grandiose Küche.«

»Danke. Ich hab gesehen, dass Sie auch eine Menge davon verstehen. Haben Sie schon mal daran gedacht, in einem Restaurant zu arbeiten?«

»Nein. Ich mag abends nicht gern arbeiten.«

»Aber wenn das Restaurant mittags geschlossen hat, können Sie den ganzen Vormittag im Bett bleiben.«

»Den ganzen Morgen im Bett zu verbringen, das hat mich noch nie gereizt.«

Sein Lächeln dehnte sich zu einem breiten Grinsen. »Vielleicht hatten Sie nur nicht die richtige Gesellschaft.«

Was nahm er sich da heraus? Ich stemmte die Hände in die Seiten und betrachtete ihn aus zusammengekniffenen Augen. »Machen Sie mich etwa an, Danny O'Shea?«

Sein Grinsen wurde noch breiter. »Die Zweite Ihres Jahrgangs, und da müssen Sie noch fragen?«

»Nun, das muss ein Ende haben.«

»Warum? Sind Sie gebunden?«

»Das geht Sie nichts an.« Fang jetzt bloß nicht zu heulen an, sagte ich mir. »Außerdem geht es gar nicht darum.«

»Worum geht es denn dann? Ich mag Sie. Ich fühle mich zu Ihnen hingezogen.«

Zu mir und der restlichen weiblichen Bevölkerung von New York, sofern sie attraktiv ist. »Es geht darum, dass Sie eine Wiesenwühlmaus sind.«

Er lachte. »Was bin ich?«

Ich verschränkte die Arme und schaute ihm direkt ins Gesicht.

»Eine Wiesenwühlmaus. Ein Don Juan, ein Casanova, ein Weiberheld, ein Playboy.«

»Ich denke, Sie haben da ein völlig falsches Bild von mir.« Er trat einen Schritt näher und zupfte den Kragen meiner Jacke zurecht. »Wie dem auch sei, ich habe den Eindruck, dass Sie mich trotzdem mögen.«

Oh, was war der Kerl eingebildet.

Ich grinste zurück. »Okay. Diese Unterhaltung reicht mir fürs Erste. Danke für die Jacke.«

»Gern geschehen. Aber ohne sehen Sie besser aus.«

Beim Hinausgehen hörte ich ihn immer noch lachen.

10. Kapitel

Let the morning in but keep it under cover

The Slip

Lass den Morgen rein, aber sag es keinem.

Als ich am Sonntagmorgen erwachte, stieg mir der Duft von Fleischsauce in die Nase. Er wirkte genauso lindernd auf meinen Herzschmerz wie tags zuvor die Arbeit in der Küche. Diese Fleischsauce, von den Italo-Amerikanern Tomatensauce genannt, muss drei Stunden köcheln und so viel Fleisch enthalten, dass ein mittleres Dorf satt werden würde. Meine Mutter kocht jeden Sonntag einen riesigen Topf davon. Dabei geht es ihr weniger um das Kochen an sich, sondern eher darum, dass sie mit diesem Gericht an ihre italienischen Wurzeln anknüpft. Meiner Mutter gefällt die Vorstellung, dass Generationen ihrer weiblichen Vorfahren den Sonntagvormittag damit zubrachten, am Herd zu stehen und diese Sauce zu kochen, die sie *ragù* nannten. Selbst als wir sonntags zu Mittag noch bei Nonna aßen, bereitete meine Mutter erst ihre eigene Sauce zu, ehe wir zum Haus meiner Großmutter aufbrachen. Die Hälfte der Sauce gab mir meine Mutter Montagmorgen mit auf den Weg in die City, und ehe die Woche um war, hatten wir beide unseren jeweiligen Anteil bei der Zubereitung von Lasagne,

Tomatensauce-Paprika-Sandwiches, gefüllten geschmorten Paprikaschoten und Kalbsschnitzel mit Parmigiana aufgebraucht.

Ich schaute auf den Wecker und sah, dass es erst acht Uhr war, also drehte ich mich noch einmal um und genoss diesen Morgen, an dem ich ausnahmsweise nicht zu einer unchristlichen Zeit aus dem Bett musste. Eingelullt von dem vertrauten Duft sank ich zurück in einen tiefen Schlummer, in dem Traumbilder von meiner Mutter, Tomatensauce kochend, sich abspulten wie eine Kochsendung im Fernsehen. Geschickt und anmutig hantierte sie in ihrer Küche, nahm einen großen goldfarbenen Kanister Olivenöl in die Hand, hielt eine lange Kette italienischer Würstchen vor die Kamera, ließ Tomaten abtropfen, stemmte zum Abschluss die Hände in die Hüften und wünschte ihrem Publikum lächelnd »*Buon appetito*«. Sally hätte es nicht besser machen können.

Dann hörte ich, wie unser Wagen in die Einfahrt fuhr, und wusste, Dad war zurück von Piri's, der Bäckerei, wo er sonntags immer reichlich Weißbrot für das Mittagessen und süßes Gebäck fürs Frühstück kaufte. Nun war es Zeit aufzustehen. Ich fand ein paar alte Jeans und ein ausgebleichtes Johnny-Cash-T-Shirt im Schrank, zog mich an, schlüpfte in meine Hausschuhe und trottete nach unten, um den Tag zu begrüßen.

Meine Mutter hatte bereits eine großzügige Menge Nudelteig geknetet und formte ihn nun zu einer hübschen Kugel, die sie sodann zum Ruhen beiseite stellte. Also würde es Ravioli geben. Zum Auftakt des Sonntagsmenüs gab es bei uns immer entweder Ravioli oder Lasagne. Der selbst gemachte Nudelteig bedeutete Ravioli, denn die Teigblätter für die Lasagne kauften wir fertig bei Constantino. Auf dem Backofen, der gerade vorgeheizt wurde, stand eine Bratreine mit einem mächtigen, von Olivenöl glänzenden Schweinebraten, gespickt mit Knoblauchzehen und umlegt mit Rosmarinzweigen. Meine Eltern schauten mich fragend an – ich merkte, sie versuchten, meine Gemütsverfassung einzuschätzen. Seit dem Fiasko mit Richard war zwar bereits mehr als ein Monat vergangen, doch noch immer behandelten sie mich wie ein rohes Ei.

»Guten Morgen«, sagte ich munter. Ich konnte förmlich sehen, wie sich ihre Mienen entspannten.

»Ah, sie weilt wieder unter den Lebenden«, bemerkte mein Vater, während er die Schnur von dem weißen Karton durchschnitt, der das Gebäck aus Piri's Bäckerei enthielt.

»Hmmm, *sfogliatelle, zeppole*«, sagte ich genießerisch, nachdem ich den Deckel abgenommen hatte und die mit Ricotta gefüllten Blätterteigtaschen und die frittierten Kringel erblickt hatte. Dann gab ich meinem Dad ein Küsschen.

»Gut' Morgen, Marie Sonnenschein, zwölf Uhr, und du bist wach? Du stehst doch sonst erst mittags auf, wenn hoch die Sonn' am Himmel lacht?« Seit meiner Kindheit begrüßte mich meine Mutter jeden Morgen mit diesem Kinderreim, und ich war seiner nie müde geworden. Als kleines Mädchen hatte ich mich nur immer gewundert, warum sie meinen richtigen Namen nicht wusste, aber da mir der Reim so gefiel, hatte ich darüber hinweggesehen. An diesem Morgen empfand ich schlicht Dankbarkeit, denn wie eine strahlende Sonne sah ich bestimmt nicht aus.

»Komm, ich helfe dir in der Küche«, sagte ich mit vollem Mund, *zeppole* mampfend. »Willst du *braciole* und Fleischbällchen machen?«

»Später. Jetzt frühstücke erst einmal in Ruhe.«

Nachdem ich mir eine *sfogliatella*, zwei *zeppole* und ein paar der neuesten Witze einverleibt hatte, die Dad in der Bäckerei gehört hatte, war ich bereit, mich in kulinarische Aktivitäten zu stürzen. Dad verzog sich mit seiner Zeitung ins Wohnzimmer, und Mom und ich schickten uns an, das zu tun, womit wir beide uns am liebsten beschäftigten – Kochen und Reden.

»Wie fühlst du dich denn heute, mein Schatz?« Meine Mutter benutzte einen Fleischklopfer, einen *batticarne*, mit dem sie nun dünne Scheiben von magerem Rindfleisch noch dünner klopfte, um sie anschließend zu füllen und zu *braciole* aufzurollen.

»Och, ganz gut.« Ich holte die Küchenreibe heraus, fand ein paar Stücke altbackenes Weißbrot und rieb Semmelbrösel für die Fleischbällchen. »Brauchst du Semmelbrösel für die *braciole*?«

»Etwa eine Tasse voll. Du wirst schon sehen, bald kommt alles wieder ins Lot.«

»Ich weiß. Parmesan?«

»Eine gute Tasse voll. Richard tut mir leid.«

»Richard? Wieso denn?« Ich gab ein gutes Kilo Hackfleisch in eine große Schüssel, fügte ein paar verschlagene Eier hinzu, die Semmelbrösel, den geriebenen Parmesan und würzte mit Salz und Pfeffer.

»Weil er sich das Beste hat entgehen lassen.«

»Nett von dir. Soll ich Rosinen in die Fleischbällchen geben?« Je nach Region bereiten die Italiener ihre Tomatensauce und Fleischbällchen verschieden zu. Meine Mutter ist neapolitanischer Abstammung; ihre Leute geben niemals Knoblauch oder Tomatenmark in die Tomatensauce oder

Rosinen in ihre Fleischbällchen. Die Schwiegermutter meiner Tante Maria, Louisa Alfano, die immer sonntags zum Essen kommt, ist Sizilianerin. Sie verwendet Knoblauch, Tomatenmark und Rosinen und liebt es, darauf hinzuweisen, dass sie diese Zutaten in der Sauce und den Fleischbällchen meiner Mutter vermisst.

»Madonn'.« Meine Mutter drückte die Fingerspitzen einer Hand zusammen und bewegte sie in einer typisch italienischen Geste ungehaltener Verständnislosigkeit hin und her. »Diese Frau! Mach ein paar davon mit Rosinen.«

Ich verknetete Fleisch, Eier, Semmelbrösel und Käse zu einer homogenen Masse. »Wer kommt denn heute alles?«

Mom zählte sie mit den Fingern ihrer linken Hand auf, ohne ein einziges Mal mit dem *batticarne* in ihrer rechten innezuhalten; sie versteht es meisterhaft, mehrere Dinge gleichzeitig zu erledigen. »Nonna, Mrs. Alfano, Tante Maria, Onkel Tony …«

Moms ältere Schwester, meine Tante Maria, ist mit Tony Alfano verheiratet, einem Kinderarzt. Onkel Tony ist drei Häuser von den Contis entfernt aufgewachsen und fing an, sich an Tante Maria heranzumachen, als die beiden gerade mal zwölf waren. Mom sagt, die ganze Straße hörte immer mit, wenn Mrs. Alfano sich aus dem Fenster ihrer Wohnung im ersten Stock beugte und gellend rief: »Anthony! Anthony Alfano, geh sofort von diesem Mädchen weg. Anthony!« Die beiden haben fünf Kinder: Mathew, Mark, Luke, John und Mary. Tja, wie es so geht im Leben.

»… Mark will auch kommen. Die anderen Jungs sind nicht da, und Mary muss arbeiten.«

Die Jungs mochten weg sein, aber meine Cousine Mary hatte, wie ich genau wusste, eine Verabredung mit ihrem neuen Anwaltfreund, Bill; doch dies genügte nicht als Entschuldigung, dem Familiensonntagsessen fernzubleiben. Mein Cousin Mark ist fünfundzwanzig und Bassist in einer Rockband, die tatsächlich Geld mit ihrer Musik macht; zumindest so viel, dass Mark sich ein Ein-Zimmer-Appartement in New York leisten kann. Er muss jedoch immer noch nach Hause kommen, wenn er frische Wäsche und etwas zu essen haben will. Mark macht sich Sorgen wegen seiner Musik, dem Hunger in der Welt und der bedrohten Umwelt. Meine Tante Maria macht sich Sorgen, dass er nicht genug isst und wie sie es verhindern könnte, dass seine unmittelbare Umwelt allzu sehr verwahrlost.

»Merk dir mal fünf.« Mom hörte gerade so lange mit dem Zählen auf, um das Fleisch mit Salz und Pfeffer zu würzen, jede Scheibe mit Schinken zu belegen und die Semmelbrösel und den Parmesan mit Olivenöl und gehackter Petersilie zu vermischen. Mit der rechten Hand verteilte sie die Bröselmischung auf den Fleisch-Schinken-Scheiben und setzte dann mit ihrer linken das Aufzählen fort.

»Gut, dann kommen noch Russell und Sharon mit Ben, aber Onkel Bob und Tante Ellen sind weggefahren ...«

Mein Onkel Bob, Roberto nach seinem Vater genannt, ist das älteste der Conti-Geschwister. Seit er vor ein paar Jahren pensioniert wurde, verbringen er und Tante Ellen die meiste Zeit damit, Golf an Orten zu spielen, wo es sonnig und warm ist. Ihre Haut ist mittlerweile von der Sonne wie gegerbt, und ihr Sohn, Russell, behauptet, man könnte eine prima Handtasche und Schuhe aus ihnen beiden machen. Russell ist siebenundzwanzig und gescheit und hat eine unkonventionelle, respektlose und gleichzeitig humorvolle

Sicht der Dinge. Er ist mit Sharon verheiratet, die hübsch und lieb ist, aber etwas überfordert wirkt angesichts der Großfamilie, in die sie hineingeheiratet hat. Ben ist ihr zweijähriger Sohn, ein süßes, goldiges Kerlchen, das jedoch etwas verzogen zu sein scheint.

»... Onkel Mike kommt auch, aber Tante Connie ist verreist. Was die Jungs angeht, bin ich nicht sicher ...«

Tante Connie ist nicht verreist. Sie und Onkel Mike leben getrennt, aber über dieses Thema reden die älteren Contis nicht. Onkel Mike hat »etwas nebenher laufen«, um es mit Russells Worten auszudrücken, beziehungsweise »eine dreckige, ehebrecherische Nutte«, um es mit Tante Connies Worten auszudrücken. Mike und Connie haben drei erwachsene Söhne, die normalerweise zum Essen kommen, es sei denn, Tante Connie droht wieder einmal damit, sich aus dem Fenster zu stürzen. Onkel Mike ist ein kräftiger Mann, der fette Zigarren raucht, dicken Goldschmuck trägt und so aussieht, als wäre die Nutte nicht das Einzige, was er nebenher laufen hat.

»... ich zähle sie mal nicht mit. Little Joey und Tante Gina ...«

Onkel Little Joey ist das jüngste der Conti-Geschwister und wird immer noch Little Joey genannt, obgleich er fast eins neunzig groß ist und wie ein Linebacker der New York Jets aussieht. Little Joey ist mit Tante Gina verheiratet, die sogar noch zierlicher als meine Mutter ist. Manchmal fragt man sich schon ...

»... Raymond.«

Raymond, der Sohn von Onkel Little Joey und Tante Gina, ist siebzehn und zeichnet sich vor allem durch seinen Missmut aus. Eigenartig ist das schon, denn als kleiner

Junge war er so lieb und nett. Er rannte immer in gelben Strumpfhosen und einem roten Umhang draußen herum und spielte Micky Mouse. Irgendwann in der Pubertät fing er an, sich mit Leuten abzugeben, die persönlichkeitsverändernde Drogen nahmen, was gar nicht nett war. Auf Onkel Tonys Rat hin brachte man ihn zu einem Jugendpsychologen, aber dessen therapeutische Bemühungen scheinen noch nicht zu Raymond durchgedrungen zu sein. Inzwischen gelingt es mir einigermaßen, seinen lächerlichen spärlichen Ziegenbart und die gepiercte Zunge und Augenbraue zu ignorieren, aber mir wird immer noch komisch im Magen, wenn mein Blick auf das Tattoo auf seiner Backe fällt, ein weit aufgerissener Mund, aus dem Blutstropfen quellen.

»Wie viele sind das jetzt?« Nachdem sie mit dem Zählen fertig war, gebrauchte Mom beide Hände, um die Fleischscheiben aufzurollen und jede Roulade mit einem Zahnstocher zu befestigen.

»Vierzehn, mit dir, mir und Dad, Ben nicht mitgerechnet.« Ich brauchte wegen der Zahl nicht lange zu überlegen, denn jedes Mal, wenn Mom einen Finger in die Luft gestreckt hatte, hatte ich ein Fleischbällchen geformt. Damit keine Verwechslung möglich war, hatte ich diejenigen, die Rosinen enthielten, zu länglichen Nocken geformt.

Meine Mutter drehte sich zur Seite und rief laut in Richtung Wohnzimmer, damit mein Vater sie hörte: »Mike, wir müssen den Tisch ausziehen.« Dann schob sie den Schweinebraten in den Ofen, briet die *braciole* in einer gusseisernen Pfanne an und legte sie anschließend in die Sauce, zusammen mit meinen Fleischbällchen. Die Fleischbällchen braten wir nicht vorher an; sie bleiben saftiger, wenn man sie einfach in der Sauce garen lässt.

Mein Vater kam herein, um die Stühle zu zählen, und ließ sich von dem frischen Brot aus Piri's Bäckerei ablenken. Er brach ein Stück davon ab, tunkte es in die Sauce und erklärte, dies sei die beste Sauce, die er je gekostet hätte. Die Sauce schmeckt immer gleich, aber so ist mein Vater eben. Er setzte sich an den Küchentisch. Ich brauchte eine Beschäftigung, damit ich nicht in Versuchung geriet, mir ebenfalls von dem Gebäck zu nehmen, also bot ich mich an, die nächste anstehende Arbeit zu übernehmen.

»Soll ich mit den Ravioli anfangen?«

»Noch nicht. Sharon möchte lernen, wie man sie macht, deshalb wollen sie und Russell ein bisschen früher kommen. Ich dachte, du könntest ihr vielleicht zeigen, wie es geht.«

»Das kann doch nicht dein Ernst sein! Sharon kann nicht kochen. Sie nennt ihre Küche den Raum mit den großen weißen Dingern. Ihr Backrohr dient als Aufbewahrungsort für Bens Spielsachen.« Sharon hat zwei linke Hände. Sie bemüht sich zwar redlich, aber ihr scheint das entsprechende Gen zu fehlen.

»Oje, Paula. Ich hoffe, du hast noch eine andere Vorspeise in Reserve.« Mein Vater war schon des Öfteren von Sharon und Russell zum Essen eingeladen worden und kannte die Tücken.

»Jeder kann kochen lernen.« Gott segne meine Mutter. Sie weigert sich strikt, von irgendeinem Familienmitglied schlecht zu denken. Bei Fremden hingegen sieht die Sache bisweilen anders aus.

»Es gibt Ausnahmen. Ihr habt Tina nicht erlebt«, sagte ich. Tina Lovely war, um bei der Wahrheit zu bleiben, als

Köchin immer noch bedeutend besser als Sharon, aber ich brauchte etwas, um mein Argument zu untermauern.

»Wer ist Tina?«

»Sie gehört zu den Ausnahmen. Warum will Sharon lernen, wie man Ravioli macht? Fischstäbchen aus der Mikrowelle sind doch viel eher ihr Ding.«

»Weil Ben sie so gern isst.«

»Weiß sie denn nicht, dass man sie tiefgefroren in jedem Supermarkt kaufen kann?« Ich hatte diese Ravioli noch nie gegessen, aber schon oft gesehen.

»Hüte deine Zunge, Casey.« Mein Vater, der mit kanadisch-amerikanischen Ravioli aus der Dose groß geworden war, hatte sich in der Zwischenzeit zu einem regelrechten Pastasnob entwickelt.

»Nonna hat ihr bereits gezeigt, wie man den Nudelteig macht, du musst ihr also nur noch beibringen, wie die Füllung geht, wie man den Teig ausrollt und die Ravioli formt.«

»Wieso ich? Vielleicht hat Nonna Lust, ihr auch den Rest zu zeigen, wo sie schon damit angefangen hat.«

»Sie kommt heute erst später. Mrs. Alfano wollte in das Hochamt in St. Michael gehen.«

»Ah, Weihrauchduft und Glockengeläut.« Mein Vater nickte wissend mit dem Kopf. »Es würde mich wirklich interessieren, für wessen Leid und Ableben Mrs. Alfano diesmal betet.«

An Sonntagen nehmen Tante Maria und Onkel Tony Nonna und Mrs. Alfano mit in die Kirche, ehe sie alle zusammen zu uns zum Essen kommen. Tante Maria und Onkel Tony sind stets bestrebt, eine möglichst kurze Messe ausfindig zu machen, bei der man diskret durch die Hintertür in die Kirche schlüpfen, die Kommunion empfangen und sich schnell wieder verziehen kann. Mrs. Alfano jedoch ist der strikten Überzeugung, das Seelenheil könne nur mit gregorianischen Chorälen und dem Verbrennen von Weihrauch erlangt werden, und besteht gelegentlich darauf, das Hochamt in St. Michael zu besuchen. Meine Eltern gehen Samstagabend in die Kirche, damit meine Mutter sonntags in aller Frühe mit dem Kochen beginnen kann. Sie hat es längst aufgegeben zu fragen, wann ich die Messe besuche.

»Nun, dann werde ich lieber gleich duschen und mich umziehen, denn wenn ich Sharon beibringen muss, wie man Ravioli macht, habe ich später wohl kaum mehr Zeit dafür.«

Als ich die Treppe wieder hinunterkam, in sauberen Jeans und einer Bluse mit Kragen – Mutters einzige Auflage, was den Dresscode für das sonntägliche Mittagessen angeht – und richtigen Schuhen, saß Sharon schon am Küchentisch, Stift und Notizblock vor sich liegen, und wartete auf mich. Sie ist früher Stenographin am Gericht gewesen und macht sich über alles umfangreiche Notizen. Ben saß auf dem Boden, über und über mit Puderzucker und *zeppole*-Sahne bekleckert, und aus dem Wohnzimmer hörte ich Russell und Vater herzhaft lachen.

»Hallo, Sharon«, sagte ich. »Bist du bereit für deinen Ravioli-Unterricht?«

Sie schrieb »Ravioli-Unterricht« auf ihren Zettel. »Hallo, Casey«, sagte sie. »Tut mir leid, das mit Richard. Wie konnte er sich nur so unmöglich aufführen?« Sharon und Russell waren zu jener Zeit im Urlaub gewesen, und kurz nach ihrer Rückkehr hatte Ben Windpocken bekommen. Heute waren sie zum ersten Mal seit dem Zwischenfall wieder bei uns zum Essen. »Geht's dir gut?«, fragte sie.

»Ja. Alles in Ordnung. Okay, fangen wir an. Wir machen als Erstes die Füllung für die Ravioli.« Sie schrieb »Füllung« auf ihren Block. »Heute machen wir Spinat-Käse-Ravioli …« Ich wollte gerade erwähnen, dass man sie mit allen möglichen Füllungen zubereiten konnte, aber als sie »Spinat-Käse« notierte, wurde mir klar, dass es eine Ewigkeit dauern würde, bis sie alle Möglichkeiten dokumentiert hätte.

Ich wies sie an, Ricotta in einen Durchschlag zu geben, und erklärte, wie wichtig das Abtropfen ist, damit die Füllung nicht zu wässrig wird. Während sie sich das alles aufschrieb, wusch ich den Spinat und führte ihr das Verfahren des Blanchierens vor. Nun ja, so weit, so gut. Ich ließ sie den Parmesankäse reiben und fühlte mich augenblicklich schuldig, als sie einen Schrei ausstieß, weil sie dabei zwei Fingernägel mit weggehobelt hatte. Sofort fing Ben zu heulen an, und Sharon hob ihn hoch und rief nach Russell, damit der ihn mit ins Wohnzimmer nahm.

»Hallo, Case. Meine Lieblings-Cousine.« Das sagt Russell zu uns allen. Er umarmte mich herzlich. »Was ist mir da zu Ohren gekommen von diesem Zahnklempner?«, fuhr er fort. »So ein Scheißkerl! Entschuldigung, Tante Paula.«

»Sie möchte nicht darüber reden.« Sharon blickte ihren Mann tadelnd an. Dankbar nahm ich mir vor, ihr eines Tages zu zeigen, wie man Lasagne macht.

»Tut mir leid.« Er schaute mir prüfend ins Gesicht. »Alles okay?«

»Wirklich, es geht mir gut.« Aus den Augenwinkeln sah ich, wie meine Mutter die Augenbrauen hochzog.

Russell tunkte ein Stück Brot in die Sauce, dann nahm er Ben aus Sharons Armen und verließ mit ihm die Küche. Ich warf den Parmesankäse, in dem sich Splitter von Sharons rosa Fingernägeln befanden, in den Abfall und zeigte ihr, wie man die Fingerspitzen nach innen krümmt, damit ihnen nichts passiert. Dann demonstrierte ich mit derselben fingerschonenden Methode das Kleinhacken von Spinat. Ich blieb zur Sicherheit neben ihr stehen, als sie sich selbst darin versuchte.

»Okay, Sharon. Jetzt vermischst du den Käse mit dem Spinat. Ich hole die Nudelmaschine.« Ich ging zur Speisekammer – im Grunde war es nur ein geräumiger Besenschrank –, und als ich wieder in die Küche kam, sah ich, dass Sharon verschiedene Küchenschränke auf- und zuklappte.

»Was suchst du denn?«

»Den Mixer.«

Da ich ja eigentlich Sharons Grenzen kannte, hätte ich besser »verrühren« statt »vermischen« sagen sollen. Ich kenne blitzgescheite Menschen, die, wenn es ums Kochen geht, dumm wie Bohnenstroh sind. Kaum stehen sie vor dem Herd, scheinen sie ihren Verstand abzulegen und machen alle möglichen dummen Sachen. Das ist auch der Grund, weswegen Sally in ihren Kochbüchern so präzise, detaillierte Anweisungen gibt. Sie sagt immer, ein Kochbuch ist nur so gut wie sein schwächstes Rezept, und sie möchte nicht den Erfolg ihrer Bücher durch einen unfähigen Koch ohne gesunden kulinarischen Verstand gefährdet sehen.

»Man schlägt die Füllung für die Ravioli nicht schaumig, Sharon. Du brauchst eine gute, stabile Konsistenz. Nimm einfach einen Kochlöffel oder eine Gabel und rühre die Zutaten zusammen.« Nachdem Sharon sich das alles notiert hatte, fing sie an zu rühren, während ich Salz und Pfeffer zufügte und etwas Muskatnuss darüber rieb.

»Wie viel Salz, Pfeffer und Muskat hast du dazugegeben?« Sharon setzte bereits wieder ihren Stift an. Ich hätte ihr sagen können, was Nonna mir dereinst auf diese Frage geantwortet hatte – »genug« –, aber ich wusste, das würde sie nur verwirren, also schätzte ich die Mengen, so gut ich konnte.

Während ich die Nudelmaschine an der Arbeitsplatte festschraubte, traf plötzlich Nonna ein – etwas Besseres hätte mir nicht passieren können. Die Messe hatte doch früher als erwartet geendet. Bestimmt würde Nonna liebend gerne meinen Ravioli-Unterricht übernehmen und Sharon eine viel bessere Lehrerin sein als ich.

Tante Maria, Nonna und Mrs. Alfano kamen zusammen in die Küche. Tante Maria hielt ein Tablett mit zarten *vandi* in den Händen, die sie selbst gemacht hatte. Sie walzt den Teig in der Nudelmaschine aus, ehe sie das Gebäck formt und frittiert, deshalb sind ihre *vandi* auch so besonders dünn und knusprig. Nonna hatte rote Paprikaschoten mitgebracht, die sie geröstet, in gleichmäßige Streifen geschnitten und in Reihen auf einer hübschen Platte arrangiert hatte. Mrs. Alfano hatte als Gastgeschenk einen finsteren Blick dabei, jenen, den sie in all den Jahren zur Perfektion gebracht und für die Sonntagmittagessen reserviert hatte.

Mrs. Alfano und Nonna sind etwa gleich alt, beide kamen als junge Mädchen aus Italien nach Amerika, aber da hören die Gemeinsamkeiten auch schon auf. Meine Großmutter ist so klein wie meine Mutter, aber sehr rundlich und knuddelig. Sie hat weißes Haar, das die Friseurin von Rita's Hair House einmal die Woche auf Lockenwickler dreht und so großzügig mit Haarspray einnebelt, dass die Frisur bis zum nächsten Besuch hält. Nonna trägt geblümte Kleider und farbenfrohe Jerseykostüme. Jetzt wo ihre Kinder erwachsen sind, ist sie nicht mehr so streng wie früher und genießt ihre Rolle als Großmutter.

Mrs. Alfano kann nichts genießen. Sie ist eine große, massige Frau, und allen Versprechungen der Modezeitschriften zum Trotz lassen ihre schwarzen Kleider und ihre dicken schwarzen Strümpfe sie keinen Deut schlanker erscheinen, als sie ist. Sie hat mattes graues Haar, das sie zu einem Knoten geschlungen trägt, zweifellos, um ihren finsteren Blick so gut wie möglich zur Geltung zu bringen.

Mrs. Alfano brummte ein mürrisches »Hallo«, womöglich war es sogar nur ein wortloses Brummen, setzte sich an den Küchentisch und wartete, dass etwas passierte, an dem sie herummeckern konnte.

Nonna umarmte mich und tat dann, was sie immer tat, wenn sie mich sah: Sie umfasste mit beiden Händen mein Gesicht und bog meinen Kopf zu sich herunter, damit sie mir forschend in die Augen blicken konnte. Wir Enkelkinder wussten, dass unsere Großmutter am Hinterkopf Augen hatte, und waren daher überzeugt, dass diejenigen im Gesicht mit besonderen seherischen Fähigkeiten ausgestattet waren.

»Das wird schon wieder gut, *cara mia*. Richard war nicht der Richtige für dich.« Dasselbe sagte sie nun schon seit fünf Wochen, jeden Sonntag. »Ich sehe einen anderen Mann in deinem Leben. Du wirst dich nicht mit einer Wüstenrennmaus zufriedengeben müssen.«

»Du kannst die Wüstenrennmaus sehen?«, fragte ich völlig perplex.

»Dein Vater hat mir davon erzählt. Aber ich sehe wirklich einen Mann, und er hat mehr Format als Richard.«

Mrs. Alfano packte die günstige Gelegenheit einzuhaken beim Schopf. »Ich hab diesen Richard nie gemocht. Er ist ein Lump.« Dasselbe sagte auch sie nun schon seit fünf Wochen. Obwohl sie mit ihrer Behauptung wahrscheinlich richtig lag, ärgerte ich mich jedes Mal aufs Neue darüber.

Nonna und Tante Maria brachen sich jeweils ein Stück Brot ab, tunkten es in die Sauce und lobten meine Mutter. Tante Maria gab etwas von der Sauce und ein Stückchen Brot auf einen Unterteller und reichte ihn Mrs. Alfano, die kostete, aber kein Wort darüber verlor.

Mit Ausnahme von Mrs. Alfano, die untätig auf ihrem Platz hocken blieb und finster dreinschaute, verbrachten wir anderen Frauen die nächsten zwei Stunden damit, das Mittagessen zuzubereiten und Neuigkeiten auszutauschen.

Wie erwartet, übernahm Nonna liebend gerne meinen Ravioli-Unterricht. Sie wies Sharon an, ihr genau zuzuschauen, riss einen eigroßen Klumpen Nudelteig ab und drehte ihn so lange durch die Walzen der Nudelmaschine, bis er glatt und geschmeidig war. Selbst mit ihren von Arthritis verkrümmten Fingern knetete und dehnte sie den Teig besser als irgendeine sonst in der Familie. Sie breitete die langen breiten Teigblätter auf der mit Mehl bestäubten Arbeitsfläche aus und setzte in gleichmäßigen Abständen kleine Häufchen Füllung darauf.

Sharon zückte ihren Stift: »Wie viel Füllung pro Teigtäschchen?«

Nonna nahm einen Klecks zwischen die Finger und hielt ihn Sharon hin, damit sie sich die Menge einprägen konnte. »So viel.«

Damit die Teigtäschchen auch zusammenklebten, wies sie Sharon an, die Fingerspitzen in Wasser zu tauchen und jeweils einen Kreis um eine Portion Füllung zu zeichnen, ehe der Teig der Länge nach über der Füllung zusammengeklappt und entlang der befeuchteten Linien angedrückt wurde. Als sie Sharon das Teigrädchen reichte, konnte ich es mir nur mit Mühe verkneifen, auf die abgehobelten Fingernägel hinzuweisen, doch zu meiner Überraschung schnitt Sharon perfekte Linien, ohne weitere Verletzungen.

Inzwischen machte Tante Maria eine große Schüssel Salat, und ich schälte und schnitt Kartoffeln, um sie zusammen mit dem Schweinebraten im Ofen zu rösten. Mrs. Alfano genehmigte sich die letzte *sfogliatella*. Die übrigen Familienmitglieder trafen ein, gerade als es Zeit war, sich zum Essen an den großen Esstisch zu setzen, und augenblicklich stieg der Lärmpegel beträchtlich an.

Bis zu ihrem achtzigsten Geburtstag im Jahr zuvor hatte stets Nonna für die ganze Familie bei sich zu Hause gekocht. Alle hatten dort zu erscheinen, außer, sie waren tot. An ihrem achtzigsten Geburtstag gelang es ihren Kindern endlich, sie zu überzeugen, dass sie in einer Seniorenwohnanlage besser aufgehoben war, und so setzte Mom die Familientradition des gemeinsamen sonntäglichen Mittagessens in unserem Haus fort. Erscheinen ist nicht mehr Pflicht, aber jeder richtet es nach Möglichkeit so ein, dass er kommen kann. Meine Eltern hatten die Wand zwischen dem Esszimmer und der Sonnenterrasse herausnehmen lassen und so Raum für einen Esstisch geschaffen, an dem die ganze Großfamilie Platz fand. Im Moment saßen dort vierzehn Personen bequem auf ihren Stühlen und warteten mit gesenktem Kopf, bis Dad das Tischgebet gesprochen hatte. Ben hockte in seinem Hochstühlchen und manschte in den Oliven. Dad bat Gott, die Speisen zu segnen, und endete, wie immer, mit der Bitte, alle Menschen dieser Erde in seinen Segen einzuschließen. Vierzehn Augenpaare schauten auf den reich gedeckten Tisch, und kaum hatte Dad geendet, ertönte es im Chor: »Amen«.

Ein gemeinsames Mahl für so viele Personen läuft heute nicht mehr so unkompliziert wie früher ab. Tante Gina hat eine Laktoseunverträglichkeit und kann die Ricottafüllung nicht essen, also schnitt sie wie immer ihre Ravioli auf, aß den Teig und gab die Füllung Onkel Little Joey, der gerade die Atkins-Diät machte und die Nudeln nicht essen durfte. Er verzehrte die Füllung und leckte die Frischkäsefüllung aus den Selleriestangen auf der Platte mit den Antipasti. Mark ist Vegetarier, deshalb aß er die Ravioli, wollte aber keine Fleischsauce dazu haben. Raymond fastete für die Rechte der Rastafari und trank nur Coca-Cola. Onkel Mike machte eine fettreduzierte Diät, deshalb aß er die leeren Selleriestangen von Onkel Little Joey. Mrs. Alfano mäkelte an der Fleischsauce herum und verlangte nichtsdestotrotz einen Nachschlag. Jeden Sonntag tut Mom so, als bemerke sie das Herumjonglieren mit dem Essen nicht, doch die arme Nonna blickt immer tief bekümmert drein.

»Michael, iss doch wenigstens ein paar Ravioli. Das kann doch bestimmt nicht schaden.« Ein Mensch wie Nonna, der im Leben auch karge Zeiten durchgemacht hat, hat kein Verständnis für freiwilligen Verzicht.

»Ich kann nicht, Ma. Meine Diät verbietet es mir. Außerdem hab ich ein Slim-Fast getrunken, ehe ich hierher gefahren bin, deshalb bin ich eigentlich überhaupt nicht hungrig.«

»Ich kannte einen Mann, der hat dieses Zeugs drei Tage lang getrunken und ist dann einfach tot umgefallen. Vorher hatte ihm überhaupt nichts gefehlt.« Mrs. Alfano kennt immer jemanden, der das Gleiche gemacht hat wie jemand anderer und nicht überlebt hat, oder zumindest danach an den Rollstuhl gefesselt ist und zeitlebens seiner Familie zur Last fällt.

»Ich bezweifle, dass es wegen dem Slim-Fast war, Mom.« Onkel Tony, der Kinderarzt, hätte eigentlich wissen müssen, worauf er sich mit dieser Bemerkung einließ.

»Glaubst du denn, dass sie euch in eurem Medizinstudium solche Sachen erzählen? Wenn die Leute nicht mehr krank sind, werden die Ärzte schließlich arbeitslos.«

»Ich habe neulich einen guten Medizinerwitz gehört.« Gott segne meinen Vater. Er hat für jede Situation einen geeigneten Witz parat.

»Ein Arzt hat sich bei einer Konferenz verspätet, also stürzt er in den Saal und setzt sich rasch auf einen freien Platz. Der Kollege auf dem Stuhl neben ihm schaut ihn ganz komisch an und fragt dann, warum hinter seinem Ohr ein rektales Fieberthermometer klemmt. Der Doktor nimmt es herunter und schaut es an. ›Verdammt‹, ruft er. ›Irgendein Arschloch hat meinen Kugelschreiber.‹«

»Mike!« Meine Mutter klang entrüstet, aber mir entging nicht das schelmische Blitzen in ihren Augen. Alle am Tisch lachten laut, mit Ausnahme von Mrs. Alfano, die sich bekreuzigte.

»Was ist denn?« Dads unschuldiger Blick war so komisch wie sein Witz. Er liebt es, eine Gesellschaft ein wenig aufzumischen und dann so zu tun, als sei er das reinste Unschuldslamm.

»Ich kannte eine Frau, bei der hat man im Krankenhaus auf diese Art Fieber gemessen und dabei haben sie ihr irgendwie ein Loch reingestoßen, und jetzt ist sie völlig hilflos und für den Rest des Lebens auf ihre Familie angewiesen. Sie kann ihr Bett nicht mehr verlassen. Alle beten, dass sie bald stirbt.« Nun war Mrs. Alfano in ihrem Element.

Russell saß neben mir, und außer mir bekam wohl niemand mit, wie er leise sagte: »Mehr bräuchte es dazu nicht? Ein kleines Gebet und schon wäre Mrs. A. tot?«

»Sharon hat die Ravioli gemacht. Sie sind wirklich gut gelungen. Brava, Sharon!«, lobte ich, denn ich wollte sie ein bisschen ermutigen. Außerdem erschien mir dieses Thema unverfänglicher.

»Ich hab im Radio gehört, dass die Ravioli ursprünglich erfunden wurden, um Reste zu verwerten. Also sind Ravioli eigentlich Abfall.« Genau wie Mrs. Alfano blieb auch Raymond seinem Motto treu, das da lautet: Entweder dumm daherreden oder finster dreinblicken.

Nun war Tante Gina an der Reihe, erzürnt zu sein. Ihre ein Meter fünfzig gerieten in Wallung. »Raymond! Reste sind kein Abfall. Das war sehr unhöflich von dir. Entschuldige dich!«

»He, Ma. Beruhige dich. Ihr habt doch alle gesagt, dass Sharon nicht kochen kann.« Er lachte über seinen, wie er meinte, guten Witz. Wenn man mich fragt, so schlägt die Therapie definitiv nicht an.

»He, Raymond. Halt die Klappe, ja?« Russell gerät nur sehr selten in Wut, doch jetzt, wo seine Frau endlich ein bisschen Interesse am Kochen zeigte, duldete er keinerlei Kritik an ihren Kochkünsten. Ich fragte mich, ob Dad nun einen seiner Halt-die-Klappe-Witze zum Besten geben würde. Unsere Familie ist nicht der Meinung, dass unsere Tischgespräche unbedingt höflich verlaufen müssen, in der Regel geht es dabei ziemlich turbulent und auch nicht spannungsfrei zu. Auch das stört uns nicht, doch wenn dann plötzlich einer sagt: »Und was, bitte schön, soll das nun heißen?« oder »Gleich komm ich rüber und geb dir eins auf deine verdammte Nase«, dann wissen wir, es ist Zeit, das Geschirr abzuräumen und den nächsten Gang aufzufahren.

Auch jetzt stand ich auf und bat um Hilfe beim Abräumen der Ravioliteller.

Der zweite Gang verlief ähnlich wie der erste. Mark aß die Kartoffeln, Nonnas Paprikaschoten und Salat. Sharon ist Jüdin, also verzichtete sie auf den Schweinebraten und die Würstchen. Onkel Little Joey machte wieder wett, dass er sich den Ravioli-Teig versagt hatte, indem er sich großzügig von all den Fleischgerichten nahm, und Onkel Mike schob den Salat auf seinem Teller hin und her. Doch die Mehrzahl der am Tisch Versammelten ließ auf die Ravioli Schweinebraten, gebackene Kartoffeln, Paprikaschoten mit Sauce, *braciole*, Würstchen, Fleischbällchen und Sodbrennen folgen. Nonnas Heilmittel, um der Verdauung auf die

Sprünge zu helfen, ist Salat, den sie »die Zahnbürste des Magens« nennt. Salat macht in der Tat die Ladung leichter und ermöglicht es den masochistisch veranlagten Essern, am Tisch sitzen zu bleiben und sich noch eine Nachspeise einzuverleiben.

11. Kapitel

What am I gonna do about you Reba McEntire

Was soll ich nur mit dir machen.

Dienstagmorgen hatte mein Zug Verspätung, deshalb traf ich erst nach halb sechs im Studio ein. Ich ging schnurstracks zum Buffet, nahm einen großen Becher Kaffee und ein Quarktäschchen und verschob die Muffins auf später. Die Auswahl war zu groß, ich konnte mich nicht entscheiden, außerdem wollte ich als Erste in der Küche sein, um alles in Augenschein zu nehmen, ehe ich den anderen sagen musste, was zu tun war.

Danny war bereits da. Er lehnte an der Arbeitsplatte, den rechten Knöchel über den linken gelegt, und trank Kaffee.

»Guten Morgen, Chef«, sagte er. »Sie sind spät dran.«

»Nun, auch Ihnen einen wunderschönen guten Morgen. Sie sind sehr früh dran.«

Er schaute auf die Uhr. »Sie sagten doch halb sechs?«

»Ich weiß. Wir sind es nur nicht gewöhnt, dass ein Koch so zeitig zu uns ins Studio kommt, wenn er die Nacht vorher in seinem Restaurant gearbeitet hat.« Ich stellte meinen Kaffee und das Gebäck auf dem Tisch ab und die Handtasche und meine Segeltuchtasche auf den Boden. »Gehen Sie denn nie ins Bett?«

Ein ungeniertes Grinsen breitete sich auf seinem Gesicht aus. »Immer wenn man mich lässt.«

»Ich meinte, schlafen Sie denn nie?«

»Doch, wie ein Baby.«

»Das freut mich zu hören. Ich sehe, Sie haben sich schon Kaffee geholt. Möchten Sie eine Quarktasche?« Widerstrebend schob ich mein Gebäck in die Mitte des Tisches. »Im Gang draußen ist ein großes Frühstücksbuffet aufgebaut.«

»Nein, danke. Ich esse nie auf leeren Magen.«

»Nun, meiner ist nie leer.« Ich brach die Quarktasche in zwei Hälften, um an den Quark heranzukommen, und biss hinein.

»Okay. Womit soll ich anfangen?«, fragte Danny, ging zu unserem Romeotisch und legte beide Hände flach auf die Platte.

Ich holte aus meiner Tasche die für ihn bestimmten Skripts heraus, dazu die Rezepte und Skripts für die heutige und morgige Sendung. Als ich gerade alles auf dem Tisch ausgebreitet hatte, kam Mae zur Tür herein, zwei der Tonys im Schlepptau.

»Euch beiden einen wunderschönen guten Morgen«, sagte Mae mit einem warmen Lächeln. »Hallo, Casey. Danny, das war eine super Party!«

Danny machte eine kleine Verbeugung. »Auch Ihnen einen wunderschönen guten Morgen, Schätzchen. Es freut mich, dass es Ihnen gefallen hat. Ganz ehrlich, es war nicht mein Verdienst, ich habe mich nur um das Essen gekümmert.«

»Das war ja das Beste daran.«

»Für mich war das Beste zweifellos der Anblick von euch Mädels, alle so hübsch zurechtgemacht für die Party. Es war die reinste Augenweide. Ich bin froh, dass Sie alle da waren.« Er schenkte uns sein Lächeln, und ich glaube, ich hörte Mae seufzen, ehe sie sich den Dosen mit Pillsbury-Fertigteig widmete. Wir brauchten für die heutige Sendung zwar keine Gerichte in Reserve, aber wir mussten ein paar fertig gebackene Calzone für den Foodshot parat haben – eine Großaufnahme des fertigen, besonders appetitlich arrangierten Gerichts.

Ich ließ mich neben Danny am Tisch nieder, erklärte ihm die Unterschiede im Szenenaufbau, je nachdem, ob wir live drehten oder die Sendung aufzeichneten, und wies ihn darauf hin, inwiefern sich das auf seine Skripts auswirkte. Er war fasziniert und zeigte sich überrascht darüber, worauf man beim Kochen vor der Kamera alles achten musste.

»Ich habe gedacht, man kocht ganz normal und nebenbei läuft die Kamera.«

»Die meisten Leute haben keine Ahnung, wie viel Vorbereitung und wie viele Zutaten für einen einzigen kleinen Spot notwendig sind«, sagte ich.

Als wir alle Skripts durchgesehen hatten, griff Danny nach seiner Kochjacke und der Tasche mit seinen Kochutensilien, die er von zu Hause mitgebracht hatte. »Also fangen wir an. Was soll ich als Erstes machen?«

»Wollen Sie wirklich arbeiten?«

»Wenn Sie versprechen, nicht zu singen.«

»Ich will versuchen, mich zu beherrschen.«

»Na ja, aber übertreiben brauchen Sie es auch nicht.«

Ich verdrehte die Augen zum Himmel und gab ihm eine Menge Zwiebeln, die er für das Chili hacken sollte.

Sonya schaute auf einen Sprung herein. Ich hatte ihr erzählt, dass Danny uns bei der Arbeit zusehen wollte, deshalb war sie nicht überrascht, ihn in der Küche vorzufinden.

»Guten Morgen allerseits. Das war eine wunderbare Party, Danny.«

»Es freut mich, dass es Ihnen gefallen hat.«

»Haben Sie das Gefühl, für kommende Woche ausreichend vorbereitet zu sein, jetzt wo Sie einen Einblick bekommen haben, wie es hier bei uns läuft?«

»Ich denke schon. Casey hat mir sehr geholfen.«

Jonathan kam hereinspaziert, gerade als Sonya sich wieder auf den Weg machte. »Ich bin gar nicht glücklich«, verkündete er. Um sicherzugehen, dass wir sein Eintreffen und sein Schmollen nicht übersehen hatten, sagte er gleich noch ein zweites Mal: »Ich bin *nicht* glücklich.«

»Das ist mir nicht entgangen, Jonathan«, erwiderte ich. »Aber zu deiner Information, Calzone sind nicht braun, sie sind beige.«

»Beige ist nur eine Nuance von Braun. Und was ist mit der Salami? Kackebraun. Hättest du nicht wenigstens ein paar rote Paprika dazuwerfen können?«

»Es ist das Rezept seiner Mutter. Er wollte es einfach nicht abändern. Glaube mir, wir haben gefragt.« Wie ich wusste, stand auch Jonathan seiner Mutter sehr nahe, und so hoffte ich, dieses Argument würde ihn eventuell etwas milder stimmen. Es funktionierte auch, was die Calzone betraf, doch Jonathan hatte noch andere Probleme auf Lager.

»Und morgen, was haben wir da? Braunes Chili. Wenn ich erst anfange, mich darüber auszulassen.« Das war das Letzte, was ich wollte. »Ich kann es gar nicht erwarten, die Skripts von nächster Woche einzusehen«, fuhr er fort. »Lasst mich raten: Ist das Thema der Woche braunes Fleisch?«

»Eigentlich liegst du damit genau richtig«, sagte ich und reichte ihm die Skripts für Dannys Sendung, das Lammgericht zuoberst. Um einen neuerlichen Ausbruch zu verhindern, machte ich ihn schleunigst mit Danny bekannt. Und siehe da – Jonathan reichte ihm höflich die Hand, ehe er zu seinem Schrank ging, immer noch schmollend zwar, aber ohne ein Wort über die Farbe des Lammgerichts zu verlieren, wie ich mit Erleichterung registrierte. Danny warf mir einen fragenden Blick zu, und ich formte stumm mit den Lippen das Wort »später«.

Um sechs kam Jim in die Küche, um zu sehen, ob unser Baseballspieler schon eingetroffen war. Das war zwar nicht der Fall, dennoch hing Jim noch ein Weilchen bei uns herum, wie ein kleiner Junge vor der Kabine von Profispielern. Nach kurzer Zeit war er in ein lebhaftes Gespräch mit Danny verwickelt. Jim war schon zu Gast im Oran Mor gewesen, und obwohl er in der Hoffnung gekommen war, sich über Baseball unterhalten zu können, schien es ihm zu gefallen, mit Danny über Irland zu plaudern. Gegen halb sieben traf dann endlich unser Baseballspieler ein, allerdings erwies es sich als schwierig, Jim auf unser Thema einzustimmen, denn mehr als für Provolone, Salami und den Pillsbury Doughboy interessierte er sich für die Mannschaftsaufstellung zum kommenden Saisonstart. Zum Glück wurde Jim an den Set gerufen, gerade in dem Moment, als er unserem Gast »ein paar Würfe« draußen hinter dem Studio vorschlug. Jim hatte dafür eigens einen Baseball von zu Hause mitgebracht.

Der Calzone-Spot entwickelte sich zu einem reizenden kleinen Beitrag, der sehr natürlich wirkte – zwei Jungs standen da, klappten Calzone zusammen, plauderten über Sport und verkniffen es sich, vor der Kamera herumzuspucken und sich zu kratzen. Ich teilte Danny mit, er würde seinen

Live-Spot mit Karen machen und nicht mit Jim, und Karen würde schon auf das richtige Timing achten und dafür sorgen, dass das Gespräch nicht ins Stocken geriet.

»Eigentlich kann man von den Iren nicht behaupten, sie wären auf den Mund gefallen«, erwiderte er mir daraufhin.

Ich musste an meinen Vater denken. »Ich weiß«, sagte ich. »Sie werden das bestimmt prima hinkriegen.«

Als die Sendung zu Ende war, legten wir eine Pause ein, ehe wir uns mit Volldampf an die Vorbereitung für die Sendung am nächsten Tag machten.

»Ich geh mal kurz raus, um eine zu rauchen«, sagte Mae.

»Ich hole mir ein paar Muffins vom Buffet. Möchten Sie auch etwas essen, Danny?«

»Ich weiß noch nicht, aber ich komme mit. Mal sehen, was es bei Ihnen so gibt.«

»Möchte sonst jemand was haben?«

Mae bat um einen Himbeerjoghurt, und die beiden Tonys baten, Mae nach draußen begleiten zu dürfen.

»Verzieht euch.«

Um zu dem Buffet zu gelangen, musste man hinter der Requisite durch einen schlecht beleuchteten Korridor gehen. Mir war durchaus klar, dass ich nun allein war mit einem Kerl, der auf Teufel komm raus flirtete und dem das Testosteron aus allen Poren drang. Ich beschleunigte meine Schritte, doch Danny packte mich am Arm und hielt mich fest.

»Gehen Sie so schnell, weil Sie mir entwischen wollen?«, fragte er.

»Wie kommen Sie denn darauf?«

»Weil Sie meine Versuche, Sie zu verführen, permanent ignorieren.« Die Hand, die mich festhielt, wanderte nun von meinem Arm hoch zur Schulter. Dannys Berührung jagte mir ein Kribbeln durch den Körper, wie ich mit Unbehagen registrierte. »Dabei weiß ich, dass Sie verrückt nach mir sind«, fuhr er fort.

Oh, was war der Kerl arrogant! Vielleicht, dachte ich, würde er es endlich kapieren, wenn ich seine Hand einfach abschüttelte, doch andererseits fühlte sich seine Berührung so gut an, dass ich ihm gestattete, sie dort zu lassen. »Dieses Gespräch haben wir doch schon einmal geführt. Ich habe Ihnen erklärt, dass ich nicht interessiert bin.«

»Und das, weil Sie denken, dass ich irgend so ein Maulwurf bin?«

»Wühlmaus. Eine Wiesenwühlmaus.«

»Was auch immer. Ist das der einzige Grund?«

»Ich würde sagen, das ist Grund genug.«

»Ich finde, es ist ziemlich herzlos, auf so einem kleinen Tierchen rumzutrampeln, ehe man herausgefunden hat, ob es einem wirklich was Böses will.«

»Ich habe nicht auf Ihnen rumgetrampelt.«

Er legte die Hand auf sein Herz. »Sie haben ja keine Ahnung.«

Er schaute so bekümmert drein, dass ich lachen musste. »Wenn Sie das Gefühl haben, ich hätte Sie verletzt, möchte ich mich entschuldigen.«

Er legte seine Handflächen rechts und links von meinem Kopf an die Wand und sperrte mich buchstäblich ein. »Nun, Sie *könnten* es ja wiedergutmachen.«

Ich tauchte unter seinem Arm durch und setzte meinen Weg in Richtung Buffet fort. »So leid tut es mir auch wieder nicht.«

»Donnerwetter!«, rief er aus, als er das reichhaltige Buffet erblickte. »Das sieht ja wirklich gut aus.«

»Nun, das Gebäck stammt nicht von Jacques Torres, aber schlecht ist es nicht.« Ich reichte ihm einen Teller, und er legte einen Bagel darauf, daneben einen kleinen Plastikbehälter mit Frischkäse. Ich griff nach dem Joghurt für Mae, begnügte mich aber mit einem Muffin, obwohl ich eigentlich vorgehabt hatte, mindestens zwei zu nehmen.

Als wir zurückkamen, war die Küche leer und verlassen. Wir setzten uns gegenüber an »Romeo«.

»Wissen Sie«, sagte er, während wir unser Frühstück verspeisten, »ich versteh ja nicht viel vom amerikanischen Baseball, aber ich finde, ich hätte mit dem Baseballspieler mehr über das Spiel und weniger über Irland reden sollen.«

»Wie kommen Sie denn darauf?«

»Vielleicht hätte er mir ein paar Tipps geben können, was man tun soll, wenn man immer wieder danebenschlägt.«

Ich legte den Kopf schief und grinste. »Normalerweise kommt so einer erst mal auf die Ersatzbank.«

»Für wie lange?«

»Das hängt vom Trainer ab.«

Er verdrückte seinen restlichen Bagel und erwiderte mein Grinsen. »Nun, dann ist es ja gut, denn ich glaube, der Trainer ist wirklich heiß darauf, mich ins Spiel zu bringen, er will es nur nicht zugeben.«

Ich hätte gern erwidert, dass er völlig falsch lag, aber wahrscheinlich hätten dann die sexuellen Rezeptoren meines Körpers ausgeholt und mir eine gewaltige Ohrfeige verpasst. Sie wollten einfach nicht kapieren, dass jetzt, wo ich ein gebrochenes Herz hatte und äußerst verletzlich war, dieser Mann, auch wenn er noch so charmant war, meine

Probleme nicht lösen konnte. Dankbar registrierte ich, dass Mae und die Tonys zurückkamen und mir eine Antwort erspart blieb.

Es passte uns ausgezeichnet, einen zusätzlichen Helfer in der Küche zu haben, wir kamen im Rekordtempo voran. Während der Arbeit plauderte Danny mit den anderen und wickelte sie mit seinem Charme ein, selbst Jonathan, der ihm schließlich versicherte, sein Lammgericht werde wunderbar auf dem Bildschirm herauskommen. »Sie glauben ja nicht, wie ich mit Petersilie zaubern kann«, sagte er zu Danny und vermied es dabei, mich anzuschauen. Wahrscheinlich wusste er genau, dass ich ihm Blicke zuschoss. Was weitere Avancen mir gegenüber betraf, so beherrschte sich Danny, von den paar Malen abgesehen, als ich an ihm vorbei zum Spülbecken ging. Er hatte spitzbekommen, dass ich, wenn er nicht Platz machte, mich an ihm vorbeiquetschen musste, wobei entweder meine Brust seinen Rücken streifte oder unsere beiden Kehrseiten miteinander kollidierten. Deshalb trat er jedes Mal, wenn ich an ihm vorbeimusste, extra einen halben Schritt von der Arbeitsfläche zurück.

Etwa gegen halb elf hatten wir alle unsere Arbeiten erledigt.

»Na, dann werde ich mal wieder gehen. Im Restaurant warten sie bestimmt schon auf mich«, sagte Danny, zog seine Kochjacke aus und legte sie auf einen Hocker. »Die sind jetzt schon mitten in den Vorbereitungen fürs Mittagessen.« Er klopfte den Tonys freundschaftlich auf die Schulter und bedankte sich, schüttelte Jonathan zum Abschied die Hand und umarmte Mae herzlich mit der Versicherung, sie sei die Beste.

Zum Schluss kam ich an die Reihe, ich hatte mir ausgerechnet, dass ich vermutlich ebenfalls eine Umarmung abbekommen würde, und überlegte noch, ob ich sie schlicht erwidern oder ihm ein Küsschen auf die Backe geben sollte, so wie ich es bei jenen Gastköchen tat, die ich besser kannte und gut leiden konnte. Ehe er zur Tür ging, wo ich stand, nahm er seine Jacke vom Hocker und in die andere Hand seine Tasche mit den Kochutensilien, sodass er nun, wie mir klar wurde, keine Hand mehr frei hatte für eine Verabschiedung. Was hatte das nun zu bedeuten? Erst schmachtete er mich an, und kaum eine Minute später wollte er mich zwischen seine schmutzige Arbeitskluft und seine Kochwerkzeuge quetschen? Den Kuss auf die Backe konnte er vergessen.

»Wir sehen uns, Casey«, sagte er, neigte den Kopf zu mir hinunter und küsste mich. Einfach so. Mitten auf den Mund. Es war kein langer Kuss, aber er wirkte auf mich so leidenschaftlich und intim, dass sich vor Wonne meine Zehen krümmten und es mir vor Überraschung die Sprache verschlug. Dann ging Danny ohne ein weiteres Wort zur Tür hinaus.

Ich war immer noch sprachlos, bis ich merkte, dass Mae mich mit hochgezogenen Augenbrauen angrinste.

»Was ist?«, fragte ich unschuldig.

»Das sieht definitiv so aus, als ob ihr beide was miteinander habt.«

»Nichts da, Mae. Flirten ist nur eine Freizeitbeschäftigung für ihn. Auf mich hat das überhaupt keine Wirkung.« Wer's glaubt, wird selig.

Ich traf mich mit Mary zum Mittagessen in einem kleinen, etwas abgelegenen Burger-Restaurant in der Nähe ihres Arbeitsplatzes. Der Geruch nach gegrilltem Burger, Speck und Zwiebeln war so intensiv, dass ich sicher war, die anderen Gäste würden nicht merken, dass ich nach Hackfleisch, Zwiebeln und Chilis roch. Mary saß bereits in einer Nische und wartete auf mich.

»Ich hab dich schon von der Tür gerochen«, sagte sie. Na ja, natürlich sind beste Freundinnen dazu da, dass sie einem ungestraft sagen dürfen, dass man riecht, oder? Die Bedienung kam, und wir beide bestellten Cheeseburger und Cola light.

»Was hast du heute gekocht?«

»Calzone und ein super scharfes Chili. Danny war heute Vormittag bei uns, um zu helfen.«

»Ach?« Mary hob interessiert die Augenbrauen. »Und wie ist es gelaufen?«

Die Bedienung brachte unsere Burger, wir bissen gierig hinein und ließen es zu, dass uns das Fett auf Hände und Unterarme tropfte.

Ich schilderte Mary, was in dem engen Korridor passiert war, und erzählte ihr auch von dem Kuss zum Abschied. Dann endete ich mit der Behauptung, ich hätte *keinerlei* Interesse an dem Kerl. Sie legte ihren Burger auf den Teller, säuberte mit Hilfe einiger sehr dünner Papierservietten ihre fettigen Arme und Hände und stützte die Ellbogen auf den Tisch.

»Casey, seit damals in der fünften Klasse, als Bobby Morgan dich wegen Carla Costanza sitzen ließ …«

»Carla Costanza war eine blöde Ziege.«

»Wie auch immer. Jedenfalls gehst du seit dieser Zeit

nur mit Jungs aus, hinter denen *du* her bist. Sobald einer ein bisschen forsch ist und deutlich sein Interesse zeigt, schreibst du ihn als unsolide und unaufrichtig ab. Das Problem dabei ist, im Grunde bist du gar nicht glücklich mit den seriösen, beherrschten Typen, die du dir aussuchst. Du willst Spontaneität, Feuer, ein bisschen was Verrücktes. Das aber gibt es nur bei den Draufgängern, Casey. Solchen wie Danny.«

»Das ist aber ein höchst beunruhigender Gedanke, Mary.«

»Und genau das ist es, was das Ganze so reizvoll macht. Wovor hast du denn Angst, Casey?«

»Also, meiner Einschätzung nach ist er nur an einem kurzen Abenteuer interessiert. Und die hat er wahrscheinlich die ganze Zeit in seiner Speisekammer.«

»Dann gönn dir halt einfach ein kurzes Abenteuer mit ihm. Er ist ein verdammt scharfer Typ.«

»Weißt du, Mary, manchmal denke ich, du bist genau das, wofür deine Mutter dich hält.«

»Wahrscheinlich noch schlimmer.« Sie fing leise zu singen an: »*I want to go to heaven before I die*.«

»Nathan Moore«, sagte ich.

»Er trat damals im Iron Horse auf, mit The Slip. Du saßt in der ersten Reihe und hast gebrüllt, ›ich auch, ich auch‹. Weißt du noch?«

»Ich weiß es noch, aber ich habe das Gefühl, ein kurzes Abenteuer mit Danny würde mich nicht in den Himmel, sondern in die Hölle stürzen.«

»Also, Dark Cloud, was gibt es denn noch für einen Grund, um diesen Wahnsinnstyp abblitzen zu lassen? Aber ich warne dich – wenn du jetzt davon anfängst, dass du Richard nachtrauerst, krieg ich das große Kotzen.«

»Es ist nicht wegen Richard. Ich habe nur keine Lust auf einen Wettbewerb mit all diesen anderen Frauen. Weißt du noch, diese ganzen Weiber im Restaurant, wie die sich Danny an den Hals geschmissen haben?«

»Wieso nicht?«, sagte sie und verschlang den Rest ihres Burgers. »Du würdest gewinnen.«

12. Kapitel

Hot Mama Trace Adkins

Sally rauschte ins Studio, pünktlich um sechs Uhr am nächsten Morgen. Wie immer begrüßte sie mich überschwänglich, als traute sie ihren Augen nicht, mich tatsächlich an diesem Ort vorzufinden. Dann erzählte sie aufgeräumt, sie sei am Abend zuvor erst in New York eingetroffen, nachdem sie ein höchst angenehmes verlängertes Wochenende bei Freunden nördlich von Boston verbracht hatte. Sie war bester Laune.

»Jetzt setze ich mich erst einmal hin und schaue mir die Kochbücher an«, erklärte sie. »Der Chili-Spot ist ja nicht so kompliziert.«

Da der Feuerwehrmann das Chili zubereiten würde, brauchte Sally nichts weiter zu tun, als die amüsante, charmante, interessierte Gesprächspartnerin zu spielen – eine Rolle, die sie im Schlaf beherrschte.

Ich legte den Stapel Kochbücher auf den Tisch. »Hast du deine eigenen Skripts dabei, oder möchtest du zum Ignorieren lieber meine?«

Statt einer Antwort lächelte Sally verschmitzt. Skripts waren für Sally nur grobe Anhaltspunkte; sie würde tun und sagen, was ihr gerade in den Sinn kam, und niemand zweifelte daran, dass es besser sein würde als irgendein Skript.

Da wir am Dienstag schon das meiste erledigt hatten, war unsere Vorbereitung für den Chili-Spot ein Kinderspiel. Weil wir live sendeten, brauchten wir keine Gerichte in Reserve, und die paar *swaps* für zwischendurch, sprich, das Gericht in verschiedenen Stadien der Zubereitung, hatten wir bereits am Vortag gemacht. Mae holte eine Anzahl Plastikcontainer aus dem Kühlschrank und verteilte deren Inhalt auf verschiedene Töpfe, die dann zu gegebener Zeit nur noch erhitzt werden mussten.

Jonathan kam in die Küche. Kaum hatte er Sally erblickt, ersetzte er blitzschnell seine verdrießliche Miene durch ein strahlendes Lächeln. Er verkniff sich einen Kommentar über die Farbe des Chilis und zeigte ihr stattdessen stolz die Blumen, die er für die Dekoration der Kochbuchsendung besorgt hatte.

»Ich werde sie in eine meiner diversen Kupfertöpfe stellen. Eine Vase wäre einfach zu banal. Was halten Sie davon, Mrs. Woods?«

»Das ist eine gute Idee, Jonathan.« Ich wusste, Sally war die Dekoration ziemlich egal. Solange die Speisen gut aussahen, war ihr jeder Aufbau recht.

»Achte darauf, dass die Oberfläche der Kupfertöpfe matt ist, Jonathan«, sagte ich. »Glänzendes Metall könnte der Kamera Probleme bereiten, denn es reflektiert das Licht und kann ein Aufblitzen erzeugen, das die Zuschauer irritiert.«

»Ich bin kein Neuling hier, Casey.«

Ich konnte mir ein sarkastisches Grinsen nicht verkneifen. »Gehen wir lieber auf Nummer sicher.«

Es dauerte nicht lange, bis Sonya eintraf, flankiert von sechs strammen Feuerwehrmännern, die in ihren dunkelblauen Uniformen mit den Doppelreihen glänzend polierter Messingknöpfe überaus schneidig und dynamisch wirkten. Nur einer von ihnen würde mit Sally kochen – die Männer hatten vorher entsprechende Zettel in einen Feuerwehrstiefel geworfen und das Los entscheiden lassen –, aber da sie das Siegerrezept zusammen entwickelt hatten und alle Sally persönlich begegnen wollten, war die ganze Truppe erschienen. Jeder hatte sich seine Mütze unter den Arm geklemmt und hielt in der anderen Hand etwas, das Sally mit ihrem Autogramm versehen sollte.

Falls ich je berühmt werden sollte, möchte ich einfach genauso sein wie Sally. Sie bringt ihren Fans so viel Wärme und echte Zuneigung entgegen. Als die Männer danach freudestrahlend wieder abzogen, wusste ich, Sally hatte ihnen allen das Gefühl gegeben, sie wären die Stars der Sendung, und nicht die berühmte Sally.

John McGuire, der Feuerwehrmann, der das große Los gezogen hatte, blieb bei uns in der Küche, damit wir gemeinsam mit ihm das Skript durchgehen und ihm Tipps geben konnten, worauf er achten und was er besser vermeiden solle. John war ein großer, stämmiger Mann mit einem auffallend rötlichen Teint, mit dem die Maskenbildnerin ihre Mühe haben würde. Er war redselig, der Schalk saß ihm im Nacken, also würde er prima vor der Kamera wirken.

Kurz vor der Werbeunterbrechung, auf die der Chili-Spot folgen würde, stellten Karen und Jim dem Publikum die sechs Feuerwehrleute vor und zeigten einen kleinen Film, in dem zu sehen war, wie die Männer zusammen in ihrer

Feuerwache kochten. Als dann die Werbeunterbrechung kam, zog John ein dunkelblaues T-Shirt an, band sich eine Schürze um und stellte sich neben Sally in die Fernsehküche – so gingen wir wenig später auf Sendung.

»Nun, John, Sie haben also ein eigenes geheimes Rezept entwickelt für das beste Chili aller Zeiten?«, begann Sally, während die Kamera nahe an sie und John heranging. Das Make-up deckte seinen rötlichen Teint recht gut ab.

»Ich schätze, nach dieser Sendung wird es kein Geheimnis mehr sein«, erwiderte John.

»Warum denn nicht, mein Lieber? Ich werde keiner Menschenseele was erzählen. Womit fangen wir an?«

Die Kameras fuhren näher, um Streifen knusprigen Specks ins Bild zu bekommen, die den Boden eines großen Schmortopfes auf dem Herd bedeckten.

John erklärte, dass man zu Beginn der Zubereitung erst einmal Speck auslassen müsse, anschließend stellte er ihn beiseite, um vor dem Servieren das fertige Gericht mit kross gebratenem Speck zu bestreuen. Zum Abtropfen legte er die Speckstreifen mit Hilfe einer langen Zange auf Papierküchentücher, worauf sich Sally ein Stück Speck schnappte und krachend hineinbiss.

»Was kommt als Nächstes?«, fragte sie.

John nahm eine Schüssel, in der sich klein gewürfeltes Rindfleisch befand, und hielt sie, gemäß unserer Anweisung, für ein paar Sekunden leicht schräg vor die Kamera. »Jetzt braten wir in dem Speckfett das Fleisch an.«

»Sie haben es selbst in Würfel geschnitten. Sie verwenden also kein Hackfleisch.«

»Nein. Das gewürfelte Rindfleisch ist viel herzhafter.«

»Außerdem ist es immer ein schönes Gefühl, wenn man

etwas Richtiges zum Kauen hat«, meinte Sally und biss in ihren Speck.

John gab zuerst einen Teil des Fleisches auf ein Küchentuch. »Sie müssen darauf achten«, erklärte er, »dass das Fleisch schön trocken ist, sonst bräunt es nicht. Außerdem sollte man es portionsweise anbraten.« Sally tat ihm zuliebe so, als hörte sie diesen Trick zum ersten Mal. »Geben Sie nicht zu viel auf einmal in den Topf«, fuhr er fort.

Das Fleisch brutzelte, John rührte kurz um, und dann wechselten er und die Kamera über zu einem zweiten, identischen Topf, in dem sich klein gehackte Zwiebeln und frische Chilischoten befanden. »Wenn man alles Fleisch angebraten und wieder aus dem Topf genommen hat, gibt man ein paar große gehackte Zwiebeln hinein, sechs Knoblauchzehen und einige klein geschnittene Chilischoten und brät das Ganze ebenfalls an.« Die Kamera fuhr näher heran, um die glasig angeschwitzten Zwiebeln und den Knoblauch ins Bild zu bekommen.

»Jetzt kommt eine Kombination dieser Gewürze dazu«, erklärte Sally und deutete mit der Hand auf eine Reihe Gewürzgläser. »Darin besteht Ihr Geheimnis, das Ihnen den ersten Preis eingebracht hat.«

»Stimmt«, sagte John.

»Und was war der Preis?«

»Ein Jahresvorrat an Chilipulver.«

»Wie praktisch.«

John schüttete reichlich getrockneten Oregano in seine Handfläche, zerrieb ihn zwischen den Händen und warf ihn in den Topf. Sally fügte, gemäß seinen Anweisungen, Kreuzkümmel und Cayennepfeffer hinzu, und John gab zum Schluss noch eine gute halbe Tasse Chilipulver hinein.

»Du lieber Himmel«, sagte Sally. »Das ist aber viel Chilipulver.«

John grinste. »Unser Chili muss so sein wie unsere Frauen – schön scharf und feurig.«

Sally grinste frech zurück und fügte eine weitere Vierteltasse hinzu. Ich war mir ziemlich sicher, dass so viel Schärfe das Chili ungenießbar machen würde, aber die Szene wirkte sehr witzig.

John verrührte nun die Gewürze mit den Zwiebeln, dann gab er Rinderbrühe dazu, Wasser, zerdrückte Tomaten aus der Dose und eine Tasse Kaffee.

»Ich schätze, bei Ihnen auf der Wache steht jederzeit Kaffee bereit.«

»Aber sicher«, erwiderte John, »und meistens ist er wirklich nur gut genug für den Chilitopf. Man lässt das Ganze dann ein paar Stunden schmoren ...«

»Während Sie das Löschfahrzeug und die Rutschstange auf Hochglanz polieren ...«, fügte Sally hinzu.

»Richtig«, sagte John, während er das unfertige Chili beiseite schob und einen Topf mit fertig gegartem Chili auf die Kochstelle vor sich hinstellte. Darunter rührte er nun etwa vier Tassen Kidneybohnen. »Jetzt gibt man die Bohnen dazu und erhitzt sie«, erklärte er. »Vor dem Servieren streuen wir den kross gebratenen, zerkrümelten Speck darüber und stellen dazu noch allerlei Beilagen bereit.«

Die Kamera machte einen Schwenk und zeigte ein von Jonathan komponiertes Stillleben aus diversen Schälchen mit Avocadowürfeln, Sauerrahm, Limettenspalten, Korianderkraut, Tortillachips und einer kleinen Schale mit ausgelassenen Speckwürfeln. Wir hatten in unserer Vorküche noch mehr davon ausgebraten, weil wir damit gerechnet hatten, dass Sally sich an dem Speck gütlich tun würde, und in der Tat, irgendwie hatte sie es geschafft, während der Sendung einige Speckstreifen zu verdrücken.

John schöpfte Chili in zwei tiefe Teller, dann fügten er und Sally verschiedene Beilagen dazu und probierten. Sally lobte das Chili in den höchsten Tönen, erklärte, es habe fraglos den ersten Preis verdient, und dankte John.

Als die Sendung vorbei war, ging Sally nach oben, um eine frische Bluse anzuziehen und ihr Make-up erneuern zu lassen, während die Tonys den Set putzten und für die Kochbuchsendung herrichteten. Wir haben einen maßgeschreinerten hölzernen Aufsatz für unsere Kochinsel, damit können wir die Kochstellen abdecken und sie zu einem Pult umwandeln. Dieser Aufsatz wurde nun von einem Tony montiert, ehe Jonathan sich ans Werk machte und darauf ein ansprechendes Arrangement aus Kochbüchern und einem mattierten, mit frischen Blumen gefüllten Kupfertopf aufbaute. Dahinter stellten wir einen hohen Hocker, damit Sally sitzen konnte.

Doch bis Sally auf Sendung ging, mussten Jim und Karen noch ein paar kleine Spots drehen, Ankündigungen für diverse Beiträge der kommenden Woche, deshalb zogen auch sie sich um und wurden dann abwechselnd gefilmt, wie sie die Themen der kommenden Woche vorstellten.

Sally verbrachte die Wartezeit bei uns am Set, wir setzten uns etwas abseits in die Kulissen und schauten zu. Geredet wurde nur, wenn eine Szene im Kasten war.

»Also, wo gehen wir heute zum Mittagessen hin?«, fragte Sally.

»Ins Oran Mor. Mary will auch kommen.«

»Wunderbar. Ich hatte gehofft, dass wir da bald mal wieder essen würden.« Sally verstummte, während Karen der Kamera erzählte: »Am Freitag lösen wir dann das Problem des Bettnässens.« Karen schaffte es, dieses Thema so spannend anzukündigen, dass ich das Gefühl hatte, es auf keinen Fall verpassen zu dürfen, obwohl niemand in meinem Bekanntenkreis an diesem Problem litt.

Als die Kameras stoppten, fragte Sally: »Wie klappt es mit Danny?«

»Gut«, erwiderte ich. Sally bedachte mich mit einem Blick, in dem sich Durchtriebenheit und Neugier mischten. »Sally Woods!«, rief ich empört. »Wenn du wissen willst, ob ich etwas mit ihm habe, dann lautet meine Antwort *nein*. Und das ist genau das, was ich will.«

»Ha!«, erwiderte sie nur.

Wir gehorchten dem Aufruf »Ruhe am Set« und hörten zu, wie Jim erzählte, dass am nächsten Tag ein Exklusivinterview mit einer Frau aus New Jersey geboten werden würde, die in einer Fensterscheibe das Bild einer weinenden Madonna gesehen hatte. Diese Sendung konnte ich auslassen; Nonna hatte jeden Tag derartige Erscheinungen.

Nun war Sally an der Reihe. Nachdem sie sich mit Umarmungen und Küsschen von Jim und Karen verabschiedet hatte, drehte das Kamerateam einen kurzen Spot mit ihr, in dem sie für unsere Italienreihe warb. In diesem Spot, den man in der Woche vor der ersten Staffel senden würde, erzählte Sally den Zuschauern, was sie alles verpassen würden, wenn sie nicht einschalteten: »Wir werden Parma besuchen, Bologna, Florenz, Ravenna und die hügelige Chiantiregion. Begleitet werden wir auf dieser Reise von unserer Küchenchefin von *Morning in America*, Casey Costello, die gemeinsam mit waschechten Italienern in deren

Küchen kochen wird. Wir führen Ihnen vor, wie der original Parmigiano Reggiano gemacht wird, und zeigen Ihnen die wohlgenährten Schweine, die uns den berühmten Parmaschinken liefern. Sie erfahren, wie man ein florentinisches Steak zubereitet, das so groß ist wie eine ganze Kuh, eine authentische Sauce bolognese kocht und wie man seinen Nudelteig selber macht« – an dieser Stelle beugte sie sich vertraulich vor und blinzelte schelmisch in die Kamera – »und nicht zuletzt, was man alles mit einem glitschigen Aal anstellen kann.« Wer könnte da noch widerstehen?

Wir verließen kurz die Küche, damit Sally sich eine andere Bluse anziehen konnte, ohne extra nach oben in die Garderobe gehen zu müssen, dann nahm sie ihren Platz auf dem hohen Hocker hinter dem Kochbuch-Arrangement ein. Bei jedem Buch erzählte Sally kurz, worum es im Einzelnen ging und aus welchen Gründen sie es ausgewählt hatte.

Immer wenn sie sagte: »Dieses Buch müssen Sie einfach haben«, stellte ich mir den Ansturm der Leute auf die Buchhandlungen vor oder das total überlastete Netz, wenn alle online bei Amazon bestellten. Es brauchte dazu nur eine entsprechende Empfehlung von Sally.

Kurz nach zwölf Uhr trafen wir im Oran Mor ein; das Restaurant war bereits bis auf wenige Plätze besetzt. Kim, die Empfangsdame, sah uns in der Tür stehen und kam direkt auf uns zu.

»Wie schön, Sie wieder bei uns zu haben«, sagte sie. Bei diesen Worten schaute sie natürlich Sally an. »Ihre restliche Tischgesellschaft ist bereits eingetroffen.« Sie führte uns an einen Tisch, wo Mary bereits Amuse-Gueules knabberte und die Speisekarte studierte. Sobald wir einander begrüßt hatten, kam ein Ober an unseren Tisch, reichte uns die Speisekarten und verkündete: »Danny würde Ihnen gerne eine Auswahl von Vorspeisen an den Tisch schicken, aber er möchte, dass Sie selbst wählen. In der Küche herrscht im Moment noch Hochbetrieb, doch er wird auf jeden Fall versuchen, später bei Ihnen vorbeizuschauen.«

»Schön«, erwiderte Sally. »Wir würden uns sehr gern ein bisschen mit ihm unterhalten. Nur damit Sie Bescheid wissen, ich habe bis Viertel nach zwei Zeit.« Sally war, wie ich wusste, mit George verabredet. Dankbar registrierte ich, dass sie ihm nicht gestattet hatte, sich an unser Mittagessen anzuhängen.

»Ich sage ihm Bescheid«, erwiderte der Ober und bot uns dann einen Drink auf Kosten des Hauses an.

Danny ließ zusätzlich zu den Vorspeisen, die wir bestellt hatten, noch vier weitere an unseren Tisch bringen. Wir brachten es fertig, sie allesamt aufzuessen. Nach den Vorspeisen servierte der Ober das Lammgericht, das Danny in der Sendung zubereiten würde. »Es steht heute nicht auf der Mittagskarte«, sagte er, »aber der Chef meint, Sie würden es sicher kosten wollen.« Ich hatte am Samstag zwar die Sauce probiert, nicht aber das Fleisch dazu. Die zarten Rippchen waren zweifellos das Beste, was ich je an Lammfleisch gegessen hatte. Der Geschmack war wunderbar fein und aromatisch, ohne jedoch aufdringlich zu sein, wie das bei älteren Tieren oft der Fall ist. Danny musste eine ganz besondere Quelle haben. Sweetie persönlich brachte uns eine große Auswahl ihrer Desserts an den Tisch und beschrieb stolz jede ihrer Kreationen.

Wir tauschten gerade die Desserts untereinander aus, als ich Danny durch den Speisesaal gehen sah. Er hatte eine saubere Kochjacke an, aber es war ihm anzusehen, dass er soeben schwer gearbeitet hatte. Seine Haut glänzte wie nach einem toughen Workout im Fitnessclub. Mary stieß mich unter dem Tisch an und zog die Brauen hoch. Ich ignorierte meine Cousine. Danny blieb an mehreren Tischen kurz stehen, begrüßte die Gäste und plauderte ein wenig mit ihnen, ehe er auf unseren Tisch zusteuerte. Ich hoffte, er würde mich nicht wieder küssen. Das heißt, ich hoffte, ich würde nicht wollen, dass er mich wieder küsste.

Sally ergriff seine Hand. »Dieses Mittagessen war eines der besten, das mir je geboten wurde, Danny.«

»Ich bin froh, dass es Ihnen geschmeckt hat.«

»Können Sie sich kurz zu uns setzen?«, fragte Sally.

»Gerne. In der Küche ist es endlich etwas ruhiger geworden.«

»Woher beziehen Sie Ihr Lamm?«, fragte ich, nachdem er Platz genommen hatte. »Es ist wunderbar! Ich habe noch nie Lammfleisch mit so köstlichem Aroma gegessen.«

»Ich auch nicht. Es stammt von einer kleinen Farm in Pennsylvania. Die Lämmer bekommen ein spezielles Futter, dem Kräuter beigemischt werden, die das Fleisch so aromatisch machen.«

»Wie haben Sie diese Farm gefunden?«, fragte Mary.

»Ehe ich das Oran Mor eröffnete, habe ich viel Zeit damit verbracht, herumzufahren, kleine Farmen zu besuchen und deren Erzeugnisse zu probieren. Das Produkt ist das Wichtigste beim Kochen, deshalb bin ich ständig auf der Suche nach hochwertigen Zutaten. Dieser Teil meines Berufs macht mir übrigens besonders Spaß.« Er legte seine Unterarme auf den Tisch. »Vor Kurzem erst hat man mir von einem ziemlich exzentrischen Typen erzählt, auf Long Island, nur fünfundvierzig Minuten von hier entfernt, der seine Hühner mit einem ganz speziellen Futter aufzieht.«

»Michael McLaughlin«, sagte ich.

»Genau«, erwiderte er, offensichtlich verblüfft, dass ich diesen Namen kannte.

»Er soll ein richtiges Original sein, wie ich gehört habe.«

»Am Telefon klang er jedenfalls danach. Er hat gemeint, er müsse mich erst kennenlernen, ehe er mir seine Hühner verkauft, also werde ich heute Nachmittag dort hinfahren und versuchen, ihn zu überzeugen. Er meint, er kann nicht zulassen, dass seine Babys in irgendeinem x-beliebigen Lokal landen, wo man sie zu Tode gart oder mit Sauce erdrückt.«

Sally lachte und hieb leicht mit der Faust auf den Tisch. »Genau so sollte es sein. Und auch Sie tun genau das Richtige, indem Sie ständig auf der Suche nach dem Hochwertigen sind. Nur weil Sie die allerbesten Produkte verwenden und sie in der Küche mit höchster Sorgfalt zubereiten, ist Ihr Essen so gut und Ihr Restaurant so erfolgreich.« Im Speisesaal wurde es nun allmählich ruhiger, doch die vergangenen zwei Stunden hatte Hochbetrieb geherrscht. »Ist das Restaurant am Mittag *und* am Abend so gut besucht?«

»Gott sei Dank, ja.«

»Sie haben wahrscheinlich kaum Zeit für sich?«, fuhr Sally fort.

»Nicht viel.«

»Kommen Sie denn überhaupt je dazu, mal heim nach Irland zu fahren?«, fragte Mary.

»Vier Monate vor der Eröffnung war ich das letzte Mal zu Hause. Seitdem hat keiner vom Personal mehr als ein paar Tage am Stück freigehabt. Aus diesem Grund machen wir auch ab kommenden Sonntag für eine Woche Betriebsferien, da fliege ich dann nach Irland. Als ich das letzte Mal zu Hause anrief, hat meine Mom gesagt, meine Stimme komme ihr vage bekannt vor. Ich denke, es ist höchste Zeit.«

Draußen vor dem Fenster fuhr Sallys Wagen vor und parkte am Bordstein. Sally stand auf und bat uns, sitzen zu bleiben, aber ich begleitete sie dennoch zu ihrem Wagen. Als der Chauffeur Sally die Tür aufhielt, sah ich George auf der Rückbank sitzen. Unsere Blicke trafen sich, und so begrüßte ich ihn widerstrebend. Er sagte ebenfalls Hallo, ohne mich jedoch beim Namen zu nennen, dann drängte er Sally zur Eile, sie hätten einen Termin und müssten sich auf den Weg machen. Als ich mich in den Wagen beugte, um Sally auf die Wange zu küssen, sagte er: »Wir sind spät dran. Bitte machen Sie die Tür zu.« Sally drückte kurz meine Hand, ehe der Chauffeur den Wagenschlag zumachte, und ich warf George zum Abschied einen bitterbösen Blick zu.

Als ich zurück an unseren Tisch kam, fragte mich Danny, was ich sonst von Michael McLaughlin wusste.

»Ich habe gehört, dass er alle seine Hühner Ella nennt, damit er nicht zu einem von ihnen eine besondere Bindung entwickelt. Angeblich taufte er dann seinen Gockel auf den Namen Sam, in der Absicht, seine Hühnerfarm Sam-and-Ella zu nennen, was ja fast so klingt wie Salmonelle. Seine Frau redete ihm das Gott sei Dank wieder aus. Es heißt, er wollte damit die Laufkundschaft verprellen.«

»Nun, meine Kundschaft würde sich von so etwas garantiert verprellen lassen«, meinte Mary, während sie von ihrem Stuhl aufstand. »Ich muss jetzt schleunigst los. Es war wirklich großartig, Danny. Vielen Dank.« Sie küsste ihn auf beide Wangen, warf mir ein Kusshändchen zu, und weg war sie.

»Um noch einmal auf McLaughlin zurückzukommen«, fuhr Danny fort. »Ich möchte ihn wirklich dazu bringen, mir seine Hühner zu verkaufen. Wissen Sie etwas Bestimmtes über ihn, das mir helfen könnte, ihn gnädig zu stimmen?«

»Nicht wirklich. Sonya wollte ihn mal als Studiogast in unserer Sendung haben. Leute mit Schrullen sind immer amüsant, aber er war nicht interessiert. ›Zu viel Rampenlicht‹ war sein Kommentar.«

»Fahren wir doch zusammen heute Nachmittag hin und besuchen ihn«, schlug Danny vor. »Vielleicht können wir ihn zu zweit leichter überreden.«

»Wie wollen Sie denn dort hinkommen? Haben Sie einen Wagen in New York?«

»Einen Wagen direkt nicht.« Er stand auf. »Kommen Sie doch mal mit.« Er führte mich in sein Büro, wo er mir einen Motorradhelm und eine Lederjacke reichte. »Na, sind Sie dabei?«

»Klar.« Mir entging nicht, dass es eine Lederjacke in einer Damengröße war, und ich fragte mich, wie viele Frauen vor mir sie wohl schon angehabt hatten.

»Wunderbar. Ich mach mich nur eben ein bisschen frisch.«

Als er zurückkam, trug er frisch gewaschene Jeans und ein rot kariertes Flanellhemd. »Wie finden Sie meine Aufmachung? Würden Sie denken, vor Ihnen steht ein vertrauenswürdiger Bursche vom Land?«

Ich fand zwar, dass er eher wie ein heißer Typ aussah, aber ich antwortete, »hundertprozentig«.

Er tauschte seine Clogs gegen kurze Motorradstiefel aus schwarzem Leder, dann griff er nach seiner eigenen Lederjacke und seinen Motorradhandschuhen. »Okay. Brechen wir auf.«

Wir gingen um die nächste Straßenecke zu einer Parkgarage, wo der Wächter ihn offensichtlich gut kannte.

»Wie geht's, Chef?«

»Wunderbar, Bob. Wie geht es Ihnen?«

»Kann nicht klagen. Wollen Sie eine Runde drehen?«

»Ja. Heute ist ein toller Tag dafür.«

»Da haben Sie recht«, erwiderte Bob. »Ich hab es heut Morgen erst poliert, es wird alle anderen ausstechen.«

»Er putzt Ihr Motorrad für Sie?«, fragte ich ungläubig, während wir die Rampe hinunter in die Garage gingen. Die meisten Leute konnten schon von Glück reden, wenn sie in New York eine Parkgarage fanden, wo das Personal beim Parken ihres Wagens nicht zum Spaß mit der Stoßstange irgendwo andockte.

»Ja. Vor ein paar Monaten fing ich an, ihm dann und wann Essen aus dem Restaurant mitzubringen, seither putzt er als Gegenleistung das Motorrad. Er weiß, dass mein Herz daran hängt, es ist etwas ganz Besonderes.«

»Was ist so Besonderes daran?«

»Ach, Erinnerungen.« Er ging zu einer Ecke, in der eine Reihe Motorräder geparkt stand, und zog eine weiche Abdeckung aus Flanell von einem Gefährt herunter. »Das ist es.«

Ich hatte keine Ahnung, was an dem Motorrad so besonders sein sollte. »Es sieht wirklich gut aus«, sagte ich. »So eine hübsche Farbe!« Ich kannte mich mit Motorrädern nicht aus, deshalb fiel mir keine weitere kluge Bemerkung ein.

Er tätschelte den Lenker und lächelte. »Das hier, meine Liebe, ist eine Triumph Bonneville Baujahr 1962.« Er drehte sich zu mir herum. »Triumphs werden in Großbritannien hergestellt. Diese Schönheit hier gehörte meinem Dad. Er schenkte sie mir, ehe ich auf die Kochschule ging, wir haben sie zusammen restauriert. Die hübsche Farbe ist britisches Racing-Grün. Es ist nicht der Originallack, aber für ein Motorrad gefällt mir dieses Grün am besten, deshalb haben mein Dad und ich sie so gespritzt.«

»Ich verstehe, warum Ihr Herz so daran hängt.« Irgendwie hatte meine Mutter es geschafft, aus mir zu sprechen, und so fragte ich weiter in ihrem Namen: »Ist es auch sicher?«

»Natürlich. Setzen Sie den Helm auf.«

Ich stülpte mir den Helm über den Kopf und nestelte an dem Kinnriemen. Danny hob das Visier meines Helms hoch, damit er mein Gesicht sehen konnte. »Hier«, sagte er und zog den Riemen an. »Sie sehen schrecklich süß in dem Ding da aus, Casey.«

»Ich wette, das sagen Sie zu allen Ihren Beifahrerinnen.«

»Nur zu den süßen«, erwiderte er und klappte mein Visier wieder zu. Er stieg auf das Motorrad, und nachdem er mir eingeschärft hatte, nicht mit den Beinen an die Auspuffrohre zu kommen, weil sie heiß wurden, bedeutete er mir, auf den Rücksitz zu klettern. Als ich meine Arme locker um seine Taille schlang, fasste er meine Hände und zog meine

Arme fester um seinen Körper. »Sie wollen doch nicht runterfallen«, sagte er und ließ den Motor an.

Es war ein herrlicher Tag, und die Fahrt tat mir unglaublich gut. Ich liebte es, den Fahrtwind zu spüren, genoss Dannys rasanten souveränen Fahrstil. In null Komma nichts ließen wir die Stadt hinter uns und näherten uns auf einer Nebenstraße Michael McLaughlins Hühnerfarm.

»Ist das nicht riesig?«, fragte er, als wir an einer Ampel anhielten. »Kaum zu glauben, dass wir so nah an Manhattan sind, nicht wahr? Geht es Ihnen gut da hinten?«

»Wunderbar.« Meine Stimme hallte wie ein Echo.

Bald fanden wir die winzige Farm; Mrs. McLaughlin öffnete uns die Tür. »Er ist draußen bei seinen Hühnern«, erklärte sie und deutete nach hinten. »Da um die Ecke, hinterm Haus.«

Michael McLaughlin war ein kräftiger Mann, groß und wettergegerbt, mit vollem weißem Haar, dichten buschigen Augenbrauen und einem mächtigen Schnurrbart. Er unterhielt sich gurrend mit seinen Hühnern, während er Futter austeilte. »Hier, Ella, Ella, Ella. Du auch, Ella, Ella, Ella.«

»Mr. McLaughlin, ich bin Danny O'Shea.« Danny gab Mr. McLaughlin die Hand. »Und das hier ist meine Freundin Casey Costello.« Auch ich gab ihm die Hand und wischte dann die Spuren des Hühnerfutters an der Rückseite meiner Jeans ab.

»Schauen Sie sich diese wunderschönen Hühner an«, sagte Mr. McLaughlin liebevoll. »Wie kommen Sie zu der Annahme, Ihre Kocherei wäre gut genug für sie?«

In den nächsten zwanzig Minuten ließ Danny all seinen Charme spielen. Er erzählte ihm, dass er nur mit Produkten kochen wolle, die mit Liebe und Sorgfalt erzeugt wurden. Er behauptete, man könne keine noch so intensive kulinarische Ausbildung mit dem Geschick vergleichen, das man benötigte, um solche Lebensmittel zu erzeugen. Die Herkunft von McLaughlins Namen war Danny nicht entgangen, und so war sein irischer Akzent nach einiger Zeit so stark geworden, dass ich ihn kaum mehr verstand. Als er Mr. McLaughlin erzählte, er habe als Junge immer die Sommermonate auf der Farm seiner Großeltern verbracht und sie hätten zu Hause nie etwas gegessen, das sie nicht selbst produziert hatten, legte der ältere Mann Danny den Arm um die Schulter. Meine Sommerferien im Sommercamp der weiblichen Pfadfinder hätten wohl schwerlich dieselbe Wirkung auf ihn gehabt. Als es für uns Zeit wurde, zu gehen, hatte sich Danny einen festen Platz in Mr. McLaughlins begrenztem Kundenstamm erworben und, wie es schien, auch in seinem Herzen; doch in der Sendung *Morning in America* wollte der Dad von Sam und Ella nach wie vor nicht auftreten.

»Sie müssen sich noch ein bisschen gekonnter bei ihm einschmeicheln, Casey«, meinte Danny, als wir wieder unsere Helme aufsetzten.

»Nun, ich wüsste dafür keinen besseren Lehrer als Sie. Das war wirklich sehr beeindruckend vorhin. Haben Sie wirklich Ihre Sommerferien auf einer Farm verbracht?«

»Würde ich je lügen?«, fragte er grinsend.

»Um zu kriegen, was Sie wollen? Meiner Einschätzung nach ja.«

Er lachte und dann fragte er mich, ob ich es eilig hätte, in die Stadt zurückzukommen.

»Eigentlich nicht. Warum?«

»Auf dem Rückweg weiß ich ein kleines Café, wo man den besten *café liégeois* außerhalb Belgiens bekommt.«

»Was ist ein *café liégeois?*«

»Steigen Sie auf. Ich lade Sie ein.«

Wir fuhren etwa zwanzig Minuten, dann bog Danny vom Highway ab in eine Nebenstraße und hielt vor einer kleinen bezaubernden Bäckerei mit blau-weiß-karierten Vorhängen und üppig bepflanzten Blumenkästen vor den Fenstern. Drinnen standen sechs kleine runde Kaffeehaustische. Danny sagte, ich solle einen auswählen, während er an der Theke die Bestellung aufgab.

»Möchten Sie ein Stück Gebäck oder zwei oder ein ganzes Dutzend zum *café?* Es ist Eiscreme darin, aber vielleicht möchten Sie noch etwas anderes dazu.«

»Ich nehme erst einmal den *café* und dann sehe ich weiter.«

Danny kam an den Tisch, in jeder Hand ein großes Henkelglas, über dessen Rand Schlagsahne quoll. Er reichte mir einen langstieligen Löffel und einen Strohhalm.

»Welchen von den beiden soll ich benutzen?«, fragte ich.

»Beide«, erwiderte er, aß zuerst mit seinem Löffel von ganz unten aus dem Glas und trank dann durch seinen Strohhalm. Ich machte es ihm nach, und da ich nie in Belgien gewesen war, fand ich, dass dies der wunderbarste *café liégeois* außerhalb von wer weiß wo war. Ganz unten im Glas befand sich heißer starker Espresso, darauf Vanilleeis – hausgemacht, mit kleinen schwarzen Vanillepünktchen. Das Eis war mit dunkler Schokoladensauce beträufelt, und zur Krönung saß obenauf eine Haube aus echter Schlagsahne. Die Kombination der verschiedenen Aromen und der Gegensatz von Heiß und Kalt war überaus verführerisch.

Danny hatte seinen *café* zur Hälfte verzehrt, als sein

Blick auf mein leeres Glas fiel. »Wie viele soll ich noch bestellen?«, fragte er.

»Noch einen, denke ich.«

Ich zwang mich, den zweiten Eiscafé etwas langsamer zu löffeln, damit ich nicht völlig verfressen wirkte, und so war mein Glas nach einiger Zeit noch halb voll, während Danny nichts mehr hatte. Als er einen Löffel aus meinem Glas nahm, bedauerte ich, nicht schneller getrunken zu haben, denn dann hätte ich nicht mit ihm zu teilen brauchen.

»Schmeckt der nicht köstlich?«, fragte Danny und nahm sich einen zweiten Löffel voll.

»Richtig orgiastisch«, erwiderte ich und bereute augenblicklich meine Wortwahl.

»Wenn ich nur eher gewusst hätte, dass dazu nur ein bisschen Vanilleeis und ein Klecks Sahne nötig ist.«

»Lassen wir dieses Thema lieber.«

»Schon wieder eins auf den Deckel gekriegt. Ich bekomme noch einen Komplex, Sie werden schon sehen.«

»Hören Sie, Danny. Ich mag Sie. Ich meine, Sie *sind* arrogant ...«

Er legte beide Hände auf die Brust, zog die Augenbrauen in die Höhe und fragte unschuldig: »Ich?«

Ich nickte. »Ja, Sie. Aber Sie sind gleichzeitig auch sehr nett.«

»Aua.« Er wirkte richtig betroffen. »Das ist mein Todesurteil.«

»Wie meinen Sie das?«

»Nett. Auf ›nett‹ folgt stets ein ›aber‹ und irgendeine an den Haaren herbeigezogene Ausrede, etwa, dass die Sternzeichen nicht harmonieren und lauter so Zeug.«

»Ist das tatsächlich so?«

Er hob die Hand wie zum Schwur. »Unbedingt. Doch Sie wollten wahrscheinlich sagen, ›Sie sind zwar nett, *aber* wir können die Tatsache nicht ignorieren, dass Sie eben eine Wühlmaus sind.‹«

Ich hob meine rechte Hand. »Unbedingt.«

Er stocherte mit seinem Löffel in seinem leeren Glas herum. »Hören Sie, Sie haben mir das neulich nicht gesagt. *Sind* Sie mit jemandem liiert?«

Ich war mir ziemlich sicher, über dieses Thema sprechen zu können, ohne in Tränen auszubrechen, deshalb erzählte ich ihm, vor Kurzem sei meine Beziehung zu einem Mann in die Brüche gegangen, mit dem ich ziemlich lange zusammen gewesen sei.

»Ich verstehe«, sagte er. »Was ist passiert?«

»Das ist eine lange Geschichte, aber der Auslöser war diese Reise nach Italien. Ich wollte, dass er mitkommt und mit mir Gregory Peck und Audrey Hepburn in *Ein Herz und eine Krone* spielt, und er wollte das nicht.«

»*Was* wollten Sie von ihm?«

»Das ist ein alter Film, aus den fünfziger Jahren. Es ist der Lieblingsfilm meiner Mutter, mein Vater schenkte ihr das Video, als ich noch klein war. Und meine Mom und ich haben uns immer zusammen diesen Film angeschaut. Die Idee, dass zwei Menschen auf einem Motorroller durch eine fremde Stadt fahren, gefiel mir einfach viel besser, als wenn ein Außerirdischer auf einem Fahrrad auf dem Mond herumfährt.«

Ich erzählte Danny kurz, dass in dem Film Gregory Peck einen Reporter spielt, der Audrey Hepburn kennenlernt, eine Prinzessin, die ihren anstrengenden Pflichten entkommen ist und einen Tag Freiheit in Rom genießt. Anfangs denkt der Reporter, dass er nun die Story seines Lebens bekommt, aber am Ende verbringen die beiden einfach nur vierundzwanzig Stunden zusammen, erkunden Rom auf einer Vespa und verlieben sich ineinander.

»Die Story ist sehr romantisch.«

»Warum wollte Ihr Freund nicht mitkommen?«

»Das gehört zu dieser sehr langen und nicht sehr interessanten Geschichte. Ich möchte eigentlich lieber nicht darüber reden.«

»Also ist es diese lange, uninteressante Geschichte, die mich hindert, mich, einen einsamen Fremdling in Ihrem Land, Ihre Gesellschaft zu genießen?«

»Sie genießen doch meine Gesellschaft. Ich bin ja jetzt hier. Ich bin gern Ihr Freund.«

Er grinste. »Ich hätte sagen sollen, orgiastische Gesellschaft.«

»Ich bin sicher, dass Sie daran keinerlei Mangel haben.«

Er beugte sich über den Tisch zu mir. »Aber nicht von jemandem wie Ihnen. Sie sind nicht nur schön und gescheit, Sie haben auch etwas ganz Besonderes an sich.«

Wühlmaus hin oder her, er war wirklich unglaublich charmant, außerdem konnte ich mich der Tatsache nicht mehr länger verschließen, dass er sich mehr und mehr als wirklich anständiger Kerl entpuppte – bisweilen allzu siegessicher, aber anständig. Und wenn ich ganz ehrlich zu mir selber war, musste ich zugeben, dass er mich sehr wohl reizte. Aber ich wollte nicht ehrlich zu mir selbst sein.

»Danke, Danny. Das ist sehr lieb von Ihnen. Aber die Antwort lautet nach wie vor nein.«

»Ah. ›Lieb‹ ist eine Stufe höher als ›nett‹. Ich mache Fortschritte. Langsam, aber sicher.«

Wir fuhren nach Manhattan zurück, wo er mich an meinem Bahnhof absetzte. Während er meinen Helm und die Lederjacke auf dem Rücksitz festzurrte, fragte er mich, ob er für die Sendung am kommenden Mittwoch noch etwas beachten müsse.

»Ja. Seien Sie ja nicht vor mir im Studio. Das lässt mich gar nicht gut aussehen.«

»Das gibt es gar nicht«, erwiderte er und ließ den Motor aufheulen.

Sonya hatte für Donnerstag, Freitag und Montag keine Kochsendungen eingeplant, damit ich genug Zeit hatte, die Skripts für Italien fertig zu schreiben. Da ich ja jetzt ein Single war und über viel freie Zeit verfügte, war ich bereits Samstag damit fertig. Sally wollte an diesem Abend nach London fliegen, also rief ich sie an, um ihr mitzuteilen, dass ich ihr die Rezepte und Skripts per E-Mail schicken würde.

»Soll ich sie dir lieber nach London faxen?«

»Nein, mailen ist besser«, erwiderte sie. »Wenn ich nicht dazu komme, sie gleich anzuschauen, habe ich meinen Laptop dabei und kann sie jederzeit abfragen.«

»Wie geht es dir, Sally?«

»Gut. Ich habe alles schon gepackt und bin reisefertig.«

»Ich meinte deine Gefühle, Sally. Wie geht es dir bei dem Gedanken, London zum Verkauf anzubieten?«

»Ich hab es dir schon gesagt, Casey. Ich habe keine andere Wahl, deshalb denke ich nicht darüber nach. Ich ziehe es einfach durch und packe den Stier bei den Hörnern.«

Das war typisch Sally. Sie war stolz auf ihre Wurzeln, stolz, von Siedlern abzustammen, die sich in Georgia niedergelassen hatten, die den Elementen und den Indianern getrotzt und auch ein Leben ohne jeglichen Luxus ausgehalten hatten. Ich wollte so gern glauben, dass sie einfach tun würde, was sie tun musste, und dass es ihr gut dabei ging, dass sie einfach den Stier bei den Hörnern packte. Aber ich hatte das ungute Gefühl, dass diesmal der Stier vielleicht stärker war als sie.

13. Kapitel

You can't make a heel toe the mark

Wanda Jackson

Du kannst einen miesen Kerl nicht dazu bringen, sich anständig zu benehmen.

Das Komische bei vielen Komikern ist, dass sie außerhalb der Bühne gar nicht komisch sind. Wenn Sal Vito ein Publikum vor sich hat, bringt er die Leute mühelos dazu, sich vor Lachen auszuschütten. Begegnet man ihm jedoch hinter der Bühne, wirkt er, als würde er einem jeden Moment den Schädel einschlagen. Sal, der italienischer Abstammung ist, ist Komiker – und seit vielen Jahren in dieser Branche tätig. Er tritt häufig in Nachtclubs auf, meistens in Las Vegas. Sein Publikum ist begeistert von seinem Programm, seinen Sketchen, in denen er gewöhnlich seine italienische Mama auf die Schippe nimmt, die anscheinend am liebsten jeden, der ihr über den Weg läuft, abfüttern will. Was ist daran so komisch?, frage ich mich. Jedes Jahr veröffentlicht Sal Vito ein neues Kochbuch, durch die Bank billig produzierte Taschenbücher: *The Mama Mia Cookbook, The More Mama Mia Cookbook, The Even More ...* und so weiter. Er tritt zwei, drei Mal im Jahr in unserer Sendung auf, und wir tun alles, um ihm nicht zu nahezukommen.

Dienstagmorgen war Sal unser Studiogast in einem Beitrag, der live gesendet wurde. Das Rezept, nach dem er im Fernsehen kochen wollte, Mamas Pasta mit Blumenkohl, stammte aus seinem neuesten Buch. Es war gute, schnörkellose italienische Hausmannskost, und auch unsere Vorbereitungen dafür waren unkompliziert: Wir zerkleinerten Blumenkohl, hackten Knoblauch und eine kleine scharfe Peperoni und schmorten sie in Öl an und vermischten sie mit Spaghetti. Das Problem dabei war, alles war weiß. Sonya hatte sich redlich bemüht, Sal zu einer weiteren Zutat zu überreden, die etwas mehr Farbe ins Bild bringen würde, doch er hatte ihr eine überaus schroffe Abfuhr erteilt. Das Ganze würde unproblematisch sein, solange die Zuschauer die Zubereitung des Gerichts am Bildschirm verfolgen konnten, denn dann wäre ja klar, welche Zutaten der Reihe nach hineinkämen. Doch der Regisseur verlangte gleich in aller Frühe einen Foodshot: das fertige Gericht in Großaufnahme.

Solche Foodshots werden wiederholt zwischen die mannigfachen Beiträge der Sendung eingeblendet, um die Zuschauer neugierig zu machen und dafür zu sorgen, dass sie nicht auf ein anderes Programm umschalten. Der Regisseur wollte also einen Foodshot haben; eine Aufnahme des fertigen, appetitlich angerichteten Pastagerichts. Weiße Nudeln mit weißem Blumenkohl würde eine Menge Make-up brauchen, um anregend und appetitlich zu wirken, und so forderte dieses Gericht Jonathan zu Höchstleistungen heraus.

»Immer noch besser als braun, Jonathan«, versuchte ich ihn aufzumuntern, während er eine blaue Pastaschüssel aus seinem Schrank kramte, dazu rot karierte Servietten und eine Flasche Rotwein.

»Nein. Das stimmt nicht. Braun kann man wenigstens sehen. Das hier wird ausschauen wie eine Schüssel gefüllt mit Tipp-Ex.«

»Das klappt schon, du wirst sehen.«

Der Regisseur pflichtete Jonathan bei. Als die Kamera sich auf den Foodshot einstellte, wurde deutlich, dass das Gericht wirklich nicht viel hermachte.

»Können wir nicht was Rotes oder Grünes dazu werfen?«, fragte der Regisseur über Lautsprecher aus dem Regieraum.

Sonya sprach in das Mikrofon in ihrem Headset. »Also, in dem Rezept kommt nichts Rotes oder Grünes vor. Ich werde mal sehen, ob ich Sal ans Telefon kriege, damit ich ihn fragen kann, ob er was dagegen hat, wenn wir dem Rezept etwas hinzufügen.« Sie zog ihr Handy aus der Tasche, blickte suchend in ihre Unterlagen und tippte Sals Nummer ein. Ich ging in die Küche, um nachzusehen, was wir an Rotem oder Grünem auf Lager hatten.

Als ich zurückkam, in der Hand einen Teller mit Kirschtomatenhälften, sprach Sonya wieder in ihr Headset. »Ich kann ihn nirgends auftreiben. Im Hotel geht keiner ans Telefon, und über sein Handy erreiche ich ihn auch nicht.«

»Nun, wir müssen die Aufnahme jetzt machen, wenn wir sie während der Sendung einblenden wollen«, sagte der Regisseur ungeduldig.

»Machen wir zwei verschiedene Versionen davon, und sobald ich Sal ans Telefon bekomme, kläre ich, ob er was dagegen hat, wenn wir« – sie reckte den Hals, um zu sehen, was da auf meinem Teller lag – »ein paar Tomaten dazugeben. Falls ja, müssen wir uns einfach mit der weißen Version zufriedengeben.«

Ich reichte Jonathan die Tomaten. »Okay, Jonathan, dann spiel mal damit.«

Zu Sendebeginn um Punkt acht Uhr erschienen auf dem Monitor die Bilder, mit denen die verschiedenen Beiträge des Tages angekündigt wurden, darunter unser Foodshot mit den Tomaten. Also hatte Sonya Sal wohl noch erreicht und seine Einwilligung eingeholt, dachte ich bei mir. Wir hatten die Vorbereitungen für seinen Livespot bereits abgeschlossen, deshalb machten wir uns daran, Dannys drei Auftritte am kommenden Mittwoch vorzubereiten. Um acht Uhr fünfzehn, eine halbe Stunde, ehe er auf Sendung gehen sollte, stürmte Sal plötzlich in unsere Küche. Ich stand gerade am Tisch und blickte zur Tür, deshalb sah ich, dass sich auf seinem Gesicht alles andere als Freude spiegelte. Mae und Jonathan standen mit dem Rücken zur Tür, nichts Böses ahnend. »Wer zum Teufel hat an meiner Pasta rumgemurkst?«, brüllte Sal.

Jonathan und Mae zuckten zusammen wie verschreckte Kaninchen, Jonathan fing an zu stammeln, während ich gleichzeitig Sal zu erklären versuchte, wie sich die Sache verhielt. Jonathan stand näher bei der Tür als ich, vielleicht hörte dieser Hornochse von Sal deshalb nur dessen Stimme – oder aber, Sal ignorierte mich absichtlich und wählte sich als Opfer einfach denjenigen, der als Nächster in seiner Reichweite stand. Jedenfalls spulte sich von da ab das Geschehen mit rasender Geschwindigkeit ab, wie eine DVD im Schnelllauf. Sal, fast dreißig Zentimeter größer und etwa achtzig Pfund schwerer als Jonathan, packte unseren zu Tode erschrockenen Stylisten an den Oberarmen und hob ihn hoch.

»Unterstehen Sie sich, verdammt noch mal, an meinem Essen rumzupfuschen. *Capisce?*« Selbst wenn Jonathan verstanden hätte, hätte er es wahrscheinlich nicht sagen können, weil seine Zähne so erbärmlich klapperten.

Erneut setzte ich zu einem Erklärungsversuch an, doch diesmal übertönte mich unsere liebe, gewaltlose Friedensaktivistin Mae, die den Bund Frühlingszwiebeln, den sie gerade putzte, so durch die Luft schwang, dass die grünen Schläuche Sal voll ins Gesicht trafen.

»Lassen Sie ihn sofort runter, Sie Tier, Sie«, donnerte sie.

Augenblicklich lockerte Sal seinen Griff, worauf Jonathan zu Boden plumpste, in den Händen immer noch die Servietten, die er zu Lotusblüten hatte falten wollen.

Nun standen sich Mae und Sal von Angesicht zu Angesicht gegenüber.

»Du verdammtes kleines Luder«, brüllte Sal los, Speichel versprühend. »Du kannst deine Sachen packen. Du bist erledigt, wenn ich mit dir hier fertig bin.« Er ging auf Mae zu, doch da setzten sich die beiden Tonys blitzschnell in Bewegung, stiegen über den immer noch am Boden liegenden Jonathan hinweg und hängten sich an Sals Rücken.

»Lauf weg, Mae, lauf«, riefen sie.

Die Tatsache, dass Mae hinter dem Tisch stand, der ihr den Weg versperrte, sodass sie nirgends hinlaufen konnte, war Nebensache; es war eine liebe Geste. Lieb, aber töricht. Ich war sicher, Sal würde unsere beiden Jungs einfach abschütteln und Hackfleisch aus ihnen machen. Während meiner vierjährigen Ausbildung zur Küchenchefin hatte mich absolut niemand auf eine derartige Küchenkatastrophe vorbereitet. Zu lange geschlagenes Eiweiß, geronnene Mayonnaise, zusammengesunkene Soufflés, mit all dem konnte ich umgehen, aber nicht mit verunfallten Foodstylisten, gebrochenen Hälsen und verprügelten Bühnenarbeitern. Andererseits, zwanzig Jahre Sonntagmittagessen im Familienkreis der Contis machte meine Unerfahrenheit auf diesem Gebiet einigermaßen wieder wett.

Ich zog ein bisschen den Kopf ein, winkelte die Arme an, hob die Hände auf Brusthöhe, drückte die Fingerspitzen von Zeige-, Mittelfinger und Daumen zusammen, Handflächen nach oben, und bewegte sie auf und ab. »*Stai zitto, che cosa fai? Tu sei pazzo*«, brüllte ich los, ein Dezibel lauter als Sal.

Sal hielt wie vom Donner gerührt inne, und die Tonys rutschten von seinem Rücken.

Da drehte Sal sich zu mir herum, hob seinen rechten Arm, beugte ihn und ballte die Hand zur Faust, dann fasste er mit der linken Hand an seinen rechten Oberarm. Diese Geste, bekannt als »italienischer Gruß«, ist gleichbedeutend mit einem der unflätigsten Schimpfwörter.

Daraufhin hob ich meine Hand zum Gesicht, strich mit vier Fingern vom Hals zum Kinn und zeigte dann damit nach vorn, eine Geste, die, glaube ich, bedeutet: »Fahr nach Neapel oder zur Hölle oder sonst wohin – mir ist das so was von egal.« Sicherheitshalber hängte ich noch ein »*vaffanculo*« an. Das Schreien und Gestikulieren auf Italienisch schien Sal zu beeindrucken. Er machte keinerlei Anstalten, mich zu schlagen oder hochzuheben; doch er bedachte mich die ganze Zeit mit obszönen Gesten und wüsten Schimpfwörtern, die ich für ein braves katholisches Mädchen aus der bürgerlichen Mittelschicht ziemlich gut parieren konnte.

Wie schon gesagt, das Ganze lief blitzschnell ab. Als Sonya zur Tür hereinkam, lag Jonathan immer noch wie ein Häuflein Elend am Boden, Sal hingen grüne Zwiebelschläuche an der Kleidung, die Tonys standen geduckt hinter Sal, bereit, sich augenblicklich auf ihn zu stürzen, und ich, ja ich lieferte gerade Onkel Michaels Version des »italienischen Grußes«, die ein bisschen komplizierter, aber weitaus anschaulicher ist.

»Was zum Teufel ...«, sagte Sonya.

»Mein Halswirbel ist gebrochen«, stöhnte Jonathan. »Ruft einen Krankenwagen.«

»Casey?« Sonyas Miene fragte unmissverständlich: Was zum Teufel geht hier vor?

»Sonya, bitte, schaff Sal aus der Küche.«

Fünfzehn Minuten später hatte ich Jonathan hinauf ins Sanitätszimmer geschafft, die Küche wieder in Ordnung gebracht und die Lautstärke des Monitors weit zurückgedreht. Auf dem Bildschirm sah man einen lachenden, heiteren italienischen Komiker, der das Lieblingsnudelgericht seiner Mama zubereitete. Ich verhexte ihn mit meinem bösen Blick.

Wie ich erwartet hatte, stand drei Minuten nach neun Sals Sekretär in der Küche und versuchte, die Sache wieder auszubügeln.

»Sie wissen ja, Künstler werden ganz zappelig vor ihrem Auftritt. Sie sagen und tun Dinge, die sie gar nicht meinen. Ich bin sicher, Sie haben dafür Verständnis. Sal möchte Ihnen allen gern ein Exemplar seines neuesten Kochbuchs zukommen lassen, versehen mit seinem Autogramm.« Er zog aus einer grünen Plastiktüte ein paar Bücher und legte sie auf den Tisch.

»Sie sollten lieber mal nach oben ins Sanitätszimmer gehen und nachsehen, wie es unserem Foodstylisten geht. Sal hat ihn tätlich angegriffen«, entgegnete ich eisig.

Er murmelte geringschätzig etwas vor sich hin und erwiderte: »Die Leute missverstehen oft das italienische Temperament und bauschen eine Sache auf. Ich werde mal nach ihm sehen.« Kaum war er aus der Tür, warfen wir seine Bücher in den Mülleimer.

Bis zum Mittag waren wir mit unseren Vorbereitungen fertig und hatten alles in den Kühlschrank gestellt, gut verpackt und mit dem deutlichen Hinweis versehen, NICHT BERÜHREN. Wenn wir das Essen nicht kennzeichneten, würden die Kollegen von der Nachtschicht bis zum Morgengrauen alles aufgefuttert haben.

»Das wär's für heute, Kinder. Bis Morgen dann«, verabschiedete ich meine Truppe.

»Wann soll ich morgen kommen?«, fragte mich Mae.

»Wir fangen lieber zeitig an.«

»Okay. Ich bin pünktlich da. Bis morgen, Jungs. Danke für eure Hilfe.« Ich wusste nicht, meinte Mae die Küchenarbeit oder das Verhauen unseres prominenten Gastes, jedenfalls erwiderten die Jungs den Dank mit einem beglückten Lächeln.

Ehe ich das Studio verließ, ging ich hinauf ins Sanitätszimmer, um nach Jonathan zu sehen, aber man hatte ihn heimgeschickt mit der Anweisung, seinen Hausarzt zu konsultieren. Sein Halswirbel war natürlich nicht gebrochen; dennoch, er war ziemlich übel mitgenommen. Ich nahm mir vor, ihn später anzurufen, nicht nur, weil ich mir Sorgen um ihn machte, sondern auch, weil ich befürchtete, dass uns das Studio einen Ersatzmann zur Verfügung stellen würde, der keine blasse Ahnung von Foodstyling hatte. Dies würde unsere Arbeit sicher nicht leichter machen. Uff. Der Tag hatte es in sich gehabt.

Als ich gegen vier nach Hause kam, stand der Wagen von Onkel Tony in unserer Einfahrt, und kaum hatte ich die Haustür geöffnet, stieg mir schon der Duft von Cannoli in die Nase. Das sah eindeutig nach einer Krise aus. Eine Servierplatte von unserem guten Porzellan mit etwa einem Dutzend gefüllter Cannoli stand auf dem Küchentresen, und meine Mutter, Tante Maria und Nonna standen zusammen an der Tür zum Wohnzimmer, die Ohren an die geschlossene Tür gepresst.

»Hallo! Was ist denn los?«

Die drei fuhren herum und bedeuteten mir mit einer Geste, leise zu sein. Dann kam Mom auf Zehenspitzen zu mir her und zog mich in die Speisekammer.

»Onkel Tony ist da, mit Mrs. Alfano und Pater Joseph. Sie hat Geld genommen aus der Spendenbüchse für die Kerzen, und er hat sie dabei erwischt.«

»Was? Sie hat Geld geklaut?«

»Wie es scheint, hat sie in letzter Zeit ein bisschen zu viel Bingo gespielt.«

»Ach, komm schon! Bingo kann doch nicht so viel kosten.«

»Onkel Tony versucht gerade, der Sache auf den Grund zu gehen.«

»Wie hat man sie erwischt?«

»Nun ja, sie ist Mitglied im Kirchenverein, und ihre Aufgabe war es, Pater Joseph das Geld abzuliefern. Ihm ist aufgefallen, dass es von Woche zu Woche weniger wurde, bis schließlich gar nichts mehr da war. Da hat er sie vor dem Altar zur Rede gestellt. Sie hat die Panik gekriegt, hat gesagt, sie verdiene es gar nicht weiterzuleben, und dann hat sie sich mit dem ganzen Körper auf die brennenden Votivkerzen geworfen. Ich nehme an, sie wollte sich verbrennen, aber sie ist ja so groß und kräftig. Sie hat dabei nur die brennenden Kerzen ausgedrückt und ein paar davon zerbrochen. Zu diesem Zeitpunkt hat dann Pater Joseph deinen Onkel Tony angerufen.«

Ich konnte mir das Lachen nicht verbeißen, und auch meine Mutter schaffte es nicht länger, ernst zu bleiben.

»Meinst du, sie muss ins Gefängnis?«, fragte ich unter Kichern.

»Das glaube ich nicht. Aber sie kommt ganz bestimmt einmal in die Hölle.«

»Davon haben wir aber nichts mehr.«

»Komm. Ich muss die Geschichte zu Ende hören.«

Meine Mutter stellte sich wieder in Lauschposition neben Nonna und Tante Maria, und ich stellte mich dazu, wobei es für mich ein Leichtes war, oberhalb der Köpfe der drei Damen das Ohr an die Tür zu legen. Ich hatte Onkel Tony noch nie so wütend gehört, geschweige denn erlebt, dass er in diesem Ton mit seiner Mutter sprach.

»Du sagst also, du hast deine Sozialhilfe *und* die Unterstützung, die du von mir bekommst, *zusammengerechnet über neunhundert Dollar pro Monat*, in der Bingohalle ausgegeben und deshalb musstest du Münzen aus dem Opferstock stehlen? Mein Gott, als ich das letzte Mal Bingo spielte, kostete eine Karte gerade mal einen Dollar.«

»Ich habe mehr als eine Karte gespielt, Anthony.«

»Wie viele Karten kann man denn auf einmal spielen?

Fünf? Zehn? Selbst dann kommt niemals so viel Geld zusammen.«

»*Aiuto, Jesù.*« Ich fand es ziemlich unpassend von Mrs. Alfano, Jesus um Hilfe zu bitten, da es ja schließlich sein Geld war, das sie geklaut hatte, doch wahrscheinlich konnte sie inzwischen nicht mehr klar denken.

Onkel Tonys Stimme wurde etwas sanfter. »*Ich* versuche doch gerade, dir zu helfen, Ma. Aber ich kann dir nicht helfen, wenn du mir nicht genau sagst, was eigentlich los ist.«

»Es war nicht nur das Bingo, Anthony«, gab sie schließlich zu. »Mrs. Colasanto hat schon so viel Geld beim Pferderennen gewonnen. Sie sagt immer ihrem Neffen, welche Pferde ihr gefallen, und er setzt dann für sie auf diese Tiere. Sie meinte, er würde das auch für mich übernehmen, wenn ich möchte. Und so kam er manchmal, wenn Bingo-Abend war, in die Kirche, und ich hab ihm etwas Geld gegeben. Wenn er nicht kommen konnte, teilte ich Mrs. Colasanto meine Wettauswahl mit, und sie hat es dann an ihn weitergegeben. Manchmal habe ich ihn auch einfach nur angerufen. Er setzte dann auf das Pferd und später, falls ich verloren hatte, kam er zu mir und holte das Geld ab. Ich habe überhaupt nicht gemerkt, dass ich so viel verloren hatte, und manchmal wollte er sein Geld sofort haben und wollte nicht mehr warten. Ich hatte nicht immer genug zur Verfügung, um ihn zu bezahlen.«

Eine erschreckende Stille trat ein, und dann explodierte Onkel Tony förmlich, so heftig, dass wir vier erschrocken von der Tür zurückwichen.

»Colasanto? Carmen Colasanto? Um Himmels willen, Ma! Dieser Colasanto ist Buchmacher. Was zum Teufel hast du dir denn dabei nur gedacht?«

»Hüte deine Zunge, Anthony. Vergeben Sie ihm, Pater. Er ist nicht wirklich ein Buchmacher. Er hat mir Geld geliehen, um mir einen Gefallen zu tun, seiner Tante zuliebe.«

»Das ist genau das, was ein Buchmacher macht, Ma! Mannaggiall'americana. Mannaggia. Wie viel hat sie genommen, Pater?«

»Nun, es geht eigentlich nicht so sehr um das Geld, es ist ...«

»*Wie viel?*« Onkel Tony schnaubte vor Wut.

»Etwa zweihundert Dollar. Man wird es zurückzahlen müssen. Und Mrs. Alfano ist künftig der Zutritt zu St. Michael verwehrt.«

Ich hätte gedacht, dass sie nun erst recht an diesen Ort zurückkehren sollte, und zwar auf ihren Knien. Na ja, um ihre Seele vom Makel der Sünde zu reinigen und so. Aber was wusste ich schon?

»Maria! Bring mir das Scheckheft.« Wir alle wichen von der Tür zurück, sodass Tante Maria Onkel Tony das Scheckheft hinüber ins Wohnzimmer bringen konnte. Meine Mutter zischte ihr zu, sie solle die Tür offen lassen, damit wir einen kurzen Blick auf die Szenerie werfen konnten. Mrs. Alfano saß gebeugten Hauptes am Tisch. Ihr Kleid war an mehreren Stellen versengt. Hinter ihr ging Onkel Tony mit puterrotem Gesicht murmelnd auf und ab. Der alte Pater Joseph, blässlich und farblos wie immer, stand – leicht hin und her schwankend, denn er trinkt gern ab und zu einen Tropfen – neben Mrs. A., die Hände gefaltet, die Fingerspitzen auf die Lippen gelegt, als wäre er tief in ein Gebet versunken, womöglich wollte er aber auch nur eine leichte Jack-Daniel's-Fahne verbergen.

»Haben Sie vor, sie anzuzeigen, Pater?«, fragte Onkel Tony, ehe er den Scheck unterschrieb.

»Ich habe darüber nachgedacht und ich weiß noch nicht, was ich tun soll. Eventuell muss ich mich an meine Vorgesetzten wenden. Etwas Derartiges ist in unserer Pfarrei noch nie vorgefallen.«

»Ach, kommen Sie schon, Pater. Sie erinnern sich doch sicher, wie vor einiger Zeit irgendwelche Kerle das Taufbecken umgeworfen haben und den Opferstock mit einem Taschenmesser aufgebrochen haben und obszöne Zeichnungen in die Gesangbücher gekritzelt haben?« Onkel Tony war noch nie ein Fan von Pater Joseph gewesen; jetzt schien er über ihn genauso verärgert wie über seine Mutter.

»Nein. An keinen dieser Vorfälle kann ich mich erinnern.«

»Nun, dann haben Sie Frankie DeCesare und Vinny Guccione völlig vergessen.«

»Ich hab diesen Vinny Guccione nie gemocht.« Mit ihrem Einwurf hoffte Mrs. Alfano wohl, das Gespräch auf andere Sünder zu lenken.

»Ich werde darüber nachdenken und Rat im Gebet suchen«, erklärte Pater Joseph, ohne die Finger von seinem Mund zu nehmen.

Wahrscheinlich fand meine Mutter, dies sei ein günstiger Moment, denn sie nahm den Teller mit den Cannoli und ging damit ins Wohnzimmer.

»Darf ich Ihnen etwas anbieten, Pater?« Ihr Bestechungsversuch war so leicht durchschaubar, dennoch nahm der Priester ein Cannoli. Damit handelte er in meinen Augen nicht korrekt. Er hätte lieber gehen sollen, ohne Gebäck zu essen, denn schließlich fand bei uns ja keine Tauffeier statt, hier ging es um Raub und das Auslöschen von Opferkerzen.

Am Ende war es Nonna, die dem Gerede wegen einer Anzeige ein Ende setzte.

»Ach, sie ist nur eine alte Frau, Pater. Und woher wissen wir denn, dass das Geld wirklich an die Armen gegangen wäre? Womöglich wäre es gar für ein Fläschchen Bourbon fürs Pfarrhaus ausgegeben worden? Jetzt essen Sie mal Ihr Cannoli und dann Schwamm drüber.«

Pater Joseph tat wie geheißen.

Ehe ich an jenem Abend zu Bett ging, rief ich Jonathan an. Er ging nicht an den Apparat, also hinterließ ich eine Nachricht auf seinem Anrufbeantworter, dass ich hoffte, es gehe ihm wieder einigermaßen. Auch wenn er bisweilen schwierig war, wollte ich auf seine Mitarbeit keinesfalls verzichten. Ich hatte nicht die geringste Ahnung, wie man es schafft, Braun mit Petersilie gut aussehen zu lassen.

14. Kapitel

Who's foolin' who Delbert McClinton

Wer hält hier wen zum Narren?

Am nächsten Morgen war ich, trotz eines Zwischenstopps am Frühstücksbuffet, die Erste in der Küche.

Danny kam nach mir an. Er steckte seinen Kopf durch die Tür. »Ist das spät genug? Ich drücke mich schon zwanzig Minuten dort hinten im Flur herum, damit alle sehen können, dass Sie die Erste am Arbeitsplatz sind.«

»Das ist bestimmt gelogen«, erwiderte ich.

»Nein, wirklich. Ich hab gesehen, wie Sie mit Ihrer Apfeltasche und dem Kaffee in die Küche gegangen sind.«

Ich zeigte ihm meinen leeren Teller. »Ich hatte Muffins.«

Er kam nun vollends herein. »Ich dachte, Sie nehmen die Muffins immer erst bei der zweiten Runde zum Buffet.«

»Ich mache das extra jeden Morgen anders, um alle Leute zu verwirren, die mir eventuell nachspionieren wollen.«

»Man kann sich auf die Menschen einfach nicht mehr verlassen«, sagte er und ließ sich mir gegenüber am Tisch nieder. »Übrigens, ich habe meine erste Ella-Lieferung bekommen. Die Hühnchen waren hübscher verpackt als ein Geschenk von Clery & Co.«

»Von wo?«

»Clery & Co. Eines der ältesten Kaufhäuser in Irland. Die Hühnchen waren einzeln verpackt und lagen hübsch aufgereiht in ihrem Karton. Ich denke, ich habe Ella, Ella, Ella und Ella bekommen.« Ich musste lachen. »Er hat mir auch ein paar von seinen Eiern dazugegeben. Zum Probieren. Sie hätten die Dotter sehen sollen. Sie sind fast orange. Er mischt bestimmt auch frisches Gras und Kräuter unter sein Hühnerfutter.«

Ich kniff die Augen zusammen und schaute ihn skeptisch an. »Wissen Sie das so genau, weil Sie Ihre Sommerferien immer auf dem Bauernhof Ihrer Großeltern verbracht haben?«

»Es ist die Wahrheit«, sagte er und legte die Hand aufs Herz. »Ich schwöre es Ihnen.«

»Okay. Ich glaube Ihnen.« Ich schaute auf die Uhr. »Wir sollten uns an die Arbeit machen.«

»Womit fangen wir an?«

»Zuerst mal, haben Sie noch ein paar Hemden zum Wechseln dabei?« Er trug schwarze Jeans und ein blassblaues Chambrayhemd, beides würde vor der Kamera okay sein, aber er brauchte für jeden seiner drei Auftritte ein anderes Hemd.

»Oh! Ich hab sie auf dem Stuhl draußen im Flur liegen lassen.« Er ging hinaus und kehrte mit mehreren Kleiderbügeln über dem Arm zurück. »Sonya hat gesagt, ich könnte es mir aussuchen, Berufskleidung oder auch normale Straßenkleidung. Ich habe mich für normale Kleidung entschieden, aber ich wusste nicht, was sich am besten eignet, deshalb habe ich mehrere Sachen zur Auswahl mitgebracht. Soll ich sie mal anprobieren?« Er legte seine Hemden auf den Tisch und begann dasjenige, das er trug, aufzuknöpfen.

»Nein!«, sagte ich ein wenig zu heftig. »Sonya ist diejenige, die die Entscheidung trifft.«

»Sie wollen also nicht, dass ich mich ausziehe?«, fragte er grinsend.

»Nein. Bestimmt nicht. Ich möchte, dass Sie kochen.« Ich nahm zwei Schürzen aus dem Wäscheschrank und reichte ihm eine davon. »Hier. Und Sie sollten die Schürze auch ordnungsgemäß umbinden, mit dem Latz, falls Sie das Hemd für die Sendung brauchen.«

»Ja, Boss.«

Die meisten Küchenchefs schlagen das Oberteil der Schürze nach unten und binden sie einfach als Halbschürze um die Taille, wobei der Oberkörper nicht geschützt ist. Da ich leider keinen Wäscheservice habe, trage ich stets eine ganze Schürze. Ich legte mir nun meine Schürze um, ohne zu merken, dass in dem Band am Nacken ein Knoten war. Mae musste sie zuletzt getragen und einen Knoten hineingemacht haben, damit die Schürze für sie die richtige Länge hatte. Für mich war sie jedoch viel zu kurz, also langte ich in meinen Nacken, um den Knoten zu lösen. Er war hartnäckig, wie Knoten nun einmal sind, nachdem sie in der Wäsche gewesen sind, und ich nestelte eine Weile vergeblich daran herum.

»Lassen Sie mich das machen.« Danny stellte sich ganz dicht vor mich hin, langte hinter meinen Kopf und nahm sich den Knoten vor. Immer wieder streiften seine Finger meinen Nacken, und jedes Mal hatte ich das Gefühl, als würde mein Herz aussetzen oder zumindest meine Atmung. Ob er wohl bemerkte, dass mir der feine Nackenflaum zu Berge stand? Jede Wette, dass er das tat. Er hatte wieder dieses typische Grinsen im Gesicht.

»Geschafft«, sagte er schließlich. »Ich habe den Eindruck, Sie haben ziemlich oft Probleme mit Ihrer Kleidung.«

»Nur, wenn Sie in der Nähe sind, aber bilden Sie sich ja nicht ein, dass das etwas mit Ihrer Person zu tun hat.« Ich musste zusehen, mich schleunigst aus seiner Reichweite zu entfernen, wer weiß, wie das Ganze sonst enden würde. Immerhin, nachdem ich ihm begreiflich gemacht hatte, dass ich mich nicht auf ihn einlassen wollte, konnte ich das Flirten richtig genießen. Ich hatte nur Zweifel, ob mein Körper auch kapierte, was mein Verstand ihm diktierte. Ich holte meine Segeltuchtasche und zog die Skripts heraus. »Möchten Sie mit dem Lamm beginnen?«

»Ich tu alles, was Sie sagen, meine Liebste. Das wissen Sie doch. Ein Wort genügt.«

Ich holte vier Lammkarrees aus dem Kühlschrank. »Dieses hier lassen wir, wie es ist, damit Sie zeigen können, wie es aussieht, wenn es vom Markt kommt. Und dieses hier muss vollständig pariert sein; wir bereiten damit im Voraus das fertige Gericht zu. Das andere hier putzen Sie zu bis auf ein einziges Rippchen. Vor der Kamera schaben Sie dann von diesem Rippchen Fleisch und Sehnen ab. Und das hier parieren Sie wieder insgesamt, aber ansonsten lassen wir es, wie es ist.«

»Wofür ist es denn gedacht? In meinem Skript wird es nicht erwähnt.« Aha, er hatte seine Hausaufgaben gemacht.

»Das ist für den Fall, dass Sie das Rippchen vor der Kamera nicht schnell genug abschaben.«

»Keine Sorge«, erwiderte er.

Mae kam herein, gefolgt von zwei Tonys. Ihre Hochfrisur war irisch grün besprüht, dazu trug sie einen leuchtend orangeroten Rüschenrock und ein weißes Tanktop. Sie sah aus wie die irische Flagge, und ich war froh für sie, dass es Danny auffiel.

»He, was seh ich da, Schätzchen, Sie zeigen ja Flagge.«

»Ich fand es cool, Ihnen zu Ehren.«

»Wo hast du denn um alles in der Welt einen Rock in dieser Farbe aufgetrieben?«, fragte ich. Ich hatte gar nicht so ungläubig klingen wollen, eher neugierig, doch Mae blieb ungerührt.

»Ich habe ihn gefärbt. Ich habe noch mehr von der Farbe zu Hause, wenn du mal was in dem Ton gefärbt haben willst.«

»Danke. Das ist wirklich eine ganz besondere Farbe.«

Sie nahm meine Aussage als Anerkennung, lächelte erfreut und fragte dann: »Womit soll ich anfangen?«

»Mit dem Thunfischtatar. Besprechen wir zuerst noch mal, wie wir vorgehen.«

Weil man zu dem Thunfischgericht im Grunde zwei Rezepte brauchte, für das Tatar und die Wantan-Schalen, mussten wir bei dem Bereitstellen der Zutaten besonders sorgsam sein. Die Kameras würden zuerst den Thunfisch aus einem bestimmten Winkel aufnehmen und dann einen Schwenk machen, während Danny ein paar Schritte weiter zu einer anderen Stelle am Küchentresen ging. Wir mussten darauf achten, dass er an beiden Positionen alles zur Verfügung hatte, was er zum Kochen brauchte, damit er nicht hin- und herlaufen musste. Salz etwa musste an beiden Stellen stehen, damit er nicht hinüberzugreifen brauchte. Unsere Planung sah vor, dass er zuerst das Tatar zubereitete und es dann einfach in der Schüssel stehen ließ. Danach konnte er an einem anderen Platz des Tresens die Wantan fertig machen und in den Ofen schieben, und schließlich sollte er sich an eine dritte Stelle am Küchentresen stellen, an dem eine identische Schüssel mit Tatar und fertig gebackene Wantan-Schalen bereitstanden. Dort würde er eine der Schalen mit Tatar füllen und sie zu den Sesamdreiecken auf einen Teller legen. Danny wusste, was er am jeweiligen Platz zu tun hatte; wir mussten nur dafür sorgen, dass alles, was er brauchte, an Ort und Stelle war.

Mae kennzeichnete die Tabletts gemäß ihrer Position am Set und machte sich dann an die Zubereitung der Wantan-Schalen. Es war noch zu früh für Jonathans Eintreffen, falls er überhaupt erschien, aber ich machte mir doch langsam Sorgen, denn außer ihm hatte niemand einen Schlüssel zu seinem Requisitenschrank, auch ein etwaiger Ersatzmann nicht. Wir hatten ein paar Schüsseln und Platten in der Küche, aber die waren nur ein Notbehelf, verglichen mit Jonathans privatem Fundus. Ich fing an, in den Küchenschränken nach etwas Brauchbarem zu suchen.

Danny war nun mit dem Parieren der Lammkarrees fertig, und so gab ich ihm neue Arbeit, indem ich ihn die Schalotten und Pilze für das Gericht schmoren ließ, die er dann vor der Kamera unter dem Küchentresen hervorzaubern würde. Ich wies einen Tony an, ihm zur Hand zu gehen, damit er sich nicht auf die Suche nach Utensilien machen oder eigenhändig seine Zwiebeln schälen und Pilze putzen musste.

Kurz nach sechs Uhr dreißig steckte Sonya den Kopf durch die Tür und wünschte uns einen guten Morgen.

»Casey«, wandte sie sich dann an mich, »ich muss heute anderweitig als Produktionsleiterin einspringen, deshalb werde ich kaum hier bei euch sein können. Kommt ihr ohne mich zurecht?«

»Kein Problem. Ich mache mir aber Gedanken wegen Jonathan. Hast du was von ihm gehört?«

»Nein. Falls er nicht kommen sollte, gib bitte Lisa Bescheid, sie wird dann als Requisiteurin einspringen.«

Lisas Hauptaufgabe war eigentlich, die Dekoration unseres Studiowohnzimmers auf die Jahreszeiten abzustimmen, also Kürbisse und Blätter im Herbst, Stechpalmen und rote Kerzen im Dezember, Tulpen im April – all diese Sachen. Ich wusste, ihre Auffassung von Foodstyling bestand darin, jedes Gericht mit Blüten zu dekorieren.

Nachdem Sonya gegangen war, musste ich mir unbedingt als Nächstes Dannys Garderobe vornehmen.

»Okay, O'Shea. Es sieht ganz so aus, als müssten Sie sich nun doch für mich ausziehen.«

Lachend legte er sein Messer hin. »Sie zuerst.«

Mae schaute von ihren Kapern hoch. »Hab ich etwa irgendwas nicht mitgekriegt?«

»Da Sonya heute nicht hier ist, werden *wir* darüber entscheiden müssen, was er heute für die drei Aufnahmen anziehen soll.« Ich verschränkte die Arme und sagte mit einem breiten Grinsen: »Nun, dann lassen Sie mal sehen, was Sie haben.«

Er grinste zurück, band die Schürze ab und schickte sich an, sein Hemd aufzuknöpfen.

»Nicht hier. Draußen.« Ich nahm seine Kleiderbügel und führte ihn aus der Tür, zu einer kleinen Nische rechts von der Küche. Man war dort abgeschieden genug, um sich rasch umziehen zu können, und wir alle nutzten diese Ecke, wenn die Zeit drängte. Andernfalls hätte er sich in den Toilettenräumen im ersten Stock umziehen müssen, oder gleich in der Küche. Vor ein paar Jahren hatten wir einmal einen

Gastkoch gebeten, sich in der Küche umzuziehen. Der Mann war so stolz auf seinen Oberkörper, dass er länger als nötig ohne Hemd herumlief, was die andern ungemein von der Arbeit ablenkte. Inwiefern ein Danny mit nacktem Oberkörper mich ablenken würde, wagte ich mir gar nicht vorzustellen, deshalb wollte ich auf keinen Fall ein Risiko eingehen.

Ich hängte die Hemden an ein paar Haken an der Wand und wollte mich auf den Weg zurück in die Küche machen.

»Sie gehen schon wieder?«

»Für diese Aufgabe sind keine vier Hände nötig. Kommen Sie zurück, wenn Sie sich umgezogen haben.«

»Sie können gerne ein bisschen zugucken, wenn Sie möchten.«

Kurz darauf erschien er in dem schwarzen Polohemd, das er an dem Tag, an dem wir uns kennengelernt hatten, getragen hatte.

»Das gefällt mir für den Spot mit dem Lachs. Der Kontrast ist so hübsch. Was meinst du, Mae?«

»Unbedingt.«

»Das nächste«, befahl ich.

Danny probierte noch drei andere Hemden an. Wir wählten das blassblaue Chambrayhemd für das Lamm und ein kräftig blaues Polohemd, das seine Augen noch blauer strahlen ließ, für das Thunfischtatar in der Wantan-Schale.

»Okay, Danny, ziehen Sie keines von diesen drei Hemden an, ehe wir drehen.«

Es war großartig, ein zusätzliches Paar Hände in der Küche zu haben, besonders wenn sie so geschickt waren wie Dannys. Er beherrschte seine eigenen Rezepte im Schlaf und arbeitete schneller, als Mae oder ich es vermocht hätten. Kurz nach sieben erschien Jonathan auf der Bildfläche, mit einer Halskrause.

»Jonathan, wie geht es dir?«, sagte ich mit echter Anteilnahme.

»Frag nicht. Ich habe Glück, dass ich überhaupt noch lebe. Wenn diese Bestie noch einmal in unserer Sendung auftritt, kündige ich.«

»Hat sein Sekretär dich nach der Sendung besucht?«

»Bitte! Dieses Arschloch. Er wollte mir ein Kochbuch überreichen. Der hat vielleicht Nerven! Ich erwiderte ihm, mein Anwalt würde nicht kochen.«

»Ich bin so froh, dass es dir einigermaßen gut geht und du arbeiten kannst.«

»Es geht mir nicht einigermaßen gut«, sagte er und nestelte an seiner Halskrause, »aber ich opfere mich für meine Arbeit auf.« Er langte in seine Jackentasche und zog den Schlüssel für seinen Schrank heraus.

»Was ist Ihnen denn zugestoßen?«, erkundigte sich Danny.

Die Frage war Musik in Jonathans Ohren. Er lehnte sich neben Danny an die Arbeitsplatte und lieferte ihm einen detaillierten Bericht seines Leidensweges. Danny hörte zu und gab seine Kommentare dazu ab, hielt dabei aber kein einziges Mal in seiner Arbeit inne. Nachdem Jonathan seine Ausführungen beendet hatte, wechselte er das Thema.

»Ich bin richtig glücklich darüber, dass wir Kartoffeln und Gemüse neben das Lamm auf die Platte legen. Sie haben keine Vorstellung, wie schwer es ist, Braun ansprechend zu arrangieren. Doch auf mich hört ja keiner«, sagte er und schob das Kinn vor.

Obgleich Jonathan die Details seiner Beinahetodeserfahrung ausführlich erläuterte und erneut die Farbproblematik zur Sprache brachte, kamen wir dank Dannys Hilfe schneller voran, als ich erwartet hatte. Bereits um Viertel vor acht waren wir fertig. Ich schickte Danny nach oben in die Maske und ging allein ans Buffet.

Danny arbeitete vor laufender Kamera genauso locker und entspannt wie sonst auch. Er fieselte das letzte Lammrippchen frei von Fleisch und Sehnen, erklärte sein Vorgehen, lächelte in die Kamera, bezirzte Karen mit seinem Charme, und das alles gleichzeitig. Mit ein paar erklärenden Worten legte er das Lamm in eine heiße Pfanne – wir hörten das Brutzeln –, hackte ein paar Schalotten, wendete das Fleisch und schnitt Pilze klein. Dann nahm er das Lamm aus der Pfanne, gab es in den vorgeheizten Ofen, goss das überschüssige Fett aus der Pfanne, gab ein paar Teelöffel Butter hinein und schwenkte darin die Schalotten und Pilze. Ein wenig Salz, Pfeffer, die kurze Anweisung, das Ganze so lange zu garen, bis die Champignons ihre Flüssigkeit abgegeben hatten, dann ging er hinüber zu der Pfanne mit den bereits angeschmorten Schalotten und Champignons und kochte das Ganze mit etwas Fond auf. Als er den Madeira in die Pfanne goss, hielt er beschützend den Arm vor Karens Oberkörper und sagte, »einen Schritt zurück, meine Liebe«, dann hielt er die Pfanne ein wenig schräg, und der Madeira explodierte in einer Stichflamme. Es war einer der Höhepunkte in unserer Fernsehküche, noch dazu aus dem Stegreif, ganz ohne Skript. Sodann holte Danny ein bereits gegartes Lammkarree aus dem Ofen, schnitt ein Kotelett davon ab, drapierte es auf einem Teller, auf dem sich bereits ein paar Spargelstangen und Kartoffelpüree befanden, und träufelte um das Arrangement Madeirasauce. Ein Star war geboren!

Mit der gleichen Leichtigkeit bewältigte Danny die beiden Spots, die aufgezeichnet wurden, ohne dass eine einzige Szene wiederholt werden musste.

Sonya kam nach Drehschluss in die Küche, um ihm zu gratulieren.

»Sie sind ein Naturtalent, Danny«, strahlte sie. »Das war großartig. Dank an euch alle, das Essen sah super aus. Vielen Dank.« Sie wandte sich erneut an Danny. »Ich würde mich sehr freuen, wenn Sie mal wieder bei uns auftreten würden.«

»Wunderbar. Das würde ich sehr gern.«

»Ich melde mich bei Ihnen«, sagte Sonya, bevor sie ging.

Wir alle lobten und beglückwünschten Danny, dann musste ich mich verabschieden. Ich hatte noch so viel zu erledigen vor der Abreise nach Italien am nächsten Tag.

»Ich begleite Sie ein Stück«, sagte Danny.

Draußen auf der Straße fragte er mich: »Was meinen Sie? Werden Sie länger in Trauer sein?«

»In Trauer?«

»Sie wissen schon, wegen Ihrer Trennung.«

»Ich trauere nicht. Das ist nicht der Grund, weswegen ich mich nicht auf Sie einlassen will.«

»Oh«, erwiderte er. »Denn ich wollte Ihnen eigentlich sagen, dass man es allgemein für klug erachtet, gleich wieder aufs Pferd zu steigen, nachdem man abgeworfen wurde.«

»Danny, wenn ich mich wieder auf ein Pferd setze, dann darf es kein wildes sein. Das kann ich nicht brauchen.«

»Ich bin gar nicht so wild, Casey. Ich kann Ihnen Empfehlungsschreiben von früheren Freundinnen geben, falls Sie möchten.«

»Der Stapel wäre wohl ziemlich hoch. So viel Zeit habe ich nicht, um sie alle zu lesen.«

Ehe er antworten konnte, hielt ein Wagen am Straßenrand, und Kim, die Empfangsdame, kurbelte das Fenster herunter.

»Tut mir leid, Danny«, zwitscherte sie. »Der Verkehr war fürchterlich. Habe ich mich sehr verspätet?«

»Sie kommen gerade recht«, antwortete ich für ihn und rauschte von dannen.

15. Kapitel

On the road again Willie Nelson

Wieder unterwegs.

Donnerstagnachmittag traf ich mich mit Sonya am JFK Airport. Wäre Sally dabei gewesen, hätten wir den Flug nach Mailand mit großer Wahrscheinlichkeit in der ersten Klasse verbringen dürfen, aber sie war bereits am Samstag nach London geflogen, und so mussten wir uns mit der Touristenklasse begnügen. Ich hatte ein paar Sandwiches mitgebracht – in Tequila gebeizter Lachs auf dunklem Brot –, und als die Stewardess mit dem Getränkewagen an unserer Sitzreihe hielt, ließen wir uns Weißwein geben und packten unser Picknick aus.

»Wo treffen wir Sally?«, fragte ich zwischen zwei Bissen.

»In Parma. Morgen.« Sonya nahm sich ein zweites Sandwich.

Das Thema konnte einem den Appetit verderben, aber ich musste es trotzdem wissen: »Und George?«

»Keine Ahnung. Als er anrief und mich informierte, dass er in Italien sein würde, bat er mich, ich solle ihm unseren Zeitplan faxen, aber er hat nicht gesagt, wann er kommt. Ich habe Sally gefragt, aber die wusste es auch nicht.«

»Wäre es nicht einfach super, wenn er überhaupt nicht käme?«

»Ein Segen.« Sie holte einen Apfel und eine Birne aus ihrer Tasche und ließ mir die Wahl. Die Birne sah verlockend vollreif aus, also nahm ich sie.

Ich biss in die Frucht, dann lehnte ich mich kurz im Sitz zurück, denn bei dem Gedanken, was Sally alles am Hals hatte, überkam mich ein banges Gefühl. Wie es aussah, würde sie sich auf einen neuen Verleger einstellen müssen, vielleicht sogar, Gott bewahre, auf einen neuen Fernsehsender. Sie gab ihre geliebte Londoner Wohnung auf, die so eng mit ihrer gemeinsamen Zeit mit Peter verknüpft war. Ein weiteres Problem – Peter. Sie hatte etwas über ihn in Erfahrung gebracht, das ihr offenbar sehr wehtat. Und das Schlimmste war in meinen Augen, dass sie sich mit George herumschlagen musste. Sally mochte zwar der Meinung sein, sie könne mit alldem irgendwie fertig werden, doch ich hatte meine Zweifel.

»Glaubst du, dass Sallys Arbeit darunter leidet, wenn George in ihrer Nähe ist?«, fragte ich.

»Ich habe auch schon darüber nachgedacht, aber ich habe Sally schon öfter schwierige Zeiten durchmachen sehen, und nie hat sie es sich vor der Kamera anmerken lassen. Sie ist ein richtiger Profi. Sie macht das schon, davon bin ich überzeugt. Nur uns anderen wird er das Leben zur Hölle machen.«

Wie wahr, wie wahr.

Wir landeten am Morgen in Mailand, und nachdem wir den Zoll mit vielen *grazie* und *prego* hinter uns gebracht hatten, entdeckten wir Giuseppe, der uns mit einem Schild *Buon giorno in America* erwartete.

Giuseppe würde für die gesamte Dauer unseres Aufenthalts unser Chauffeur sein. Er war ein Mann um die sechzig, der in seinem Tweedjackett, seiner hellgelben Strickweste und Krawatte sehr adrett wirkte. Er war überaus höflich und hilfsbereit und nahm uns sogleich unter seine Harris-Tweed-Fittiche.

Nachdem er unser Gepäck und uns, die wir müde und erschöpft vom Jetlag waren, in seinem blitzblanken, gepflegten Mercedes-Benz verstaut hatte, fuhr er los Richtung *autostrada*.

»Ah, la Parma«, sagte er schwärmerisch. »Die Königin der Städte. Die Stadt der Künste, der Musik, des Essens – *incredibile*, die Küche dort.« Wie sich herausstellte, stammte Giuseppe ursprünglich aus Parma, und litt, wie die meisten Italiener, an einem chronischen Fall von *campanilismo*, uneingeschränkter Liebe zur eigenen Heimatstadt.

Ungefähr zwei Stunden später trafen wir im Hotel Palace Maria Luigia ein, im Herzen von Parma, und während Sonya uns an der Rezeption anmeldete, rief ich Sally vom Haustelefon aus an.

»Hallo, wie geht's?«, sagte ich, als sie sich meldete.

»Ist das Signorina Casey Costello am Apparat?«

»Sì, Signora Woods. *Come stai?*«

»Einen Moment, bitte. Das muss ich erst nachschlagen.« Ich hörte, wie Seiten umgeblättert wurden. »*Molto bene. Grazie.*«

»*Brava*. Was treibst du gerade?«

»Ich gehe nur noch mal die Skripts durch. Komm doch mit Sonya hoch zu mir auf mein Zimmer.«

»Gut! Wir laden nur schnell unser Gepäck ab und kommen dann gleich.«

»*Arrivederci*«, sagte sie.

»*Ciao.*«

»Ja richtig. *Ciao.*«

Sally hatte ein atemberaubendes Penthousezimmer mit riesigen Fenstern, mit Blick auf das Stadtzentrum. Wir drei standen da und genossen die Aussicht, und mir wurde erst in diesem Moment richtig bewusst, dass ich nun in Italien war, bei meinem Volk. Ich fühlte mich hier tatsächlich schon heimisch und wünschte mir nur von Herzen, meine Mutter und Nonna könnten bei mir sein.

Keine von uns dreien hatte etwas Richtiges gegessen, und so machten wir uns auf den Weg und fanden eine Trattoria in der Nähe des Hotels, wo die Speisekarte nur auf Italienisch geschrieben war, ein gutes Zeichen. Fast jedes der Gerichte war eine Spezialität aus der Gegend. Das war daran zu erkennen, dass hinter jedem Namen die Worte *di Parma* folgten. Dies bedeutet, dass bei der Zubereitung entweder Parmesankäse oder Parmaschinken verwendet wird, oder beides, wenn man Glück hat.

Sonya bestellte *tortelli d'erbetta di Parma*, eine Art längliche Ravioli, mit einer Füllung aus den gekochten Stängeln und Blättern von Roter Bete, Ricotta und Parmesankäse, serviert mit flüssiger Butter und noch mehr Parmesan. Sally und ich wählten *tagliatelle di Parma*, lange dünne Eiernudeln mit einer Sauce aus Butter, Parmaschinken, Tomaten, viel Sahne und Parmesankäse. Schlimmer geht's nicht mehr. Als zweiten Gang bestellten wir alle drei *rollatini di vitello di Parma*, kleine Rouladen aus dünnen Kalbsschnitzeln, gefüllt mit Parmaschinken und Parmesankäse und geschmort in Marsala.

In den folgenden beiden Stunden schwelgten wir in den

diversen Spezialitäten *di Parma*, tranken Wein aus der Gegend und probierten unser Italienisch an den Obern aus.

Sonya konnte lediglich sagen: »Guten Tag«, »bitte« und »danke« und »Wo ist die Toilette?«, doch Sally hatte gebüffelt und kannte eine Menge nützlicher Ausdrücke, wie etwa »*una bottiglia di vino rosso*«, »*subito*« und »*il conto, per favore*«. Ich verstand das meiste, was man zu mir sagte, und mit ausreichend Rotwein war ich auch in der Lage, auf alles zu antworten. Sally und Sonya meinten, ich klinge genau wie eine Italienerin. Das muss wohl an den Genen liegen.

Sally erwähnte London mit keinem Wort, und wir auch nicht. In stiller Übereinkunft schienen wir drei dieses Thema zu meiden. Nach Dessert und Espresso beglich Sonya *il conto*, auf Kosten der Fernsehanstalt, versteht sich, und wir spazierten durch den Parco Ducale zurück zum Hotel. Diese ausgedehnten Grünflächen mitten in der Stadt waren einfach überwältigend. So ähnlich musste es den Touristen in New York beim Anblick des Central Park ergehen.

»Schaut euch nur diese hohen Bäume an«, sagte Sally.

»Viele davon wurden schon im sechzehnten Jahrhundert gepflanzt, als die herrschende Dynastie der Farnese diesen Park anlegen ließ«, erklärte Sonya. »Dann, in der Mitte des achtzehnten Jahrhunderts, gestaltete ein Franzose namens Petitot den Park um, für die französischen Herrscher von Parma, die aus dem Haus Bourbon stammten. Deswegen ist er auch im französischen Stil gehalten.«

Sonya wusste über derlei Dinge so gut Bescheid, weil sie vorher über alle Städte auf unserem Programm eingehend recherchiert hatte, um entscheiden zu können, welches Material für die sogenannte B-roll zur Verfügung stehen sollte.

B-roll, das sind in unserem Fall viele Stunden Filmmaterial, die ein Kamerateam in einer Stadt aufnimmt, ohne dass das Kochtalent auf dem Film erscheint; ein Cutter schneidet dieses Material anschließend zusammen zu einer Art Einführung in das Thema, die nur wenige Sekunden lang ist; sie dient dazu, das Publikum auf die Örtlichkeit oder die Atmosphäre einzustimmen. Sally spricht dazu den Begleitkommentar und erklärt den Zuschauern die Bilder, die sie sehen.

»Nun, der Park ist einfach wunderschön«, sagte Sally. »Und ich liebe es, wie die Italienerinnen Arm in Arm spazieren zu gehen. Ich finde, so sollten Freundinnen gehen.« Sie hängte sich bei Sonya und mir ein. »Kennst du irgendwelche italienischen Lieder, Casey?«

»Ist der Papst katholisch?«, fragte ich zurück, und dann brachte ich den beiden »Funicoli, Funicola« bei, das Lied, das Nonna mir und meinen Cousinen und Cousins als Kinder beigebracht hatte. Ich habe wohl beim Text ein paar Mal mogeln müssen, aber wer hätte das gemerkt? Eine einzige Mahlzeit in Italien, und schon fühlten wir uns als Italienerinnen. Morgen würde ich ihnen zeigen, wie man Tarantella tanzte. Wir waren ein albernes, ausgelassenes Trio, als wir ins Hotel zurückkamen. Wir besprachen noch rasch, wohin wir am Abend essen gehen würden, dann fielen wir erschöpft ins Bett und machten Siesta. Was für ein Land!

Trotz der Tatsache, dass für meinen Körper noch Mitternacht, New Yorker Zeit war, war ich bereits hellwach und aufgedreht, als Giuseppe uns am nächsten Morgen um sieben abholte. In allen Städten auf unserem Programm würde der Tagesablauf der gleiche sein. Vormittags waren Sonya,

Sally, der Regisseur und das Kamerateam unterwegs, um mit Sally an einem kulinarisch interessanten Ort zu drehen. Ich fuhr in das entsprechende Restaurant, um mit unserem italienischen Gastkoch zu arbeiten, sprich, alles für die Dreharbeiten der Kochshow am Nachmittag vorzubereiten. Mir war klar, dass dieser Zeitplan mir nur sehr wenig Zeit ließ, um mit Sally allein zu sein, und dabei hätte ich so gern mit ihr über das Minenfeld geredet, das sie umgab und ihr das Leben schwer macht. Andererseits, vielleicht war es wirklich besser, dieses Thema ganz auszublenden, solange wir in Italien waren.

Giuseppe ließ mich aussteigen, dann fuhr er Sally und Sonya weiter an den Drehort, wo das Kamerateam auf sie wartete. Neben anderen kulinarischen Wunderdingen würde gefilmt werden, wie Sally beim Besuch eines Parmigiano-Reggiano-Produzenten Käsebruch und Molke rührt und danach die kleinen Schweinchen tätschelt, die die Molke zu fressen bekommen, damit einmal schöner Parmaschinken aus ihnen wird.

Mein Ziel an jenem ersten Arbeitstag war ein Restaurant, ein ehemaliges Bauernhaus, doch musste es früher wohl einem reichen *padrone* gehört haben und nicht solchen armen Leuten wie meine bäuerlichen Vorfahren, die laut den Erzählungen meiner Nonna froh gewesen waren, wenn sie einen festgestampften Lehmboden unter den Füßen hatten. Das Bauernhaus war ein einstöckiges Gebäude mit einem Dach aus Terrakotta-Ziegeln und einer massiven alten Eingangstür; an dieser Tür hing ein Zettel, *APERTO OGGI PER TV AMERICANO*. Das Restaurant war ein reiner Familienbetrieb, an dessen Spitze die fünfundsiebzigjährige *Nonna* stand, unser »Talent«. Anna Maria erinnerte mich an meine eigene Nonna. Sie war klein, rundlich und großmütterlich. Ich schätzte, dass sie am Morgen beim Friseur gewesen war, denn jede Strähne ihres grauen Haares war zu einer perfekten Locke gedreht, außerdem roch ich Haarspray; ihre Fingernägel waren frisch lackiert, in einem leuchtenden Rosa. Ihr blassrosa Hauskleid war gestärkt und gebügelt. Ich *liebte* sie.

Sie wollte *tagliatelle di Parma* für uns kochen, das gleiche Gericht, über das Sally und ich am Vortag beim Mittagessen in Verzückung geraten waren.

Kurz vor zwölf Uhr waren wir mit dem Aufbau des Set fertig, als unsere *TV americano*-Gruppe in dem Mercedes und einem Lieferwagen vorfuhr. Sonya stellte mich dem Aufnahmeteam vor: Nicole, für die Maske verantwortlich, war Italienerin. Das Kamerateam, die Tontechniker und Beleuchter waren Engländer. Sonya hatte des Öfteren schon mit ihnen zu tun gehabt und mir erzählt, wie hart sie arbeiteten und was für toughe Kerle sie seien. Letzteres schien mir sehr plausibel; sie wirkten auf mich wie eine Heavy-Metal-Band aus den siebziger Jahren, außerdem nannte sich der Chefkameramann Rocket. Einen solchen Spitznamen bekommt man nicht, wenn man Vorsitzender des Schachclubs ist. John, der Regisseur, war Amerikaner; ich hatte ihn schon mehrmals bei diversen Dreharbeiten erlebt. Er war ein lockerer, lässiger Typ, und er und Sonya arbeiteten prima zusammen.

Während die Crew ihre Kameras und Ausrüstung aufbaute und Nicole sich um Anna Marias Make-up kümmerte, machte eine ihrer Töchter für uns Mittagessen, *fritti di Parma*. Sie rollte kleine Stücke Nudelteig hauchdünn aus und frittierte sie in Olivenöl, bis sie sich zu kleinen Kissen aufblähten. Dann ließ sie sie auf Küchenpapier abtropfen, schnitt sie auf und füllte sie mit dünn geschnittenem Parmaschinken und Parmesankäse. Sie schmeckten einfach himmlisch.

Als wir endlich anfangen wollten zu drehen, hatten sich in der Küche in der Zwischenzeit alle möglichen Kinder, Enkelkinder, Ehegatten und sämtliche Nachbarn eingefunden. Der Raum war groß genug, um sie alle aufzunehmen, und nachdem wir ihnen eingeschärft hatten, keinen Laut von sich zu geben, machte John einen Probedurchlauf, bevor wir mit den Aufnahmen begannen. In einem Mischmasch aus Italienisch und Englisch demonstrierten sodann Anna Maria und Sally uns und somit Millionen von Fernsehzuschauern, wie man perfekte *tagliatelle di Parma* zubereitete.

»*Prima la pasta*«, erklärte Anna Maria, schaufelte Mehl aus einer großen irdenen Schüssel auf die Arbeitsplatte und formte es zu einem Hügel.

»Sieht aus wie etwa drei Tassen«, kommentierte Sally.

»*Si*. Jetzt machen wir *una fontana*.« Mit ihren Händen drückte Anna Maria eine Mulde in den Hügel, formte einen »Brunnen«, wie sie es nannte, und schlug drei Eier hinein.

»Das sind drei große Eier«, sagte Sally. Sie stammten von Anna Marias eigenen Hühnern, deshalb gab es auch keinen Eierkarton, auf dem die Größe vermerkt war, aber Sally erkannte auf einen Blick, zu welcher Kategorie sie gehörten.

»*Mesedutele con una forchetta*.« Anna Maria verquirlte die Eier rasch mit einer Gabel zu einer satt orangegelben Masse, verrührte sie anschließend nach und nach mit dem Mehl und stützte dabei mit der anderen Hand die Außenwand ihres Mehlhügels ab.

»Mit der Gabel vermischt sie nach und nach immer mehr Mehl von der Innenwand mit den Eiern«, erklärte Sally. Als die Eier-Mehl-Mischung nicht mehr flüssig war, legte Anna Maria die Gabel beiseite und schob mit beiden Händen das restliche Mehl hinein. Dann drückte sie die Masse zusammen, bis sie fast schon einem Nudelteig ähnelte. Sally drückte prüfend die Fingerspitzen hinein und meinte, er wäre noch krümelig, würde aber bereits zusammenhalten.

»Jetzt muss man als Erstes die Arbeitsfläche wieder schön sauber machen.« Anna Maria schob den Teig beiseite und schabte Mehl und Teigreste zusammen. »Dann knetet man *la pasta*.« Sie drückte den krümeligen Teig mehrmals mit dem Handballen ein, faltete ihn zusammen, drehte ihn auf die andere Seite und fing von Neuem an: drücken, falten, wenden.

»Wie oft machen Sie das?«, fragte Sally.

Anna Maria zuckte mit den Schultern. »Bis er schön elastisch ist und sich wie Nudelteig anfühlt. Vielleicht *dieci minuti*.« Sie zog das Geschirrtuch von der Teigkugel, die wir schon am Vormittag geknetet hatten, und reichte sie Sally. »Wie der da«, sagte sie.

Sally tätschelte den Teig und erklärte, er sei »so weich wie ein Babypopo«. Dann fragte sie: »Was kommt als Nächstes?«

»Jetzt walzen wir ihn aus.« Anna Maria holte die Nudelmaschine vom Ende der Arbeitsplatte und stellte sie in die Mitte, so wie wir es am Vormittag geprobt hatten. Sie riss ein Stück Teig ab und drehte es ein paar Mal durch die Maschine, wobei Sally immer das Teigblatt entgegennehmen durfte. Als der Teig schließlich so dünn war, wie er Anna

Marias Vorstellung entsprach, nahm Sally den ausgerollten Teig entgegen und legte ihn wie ein Tuch über ihre beiden Hände.

»Der ist einfach perfekt, Anna Maria. Er ist so hauchdünn, dass man hindurchsehen kann. Wie schneidet man nun die *tagliatelle*?«

Anna Maria, Gott segne sie, hatte sich alle unsere Bühnenanweisungen gemerkt und war gerade dabei, den Aufsatz der Nudelmaschine auszuwechseln. Dann nahm sie den Teigfladen aus Sallys Händen, legte ihn auf die Arbeitsfläche und schnitt ihn in drei Streifen. Den ersten durfte Sally durch die Maschine drehen. »Die sind wunderbar!«, rief Sally bewundernd, als ein Strang perfekt geschnittener Bandnudeln aus der Maschine kam. Anna Maria nahm die Nudeln und drehte sie mit einer geschickten Bewegung zu einem kleinen Nest auf, das sie auf ein bemehltes Geschirrtuch zu den anderen Nudelnestern legte, die wir bereits am Vormittag vorbereitet hatten.

An dieser Stelle mussten wir unterbrechen, damit die Kamera zum Herd fahren konnte, wo in einem großen Topf das Nudelwasser blubberte und eine geräumige Pfanne mit hohem Rand bereitstand für die Sauce. Wir gaben Butter in die Pfanne, und als sie fast geschmolzen war, nahmen die Kameras ihre Arbeit wieder auf.

»Sie haben etwa sechs Esslöffel Butter in der Pfanne geschmolzen, Anna Maria. Wie geht es nun weiter?«, fragte Sally.

»*Adesso, il prosciutto di Parma.*« Anna Maria hielt einen Teller mit dünn geschnittenen Streifen Parmaschinken vor die Kamera.

Sally schob sich einen in den Mund und kommentierte:

»Etwa eine Tasse Parmaschinken, in dünne Streifen geschnitten.«

Anna Maria hielt nun Sally den Teller hin. Sally hob abwehrend die Hand und schüttelte den Kopf, also gab Anna Maria die Schinkenstreifen in die Pfanne und rührte ein wenig um. Dann goss sie aus einem kleinen Krug Sahne in die Pfanne.

»Das sind etwa zwei Tassen echter Süßrahm. Und das muss nun zum Kochen gebracht werden und einkochen«, erklärte Sally. Dies war das Stichwort für John, die Kamera zu stoppen, bis die Sahne eingekocht war. Dann fuhr er mit dem Drehen fort, eine Naheinstellung der reduzierten Sahne.

»Die Sahne ist nun auf etwa eine Tasse eingekocht«, sagte Sally, dann fragte sie Anna Maria nach dem nächsten Schritt.

»*I pomodori.*« Anna Maria gab ein paar Esslöffel Tomatenmark in die Pfanne, und sogleich verfärbte sich die weiße Sauce zu einem blassen Rosa, das in etwa der Farbe ihrer Kleiderschürze entsprach. Sie würzte mit Salz, Pfeffer und geriebener Muskatnuss, sagte »*basta*« und wandte sich dann dem kochenden Nudelwasser zu. Sie gab zwei Esslöffel Salz dazu und legte die Nudelnester hinein. Nach ein paar Minuten, die man am Ende wegschneiden würde, holte sie mit einem langstieligen, abgenutzten Pastalöffel die langen Bandnudeln wieder heraus, gab sie in die Pfanne, vermengte sie mit der Sauce und krönte das Ganze mit einem Schneeberg frisch geriebenen Parmesans. Sie füllte eine Portion des Gerichts in einen tiefen Teller und reichte ihn Sally, die bereits eine Gabel in der Hand hielt.

»*Mangia*«, befahl Anna Maria.

Sally ließ sich das nicht zweimal sagen und erklärte, das Gericht sei *delizioso.*

John erklärte, die Szene sei auch *delizioso*, und unter vielen Umarmungen, *grazie* und *arrivederci* packten wir unsere Sachen zusammen und machten uns auf den Weg nach Bologna, der »Fetten«.

Bologna trägt diesen Beinamen wegen der üppigen Küche, für die die Stadt berühmt ist. Als wir in unserem Hotel ankamen, war es gerade Zeit, zum Abendessen zu gehen. Wir beeilten uns an der Rezeption, ließen unser Gepäck vom Pagen auf unsere Zimmer bringen und machten uns auf die Suche nach dem Restaurant, das man Sonya wärmstens empfohlen hatte. Unser Hotel lag in der Altstadt nahe dem Hauptplatz, der Piazza Maggiore, und bald schon führte uns unser Weg durch die berühmten Bologneser Arkaden. Sally meinte, was für eine gute Idee es gewesen sei, diese »Arkadenschirme« zu bauen, falls es regnete.

»Es steckt eine interessante Geschichte dahinter«, sagte Sonya. Junge, das war vielleicht praktisch, sie dabeizuhaben. »Im elften Jahrhundert war Bologna eine sehr reiche Stadt, aber schon sehr dicht bevölkert«, erzählte sie. »Die Menschen kamen aus allen möglichen Ländern hierher, weil es hier die erste Universität in Europa gab – gegründet 1088. Der Platz war zu knapp für neuen Wohnraum, also begannen die Leute, die oberen Stockwerke ihrer Häuser über die Gehwege auszubauen, und so entstanden diese Arkaden. Die erste wurde 1211 gebaut, denke ich. Bald schon erließ die Stadt ein Gesetz, dass jeder, der ein Haus bauen wollte, einen Bogengang über der Vorderfront errichten musste. Diese Arkaden erstrecken sich über viele Kilometer.«

»Wie faszinierend«, kommentierte Sally.

»Mann. Ich liebe mein Volk«, sagte ich.

Wir setzten unseren Weg unter den Arkaden fort, blieben hier und da stehen, um die Architektur zu bewundern oder in ein Schaufenster zu gucken, bis wir Sonyas Restaurant erreichten.

Man servierte dort traditionelle für die Stadt typische Küche, deshalb beschlossen wir, *bollito misto* zu bestellen. *Bollito misto* bedeutet »Gemischt Gekochtes«, und in diese Mischung scheinen die unterschiedlichsten Fleischstücke hineinzukommen. Unser Ober rollte einen speziellen Servierwagen an unseren Tisch und schöpfte eine Zutat nach der anderen aus der leise siedenden Brühe. Er verteilte auf unseren Tellern Portionen von Kalbszunge, Kalbsbrust, Huhn, Rinderbrust und eine Wurst, eine typische Bologneser Spezialität, die, wie er uns erklärte, *cotechino* hieß und mich an die milden italienischen Würste von Zuhause erinnerte. Damit wir nicht das Gefühl hätten, wir würden für unser Geld nicht genügend bekommen, legte er noch ein paar Salzkartoffeln dazu. Er stellte zwei verschiedene kalte Saucen auf den Tisch, Senf und eine Art Relish aus Senffrüchten, *mostardo* genannt, und ließ uns dann allein, damit wir ungestört essen konnten, bis wir platzten. Ich bereute es sehr, dass ich Mary erlaubt hatte, mir die Hose mit dem elastischen Taillenbund auszureden.

Als wir schließlich wirklich nicht mehr konnten und sogar das Dessert verweigerten, das er uns verführerisch vor die Nase hielt, meinte er, »*fate una passeggiata*«. Er riet uns also, einen Spaziergang zu machen, aber damit wollte er uns keinesfalls hinauswerfen. Die Bürger von Bologna lieben ihren abendlichen Bummel unter den Arkaden. Bei der reichhaltigen Küche hier leuchtet mir ein, dass man per Gesetz den Bau dieser Bogengänge fördern musste.

Ich begleitete Sally auf ihr Zimmer, fragte, ob sie Lust hätte, noch ein wenig zu plaudern, doch sie meinte: »Ich gehe augenblicklich schlafen. Nach diesem Essen bin ich völlig fertig. Gute Nacht, Süße.«

Trotz des langen Tages war ich noch nicht müde. Ich hatte mein Buch schon im Flugzeug zu Ende gelesen und dummerweise kein weiteres mitgenommen, deshalb versuchte ich ein bisschen fernzusehen. Nach einer italienisch synchronisierten Folge von »Friends« und den Nachrichten auf CNN wurde ich immer aufgedrehter. Da wir zwei Mal in Bologna übernachten würden, beschloss ich, etwas Unterwäsche auszuwaschen. Da stach mir auf einmal Sallys Tasche mit dem Handgepäck ins Auge, die wohl versehentlich auf mein Zimmer gebracht worden war. Sally würde die neuesten Esszeitschriften dabeihaben; sie reiste immer mit ausreichender Reiselektüre. Wahrscheinlich schlief sie bereits tief und fest, also öffnete ich einfach den Reißverschluss und sah, dass mehrere Koch-DVDs in der Tasche steckten. Super. Ich hatte sie mir ohnehin ansehen wollen. Es waren fünf an der Zahl, aber nur eine war geöffnet worden, also nahm ich diese heraus und klappte meinen Laptop auf. Als ich die Hülle aufmachte, sah ich, dass zwei CDs drinnen lagen – eine beschriftet, die andere nicht. Ich schob die nicht beschriftete in meinen Laptop.

Eine Minute lang sah man gar nichts, dann erschien auf einmal Peter Woods auf meinem Monitor. Er saß an einem Tisch in einer kleinen, mir unbekannten Küche und redete mit einem Mann, der neben ihm saß. Ich war einen Moment verwirrt, denn Peter redete nicht Englisch, und ich dachte, vielleicht ist dies eine Verballhornung – Parodien auf Sally waren nichts Neues. Doch nichts an diesen Bildern wirkte komisch, schon gar nicht, als der andere Mann mit der Faust auf den Tisch schlug und heftig auf Peter einschimpfte.

»Boris. Sprich Englisch«, unterbrach ihn Peter. »Du weißt, ich kann deinem Russisch nicht folgen, wenn du so tobst.«

»Ich hab dir doch gesagt«, erwiderte Boris und hieb erneut mit der Faust auf den Tisch. »Ich werde nur die Summe bezahlen, auf die wir uns geeinigt haben. Keinen Dollar mehr.«

»Wir haben uns auf diese Summe geeinigt, ehe ich dieses neue Material bekommen habe. Was ich jetzt habe, ist viel mehr wert.« Peter legte die Unterarme auf die Tischplatte und beugte sich zu dem andern Mann hinüber. »Wenn du mich einfach nur mit demjenigen reden lassen würdest, der in dieser Sache die Entscheidungen trifft – ich weiß, dass ich ihn überzeugen kann. Ich glaube nicht, dass du verstehst, wie groß diese Sache ist. Für dieses Material wirst du fünf-, ja zehnmal so viel Geld allein von den Iranern bekommen. Nordkorea wird sogar noch mehr zahlen. Warum arrangierst du nicht ein Treffen zwischen mir und demjenigen, der das Sagen hat?«

»*Ich* habe das Sagen. Ich, Boris Davinsky. Ich bin mein eigener Boss.«

»Wir wissen beide, dass das Unsinn ist.«

An diesem Punkt schnellte Boris hoch und stieß wütend den Tisch um. Ich sah, wie Peters Arme hochflogen, dann wurde das Bild schwarz.

Ich starrte darauf, und dabei klopfte mein Herz so wild, dass ich mehrmals tief durchatmen musste, bis es sich wieder etwas beruhigt hatte. »Oh mein Gott!«, sagte ich laut. »Oh mein Gott!« Das also hatte Sally über Peter herausgefunden.

Er hatte irgendwelches Material an einen russischen Schlägertyp verkauft, der es an Leute weiterverkaufte, die nicht unsere Freunde waren. Peter war Atomphysiker gewesen, also konnte ich mir leicht ausmalen, um welche Art Material es sich handelte. Händeringend lief ich im Zimmer auf und ab.

Ich stellte mir den Mann vor, den ich so sehr bewundert, mit dem ich so viele fröhliche Abende verbracht hatte, und mir wurde regelrecht schlecht. Ich konnte nur ahnen, welches Entsetzen Sally gepackt haben musste, als sie etwas derart Unerhörtes über den Mann herausgefunden hatte, mit dem sie so viele Jahre glücklich zusammengelebt hatte. Ich holte die CD heraus, legte sie in die Hülle zurück und bedauerte zutiefst, sie je herausgenommen zu haben. Ich wollte nicht wissen, was ich jetzt wusste, obendrein war ich unschlüssig, ob ich es Sally sagen sollte. Wäre sie dankbar, jemanden zu haben, der ihre Verletzung nachempfinden konnte, oder würde ein Mitwisser die Sache erst recht schwierig für sie machen? Ich schaltete das Licht aus und wälzte mich lange unruhig im Bett hin und her, ehe ich einschlief, ohne zu einer Lösung gekommen zu sein.

16. Kapitel

Postpone the pain Mark Chesnutt

Verschiebe den Schmerz auf später.

Am nächsten Morgen klopfte ich auf meinem Weg in die Hotelhalle an Sallys Zimmertür. Ich gab Sally die Tasche mit dem Handgepäck und erklärte, diese sei wohl versehentlich auf mein Zimmer gebracht worden. Währenddessen beobachtete ich meine Freundin aufmerksam, wartete auf eine Reaktion, die eventuell den Anstoß für ein Gespräch über Peter gegeben hätte, doch Sally bedankte sich ganz normal und erklärte, sie habe das Gepäckstück nicht einmal vermisst.

Ich hatte mir vorgenommen, mit einem Gespräch zu warten, bis wir wieder zu Hause wären, es sei denn, Sally würde das Gespräch von sich aus auf Peter bringen. Ich würde sie in Washington besuchen, wo wir beide mehr Privatsphäre hätten. Bis dahin würde ich es Sally gleichtun und einfach weitermachen wie bisher.

Im Foyer trafen wir unser restliches Aufnahmeteam, und Sally und Sonya machten sich auf den Weg, um einen kleinen Film über Aceto Balsamico, Tortellini und eine 180 Pfund schwere Mortadella zu drehen. Mein Tagesziel war ein Bologneser Restaurant, in dem ich mit einem 180 Pfund schweren *buffone* verabredet war.

Gino Baffoni, der Gastkoch des heutigen Tages, war kleiner als ich, hatte aber dafür längere Haare, die überdies kohlrabenschwarz gefärbt waren. Er trug ein Hemd mit offenem Kragen, hatte sich ein rotes Seidentuch um den Hals geknotet, und seine Augen, ich lüge nicht, waren geschminkt. Er war Italiens *primo*, Kochbuchautor Nummer eins und eine TV-Berühmtheit; erzählte er mir jedenfalls, und zwar gleich in der ersten Minute unserer Begegnung.

»Sagen Sie mal«, fuhr er fort und stellte sich so nahe vor mich hin, dass ich seinen Salami-Atem riechen konnte, »wie stelle ich es an, damit meine Show im amerikanischen Fernsehen gesendet wird?« Mit diesen Worten überreichte er mir sechs sehr dünne Kochbücher im Taschenbuchformat und drei DVDs, die allesamt von ihm stammten.

Sehen Sie zu, dass Sie als ein anderer Mensch wiedergeboren werden, dachte ich bei mir. »Damit habe ich im Grunde wirklich überhaupt nichts zu tun«, erwiderte ich. »Ich bin nur die Köchin für die Vorbereitung.«

Augenblicklich nahm er seine Kochbücher und DVDs zurück und bedachte mich mit einem Blick, in dem sich Verachtung und rapide schwindendes Interesse mischten. Ich kannte diesen Blick. Er gehörte zum Standardrepertoire von Mrs. Alfano.

»*Allora*, wer ist dann der Boss? Wer ist in der Lage, meine Show ins amerikanische Fernsehen zu bringen?«

Sonya hätte mich umgebracht, wenn ich ihren Namen ins Spiel gebracht hätte, also ließ ich mir etwas einfallen. »Niemand, der sich in unserem Team hier befindet, käme dafür in Frage, aber es gibt da jemanden in New York, für den ist so etwas Routine. George Davis. Genau, der ist der richtige Mann für Sie. Ich kann Ihnen seine Nummer geben.«

Gino schien mit dieser Antwort zufrieden, führte mich in die Restaurantküche und ließ mich dort einfach stehen. Er war weder als Küchenchef in der Gastronomie tätig, noch gehörte ihm dieses Restaurant. Wir hatten es nur für die Dauer der Dreharbeiten gemietet. Die Fleischsauce, die wir unseren Zuschauern präsentieren wollten, *ragù alla bolognese*, war Ginos Rezept, und er war auch derjenige, der später auf dem Bildschirm erscheinen sollte, aber darüber hinaus wollte er offenbar keinerlei Anteil an der Produktion haben. Das war mir nur recht. Das Küchenteam des Restaurants versprach ohnehin viel mehr Spaß.

Keiner der Männer konnte richtig Englisch, doch dank meiner Italienischkenntnisse bekam ich heraus, dass ich die erste weibliche Person war, die je in ihrer Küche arbeiten würde. Die Köche fanden diese Situation höchst amüsant. Außerdem schienen sie der Meinung zu sein, ich wäre zu zerbrechlich, um einen Kochtopf hochzuheben, mich in die Nähe des Herds zu wagen oder mit Messern zu hantieren, deshalb überschlugen sie sich förmlich in ihrem Eifer, mir zur Hand zu gehen. Mir gefiel das ungemein, und ich spielte ernsthaft mit dem Gedanken, die ganze Truppe mit zurück in die Staaten zu nehmen. Wir waren früher als erforderlich mit unseren Arbeiten und der Zubereitung des Mittagessens fertig, machten uns zum Abschluss Cappuccino und verzogen uns nach draußen in den Innenhof, damit wir uns weiter beschnuppern und miteinander schäkern konnten.

Als unser Aufnahmeteam eintraf, saßen wir immer noch gemütlich im Innenhof und erzählten einander italienische Witze.

»Wären wir dann so weit, Casey?«, fragte Sonya gedehnt. Aus ihrem Tonfall entnahm ich, dass sie fürchtete, ich wäre total übergeschnappt, hätte meinen Job an den Nagel gehängt und würde mich von nun an nur noch mit italienischen Machos abgeben, die ganz gewiss nichts Gutes im Schilde führten.

»Aber natürlich. Wir haben auch schon das Mittagessen fertig. Wollt ihr nicht zuerst etwas essen?«

»Aber sicher«, meinte Sally.

»Wo ist Gino?«, fragte Sonya.

Grundgütiger. Den hatte ich völlig vergessen. »Ich weiß nicht genau.« Ich drehte mich herum und erspähte Gino genau in dem Augenblick, als dieser von der anderen Straßenseite auf uns zulief und dabei wild mit den Armen fuchtelte, um die Autofahrer zu bewegen, ihn die Straße überqueren zu lassen. Er stürzte direkt auf Sally zu.

»Signora Woods«, sagte er schwärmerisch und küsste ihr die Hand, »wie wunderschön, dass ich endlich meine amerikanische Kollegin kennenlernen darf. Wir haben so viel Gemeinsames, finden Sie nicht?«

Nein.

»Und das wäre?«, fragte Sally.

»Wir sind die besten. *Numero uno.*« Dabei schloss er die Hand zur Faust, hob sie über den Kopf und streckte den Zeigefinger.

»Essen wir erst einmal«, sagte Sally.

Nach dem Mittagessen mussten wir uns in das Unvermeidliche fügen: Gino vor der Kamera. Dreimal musste John ihn bitten, es zu unterlassen, sich im Monitor zu beobachten. Schließlich wurde der Monitor an einen anderen Platz geschoben, und wir konnten endlich mit dem Drehen beginnen.

Sally sprach die einleitenden Worte. »Ich bin hier zu Gast

bei Gino Baffoni, der uns zeigen wird, wie man eine echte Sauce bolognese zubereitet. Womit fangen wir an, Gino?«

Gino lächelte breit in die Kamera und legte los. »Wir haben hier gehack-e-tes Fleisch.« Er sprach dieses Wort aus, als hätte es vier Silben. »Ein paar gehack-e-te Karotten, gehack-e-te Selleriestangen, etwas gehack-e-te ...«

John drehte sich zu mir herum. »Was sagt er da?«, flüsterte er mir ins Ohr.

»Gehackte«, flüsterte ich zurück.

»Schnitt«, sagte John laut. Sally musste Gino darauf hinweisen, seinen Redeschwall zu unterbrechen, denn inzwischen war er schon beim gehack-e-ten Knoblauch angelangt.

»Äh, Gino. Könnten Sie stattdessen ›gehackte‹ sagen?«, bat John.

»Gehack-e-te«, sagte Gino.

»Nein, gehackte«, sagte John.

»Gehackt-ete«, sagte Gino.

»Äh. Gehackte. Ein Wort.«

»Hackte«, sagte Gino, woraufhin Sally ihm »GEHACKTE« mitten ins Gesicht brüllte. Es dauerte einen Moment, bis Gino sich wieder gefangen hatte, doch beim nächsten Take bekam er das Wort richtig hin und fing endlich mit der Zubereitung der Sauce bolognese an. In der Pfanne auf dem Herd war etwas Butter, die wir im Vorfeld bereits teilweise hatten schmelzen lassen, und Gino fügte nun einen Schuss Olivenöl hinzu. Dann rührte er das zuvor schon erwähnte gehackte Gemüse hinein, das nach ein paar Minuten (die man später wegschneiden würde) glasig gedünstet war.

Als er schließlich das sehr fein gehackte Fleisch zugab, sagte Sally erklärend in die Kamera: »Sie können auch qualitativ hochwertiges Rinderhackfleisch nehmen.«

Gino goss das Ganze mit etwas Milch auf, ließ sie einkochen und fügte dann zerdrückte Tomaten, Rotwein und Brühe hinzu. »Jetzt muss die Sauce zwei, drei Stunden köcheln, bis sie fertig ist«, sagte er abschließend.

Die Kameras stoppten, und wir tauschten die Pfanne gegen eine identische Pfanne aus, in der sich eine fertige Sauce bolognese befand. Außerdem füllten wir heißes Wasser und fertig gegarte Spaghetti in den Topf, der leer auf dem Herd gestanden hatte. Als die Kameras wieder liefen, gab Gino eine Portion Spaghetti aus dem Topf in einen tiefen Pastateller, und Sally schöpfte ein wenig Sauce darauf. Er bestreute das Gericht mit geriebenem Parmesan, und Sally kostete, zeigte sich begeistert, dankte Gino und sagte *arrivederci* in die Kamera und noch einmal, mit mehr Nachdruck, zu Gino. John meinte, der Film sei im Kasten, und Sally schickte sich an zu gehen, aber Gino hielt sie am Arm fest.

»Signora Woods. Heute Abend gebe ich eine besondere Kochdemonstration in Il Teatro. Ich fürchte, es wird wohl keine freien Plätze mehr geben, aber wenn Sie mir die Ehre Ihres Besuchs erweisen würden, könnte ich Sie natürlich irgendwie in den Saal lotsen.«

Tja. Aber wer würde sie wieder herauslotsen?

Sonya, Sally und ich hatten uns an jenem Abend mit dem restlichen Team in der Hotelhalle verabredet, um gemeinsam zum Essen zu gehen. Auf ihrer Tour durch die Stadt, um Filmmaterial für die B-roll aufzunehmen, hatten die Kameraleute ein schlichtes, familiäres Restaurant ausgemacht, das wir ihrer Meinung nach unbedingt ausprobieren sollten.

Das Restaurant erinnerte mich an das Wohnzimmer der Costellos an einem Sonntag, mal zwanzig. Das war nämlich die Anzahl der großen Esstische, die in mehreren Reihen die ganze Länge des Raums füllten. Die meisten Tische waren bereits besetzt von Familien mit Kindern, Jugendlichen im Collegealter, Zeitung lesenden Singles und Pärchen, die einander tief in die Augen blickten. In dem Lokal ging es fröhlich und lebhaft zu, köstliche Essensgerüche wehten durch den Raum, in der Ecke spielte ein Mann auf der Mandoline. Es war einfach perfekt.

Kaum hatten wir Platz genommen, wünschte uns eine Bedienung *buona sera* und stellte zwei Karaffen Rotwein auf den Tisch. Jetzt hatte sie die Hände frei, um zwei Stangen Weißbrot, die sie sich unter den Arm geklemmt hatte, ebenfalls auf den Tisch zu legen. Sie ging und kehrte nach einer Minute zurück mit einer Platte mit gewürfelter Mortadella und hauchdünn geschnittenem Parmaschinken. Auf Italienisch teilte sie uns mit, es gebe keine Speisekarte, aber bei den Nudelgerichten hätten wir die Wahl: *tagliatelle alla bolognese* oder *tortelloni di bietola al burro e formaggio*. Alle blickten mich erwartungsvoll an, damit ich übersetzte.

»Es gibt nur zwei verschiedene Nudelgerichte zur Auswahl. Ihr könnt *tagliatelle* nehmen – die Nudeln, die Anna Maria gekocht hat – mit einer Sauce bolognese. Diese Sauce kennt ihr ja alle. Gehack-e-tes Fleisch und gehack-e-tes Gemüse.«

»Warte nur, gleich wird dein Kopf abge-hack-e-tet sein«, sagte John.

»Schon gut, schon gut. Oder ihr könnt *tortelloni* nehmen – ähnlich wie Ravioli –, gefüllt mit Mangold und Ricotta und serviert mit Butter und Parmesan. Gut. Wer *tagliatelle* will, hebt die Hand.«

Ich zählte für die Bedienung ab und fragte auf Italienisch, ob man beim Hauptgericht wählen könne.

»Nein, signora«, erwiderte sie. »Il secondo è maiale al latte.«

»*Molto bene*!«, rief ich begeistert, und die Bedienung schien erfreut, dass die fehlende Auswahl mich nicht im Geringsten störte.

»Was gibt es zu essen?«, fragte Rocket.

Ich kannte das Gericht, nicht von Zuhause, sondern aus meiner Kochausbildung. »Es ist eine Bologneser Spezialität, Schweinelende, geschmort in Milch.«

»Oh, das klingt aber nicht so toll.« John rümpfte die Nase.

»Das klingt wie britisches Essen. Zu Tode gekochtes Fleisch«, ergänzte Rocket.

»Wartet nur, bis ihr den ersten Bissen im Mund habt. Das Fleisch wird unglaublich zart und saftig, und die Milch verkocht zu einer köstlichen, nussigen Sauce. Es schmeckt unglaublich gut.« Ich bemühte mich, das Gericht als so köstlich zu beschreiben, wie es in der Tat war, aber die anderen blickten eher skeptisch drein. Nun ja, sie hatten keine andere Wahl.

John kam auf den Drehtag zu sprechen, der hinter uns lag. »Sag mal, Sonya, wo hast du bloß diesen Gino aufgetrieben?«

»Ich habe ihn nicht aufgetrieben. Wir hatten eigentlich die Leiterin einer hiesigen Kochschule verpflichtet, aber ihre Mutter ist letzte Woche gestorben, und sie musste absagen. Ginos Namen wurde mir einfach von unserer Redaktion als Ersatz genannt. Wir hatten keine Videos zur Verfügung, sonst hätten wir ihn uns ja vorher ansehen können. Das war ein ganz schön hartes Stück Arbeit, dieser Typ.«

»Nun, mach dir mal keine Sorgen wegen dem Kerl«, sagte Rocket, »wir haben ohnehin meistens nur Naheinstellungen von seinen Händen gemacht.«

»Kaum zu glauben, dass so eine Nervensäge so eine köstliche Sauce zustande bringt«, bemerkte Sally.

»Wir haben vor einigen Monaten am Flughafen einen getroffen, der war auch so ein aufgeblasener Wichtigtuer«, erzählte Rocket. »Wir standen in der Warteschlange für eine dieser neunsitzigen Maschinen, die nach Dublin fliegen. Alle Flüge hatten Verspätung wegen des schlechten Wetters, und als es endlich losgehen sollte, nahmen sie die Passagiere der Reihe nach an Bord. Da stand dieser Bond-Street-Typ und meinte, er müsse unbedingt in der ersten Maschine mitfliegen, weil er vor der Mittagszeit in Dublin sein müsse. Nun, *wir alle* mussten vor Mittag in Dublin sein. Er quasselte ewig auf die Angestellte am Schalter ein, die schon völlig entnervt war von ihm. Und als er dann schließlich sagte, ›Wissen Sie, wer ich bin? Haben Sie überhaupt eine Vorstellung, wer ich bin?‹, nahm sie das Mikrofon zur Hand und sprach hinein: ›Könnte uns jemand hier am Schalter behilflich sein? Wir haben hier einen Herrn, der nicht weiß, wer er ist, und der zu seiner Identifizierung Hilfe benötigt.‹«

Rockets Geschichte gab den Anstoß für eine Reihe von Anekdoten, die schließlich zu Witzen führten, bei denen sogar mein Vater rot geworden wäre. Ich kam mir vor, als würde ich in der ersten Reihe bei einer nicht zensierten Comedyshow sitzen. Bei vielen dieser Witze wurden, der Anschaulichkeit wegen, Servietten zu Hilfe genommen, die als Nonnenschleier herhalten mussten, als Kopftuch oder auch als Windel. Die Jungs dieser Kameracrew waren sehr unartig, geradezu unverschämt amüsant, und sie schafften es, dass wir uns vor Lachen die Bäuche hielten.

Rocket hatte gerade einen Witz über einen alten Mann und seine jugendliche Braut zum Besten gegeben, als Sally sagte: »Kennt ihr den? Das Huhn und das Ei liegen zusammen im Bett. Das Ei schaut mürrisch drein, und das Huhn raucht eine Zigarette, da sagt das Ei: ›Ich denke, damit wäre wohl die Frage beantwortet, wer als Erstes gekommen ist.‹« Der Witz war umso komischer, weil eine Frau wie Sally ihn erzählte, und die Crew johlte vor Begeisterung und klatschte Beifall.

Rocket legte den Arm um Sally. »Was meinst du, Sal. Sollen wir beide uns später auf die Couch verziehen und ein bisschen schmusen?«

Sally und mein Vater sind die Einzigen, die ich kenne, die so herzhaft lachen können, dass ihnen die Tränen über die Backen kullern. Sally liefen die Tränen nur so herunter.

Als wir ins Hotel zurückkamen, lachten wir immer noch. »Ich habe seit Jahren nicht mehr so viel Spaß gehabt«, sagte Sally. »Ist das nicht ein Glück, dass diese Jungs in unserem Team sind?«

»Sie sind die größten. Einfach unschlagbar. Aua. Hast du eine Nagelfeile dabei, Sally? Ich hab mir heute Morgen einen Nagel abgebrochen, es fühlt sich immer noch total unangenehm an.« Wir standen gerade vor ihrem Hotelzimmer.

»Klar hab ich eine dabei. Komm mit rein. Wir könnten noch zusammen einen kleinen Schlummertrunk nehmen.«

Als Sally die Tür öffnete, lag ein Briefkuvert am Boden.

»Sie haben Post«, sagte ich in Imitation der AOL-Stimme. Ich riss das Kuvert auf, das mit dem Emblem des Hotels versehen war, und überflog die Nachricht:

Ich bin hier im Hotel, Zimmer 321. Melden Sie sich.
George Mannaggia.

17. Kapitel

What's he doing in my world? Eddy Arnold

Was hat er in meiner Welt verloren?

Montagmorgen wachte ich mit einer seltsamen düsteren Vorahnung auf. Anfangs glaubte ich, schlecht geträumt zu haben, und versuchte, mir den Traum in Erinnerung zu rufen. Dann kam mir jäh die Erkenntnis, dass die Wirklichkeit weit schlimmer war – ein regelrechter Albtraum schien uns bevorzustehen.

Nachdem ich Sally vergangenen Abend die Nachricht übergeben hatte, sah sie einen Augenblick lang so aus, als hätte ich einen Eimer eiskaltes Wasser über ihr ausgeschüttet.

Sie hatte nur gesagt: »Ich muss ihn gleich anrufen. Bis morgen dann, Schätzchen.«

Damit war der Abend gelaufen. Keine Rede mehr von einem Schlummertrunk. Kein Gelächter. Keine alte Sally mehr. Das Timing war denkbar schlecht. Heute war mein Geburtstag, und ich fragte mich allen Ernstes, ob das Ganze vielleicht ein übler Scherz von jemandem aus dem Team war, eine verquere Art von Geburtstagsgeschenk.

Ich rollte mich auf die Seite und schaute auf den Wecker. Sieben Uhr. Heute war Reisetag; laut Zeitplan würden wir um neun nach Florenz abfahren. Sonya war, das wusste ich, eine Frühaufsteherin, also duschte ich gleich, zog mich an, packte meine Sachen und klopfte um halb acht an ihre Tür. Wie ich erwartet hatte, war sie bereits seit einigen Stunden auf den Beinen.

»Alles Gute zum Geburtstag, Kindchen«, sagte Sonya und drückte mich fest an sich.

»Danke«, erwiderte ich. »Aber so gut wird er nicht werden. Rate mal, wer hier ist?«

»Wer ... ach, verdammt, oh nein?«

»Doch«, erwiderte ich und erzählte ihr von dem Kuvert.

»Nun, dagegen sind wir einfach machtlos. Ich frage mich, ob er erwartet, mit uns im Wagen nach Florenz fahren zu können.« Sonya sah aus, als überlegte sie – wahrscheinlich, wo der Bahnhof war, sollte George sich entschließen, mit uns zu fahren. »Hast du heute Morgen schon mit Sally gesprochen?«, fragte sie dann.

»Noch nicht. Ich wollte dich erst vorwarnen, damit du nicht von George überrumpelt wirst. Ich gehe jetzt gleich mal zu ihr rüber.«

»Ich verstehe das alles nicht. Er ist ja nicht einmal ein besonders guter Agent. Oder hast du Sally jemals sagen hören: ›Mann, habt ihr meinen neuen Werbespot gesehen? Ist der nicht toll?‹ Ich jedenfalls nicht. Kein einziges Mal.« Sie setzte sich auf die Bettkante und ließ die Schultern hängen. Sie wirkte völlig niedergeschlagen, zu gerne hätte ich ihr erzählt, dass George nur ein vorübergehendes Problem war.

Sonya holte tief Luft und schlug mit der flachen Hand auf die Oberschenkel. »Nun, wir dürfen nie das Ziel aus den Augen verlieren, wie Sally immer so schön sagt. Wir haben jede Menge Shows vor uns, und wir müssen dafür sorgen, dass alles reibungslos funktioniert, ganz egal, wie es hinter den Kulissen aussieht.«

Sie hatte keine Ahnung, wie schlimm es dort aussah. Ich verließ Sonyas Zimmer, ehe ich einknickte und ihr gestand, dass Sally weit mehr am Hals hatte als ein paar miese Werbespots.

»Herein. Die Tür ist offen«, rief Sally auf mein Klopfen hin. Ich wünschte, sie würde sich nicht dauernd bei unverschlossener Tür in ihrem Zimmer aufhalten, aber sie bekam so oft Besuch, dass sie es leid war, ständig aufstehen und zur Tür gehen zu müssen. Sally saß an einem kleinen Tisch beim Frühstück, das ihr der Zimmerservice gebracht hatte, und breitete die Arme aus, um mich zu umarmen.

»Alles Gute zum Geburtstag. Wie heißt das auf Italienisch?«

»Buon compleanno.«

»Buon compleanno, mia amica. Du siehst keinen Tag älter aus.«

Komisch. Seit gestern fühlte ich mich um Jahre gealtert. »Mille grazie, mia buon' amica.«

»Setz dich. Möchtest du mit mir frühstücken?«

Ich goss etwas Kaffee in ein Wasserglas und knabberte an einer etwas laschen italienischen Version eines Croissants.

»Casey, würdest du bitte Sonya erklären, dass ich heute nicht mit euch nach Florenz fahre? Ich treffe euch am Abend dort. Tagsüber bin ich mit George unterwegs.«

»Und was habt ihr vor?«

»Ich habe dir doch erzählt, dass er etwas hat, das ich gern haben möchte. Er bringt mich dorthin, wo ich es an mich nehmen kann.«

Ich ließ den Kopf hängen und fuhr mir mit den Händen durchs Haar. »Das alles soll endlich aufhören, Sally.«

»Das wird es auch, Casey, und heute Abend bin ich bei euch in Florenz, rechtzeitig zu deiner Geburtstagsfeier.«

Sonya und das Aufnahmeteam hatten beschlossen, mich zum Geburtstag auszuführen. Sie hatten in einem der nobleren Restaurants in Florenz ein Nebenzimmer reserviert und mir wiederholt versichert, dass mich mehr als nur ein normales Abendessen erwarten würde – »du wirst schon sehen«.

In diesem Moment jedoch fiel mir ein, dass George ebenfalls bei meiner Feier dabei sein würde, und meine Stimmung sank unter null.

»Das ist doch verrückt. Du darfst nicht mit ihm fahren. Sag ihm, er soll dir geben, was er hat, und dann soll er sich gefälligst verpissen. Er wird den Schwanz einziehen und sich fortschleichen wie eine miese Ratte.« Ich war auf dem besten Weg, mich in einen italienischen Wutausbruch hineinzusteigern, doch Sally unterbrach mich.

»Casey, wenn *ich* mich wegen dieser Sache nicht aufrege, solltest du es auch nicht. Ich hab dir doch gesagt, dass die ganze Geschichte bald vorüber sein wird.«

Bald war nicht schnell genug.

Kurz vor neun traf ich Sonya in der Hotelhalle und erklärte ihr Sallys Änderung des Reiseplans.

»Nun, wenigstens müssen wir dann nicht mit ihm zusammen in einem Auto sitzen. Ich hätte ihn ganz sicher erwürgt.«

»Ich denke, ich wäre schneller gewesen.«

Wir stiegen in den Mercedes, und Giuseppe informierte uns, dass wir nun leider die Emilia-Romagna verlassen und nach Süden fahren würden. Ich hatte den Eindruck, alles, was südlich ihres Heimatortes liegt, betrachten die Italiener als das Land der *banditi*. Da Mrs. Alfanos italienische Wurzeln weiter südlich lagen als die meinigen, konnte ich diese Denkweise sehr gut nachvollziehen.

Sonya erklärte Giuseppe, wir würden während der Fahrt nur italienisch sprechen. Ich beherrschte diese Sprache von Tag zu Tag besser, und auch Sonya lernte jeden Tag eine Menge einzelner Vokabeln dazu, doch ich hatte die Vermutung, dass sie hauptsächlich dafür sorgen wollte, dass ich die Unterhaltung bestritt, während sie sich in Ruhe zurücklegen und Mordpläne schmieden konnte.

Als wir Florenz erreichten, machte Giuseppe mit uns eine kurze Stadtrundfahrt, ehe er uns am Hotel ablieferte. Es sei zwar nicht Parma, meinte er, aber dennoch eine unglaubliche Stadt. Er hatte vollkommen recht; Florenz war in der Tat eine unglaublich schöne Stadt.

Ich meldete mich an der Rezeption an und folgte dann dem Pagen auf mein Zimmer. Meine Eltern hatten mir zum Geburtstag Geld mitgegeben, und ich konnte es kaum erwarten, mir dafür etwas besonders Schönes zu kaufen. Im Hotelzimmer zeigte mir der Page umständlich, wie alles funktionierte.

»Das hier ist für Heiß und Kalt«, sagte er, die Hand am Thermostat. »Und wenn Sie die Vorhänge öffnen oder schließen wollen, müssen Sie die Stange hin und her bewegen. *Spinga, tira. Spinga, tira.*« Er fasste an den Griff der Vorhangstange und demonstrierte mehrmals den Vorgang des Öffnens und Schließens. Als Nächstes würde er mir wohl zeigen, wie man das Licht an- und ausschaltet und die Dusche anstellt und den Telefonhörer abnimmt und wieder auf die Gabel legt. Ich nahm ein paar Euro aus meinem Geldbeutel und gab sie ihm. Ende der Lektion. Er wünschte mir noch einen angenehmen Aufenthalt und verschwand.

Ich schlüpfte rasch in ein Paar bequeme Schuhe und machte mich auf den Weg in die Stadt, um mich an meinem Geburtstag mit einer Shopping-Tour zu verwöhnen. Die teuren Geschäfte an der Via Tornabuoni, wo Signore und Signori Gucci, Armani, Versace, Prada und Escada residieren, waren überaus verführerisch, lagen aber außerhalb meiner finanziellen Reichweite. Dann schlenderte ich eine mit Kopfstein gepflasterte Nebenstraße der Tornabuoni entlang, in der in winzigen Läden wundervolle Sachen von Signor No-Name verkauft wurden, die sich Signorina Costello leisten konnte. Drei Stunden später schleppte ich mich ins Hotel zurück, beladen mit Geschenken für mich selbst und für meine Familie. Kurz vor dem Hotel lief mir George in die Arme, der gerade aus der Eingangstür auf die Straße trat. Seine Schuhe waren offensichtlich nagelneu, und irgendwie war es ihm gelungen, das einzige hässliche Paar aufzutreiben, das es in Florenz gab. Um den Hals trug er einen langen Schal mit schwarzen Fransen, auf dem deutlich sichtbar das Ferragamo-Etikett prangte. Nur mit Mühe wurde ich das Bild wieder los, wie ich ihn mit diesem Schal strangulierte.

»Hallo, George. Ist Sally schon da?«, fragte ich.

Er schaute mich mit abschätzigem Blick an, und einen flüchtigen Moment überlegte ich, in welcher von meinen Einkaufstaschen sich das Schweizer Armeemesser befand, das ich für meinen Vater erstanden hatte. »Momentan ja«, sagte er.

Ich biss die Zähne zusammen und erwiderte seinen abfälligen Blick. »Was soll das heißen, momentan?«

»Gerade noch so lange, wie Sie noch für sie arbeiten werden«, sagte er höhnisch und wieselte von dannen, rattengleich.

»Vaffanculo!«, rief ich ihm nach, aber da war er schon außer Hörweite. Leider trat eben in diesem Moment eine Frau mit ihrer kleinen Tochter aus dem Hotel auf die Straße. Sie hielt dem Kind die Ohren zu und schaute mich äußerst missbilligend an.

Meine Mutter hätte mich gesteinigt, wäre sie Zeugin dieser Szene gewesen. *»Mi dispiace«*, entschuldigte ich mich bei der Frau, aber sie ignorierte mich schlicht.

An der Rezeption bat ich den Portier um meinen Schlüssel.

»Ah ja, Signorina Costello. Ich habe eine Nachricht für Sie.«

Er reichte mir ein Kuvert mit dem Hotelemblem, und ich erkannte Sallys Handschrift. Sie teilte mir mit, dass sie wohlbehalten eingetroffen war, und bat mich, sie anzurufen. Ich blieb noch ein paar Minuten im Foyer, bis ich mich nach der unschönen Begegnung mit George wieder einigermaßen beruhigt hatte, dann ging ich, statt anzurufen, direkt zu ihrem Zimmer.

»Die Tür ist offen, herein.« Sally saß auf dem Bett und las. Allem Anschein nach hatte sie etwas geschlafen und war gerade erst aufgewacht. Sie klopfte auf die Bettdecke neben sich und bat mich, Platz zu nehmen.

Ich setzte mich ans Fußende. »Ich habe deine Nachricht bekommen.«

»Ja. Ich wollte dir Bescheid geben, dass ich zurück bin.« Ihr Blick fiel auf die Plastiktaschen, die ich auf dem Boden abgestellt hatte. »Du warst in der Stadt. Was hast du alles gekauft?«

»Alles, was ich mir leisten konnte.« Ich öffnete Tüten und Päckchen, riss Packpapier auf, um ihr meine Beute zu zeigen. Sie wollte, dass ich den Pullover anzog, den ich mir gekauft hatte, und inspizierte das Innenfach einer kleinen Lederhandtasche, die ich für meine Mutter ausgesucht hatte. Während ich alles aus- und wieder einpackte, erzählte ich ihr, dass ich zufällig George vor dem Hotel getroffen hätte.

»Er sagte, du wärst nur vorübergehend in der Stadt. Heißt das, dass du nicht bekommen hast, was du haben wolltest?«

»Stimmt. Die ganze Fahrt war völlig umsonst.« Ihre Stimme verriet Anspannung, dennoch schien sie immer noch in der Lage zu sein, leichthin über etwas so Alltägliches wie die Einkäufe in meinen Plastiktaschen zu reden, auch wenn sie dafür ihre ganze Kraft aufbieten musste.

»Und *wann* bekommst du es?«

»Am Samstag fahre ich noch mal mit ihm. Wenn die Dreharbeiten zu Ende sind.«

Vor meinem geistigen Auge formte sich das Bild von George, wie er mich draußen vor dem Hotel höhnisch angrinste. Mein Blut geriet in Wallung bei dem Gedanken, dass Sally mit ihm irgendwo hinfuhr. Das Ganze geriet aus den Fugen. Ich konnte doch nicht ruhig dasitzen, während Sally die Arbeit eines ganzen Lebens für einen Saftsack wie diesen George Davis wegwarf. Zwar waren mir die genauen Zusammenhänge nicht bekannt, doch war ich überzeugt, dass es am Ende darauf hinauslaufen würde.

»Sally«, sagte ich und rückte auf der Bettkante etwas näher, sodass ich ihre Hand berühren konnte. »Ich muss dir etwas sagen. Es fällt mir nicht leicht, aber, nun ja, ich weiß Bescheid über Peter.« Ich sagte dies alles sehr behutsam, dennoch riss sie erschrocken die Augen auf und holte einmal rasch und tief Luft. Ich fuhr fort: »Ich habe aus Versehen die CD angeschaut, als wir in Bologna waren – in jener Nacht, als das Hotel irrtümlich deine kleine Bordtasche in mein Zimmer gestellt hatte. Ich war auf der Suche nach etwas zum Lesen und dachte, es sei die Koch-CD.«

Ihre Augen füllten sich mit Tränen, und ich kam mir fürchterlich mies vor. »Das wirft einen um, nicht wahr?«, schluchzte sie. »Wie konnte ich jahrelang mit jemandem zusammenleben, ohne zu merken, was für ein Verräter er ist?«

Ich hatte keine Ahnung, wie ich auf diese Bemerkung reagieren sollte. Ich hielt ihr eine Schachtel Kleenex hin und sagte: »Es ging um diese CD, nicht wahr? George hatte sie im Besitz, und du wolltest sie haben.«

»Ja.«

»Aber nun hast du sie ja. Warum ist der Kerl immer noch hier?«

»Es gibt noch andere CDs. George hat gesagt, ein Mann namens Boris hätte alle ihre Treffen aufgezeichnet und wäre gewillt, mir die CDs für sehr viel Geld zu überlassen. Wir waren eigentlich heute mit ihm verabredet, aber er ist nicht erschienen, deshalb ist für Samstag ein erneutes Treffen vereinbart.«

»Wo?«

»In Slowenien.«

»Slowenien? Warum Slowenien?«

»Keine Ahnung. Jedenfalls ist er dort.«

»Mein Gott, Sally. Wie hat denn das Ganze überhaupt angefangen?«

»Wie aus heiterem Himmel. Etwa vor einem Jahr ist George an mich herangetreten und hat behauptet, er hätte etwas, das ich vielleicht gern haben möchte. Anfangs erzählte er mir eine Menge Details über Peters Zeit in Russland. Du weißt schon, er hat oft Reisen dorthin gemacht, als Mitglied eines russisch-amerikanischen Teams von Wissenschaftlern. Es hat mich erstaunt, dass George so viel über meinen Mann wusste, aber in meinen Augen war das kein Beweis, dass Peter tatsächlich all das getan hatte, was George behauptete. Dann zeigte er mir diese CD. Die du gesehen hast. Es war offensichtlich, dass Peter Verhandlungen geführt hat und irgendwelche Formeln verkaufen wollte. Er war Atomphysiker, also konnte ich mir zusammenreimen, welche Art von Formeln das war. George hat gedroht, diese Informationen den Medien zu übergeben, wenn ich nicht zahle.«

Ich malte mir aus, wie George in all den Talkshows auftreten würde, in *Morning in America*, gewandet in seine rote Hausjacke, und bei dieser Vorstellung wurde mir regelrecht schlecht.

»Wie kommt es, dass George überhaupt wusste, dass solche Aufzeichnungen existieren?«

Sally runzelte die Stirn. »Also, dieser Gedanke ist mir eigentlich noch gar nicht gekommen. Ich habe nie nachgefragt.«

»Sally, George ist absoluter Abschaum, eine widerliche Ratte. Er wird trotzdem mit diesen Informationen an die Öffentlichkeit treten.«

»Deshalb gibt es ja diese Verträge. Das war meine Idee. Ich habe mich bereit erklärt, ihm immens hohe Tantiemen zu zahlen für alle Einkünfte aus meiner gesamten Arbeit. Es war mir klar, dass er später immer weitere Forderungen stellen würde, ganz egal, was ich ihm bezahlte. Deshalb habe ich mit ihm von vornherein vereinbart, die Zahlungen die ganze Zeit weiterlaufen zu lassen. Ich wollte ihn einfach aus meinem Leben draußen haben.«

»Aber Peter ist tot, Sally. Ich weiß, du hast ihn geliebt, aber er lebt nicht mehr, und du darfst dir so etwas nicht antun, nur um jemanden zu schützen, den es gar nicht mehr gibt.«

»Ich tue es nicht für Peter oder für mich. Es ist wegen Ruth, seiner Schwester. Sie ist so eine gute Seele. Sie hat Peter praktisch allein aufgezogen, nachdem die Mutter so früh gestorben war. Ruth hat nie geheiratet, damit sie immer für ihn da sein konnte. Sie ist so stolz auf ihn, immer noch schwärmt sie allen möglichen Leuten von ihm vor. Wenn sie davon erfahren würde, wäre das ihr Tod.«

»Mein Gott, Sally. Du hast es hier mit einem Verbrecher zu tun. George muss für das, was er tut, unbedingt ins Gefängnis. Er ist nicht nur Abschaum, er ist ein Krimineller. Erpressung ist ein Verbrechen. Und wahrscheinlich kannst du die ganze Geschichte viel eher unter Verschluss halten, wenn du dich an das FBI wendest oder die CIA. Keine Ahnung, wer für solche Sachen zuständig ist. Aber egal, ich glaube nicht, dass irgendeine dieser Stellen ein Interesse daran hat, dass diese Information publik wird. Du musst veranlassen, dass sich die Behörden dieser Sache annehmen.«

»Wenn ich das alles herausgefunden hätte, solange Peter noch am Leben war, wäre ich augenblicklich zu seinem

Vorgesetzten gegangen, um dem Ganzen ein Ende zu setzen.« Sie schwieg, und während ich ihr Gesicht betrachtete, wusste ich, dass sie mit der entsetzlichen Vorstellung kämpfte, dass sie ihren Mann ins Gefängnis gebracht hätte oder schlimmer. »Peter ist tot und kann keinen Schaden mehr anrichten. Aber ich möchte die restlichen Aufzeichnungen sehen. Ich möchte sehen, ob er diesem Boris wirklich etwas verkauft hat. Falls das zutrifft, wende ich mich an die zuständigen Behörden.«

»Und falls nicht? Was dann? Wirst du dann einfach dein ganzes Leben lang George bezahlen?«

Sie schob energisch das Kinn vor. »Ruth ist weit über achtzig und nicht gerade bei bester Gesundheit. In der Minute, in der sie dahinscheidet, werde ich George anzeigen.«

»Darf ich dann dabei sein?«

Sie lachte. »Es tut mir leid, Schätzchen, dass ich dir seine Anwesenheit zumute.«

»Mir auch. Als ich ihn draußen vor dem Hotel traf, sagte er mir, dass ich bald nicht mehr zum Team gehören werde.«

Sally wich meinem Blick aus. Als sie sich wieder mir zuwandte, war ihre Stimme fest. »Er will unbedingt diese schreckliche Carol Hanger unter Vertrag nehmen. Ich habe ihm erklärt, dass ich das nicht zulasse.«

»Bist du sicher, dass er sich danach richtet?«

»Nein.« Ihre Stimme war leise geworden. »Aber ich tue alles, was in meiner Macht steht.« Dann schaute sie mich voll Zuversicht an. »Ich habe es tatsächlich geschafft, ihm zu sagen, dass er bei deiner Feier heute Abend nicht willkommen ist.«

Ich brachte ein klägliches Lächeln zustande. Man muss auch für kleine Dinge dankbar sein.

An jenem Abend zog ich ein Kleid an, das Mary für mich ausgesucht hatte.

Ich hatte ihr erklärt, ich würde so ein schickes Teil auf meiner Reise nicht brauchen, aber sie hatte mich eines Besseren belehrt.

»Du kannst nie wissen, mit wem du es zu tun bekommst, wenn du mit Sally und einem amerikanischen Fernsehteam unterwegs bist. Es könnte ein leibhaftiger Graf vorbeikommen oder ein Prinz oder Marcello aus *Unter der Sonne der Toskana*.« Kaum hatte sie den Namen Marcello erwähnt, legte ich das Kleid auf den Stapel der Kleidungsstücke, die ich nach Italien mitnehmen würde. Das Kleid war aus einem sehr dünnen, seidigen bräunlich-rosa Satinstoff, den man, laut Mary, Charmeuse nennt und den ich als das Zweitbeste hinter Gänseleber und weißen Trüffeln bezeichnen würde. Es hatte einen tiefen V-Ausschnitt, der nichts enthüllte, aber alles andeutete. Der Rock war wadenlang und hätte sogar Nonnas Zustimmung gefunden, wäre er nicht an einer Seite hoch geschlitzt gewesen.

Wir quetschten uns in den Van, damit alle Platz fanden. Sally stellte uns ihre Methode vor, wie es funktionierte. »Immer abwechselnd: einer setzt sich so hin, dass er nach vorn schaut, der andere nach hinten, und so weiter.« Ich gehörte zu denen, die nach vorn schauten, und bemühte mich redlich, Rocket, der zu der anderen Gruppe gehörte, daran zu hindern, meinen Rockschlitz mit seinem Knie zu öffnen. Ohne Erfolg.

Als wir im Restaurant eintrafen, sagte der Oberkellner: »Es gibt da ein kleines Problem. Wir haben ein paar Gäste, die sich schlichtweg weigern, das Nebenzimmer freizugeben.«

Wir standen alle im Hauptraum des Restaurants und schauten von dort in das kleine Nebenzimmer. Zwei Personen saßen dort allein an dem einzigen großen Tisch. Die Frau saß mit dem Rücken zu uns, sie hatte langes schwarzes glattes Haar und trug einen weichen lilafarbenen Schlapphut. Um ihren Hals hatte sie einen rosafarbenen plissierten Schal aus Seidenchiffon geschlungen, und zwar so, dass es von hinten aussah, als hätte sie ihn sich über den Mund gezogen. Der Mann saß neben ihr, wir konnten sein Gesicht sehen. Er hatte dichte blonde Locken, dicke Brillengläser in einer schwarzen Fassung und einen völlig unpassenden buschigen schwarzen Schnurrbart.

Rocket fragte den Oberkellner, ob er den beiden nicht erklärt hätte, dass der Raum für den Abend reserviert sei. Der Oberkellner entgegnete, dass er das Paar natürlich darauf hingewiesen habe, die beiden sich aber dennoch weigerten, den Raum zu verlassen.

»Lasst mich mal machen«, meinte Rocket und ging zu dem Tisch im Nebenzimmer. Anfangs redete er ruhig mit den beiden; dann wurde seine Stimme lauter und ärgerlich. Ich blickte mich verstohlen um, ob die anderen Gäste des Restaurants die Störung bemerkten. Auch wenn dies der Fall gewesen wäre, so zeigte dennoch niemand eine Reaktion. Eigentlich hätte ich in der Zwischenzeit wissen müssen, dass laute ärgerliche Stimmen keineswegs beunruhigend auf die Italiener wirken. Ich spähte wieder in das Nebenzimmer und sah, wie die Frau mit der Hand, die in einem leuchtend pinkfarbenen Handschuh steckte, eine unflätige Geste machte.

»Vielleicht sollte ich mal reingehen«, bemerkte ich zu John. »Rocket spricht nicht besonders gut italienisch, und womöglich hat er was anderes gesagt, als er eigentlich sagen wollte.«

»Nein, ich gehe.« John betrat das Zimmer. Nach kurzer Zeit schon redete auch er mit aufgebrachter Stimme auf das Paar ein. Ich konnte nicht hören, ob die Frau oder der Mann ihm Paroli boten, aber ich sah, dass sie noch immer obszöne Gesten machte.

»Vielleicht sollten wir einfach in ein anderes Lokal gehen«, schlug ich Sonya vor. »Hier kann man sich nicht wohlfühlen.«

Als ich jedoch in die Runde blickte, merkte ich, dass ich anscheinend die Einzige war, die sich nicht wohlfühlte. Die anderen aus meiner Gruppe plauderten miteinander, die Gäste im Lokal ließen sich ihre Suppe oder Pasta schmecken, ohne uns eines Blickes zu würdigen, und der Oberkellner war inzwischen von der Bildfläche verschwunden.

»Ich kümmere mich darum.« Sonya stürmte mit energischen Schritten in das Nebenzimmer. Wenn jemand diese Situation in den Griff bekommen konnte, so war das Sonya, aber ehe ich eine diesbezügliche Bemerkung zu den anderen machen konnte, fing auch sie an, mit dem Paar zu streiten. Schlimmer noch, sie packte die Frau an den Haaren und hätte sie glatt von ihrem Stuhl hochgezogen, hätte jene sich nicht gewehrt.

»Ich hole jetzt den Oberkellner«, sagte ich zu Sally und den anderen. »Das Ganze ist ja verrückt.«

»Spar dir die Mühe, Casey«, sagte Sally. »Jetzt reden wir mal mit denen. Du wartest hier, falls der Ober zurückkommt.« Und alle anderen gingen ins Nebenzimmer und ließen mich allein vor der Tür stehen, wo ich Zeuge jener irren Szene wurde, in der alle meine Freunde ein komisches Paar anschrien, das nicht kapierte, dass es nicht mehr erwünscht war, aber jede Menge italienischer Flüche und Schimpfwörter auf Lager hatte.

Es dauerte etwa eine halbe Minute, bis mir dämmerte, dass da etwas nicht mit rechten Dingen zuging. Als sie mich lachen sahen, riefen alle, »Alles Gute zum Geburtstag«, und das Paar am Tisch stand auf, nahm Hüte, Perücken, Schnurrbart, Schals und Brillen ab, und ich sah mich plötzlich meiner Cousine Mary und Danny O'Shea gegenüber.

»Oh mein Gott«, rief ich und stürzte ins Zimmer. »Was macht ihr denn hier?«

»Na, wir wollen mit dir deinen dreißigsten Geburtstag feiern«, antwortete Mary und umarmte mich.

»Wie habt ihr denn das geschafft?«

»Ich habe meine Reise extra so gelegt, dass ich in Paris bin, während du Italien unsicher machst. Wir haben neunundzwanzig Geburtstage zusammen gefeiert, da werde ich doch jetzt diesen runden nicht versäumen. Und als ich hörte, dass Danny diese Woche in Irland sein würde, habe ich ihn einfach gefragt, ob er nicht auch herkommen will.«

»Ich wollte ohnehin in die Chiantiregion, um ein paar neue Weine und Produkte zu kosten, also hat alles wunderbar gepasst.« Er küsste mich auf die Wange. »Alles Gute zum Geburtstag, Casey.«

»Ich fasse es nicht. Was für eine wunderbare Überraschung!« Dann schaute ich die anderen aus der Gruppe an. »Und ihr habt alle Bescheid gewusst?«

»Wer, glaubst du, hat die Szene geschrieben und Regie

geführt?«, sagte John. »Danny und Mary waren ein Kinderspiel, aber der Oberkellner hat mir einiges abverlangt, was meine Fähigkeiten als Regisseur angeht.«

»Ich habe die – was heißt *travestimenti* auf Englisch? – gemacht«, sagte Nicole.

»Die Verkleidung«, übersetzte ich. »Mein Gott, ich bin total baff. Mir hat's die Sprache verschlagen.«

»Das ist gut so, denn dann können wir endlich essen. Ich muss das Flugzeug um 22.15 Uhr nach Paris erwischen.«

Danny setzte sich neben mich, und sofort eilten die Ober herbei, beladen mit Servierplatten mit Antipasti und mehreren Flaschen Wein, und stellten alles auf den Tisch.

Nach den Antipasti gab es Pasta mit Steinpilzen in Sahnesauce und dazu einen großartigen Rotwein aus der Toskana, als Nächstes Schweinebraten mit Rosmarin und Knoblauch aus dem Ofen, begleitet von einem noch großartigeren toskanischen Rotwein, danach wurden Salate aufgetragen, dann Käse und ein wirklich großer, phänomenaler Wein aus der Toskana. Immer wieder prosteten die anderen mir zu und wünschten mir Glück, und während der Wein in Strömen floss, wurden die Trinksprüche immer beschwingter und witziger.

John beendete seinen Toast mit den Worten: »Und denke immer daran: Ein Tag ohne Wein ist wie ein Tag ohne Sonnenschein.«

Worauf Rocket sein Glas erhob und hinzufügte: »Verdammt, und was ist ein Tag ohne Sonnenschein.«

»Nacht«, sagte Danny, und alle wieherten vor Lachen.

Zwischen den einzelnen Gängen ließen wir die Requisiten, mit denen sich die Akteure verkleidet hatten, reihum gehen und verknipsten mehrere Filme mit sehr witzigen, möglicherweise belastenden Fotos. Meiner Einschätzung nach würde man die Rechnung für dieses gemeinsame Essen unserer Fernsehanstalt vorlegen, und wenn die dort die Fotos zu Gesicht bekämen, würden sie sich bestimmt fragen, ob man überhaupt noch einen von uns allein auf die Straße lassen konnte.

Als Sally sich mit den pinkfarbenen Handschuhen, dem schwarzen Schnurrbart und den blonden Locken schmückte, sprang Rocket auf, damit er sie schön aufs Foto bekam, und riss dabei versehentlich das Tischtuch herunter. Zwei Gläser mit Wasser fielen um und ergossen sich in meinen und Dannys Schoß.

»Ach du meine Güte«, rief Danny mit hoher verstellter Stimme, »jetzt hat man mich da erwischt, wo die Sonne nicht hinscheint.«

»Läuft Charmeuse ein?«, fragte ich Mary, während ich aufsprang, um das Wasser von dem Stoff zu tupfen.

»Ich mag es lieber, wenn das Oberteil nass ist«, bemerkte Danny.

»Was heißt das?«, fragte Rocket und beugte sich vor, um mein Kleid besser in Augenschein nehmen zu können.

»Casey hat in letzter Zeit des Öfteren Probleme mit nasser Kleidung gehabt«, erklärte Danny.

Rocket lehnte sich wieder zurück. »Hör mal, alter Junge«, raunte er Danny zu und tat dabei betont geheimnisvoll, »falls du es noch nicht geschnallt hast, an dem Oberteil ist nicht viel nass zu machen.«

»Oh, das ist mir durchaus nicht entgangen«, erwiderte Danny und grinste mich dabei frech an.

Es hätte sehr viel mehr gebraucht als einen Guss kalten Wassers, um unsere Stimmung zu dämpfen. Wir waren alle in bester Partylaune und ließen es krachen. Wir lachten und feierten ohne Unterlass, bis uns zum Abschluss des Mahls *limoncello* in geeisten Gläsern serviert wurde. Ich hatte diesen süßen, cremigen Zitronenlikör noch nie getrunken, und nach dem ersten Schluck erklärte ich, ich würde nie wieder ein anderes Getränk zu mir nehmen.

»Das ist wie eine absolut perfekte Limonade. Nicht zu süß, nicht zu sauer. Nein, nicht Limonade; eher wie geschmolzenes Zitronensorbet«, schwärmte ich.

»Seien Sie vorsichtig«, mahnte Danny. »Der steigt einem leicht zu Kopf. Da ist ziemlich viel Alkohol drin.«

Wir brachten Mary zum Flughafen und kehrten danach in unser Hotel zurück. Als wir wieder in der Hotelhalle standen, hatte John blonde Locken bekommen, Rocket einen lila Hut auf dem Kopf und einen rosa Chiffonschal um den Hals, und eine schwarzhaarige, langmähnige Sally hatte Danny überredet, nach seiner Rückkehr aus der Chiantiregion mit uns nach Ravenna zu fahren. Wir alle hielten dies für eine glänzende Idee. John legte Danny den Arm um die Schulter und bot ihm an, er könne bei ihm im Zimmer nächtigen, und dann würden sie den Briten mal zeigen, wie man richtig einen draufmacht. Ich hatte den Eindruck, die Briten wüssten das schon selbst recht gut. Wir verabredeten uns mit Danny für Donnerstag, um dann gemeinsam nach Ravenna zu fahren.

Danny begleitete mich zu meinem Zimmer. Vor der Tür blieben wir stehen. Ich lehnte mich dagegen – Anlehnen war einfacher als Stehen. Danny legte die flache Hand neben meinem Kopf an die Tür.

»Alles in Ordnung?«, fragte er.

»Fantastisch. Ich kann immer noch nicht glauben, dass Sie den ganzen weiten Weg hierher gekommen sind, nur wegen meiner Feier.«

»Warum nicht? Sie sind ja auch zu meiner gekommen.«

»Ich brauchte dafür ja nur ein bisschen durch die Stadt zu fahren. Sie mussten England überqueren und Frankreich und ... mussten Sie auch Spanien überqueren?«

»Nein. Aber ich hätte es getan.«

»Ja, weil du so lieb bist.« Ich lallte ein bisschen.

Danny, eine Hand an der Tür, ließ die andere herabhängen, beugte sich ein wenig vor und legte seine Backe an meine Schläfe. »Hmm. Casey, Casey. Was hast du nur an dir, was mich dermaßen zu dir hinzieht?«

»Dass ich so gut mit dem Messer umgehen kann?«

Ich hörte, wie er tief Luft holte, dann richtete er sich auf und schaute mich versonnen an. Ich weiß nicht, ob er meine Antwort witzig fand, jedenfalls lachte er nicht. Was seinen Blick anging, nun, über seine Bedeutung brauchte ich nicht lange zu rätseln, und nun war es an mir, tief Luft zu holen.

Danny hob seine Hand, fasste an meinen Nacken und brachte mein Gesicht ganz dicht an das seine. Anfangs war sein Kuss leicht, dann wurde er fordernder, drängender. Ich schmeckte *limoncello* auf seinen Lippen und fuhr gierig mit der Zunge darüber. Nun schlang er beide Arme um mich, und seine Küsse wurden so leidenschaftlich, dass sie heiße Schauer zu der Stelle meines Körpers jagten, die vor einer Stunde noch kalt und feucht von Rockets Wasserschwall gewesen war. Doch vielleicht waren die plötzliche Hitze, die Tatsache, dass meine Nippel hart und fest wurden, Zeichen meines eigenen Begehrens. Ich hatte die Arme um ihn geschlungen, meine Hände machten sich selbständig und streichelten seinen starken, muskulösen Rücken. Sein Körper fühlte sich so unglaublich gut an, dass ich mich einfach in ihn hineinschmelzen ließ. Ich stand so dicht vor ihm, dass ich spürte, dass auch bei ihm die Körperstelle, die durchnässt worden war, ein Eigenleben entwickelte, und so fasste ich mit beiden Händen an seine Hüften und zog ihn ganz nahe zu mir her. Er stöhnte leise auf und ließ seine Hände über meinen ganzen Körper wandern, dann hielten sie plötzlich inne und konzentrierten sich auf die Gegend, in der sich mein Rockschlitz befand.

»Warte«, sagte ich und löste mich kurz von ihm, um aus meiner Handtasche den Zimmerschlüssel zu holen.

Er nahm mir den Schlüssel aus der Hand und sperrte auf. Ich ging in das Zimmer hinein, doch gleich darauf spürte ich, dass er mir nicht folgte. Ich drehte mich herum. Danny stand da, beide Hände am Türknauf, das Gesicht verkniffen vor Bedauern.

Er blieb in der Tür stehen, und ein Song von Bill Anderson bahnte sich brutal seinen Weg in meine Gedanken: »*Walk out backwards (so I'll think you're walking in)*«.

»Nein, Casey.«

»Nein *was?*«

»Nicht auf diese Art, obwohl ich dich, weiß Gott, begehre.« Ich wünschte wirklich, er hätte nicht Gott mit ins Spiel gebracht, jetzt, wo ich so willens war, zu sündigen. »Du hast mehr als nur ein bisschen getrunken, Liebes, und wenn ich mit reinkomme, bereust du es vielleicht am Morgen.«

»Nein. Bestimmt nicht. Ich schwöre es dir.«

Er zog den Schlüssel aus dem Schloss und legte ihn auf den Toilettentisch. »Ich will diese Gelegenheit nicht ausnützen, denn wenn es dir doch leid tut, wirst du mich dafür morgen hassen. Schlaf gut. Wir sehen uns am Donnerstag.« Dann fiel die Tür hinter ihm ins Schloss, und fort war er.

»Ich hasse dich jetzt schon«, schrie ich ihm durch die geschlossene Tür nach.

18. Kapitel

An empty bottle, a broken heart, and you're still on my mind Emmylou Harris

Eine leere Flasche, ein gebrochenes Herz, und trotzdem gehst du mir nicht aus dem Sinn.

Am nächsten Morgen hatte jemand eine Nachricht unter meiner Tür durchgeschoben, doch in meinem Schädel hämmerte ein Schmerz, so heftig, dass ich es nicht schaffte, mich darauf zu konzentrieren. Ich brauchte vorher unbedingt einen Kaffee und eine heiße Dusche. Also legte ich das ungeöffnete Kuvert auf den Toilettentisch und rief den Zimmerservice an.

»Caffè in abbondanza, per favore. Quattro caffè. Caffè italiano, non caffè americano.« Bestellte man in Italien Kaffee auf amerikanische Art, bekam man, wie ich inzwischen herausgefunden hatte, nicht viel mehr als braunes Wasser. Doch ich hatte einen richtig starken Kaffee nötig, und nicht nur einen Fingerhut voll davon, wie ihn die Italiener servieren, deshalb bestellte ich gleich mehrere, und dazu trockenen Toast.

»*Subito, signora.*«

»Sofort« bedeutete, ich hatte zwanzig Minuten Zeit, um zu duschen und die Nebelschwaden aus meinem Gehirn zu scheuchen. Zehn Minuten nachdem ich aus der Dusche getreten war, erschien der Kellner. In den hoteleigenen Bademantel gewickelt, setzte ich mich an den Frühstückstisch, auf dem vier kleine Kännchen Espresso standen, daneben lagen ein paar Scheiben Toast und das Briefkuvert, das, wie ich bereits vermutet hatte, von Danny stammte.

Liebe Casey, es ist gar nicht nett, seinen Mitmenschen zu sagen, dass man sie hasst. Wir treffen uns Donnerstagvormittag um halb neun vor dem Hotel. Sei pünktlich. Ich werde dein Geburtstagsgeschenk dabeihaben. Danny

Nun, falls er vorhatte, mir morgens um halb neun vor dem Hotel das zu schenken, was ich in der vergangenen Nacht so gern gehabt hätte, würde man uns beide augenblicklich verhaften.

Eine halbe Stunde später hatte ich mich angezogen und wartete unten im Foyer auf die anderen. Sally kam als zweite.

»*Buon giorno*«, sagte sie.

»Nicht so *buono*«, stöhnte ich. »*Limoncello* ist wohl doch nicht nur einfach geschmolzenes Sorbet, fürchte ich.«

»Wie fühlst du dich?«

»Jetzt geht es mir schon besser, aber vor einer Stunde hätte ich keinen Penny auf mein Überleben gewettet.«

Zehn Minuten später kam Sonya angehetzt, völlig außer Atem, und entschuldigte sich, weil sie uns hatte warten lassen. Wir drei stiegen in den Mercedes.

Ich war nicht unbedingt glücklich darüber, dass Sonya sich ähnlich elend fühlte wie ich, doch es beruhigte mich, dass außer mir noch jemand den Wein zum Abendessen unterschätzt hatte.

Kaum waren wir losgefahren, nahm Sonya einen Stapel Papiere aus ihrer Stofftasche und gab sie uns.

»Michelle, meine neue Assistentin, hat mir eine E-Mail mit einem riesigen Anhang geschickt – alles Fanpost: Briefe, die uns Zuschauer nach Dannys Livesendung gesendet haben. Die Reaktion ist einfach überwältigend. Die Leute *lieben* ihn! Ein derartiges Echo hatten wir nicht mehr seit deinen ersten Sendungen, Sally. Sie wollen mehr von ihm sehen.«

»Aber das ist ja großartig«, erwiderte Sally. »Ihr solltet ihn euch gleich für weitere Sendungen schnappen.«

»Das finde ich auch, und ich habe da eine fantastische Idee. Ich wollte zuerst mit dir darüber reden, Sally. Da du ja ab nächsten Montag für eine Woche im Studio sein wirst, um den Begleittext zu sprechen, könntest du doch gleich eine Sendung zusammen mit Danny machen. Na, wie findest du das?«

»Warum nicht?«, erwiderte Sally. »Ich denke, das würde mir Spaß machen.«

»Wunderbar. Ich frage gleich am Donnerstag.«

»Wenn er ja sagt«, meinte Sally, »könnten wir in Ravenna gleich mit der Planung der Sendung anfangen. Das passt ja großartig. Hast du ihm schon von seiner Fanpost erzählt?«

»Noch nicht. Er war schon abgereist, als ich heute Morgen in seinem Zimmer angerufen habe.«

Sally schaute mich fragend an und hob die Augenbrauen. Sie hatte wieder dieses Glitzern in den Augen. »Es sei denn, er hat woanders geschlafen.«

»Hat er nicht«, erwiderte ich.

»Oh«, sagte sie. »Gestern Abend seid ihr doch zusammen weggegangen.«

Sonya schaute mich prüfend über den Rand ihrer Lesebrille an. »Läuft zwischen dir und Danny was, von dem ich nichts weiß?«

Ich betrachtete nachdenklich den Stapel Liebesbriefe an Danny O'Shea, der jedermanns Wühlmaus war, aber leider nicht meine. »Entschuldigt, ja? Ich versuche zu lesen.«

Giuseppe fuhr in die Berge nördlich der Stadt und ließ mich vor einem Restaurant aussteigen, das berühmt für seine florentinischen Spezialitäten war, allen voran die *bistecca alla fiorentina*. Dieses klassische Gericht ist mehr als nur ein Steak. Das Fleisch stammt von den sehr großen, weißen Chianina-Rindern, und die *bistecca* ist ein mindestens zweipfündiges T-Bone-Steak, das *rare*, also blutig, serviert wird. Die Kameracrew hatte bereits die B-roll von den Rindern aufgenommen, Sally war unterwegs in die *macelleria*, zum Metzger, um zuzuschauen, wie das Fleisch zu Steaks geschnitten wurde, und ich war unterwegs zur Schlachtbank.

Küchenchef Mario Ponti, unser »Talent«, war ungefähr eins fünfundsiebzig groß, hatte braunes gelocktes Haar, einen kleinen Bauch und Hände, die niemals stillstanden. Wenn sie nicht mit dem Essen beschäftigt waren, beschäftigten sie sich mit mir. Als er mich das erste Mal betatschte, ließ ich einen kleinen Schrei los und drohte ihm mit dem Zeigefinger. Ich hätte ihm wahrscheinlich gleich eine kleben sollen, denn er schien meine Reaktion als Ermunterung zu betrachten. Das nächste Mal kniff er mich voll in den Po. Ich schob seine Hand weg und sagte ihm, er solle das sein lassen.

»*Mamma mia*! Ihr Amerikanerinnen seid immer so zugeknöpft.« Ich wusste nicht, meinte er meine Bluse oder mein

Verhalten, aber das war im Grunde egal. Ich würde wohl zunächst einmal bestimmte Dinge klarstellen müssen.

Das Problem dabei war, ich wollte ihn keinesfalls verärgern. Ich habe italienische Männer kennengelernt, die einen aus weniger triftigen Gründen als verschmähte Liebe glatt vor die Tür setzen.

Mario fasste sich an den Schritt – oder, wie meine Mutter sagen würde, »rückte sich zurecht« – und richtete seine schmachtenden Augen auf mich.

»*Ah, che corpo*!«, rief er aus und ließ seinen Blick über diesen Körper wandern, den er so sehr bewunderte. Dieser Typ flirtete auf einer mir unbekannten Ebene, und das gefiel mir ganz und gar nicht.

»Mario, Sie sind ein netter Mann«, log ich. Er rückte sich erneut zurecht und grinste. Ich fuhr fort: »Aber ich bin …« Ich versuchte mich an die richtige Gemüsesorte aus der Serie »Die Sopranos« zu erinnern. Aubergine nicht – das stand für Schwarzer; Zucchino oder Gurke auch nicht – das waren die Trottel; Fenchel – ja, Fenchel. »*Un finocchio*!«

Er nahm seine Hand vom Schritt und maß mich erneut mit seinem Blick. »Was für eine Vergeudung!«, sagte er dann. Ich hatte wohl ins Schwarze getroffen. Fenchel steht für Lesbe.

»Für meine Partnerin nicht.«

Von diesem Punkt an gingen wir rein sachlich miteinander um. Bis das Aufnahmeteam eintraf, hatte Mario, der nun seine Hände für angemessene Aufgaben benutzte, ein Holzfeuer im Kamin für die *bistecca* angezündet und *ribollita* gekocht, eine toskanische Bohnensuppe mit Brot und Gemüse, und zwar sechs Töpfe davon in verschiedenen Phasen der Zubereitung. Wir bauten zunächst für die *bistecca* auf.

Der *bistecca*-Spot war keine Kochdemonstration vor der Kamera, sondern die letzte Szene in einem Beitrag über die Chianina-Rinderrasse. Der Film begann mit der B-roll über die Rinder, wobei Sally den Begleittext sprechen und erklären würde, was es mit diesen Tieren Besonderes auf sich hatte, dann ging es weiter zum Metzger, wo den Zuschauern gezeigt wurde, wie man unterscheiden kann, ob das Steak wirklich von diesem speziellen Rind stammt, und endete schließlich mit der Szene im Restaurant, wo Sally das Steak verspeist.

Sonya dirigierte den Aufbau der Kameras um die offene Feuerstelle. In der ersten Einstellung würde man dann die glühend heißen Holzkohlen unter dem Eisengestell eines typisch toskanischen Grillrostes sehen sowie das rohe Steak, das auf einem Schneidbrett neben der Feuerstelle lag.

»Action«, befahl John. Mario salzte das Fleisch, beträufelte es mit Olivenöl und legte es auf den heißen Rost. Nach ein paar Minuten, die man später herausschneiden würde, wendete er das Steak. John ließ ein paar weitere entbehrliche Minuten verstreichen, ehe er Mario anwies, das Steak auf einen Teller zu legen. Das Fleischstück war so groß, dass es über den Tellerrand hing. Nach einer langen Naheinstellung des Tellers sagte John, »Schnitt«, dann gingen die Kameras vor dem Tisch in Stellung, an dem Sally Platz genommen hatte.

In der nächsten Szene würde Mario Sally das Steak servieren. Sally sagte ein paar kurze Sätze in die Kamera, wie gigantisch es sei und wie fantastisch es aussehe, und schnitt dann hinein. Die Kamera ging ganz nahe heran, um zu zeigen, wie blutig das Steak innen noch war; dann führte Sally den ersten Bissen zum Mund und sagte, sobald sie ihn hinuntergeschluckt hatte: »Nun, das nenne ich ein Steak.« Sie wünschte den Zuschauern zum Abschluss einen guten Appetit, und Johns Stimme erklang wieder: »Schnitt. Gut gemacht.«

Wir legten noch ein paar weitere Steaks auf den Grill und zerschnitten sie für unser Mittagessen in kleinere Portionen, ehe wir mit dem Drehen weitermachten, und zwar, wie Mario und Sally die Suppe zubereiten. Ich behielt seine Hände im Auge und achtete darauf, dass sie auch ja mit der Suppe beschäftigt waren und nicht mit Sallys Po.

Den Abend verbrachten wir in Florenz, am nächsten Morgen fuhren wir nach Süden ins Chianti, wo der gleichnamige Wein angebaut wird. Die Dreharbeiten dieses Tages würden alle an einem einzigen Ort stattfinden, und dieser Ort war in mancherlei Hinsicht bemerkenswert. Das Weingut Fontana al Sole lag inmitten des Chianti und bot ringsum einen herrlichen Blick auf die typische hügelige Landschaft der Toskana. Die stattliche Villa aus dem fünfzehnten Jahrhundert und das dazugehörige Weingut, das man auf den neuesten technischen Stand gebracht hatte, bildeten zusammen ein unglaublich schönes Anwesen. Die Besitzer, Carlo Pina und seine Frau Michaela, die an diesem Tag für uns kochen würde, produzierten nicht nur Wein, sondern auch ihr eigenes Olivenöl, Pecorinokäse und Kastanienhonig. Außerdem bauten sie Gemüse an und züchteten Hühner und Schweine. Die reinste Idylle – dachte ich wenigstens, als Giuseppe mich am Portal absetzte.

Ein Hausmädchen in Tracht öffnete die Tür, und schon vernahm ich gewaltigen Lärm, der aus der Küche im rückwärtigen Teil des Hauses kam. Zumindest nahm ich an, dass dort die Küche war, denn man hörte das Scheppern von Porzellan, das offensichtlich gerade zu Bruch ging. Ich hoffte von Herzen, dass dort nicht unser geplanter Drehort war. Inmitten des Krawalls hörte ich plötzlich eine Frauenstimme »*un sacco di merda*« kreischen. Das ist ein Sack mit üblem Zeug, in den man versehentlich hineintritt, wenn man nicht aufpasst.

Das Mädchen verschwand, und ein paar Minuten später erschien Carlo in der Tür. Der Mann sah unverschämt gut aus, ein Typ wie Marcello Mastroianni um die vierzig.

»Kommen Sie doch herein. Meine Frau, nun, sie ist im Moment ein wenig durcheinander.«

»Das tut mir leid. Ist etwas passiert?«

Er breitete in einer resignierten Geste die Hände aus, Handflächen nach oben, und setzte eine frustrierte Miene auf. »Anscheinend glaubt sie das, aber, nun ja, Sie wissen ja, wie so etwas ist.«

Leider wusste ich, wie »so etwas« ist. Ich beschloss, mich besser gleich auf die Suche nach unserem Kochtalent zu begeben, damit ich mir einen Überblick über den Schaden machen konnte. Ich bat Carlo, mir den Weg zu zeigen, aber ich hätte genauso gut einfach in die Richtung gehen können, aus der das Schluchzen kam. Es stammte von einer gut gebauten blonden Frau, die an einem langen Holztisch in der Küche saß und den Kopf auf ihre verschränkten Arme gelegt hatte.

Als sie uns hereinkommen hörte, schaute sie auf und fauchte Carlo an: »*Va via. Sei una montagna di merda.*« In weniger als zwei Minuten war der Sack zu einem Berg angewachsen. Das waren keine guten Aussichten.

Carlo ließ mich mit der heulenden Michaela allein, die abgesehen von der verschmierten Wimperntusche und den geschwollenen geröteten Augen eine recht hübsche Frau um die vierzig war. Ich hatte nicht die geringste Ahnung, wie ich sie ansprechen sollte. Offensichtlich hatte sie ganz andere Sachen im Kopf als die Zubereitung von *panzanella*, doch es half nichts, wir mussten für die erste Szene ein fertiges Gericht parat haben.

»Es tut mir schrecklich leid. Ich komme wohl ungelegen, fürchte ich.« Was war ich doch für eine scharfe Beobachterin. Zu meinen Füßen lagen die Scherben eines sechsteiligen Essservices aus Ginori-Porzellan, an einigen Scherben klebten noch Essensreste. »Erinnern Sie sich, wir wollen heute bei Ihnen eine Fernsehsendung aufzeichnen? Sie wissen doch, Sie wollten uns zeigen, wie man diesen toskanischen Brotsalat zubereitet, *panzanella*.«

Michaela hörte zu heulen auf und richtete ihren Blick auf mich. Einen Moment lang glaubte ich, der behutsame, sachliche Ton meiner Stimme hätte sie zu der Aufgabe zurückgeführt, die heute auf sie wartete. Doch sie hatte nur kurz innegehalten, um ihre Kräfte zu sammeln, und nun fing sie wieder an zu schluchzen, lauter als zuvor.

Nun, Sally, Sonya, John, Rocket, das ganze Aufnahmeteam und ich, wir alle wussten, *the show must go on*, koste es, was es wolle, doch ich bezweifelte, dass Michaela dieses eherne Gesetz ebenfalls kannte. Ich musste mich auf etwas anderes besinnen, das ihr in die Gänge helfen würde. Und ich hatte in der Tat etwas Besseres parat – meine Küche zu Hause, meine Mutter, meine Tanten, meine Cousinen, meine Nonna – jede von ihnen hatte irgendwann einmal eine

»Krise« durchstehen müssen. Mit Kochen und Reden. Und auf die Männer schimpfen.

Ich ging suchend in der Küche herum, öffnete Schränke, bis ich einen Besen fand und damit die ganzen Scherben zusammenkehrte. Währenddessen begann ich meine Schmährede über die Nichtsnutzigkeit des männlichen Geschlechts. Michaela ging sofort darauf ein, pflichtete mir bei, nannte alle Männer gemeine, miese Lügner und Betrüger. Das war gut.

Sie holte eine Kehrschaufel, hielt sie mir hin und sagte, Carlo sei ein Schwein. Ich fand das altbackene Brot für den Salat und sagte, keinem von denen könne man trauen. Sie holte eine große Salatschüssel aus dem Schrank und sagte, Carlo sei eine fiese gemeine Schlange. Ich weichte das Brot in einer Schüssel mit kaltem Wasser ein und sagte, Männer seien der reinste Abschaum. Sie holte Olivenöl und Rotweinessig und sagte, sie hätte den Kerl nie heiraten sollen. Ich machte den Kühlschrank auf, nahm rote Zwiebeln und Knoblauch heraus und sagte, wir wären alle viel besser dran ohne die Männer. Sie schnitt Tomaten, hackte Basilikum und sagte – nun ja, meine Italienischkenntnisse auf diesem Gebiet sind etwas dürftig, aber ich denke, sie sagte –, Carlo habe einen schlaffen, viel zu kleinen Penis. Ich hackte die Zwiebeln und den Knoblauch, gab sie in die Salatschüssel und sagte, Männer seien zu nichts nütze. Sie gab die Tomaten und das Basilikum in die Schüssel zu den Zwiebeln und dem Knoblauch und sagte, sie hoffe, er würde krepieren und in der Hölle schmoren. Ich drückte das Brot aus, zerkrümelte es, gab es in die Schüssel zu den Tomaten und sagte, Männer seien allesamt Blindgänger. Ich bezweifelte, ob sie »Blindgänger« verstand, aber mir gingen langsam die Schimpfwörter aus. Sie gab Salz, Pfeffer, Öl und Essig in den Salat, ich mischte ihn gut durch, und zusammen schworen wir, dass wir uns nie wieder mit einem Mann einlassen würden.

Als wir den Salat fertig hatten, heulte Michaela nicht mehr, und in mir keimte allmählich Hoffnung auf, dass wir die Kochdemonstration vielleicht doch noch hinbekommen könnten. Was die Szene betraf, wie uns Carlo und Michaela zusammen durch ihr Weingut führen, hatte ich nach wie vor höchste Bedenken.

Michaela zog ihre Salatzubereitung vor der Kamera durch, doch die gemeinsame Führung durch das Weingut war eine strapaziöse Affäre. Das Wort Affäre ist vielleicht, in Anbetracht der Umstände, etwas unglücklich gewählt. Es war die reinste Horrorshow.

Immer wieder kam es zu heftigen Zornesausbrüchen, in deren Verlauf Michaela versuchte, Carlo in seinen mickrigen, schlaffen Penis zu treten, und Carlo sie anbrüllte, sie solle sich gefälligst verziehen. Nach einiger Zeit erinnerte Sally mehr und mehr an einen Schiedsrichter im Boxring, wie sie so zwischen den beiden Gegnern stand und Michaela wiederholt anfordern musste, auf ihrer Seite zu bleiben. Die arme Nicole musste immer wieder Michaelas Make-up erneuern und redete dabei beschwichtigend auf sie ein: »Ist ja gut. Das wird schon wieder.« Als wir dann die Kameras in Stellung brachten für die Szene vor der Olivenpresse, dem mutmaßlichen Ort von Carlos mutmaßlicher Sünde, geriet Michaela erneut in Rage.

Sonya riss der Geduldsfaden. »*Basta*!«, fuhr sie die erschrockene Michaela an, eine gute Gelegenheit, ihr neues italienisches Lieblingswort anzuwenden. »Reißen Sie sich gefälligst zusammen, sonst denkt ganz Amerika, Sie sind ein weinerliches dummes Gänschen.«

Das brachte den gewünschten Erfolg. Wir drehten den Film zu Ende, packten unsere Ausrüstung zusammen und fuhren erleichtert nach Florenz zurück.

An jenem Abend waren Sally, Sonya und ich uns einig, dass wir nur eine Kleinigkeit essen und dann früh ins Bett gehen würden. Nach den Dreharbeiten in dem Weingut waren wir alle fix und fertig. Wir gingen in das erstbeste Restaurant, das wir fanden, und bestellten uns ein Nudelgericht.

»Oh Mann, so ein Fiasko – ich habe wirklich nicht mehr daran geglaubt, dass wir die Aufnahmen noch zu Ende bringen«, stöhnte Sonya kopfschüttelnd. »Ich habe noch nie jemanden erlebt, der so offen seine Gefühle zeigt.«

»Na, dann solltest du mal mit zu mir nach Haus kommen«, bemerkte ich trocken.

»Ich finde, der Ehemann ist ein richtiger Sack«, sagte Sally aufbrausend. Ich musste lachen wegen ihrer Wortwahl. »Irgendwie hab ich gehofft, sie würde mal einen richtigen Volltreffer landen, da, wo sie immer hintreten wollte.«

Beim Espresso meinte Sonya, wir müssten noch die Einzelheiten für unsere Tour nach Ravenna am nächsten Morgen besprechen.

»Rocket und die Kameracrew fahren mit dem Lieferwagen noch heute Abend los, damit sie gleich in aller Früh die B-roll machen können. Rocket möchte den Sonnenaufgang über dem Adriatischen Meer filmen. Das heißt, wir müssen John und Nicole bei uns im Mercedes mitnehmen. Das wird schon etwas eng werden, deshalb dachte ich, du, Casey, könntest bei Danny mitfahren.«

Großer Gott. Ich wusste, ein Zusammentreffen mit Danny am Donnerstag war unvermeidlich, doch ich hatte nicht vorgehabt, sehr viel Zeit mit ihm zu verbringen. Zu meinem Leidwesen hatte der Spieß sich nun umgedreht, früher war Danny derjenige gewesen, der mir hinterhergelaufen war, und jetzt erschien ich als die frustrierte, sexhungrige Raubkatze. Wahrscheinlich würde er denken, ich hätte die anderen gebeten – auf Knien –, mich bei ihm mitfahren zu lassen, wo ich doch um jeden Preis den Eindruck vermeiden wollte, ich würde ihm hinterherhecheln wie all diese anderen Weiber. Ich hatte vorgehabt, um halb neun mein Geburtstagsgeschenk in Empfang zu nehmen, mich höflich bei Danny zu bedanken und dann um neun zu Giuseppe ins Auto zu steigen.

»Ich könnte doch mit dir und Sally im Mercedes fahren, und John könnte bei Danny mitfahren«, schlug ich vor. »Die beiden haben sich doch neulich Abend so gut verstanden, die würden sich auf der Fahrt bestimmt prima unterhalten.«

»Das geht nicht, weil ich während der Fahrt unbedingt mit John reden muss. Jetzt, wo wir mit den Dreharbeiten fast fertig sind, muss ich mit ihm die Details für den Schnitt besprechen.«

»Und Nicole?«, fragte ich bittend.

»Ich denke einfach, für sie wäre es mal eine Erholung, mit Giuseppe italienisch reden zu können. Während der ganzen Reise hat sie sich konzentrieren müssen, um sprachlich mit uns mitzuhalten, dass es jetzt bestimmt sehr angenehm für sie wäre, wenn sie sich mal beim Reden nicht anstrengen müsste.«

Ich blickte Sally an und hob die Augenbrauen, in der Hoffnung, sie würde mir ihren Platz im Wagen anbieten, doch Sally hob ebenfalls die Augenbrauen und sagte: »Ich finde, es ist nur von Vorteil für dich, wenn du Danny besser kennenlernst.« Lächelnd fügte sie hinzu: »Falls er weitere Sendungen macht, wirst du noch sehr oft mit ihm zu tun haben.«

Ich ließ unerwähnt, dass mein Versuch am Abend zuvor, ihn besser kennenzulernen, in einem Desaster geendet hatte.

19. Kapitel

I hope that I don't fall in love with you Tom Waits

Ich hoffe, ich verliebe mich nicht in dich.

Als ich am nächsten Morgen aus dem Hotel auf die Straße trat, hatte ich ausreichend Textzeilen einstudiert, um damit zwei Wochen Sitcom abzudrehen.

Ich konnte den Abend natürlich schlecht unerwähnt lassen, aber ich war unsicher, wie ich das Thema angehen sollte. Vielleicht sollte ich es mit Gedächtnisschwund probieren, ausgelöst durch exzessiven Alkoholkonsum: »Was für ein Abend! Ich kann mich an rein gar nichts mehr erinnern, nachdem Sally sich die Perücke aufgesetzt hat. Übrigens, wie bin ich eigentlich ins Hotel zurückgekommen?« Oder ich konnte mich munter und selbstbewusst geben: »Du hast ja keine Ahnung, mein Süßer, was dir alles entgangen ist.« Oder nüchtern-sachlich den Vorfall bedauernd: »Ich möchte mich entschuldigen, dass ich Sie in eine derartige Lage gebracht habe. Ich habe mich äußerst dumm benommen. Es wird nicht wieder vorkommen.« Ich grübelte immer noch, welchen Ton ich anschlagen sollte, als ich ins Freie trat und Danny erblickte. Er saß auf einer Bank und schaute zu mir her, und er hielt kein Geschenk in der Hand. Damit schied die Zeile aus: »Hör mal, ich möchte kein Geschenk von dir. Ich will überhaupt nichts von dir.«

Danny stand auf und lächelte mir zu. »Audrey. Ganz pünktlich.«

»Wie bitte?« Ich schaute ihn entgeistert an, und in meiner Verwirrung vergaß ich alle meine sorgfältig einstudierten Textzeilen.

»Ich bin's, Gregory. Und für die kommenden Stunden« – er nahm mich an der Hand und führte mich an den Bordstein – »wird dies unsere Vespa sein.«

»Oh mein Gott, Danny! Was geht hier vor?«

»Dieser Film, von dem du mir erzählt hast, als wir zu McLaughlin fuhren. Weißt du nicht mehr?«

»*Ein Herz und eine Krone*«, sagte ich gerührt, ein Tonfall, den ich nicht einstudiert hatte.

»Als Mary mich fragte, ob ich zu deinem Geburtstag kommen würde, habe ich über ein Geschenk nachgedacht, aber mir fiel nichts Gescheites ein. Dann erinnerte ich mich daran, dass du damals gesagt hast, du würdest gerne auf einer Vespa durch die Stadt fahren, und da dachte ich, meine Idee könnte dir gefallen. Wir sind zwar in Florenz und nicht in Rom, aber ich glaube nicht, dass das eine Rolle spielt.«

»Überhaupt nicht! Oh mein Gott, ich wünschte, meine Mutter wäre hier.«

»Ich fürchte, mein Schatz, auf die Vespa passen nur zwei. Aber wir können Fotos machen.« Er klappte den Ständer hoch und richtete den Motorroller auf, dann setzte er sich auf den Sitz und streckte seine langen Beine, um die Vespa im Gleichgewicht zu halten. »Okay, Audrey. Steig auf.«

»Warte einen Moment. Ich habe Sonya gesagt, wir würden uns mittags in Ravenna treffen.« Ich machte Anstalten, zurück ins Hotel zu gehen. »Ich sag ihr besser Bescheid, dass wir nicht kommen.«

»Sie weiß es schon. Ich habe es vorher mit ihr abgesprochen. Sie hat gesagt, ich soll dich bis morgen früh wieder abliefern, rechtzeitig für die Dreharbeiten, und du sollst deine E-Mails durchsehen, falls es irgendwelche Änderungen im Zeitplan gibt.«

Ich strahlte ihn an und nahm auf dem Rücksitz Platz. »Ich kann es nicht fassen, dass du dir das für mich ausgedacht hast.«

»Eins möchte ich gerne wissen«, sagte er.

»Und das wäre?«

»War der Motorroller im Film rot?«

»Keine Ahnung. Es ist ein Schwarzweißfilm, aber ich wette, er war rot.«

»Bestimmt. Du hast ja gesagt, dass der Film alt ist, deshalb hab ich den ältesten Roller genommen, den ich auftreiben konnte. Baujahr dreiundsechzig. Er bringt zwar wenig Leistung, aber es macht Spaß, damit zu fahren.« Er ließ den Motor an. »So, und womit soll dieser Ferientag anfangen?«

»Nun, zuerst muss ich mich aus dem *palazzo* stehlen, indem ich aus einem Fenster im zweiten Stock klettere, die Treppe nach unten laufe und mich in einem Lieferwagen verstecke. Da ich ja bereits im Freien bin, können wir diesen Teil auslassen.«

»Gute Idee. Und dann?«

»Ich leg mich irgendwo unter freiem Himmel schlafen, du findest mich und bringst mich auf dein Zimmer. Ich fange an, mich auszuziehen, und du gehst raus. Diese Szene haben wir auch schon hinter uns.« Na also. Damit hatte ich den besagten Abend ganz lässig ins Spiel gebracht.

Er drehte sich zu mir herum und grinste. »Vielleicht müssen wir diese Szene wiederholen.« Und das war alles, was darüber gesagt werden musste. Manchmal ist das Spontane einfach das Beste. »Wie geht es dann weiter?«, fragte er.

»Ich kaufe Schuhe, gehe zum Friseur …«

»Wie oft hast du den Film schon gesehen?«

»Das willst du, glaube ich, gar nicht wissen. Ich musste ein neues Video kaufen, weil Mom und ich uns den Film so oft angeschaut hatten, dass es kaputtging.«

»Okay, Schuhe, Friseur. Wann kommt die Vespa ins Spiel?«

»Jetzt.«

»Gott sei Dank. Ich hab schon befürchtet, wir würden den ganzen Tag nur einkaufen und uns hübsch machen.«

»Nein. Wir trinken Champagner in einem Straßencafé und rauchen Zigaretten, und dann fahren wir durch die Stadt, und du zeigst mir all die Touristenattraktionen auf eine Weise, wie sie eine Prinzessin nie zu sehen bekommt.«

»Das schaffe ich. Los geht's. Wir halten aber vor dem Straßencafé noch einmal an.«

Danny kannte sich offensichtlich in der Stadt gut aus, denn er steuerte zielsicher, bog um tausend Ecken, um die vielen Bereiche zu umgehen, die für den Autoverkehr gesperrt waren, fuhr schließlich eine Anhöhe hinauf und hielt an der Piazza Michelangelo.

»Ich will, dass du zuerst einen Überblick über Florenz bekommst«, sagte er, während wir über das Häusermeer und die Kuppeln und Türme dieser Stadt blickten.

»Fantastisch. Von unten hat sie gar nicht so groß gewirkt. Da gibt es aber eine Menge anzuschauen.«

»Ich tue mein Bestes, aber das meiste können wir nur kurz streifen, und wir müssen auch öfter mal zu Fuß gehen, weil man nicht überall hinfahren darf. Zum Glück haben wir ja den ganzen Tag Zeit. Ich denke, wir sollten nach Sonnenuntergang die Vespa gegen einen Wagen eintauschen und nach Ravenna fahren. Steig wieder auf. Jetzt ist es Zeit für Champagner und Zigaretten.«

Er fuhr zurück ins Zentrum, parkte den Roller am Straßenrand und führte mich in ein kleines Café an der Piazza della Repubblica, wo er Champagner bestellte und die Bedienung um zwei Strohhalme bat.

»Du trinkst Champagner mit dem Strohhalm?«, fragte ich entgeistert.

»Das sind unsere Requisiten. Als Ersatz für die Zigaretten. Es sei denn, du willst die echten Dinger. Wenn du willst, geh ich und hol dir welche.«

»Nein, danke. Ich rauche den Strohhalm.«

Von dem Café aus gingen wir zu Fuß zum Domplatz ganz in der Nähe, wo Dante Alighieri geboren wurde, dann zu der Kathedrale Santa Maria del Fiore und dem Baptisterium aus grünem und weißem Marmor und anschließend zum Dom mit seiner Kuppel von Brunelleschi, die von jeder Stelle der Stadt aus den Blick beherrscht. Danny bestand darauf, dass wir die 414 Stufen zum Campanile von Giotto hinaufkletterten, und gerade als wir oben anlangten, fingen die Turmglocken, ja sämtliche Kirchenglocken in Florenz zu läuten an.

»Das ist extra für deinen Geburtstag«, verkündete Danny über dem Glockengeläut.

Ich riss die Augen weit auf. »Im Ernst?«

»Nein. Nicht einmal ich bilde mir ein, dass du mir das

abkaufen würdest.« Er nahm mich an der Hand. »Okay. Nun zurück zur Vespa.«

Wir fuhren wieder ein Stück, parkten den Roller nicht weit vom Markt von San Lorenzo und schlenderten, hier und da Kostproben nehmend, an den Marktständen entlang, die sich in einer Halle über zwei Stockwerke erstrecken. Wieder draußen, gingen wir ein Stück zu Fuß und weiter durch eine enge Gasse, die auf die Piazza della Signoria führte, seit dem vierzehnten Jahrhundert das politische Zentrum der Stadt.

»Dort steht der *David* von Michelangelo«, rief ich aufgeregt und lief voraus, um ihn eingehend zu betrachten.

»Kommt nicht an das Original ran«, erwiderte er. »Das ist nur eine Kopie. Bei unserem nächsten Stopp sehen wir den echten.«

Als wir durch den Saal der Galeria dell'Accademia gingen und die Originalskulptur betrachteten, wusste ich, was er mit seiner Bemerkung gemeint hatte. Der echte *David* ragte so hoch vor uns auf und war so eindrucksvoll, dass ich wahrhaftig eine Gänsehaut bekam.

»Okay«, sagte Danny. »Szenenwechsel.« Er fuhr auf die andere Seite des Flusses Arno. »Dieser Teil der Stadt wird Oltrano genannt«, erklärte er. Wir parkten und zahlten ein kleines Eintrittsgeld, um durch den Palazzo Pitti zu den prächtigen Boboli-Gärten zu gelangen. Meine Füße taten weh, und ich war froh, eine Weile sitzen zu können, inmitten dieser wunderschönen Anlage mit ihren Statuen, Brunnen und schlank aufragenden Zypressen.

»Mein Gott, Florenz ist so wunderschön!«

»Du bekommst wirklich nicht mehr als einen ersten Eindruck, Casey. Florenz müsste man erkunden, indem man langsam, auf Umwegen, durch die Stadt schlendert. Es würde Tage dauern, wollte man allein den Museen gerecht werden. Hier in dieser Stadt zu sein und nicht die Uffizien zu besuchen, ist geradezu ein Verbrechen, aber wir haben einfach nicht die Zeit dafür.«

»Wie kommt es, dass du dich hier so gut auskennst?«

»Meine Tante, die Schwester meiner Mutter, ist Kunstlehrerin in Dublin. Viermal im Jahr kommt sie mit ihren Studenten hierher, um die Museen und Kirchen und das alles zu besuchen. Als ich ein junger Kerl war, fuhren mein Cousin und ich mehrmals mit. In der ersten Zeit haben wir uns immer von der Gruppe abgesondert und uns das angeguckt, was wir uns nicht angucken sollten. Aber nach einer Weile merkte ich, dass meine Tante sehr interessante Dinge zu sagen hatte, also ging ich bei ihren Führungen mit. Und schon bald habe ich mich regelrecht in die Stadt verliebt. So oft ich kann, komme ich hierher.« Eine Zeit lang saßen wir schweigend da, genossen den Zauber des Parks, dann sagte er: »Wollen wir weiter, Audrey?«

»Anya.«

»Hmm?«

»Audrey hieß in dem Film Prinzessin Anya.«

»Und wie heiße ich?«

»Joe.«

»Du darfst dich Prinzessin Anya nennen, und ich soll einfach der gute alte Joe sein?«

»Hör mal, schließlich ist es mein Film.« Ich zuckte mit den Achseln.

»Also, Joe, wo fahren wir als Nächstes hin?«, fragte ich, als wir wieder auf dem Roller saßen.

»Mittagessen. In ein Lokal, das genau zu dem guten alten Joe passt.«

In Joes Lokal gelangte man durch ein schmales Tor, das sich auf eine enge Gasse mit Kopfsteinpflaster öffnete. Der einzige Farbtupfer stammte von den Blumen, die üppig aus einem Balkonkasten unter einem schmalen, mit Schmiedeeisen vergitterten Fenster quollen. Ich fragte Danny, wie er dieses versteckte Plätzchen gefunden hatte, und er erwiderte, seine Tante würde ihre Gruppen immer hierher zum Essen führen.

Die Wirtsleute kannten Danny, und als wir durch die Tür traten, stürzte Mama sofort auf ihn zu. »*Daniele! Mio caro.*« Sie strahlte übers ganze Gesicht und umfasste mit beiden Händen sein Gesicht, genau wie Nonna mich begrüßt. Dann runzelte sie die Stirn und meinte, er sei zu dünn. »Kriegst du dort in Amerika nichts zu essen?«

»Nicht so gutes Essen wie hier, Mama.« Danny lachte und machte uns miteinander bekannt.

Mama umschloss meine beiden Hände und schaute mich prüfend an. Italienische Mädchen sind es gewöhnt, von Mamas prüfend angeschaut zu werden, deshalb lächelte ich sie an und ließ mich von ihr inspizieren. Mama legte den Kopf ein wenig schief, kniff die Augen zusammen, dann fragte sie Danny, ob ich sein Mädchen sei.

»Allerdings.« Danny grinste spitzbübisch.

»*Bellissima*!«, bemerkte sie. »Ein bisschen dünn zwar, aber besser ein bisschen dünn, bevor die *bambini* kommen. Dann wird man nachher nicht allzu dick.«

Mir wurde allmählich doch ein wenig unbehaglich. Danny lachte nur.

Als Mama mit meinen Heiratsplänen fertig war, führte sie uns den kurzen Weg durchs Restaurant und weiter hinaus durch die Hintertür. In einem kleinen, verwunschenen

Garten, in dem sich an einer Pergola Weinreben rankten, waren fünf kleine Tische gedeckt. Mama bat uns, Platz zu nehmen, und verzog sich in die Küche, mit der Bemerkung, sie würde nun dafür sorgen, dass wir etwas Anständiges zu essen bekämen.

»Anständig« bedeutete, dass als Erstes verschiedene *crostini* aufgefahren wurden, mit Hühnerleber, Tomaten und Olivenpaste, dazu gab es tellergroße Scheiben einer mit Fenchel und Knoblauch gewürzten Salami. Ich langte bei der Wurst ordentlich zu und erklärte Danny, noch nie hätte ich eine Salami mit köstlicherem Geschmack gegessen.

»Das ist eine florentinische Spezialität, genannt *finocchiona*. Sie wird mit wildem Fenchel gewürzt. Das gibt ihr dieses spezielle feine Aroma.«

»Möchtest du die letzte Scheibe?« Ich bemühte mich, großzügig zu sein.

Er lachte. »Nimm sie nur. Aber pass auf. Mama hat eine Mission zu erfüllen.«

Mamas Mission waren *pappardelle al sugo di lepre*, breite Bandnudeln mit einer dunklen, kräftigen Wildhasensauce, danach *arista*, ausgelöster Schweinebraten, gespickt mit Rosmarin und Knoblauch und als Beilage *fagioli all'uccelletto*, weiße Bohnen mit Salbei, Knoblauch und Tomaten.

»Wieso heißen die Bohnen *uccelletto?*«, fragte ich.

»Weil sie auf die gleiche Art zubereitet werden wie kleine Vögel«, erklärte Danny.

Auf Schweinefleisch und Bohnen folgten Salat und ein toskanischer Schafskäse, doch inzwischen kümmerte sich Mama in der Küche schon um die Nachspeise.

Danny stand auf. »Ich werde ihr jetzt das Herz brechen und ihr sagen, dass wir auf das Dessert verzichten.«

»Warum wollen wir kein Dessert?«

»Weil wir dann keinen Platz mehr hätten für *gelato*, und ich weiß einen Ort, wo man das beste Eis der Stadt bekommt, es ist nicht weit von hier. Joe hat doch in dem Film ganz sicher seiner Prinzessin ein Eis spendiert?«

»Nein, sie hat sich selber eins gekauft, ehe sie ihn traf.«

»Damit sie nicht mit ihm teilen muss.«

»Endlich hast du es kapiert.«

Mama verabschiedete uns, indem sie uns umarmte, in die Wangen kniff und Danny ermahnte, bis zum nächsten Besuch nicht wieder so viel Zeit verstreichen zu lassen und unbedingt seine Freundin wieder mitzubringen.

Wir spazierten mit unserem *gelato* in einem Pulk von Touristen über den Ponte Vecchio und zurück, betrachteten die kleinen Auslagen der Gold- und Silberschmiede und bewunderten die Architektur der Brücke, die wunderbarerweise den Zweiten Weltkrieg überstanden hatte. Wie Danny mir erzählte, war es die einzige Brücke über den Arno, die nicht zerstört worden war.

»Und jetzt gehen wir zu einem der coolsten Orte in ganz Florenz.«

»Was ist das?«

»Eine *farmacia*.«

»Du führst die Prinzessin in eine Drogerie?«

»Ich sagte, *farmacia*. Komm, steig auf.«

Die Officina Profumo-Farmaceutica di Santa Maria Novella ist eine Apotheke im ursprünglichsten Sinn des Wortes. Sobald ich durch das Portal trat und die Vielfalt an Düften roch, wurde mir klar, um welche Einrichtung es sich handelte und dass von diesem Ort die exquisit von Hand verpackten, handgemachten Seifen, Duftwässerchen, Potpourris und Cremes stammten, die ich in New York in der Lower East Side bewundert hatte. Doch weit besser war es, diese Produkte hier zu sehen, in diesem Verkaufssaal, einer mit Fresken ausgeschmückten ehemaligen Kirche, in der im dreizehnten Jahrhundert Dominikanermönche begonnen hatten, mit Elixieren und Tränken zu experimentieren. Jahrhunderte alte Apothekergefäße und Flaschen standen auf den antiken Holzregalen, die fast bis unter die hohe gewölbte Decke reichten. Ehrfurchtsvoll ging ich durch den Saal, ließ ihn auf mich einwirken, während Danny mit einer hübsch gekleideten Verkäuferin redete.

»Ich fasse es nicht!«, seufzte ich bewundernd und stellte mich neben ihn. »Einfach fantastisch.«

»Etwas ganz Besonderes«, stimmte er zu, legte die Hand auf meinen Rücken und wandte sich wieder der Verkäuferin zu. »Ich denke, Mimose«, sagte er zu ihr.

»Eine sehr gute Wahl, finde ich«, erwiderte sie und tupfte mit einem feinen Applikator Mimosen-Wasser erst auf mein Handgelenk und dann an meinen Hals.

Danny beugte sich vor zu mir und schnupperte, dann trat er einen Schritt zurück, zog die Brauen zusammen und stemmte die Hände in die Hüften. »Ich finde, dieser Duft bist eindeutig du. Zuerst schlägt einem diese seltsam betörende Herbheit entgegen, dann erst entfaltet sich die Süße. Es ist eine ganz feine Süße – sie erdrückt einen nicht, aber ist deutlich vorhanden.«

»Sehr witzig«, sagte ich und trat ihm in gespielter Empörung leicht gegen das Schienbein.

»Dann bekommt man den zweiten Schlag«, stöhnte er auf und rieb sich das Bein.

Ich hielt mir das Handgelenk an die Nase und schnupperte. »Hmm. Das ist wirklich ein ganz feiner Duft.«

»Ich weiß nicht, ob es im Film auch so ist«, sagte er und zückte seine Brieftasche, »aber ich würde dir das Parfum gern kaufen.«

»Oh, danke, Joe.« Ich lächelte ihn an. Das ist das Geheimnis seines Erfolgs, dachte ich bei mir. Nicht weil er auf Teufel komm raus flirtet, sondern weil er so verdammt charmant ist, dass die Frauen sich von ihm um den Finger wickeln lassen.

Ich kaufte mehrere Stücke Granatapfelseife als Mitbringsel für Zuhause. Die Verkäuferin erzählte, die Seife werde aus Milch und anderen, ausschließlich natürlichen Produkten hergestellt. Das meiste werde noch mit der Hand gemacht, immer mit höchster Sorgfalt. Ihre Worte hätte man genauso gut auf gutes Essen übertragen können.

Als die Sonne immer tiefer zum Horizont wanderte, meinte Danny, wir hätten noch Zeit für einen letzten Stopp. Wir ließen die Vespa stehen und gingen zu Fuß zum Strohmarkt, einem geschäftigen Markt, der in einer Loggia untergebracht ist. Danny nahm mich an der Hand und führte mich an Ständen mit billigen Lederwaren und überteuertem Touristenramsch vorbei, an Gestellen mit einem Wirrwarr von Ledergürteln und Schals, und ab und zu sah man auch einen Händler, der Strohhüte und Körbe feilbot, Waren, die dem Markt seinen Namen gegeben hatten.

»Nun, was meinst du, haben wir irgendwelche wichtigen Szenen ausgelassen?«, fragte Danny, während er gleichzeitig ablehnend den Kopf in Richtung eines Händlers schüttelte, der ihm eine Lederjacke zum Anprobieren hinhielt.

»Nun, da gibt es noch eine Szene, in der Anya die Vespa steuert.«

»Mein Gott, ich habe gar nicht daran gedacht, dich zu fragen, ob du mal selber lenken willst. Hast du schon mal ein Motorrad oder einen Roller gefahren?«

»Nein. Aber Anya auch nicht.«

»Und wie ging es ihr dabei?«

»Sie hat die Kontrolle über das Fahrzeug verloren, ist mitten durch ein vollbesetztes Straßencafé gefahren, durch einen Springbrunnen, sodass sie ganz nass wurden, hat ein Gemälde eines Straßenmalers gerammt und ist in den Karren eines Händlers gekracht. Daraufhin hat die Polizei sie und Joe festgenommen.«

»Ach du lieber Himmel, Casey. Das klingt ja wie der beste Teil des Films. Wie konntest du das nur auslassen? Was haben wir sonst noch alles versäumt?«

»Sie gehen auf einem Boot tanzen, und sie geraten in ein wüstes Handgemenge, sie haut einem Geheimpolizisten in Zivil eine Gitarre auf den Schädel, und dann springen Anya und Joe von dem Boot in den Tiber.«

»Das hast du erfunden.«

»Ich leihe dir das Video. Dann kannst du selber sehen.«

»Und am Ende verlieben sie sich.«

»Nun ja, sie verlieben sich, aber sie dürfen nicht zusammen sein, weil sie wieder zurück und Prinzessin sein muss, und er muss so tun, als würde er sie nicht kennen.«

»Dieses Ende gefällt mir gar nicht. Darf er wenigstens die Vespa behalten?«

Danny war vor der Bronzestatue eines Ebers stehen geblieben. Die Bronze am Körper des Tieres war stark verwittert, aber seine Nase glänzte wie frisch poliert. »Die Leute hier glauben, wenn man die Nase des Ebers reibt und eine Münze in den Brunnen wirft, wird man eines Tages nach Florenz zurückkehren.« Er gab mir eine Münze.

Ich schaute Danny an, brachte es aber nicht fertig, ihm zu sagen, welche Gedanken mir durch den Kopf gingen. Kein späterer Besuch würde je an diesen einen Tag mit Danny heranreichen, und deshalb konnte ich mir auch nicht vorstellen, jemals ohne ihn zurückzukehren, denn damit würde ich zulassen, dass womöglich irgendein öder Aufenthalt meine Erinnerungen an jenen wunderschönen Tag mit ihm verdarb.

»Du hast dir wirklich etwas Besonderes für diesen Tag ausgedacht, Danny«, sagte ich in bewusstem Herabspielen meiner Gefühle. »Prinzessin Anya würde sagen, ›ein Tag, den ich im Herzen bewahren will, solange ich lebe.‹ Oder so ähnlich.«

Danny und ich warfen unsere Münzen in den Brunnen, und dann legte er seinen Finger unter mein Kinn und hob es an. »Ich denke, die Leute glauben auch, wenn man denjenigen küsst, in dessen Begleitung man die Nase des Ebers reibt, wird man mit dieser Person nach Florenz zurückkehren.«

»Das hast du erfunden.«

»Stimmt.«

Ich küsste ihn trotzdem. In meiner Familie nimmt man alte Bräuche ernst.

Nachdem wir unser Hotel in Ravenna gefunden hatten, suchte Danny einen Parkplatz, während ich mich beim Portier anmeldete und anschließend per Haustelefon versuchte, Sonya und Sally zu erreichen. Die beiden waren wohl zum Essen ausgegangen. Ich ging zur Toilette, um mich etwas frisch zu machen, und als ich wieder ins Foyer kam, hatte auch Danny eingecheckt und wartete auf mich.

»Ist es dir recht, wenn wir gleich zum Essen gehen?«, fragte er. »Ich habe einen Mordshunger.«

»Ich auch. Brechen wir gleich auf. Hast du ein bestimmtes Lokal im Sinn?«

»Hinten raus«, sagte er und führte mich durch den Hinterausgang ins Freie. »Ich kenne Ravenna überhaupt nicht, aber ich habe zu dem Portier gesagt: ›Wir wollen Fisch essen, unter freiem Himmel, nahe am Wasser‹, und er hat in diese Richtung gedeutet.«

»Ach? Und du hast nicht auch gleich einen Mond dazu bestellt?«

Das Restaurant lag tatsächlich direkt am Wasser, und zwar im rückwärtigen Garten des Hotels. Wir saßen an einem schlichten Holztisch in der Nähe des offenen Holzfeuers, wo der Koch, ein großer Mann mit kräftigem Bariton, gerade mehrere kleine Fische im Ganzen auf den Rost legte und dabei seelenvoll italienische Lieder über das traurige Los der Fischer sang. Ein Ober stellte eine Flasche ohne Etikett auf den Tisch, perlender Weißwein vom Fass, und gab uns die Speisekarten. Danny beobachtete den Koch, und ich beobachtete Danny und fragte mich, zu welchem Zeitpunkt sich meine Haltung ihm gegenüber verändert hatte; wann war ich von »kein Interesse« zu »kein Problem – ich wollte schon immer mal ein Techtelmechtel mit einer Wiesenwühlmaus haben« übergegangen. Ich war in Italien. Ich hatte zugelassen, dass dieses Land, diese Umgebung, mein Urteilsvermögen trübte. Ich musste unbedingt noch einmal mit Danny reden, ihm erklären, und zwar jetzt gleich, dass ich keine feste Beziehung wollte. Ich musste ihm sagen, dass ich mich an jenem besagten Abend vom *limoncello* hatte leiten lassen; dass der heutige Tag wunderbar war, aber ich, wie schon gesagt, derzeit keine feste Beziehung brauchen konnte. Stattdessen würde ich ihm meine Freundschaft anbieten.

Danny drehte sich wieder mit dem Gesicht zu mir und schaute mich an, dann blickte er hinauf zu dem Vollmond am Himmel.

»Ich schätze, du warst es, die den Mond bestellt hat, weil ich vergessen habe, darum zu bitten.« Er richtete seine Aufmerksamkeit wieder auf mich, und seine unglaublich blauen Augen senkten sich lächelnd in meine. »Danke dir.«

Da musste ich an Mary denken, an all das schöne Geld, das sie in mein Geburtstagsgeschenk investiert hatte, die französische Spitzenunterwäsche, die ich gerade am Körper trug. Ich wusste, es würde meine Cousine zutiefst verletzen, wenn ich sie nicht ihrem Zweck entsprechend einsetzte.

»Bitte sehr«, sagte ich und lächelte, so verheißungsvoll, wie es mir möglich war.

In dem Korridor vor meinem Hotelzimmer blieb ich stehen, schloss die Augen, stellte mich auf ein Bein und legte meinen Finger an die Nase.

»Was in aller Welt tust du da?«, fragte Danny entgeistert.

»Ist das nicht der Test, mit dem die Polizei prüft, ob man nüchtern genug ist, um Auto zu fahren oder sich anderen Tätigkeiten zu widmen, die ebenfalls einen klaren Verstand erfordern? Ich wollte nur sehen, ob ich für die anderen Tätigkeiten in geeigneter Verfassung bin.«

Er stemmte die Hände in die Hüften und tat schockiert. »Baggerst du mich etwa an, Casey Costello?«

»Erst bietest du deinen ganzen irischen Charme auf, und dann musst du noch fragen? Ich will nur nicht, dass du wieder meinen Weinkonsum als Ausrede gebrauchst, um dich davonzuschleichen.«

Er schob seinen Arm um meine Taille und schloss die Tür auf. »So viel Wein gibt es in ganz Italien nicht, dass das heute Nacht passieren könnte.«

Als wir ins Zimmer kamen, sah ich, dass sein Gepäck bereits dort neben meinem stand. Ich hatte mich vorher schon gefragt, wie er die Zimmerfrage lösen würde. Jetzt wusste ich es.

»Nun, du warst dir deiner Sache ja sehr sicher«, sagte ich und deutete auf sein Gepäck.

»Nicht *sehr*. Deshalb hab ich dir ja auch das Parfum gekauft.«

»Wenn ich das gewusst hätte, hätte ich dich hingehalten, bis ich auch die Körpercreme gekriegt hätte.«

Er trat ganz dicht an mich heran und schob seine Hände unter mein T-Shirt. »Wenn ich mich an deinen geschlitzten Rock entsinne, meine ich mit Sicherheit sagen zu können, dass du gar keine Körpercreme brauchst.«

»Wollen und Brauchen ist nicht das Gleiche«, murmelte ich in die Stelle zwischen seinem Hals und Schlüsselbein.

Danny machte die Schließe meines BH auf und streichelte meine Brüste. »Ich glaube, da liegst du aber verdammt falsch«, sagte er und strich sachte mit seinen Daumen über meine Brustwarzen, um seine Behauptung zu erhärten. Nun gut, Ausnahmen bestätigen die Regel. Und damit ließen wir das Widersprechen fürs Erste sein.

Von keinem von uns beiden hörte man in dieser Nacht mehr ein Nein. Weder, als er mir mein T-Shirt und meinen sündteuren französischen BH auszog; noch als ich sein Hemd aufknöpfte und mit den Händen seinen Brustkorb streichelte oder er seine Hände in meine Hose schob und sich seiner Kleidung entledigte. Schon gar nicht von dem Moment an, wo er mich aufs Bett legte und seine Hände über meinen Körper wandern ließ, auf die Art, wie man seiner Meinung nach Florenz erkunden sollte, langsam, auf Umwegen, oder wenn sein Mund an den wichtigen Stellen etwas verweilte.

Ich begehrte ihn mit jeder Faser meines Körpers, und er spürte es, legte sich mit seinem Körper auf mich und gab mir, was ich wollte und was ich brauchte.

20. Kapitel

Didn't expect it to go down this way · KT Oslin

Ich hab so etwas nicht erwartet.

Als ich am nächsten Morgen die Augen aufschlug, fiel mein erster Blick auf Danny, der, frisch geduscht und in ein Handtuch gehüllt, aus dem Badezimmer kam.

»Guten Morgen, Prinzessin«, begrüßte er mich mit einem Lächeln.

»Anya hätte auch so viel Glück haben sollen«, seufzte ich.

»Manchmal ist es von Vorteil, wenn man kein blaues Blut in den Adern hat.« Er trat näher und küsste mich. »Wie viel Zeit haben wir, ehe wir aufbrechen müssen?«

»Etwa zwei Stunden. Genug Zeit, um zu frühstücken ...«

»Und wenn wir das Frühstück sausen lassen?«

»Genug Zeit für eine schnelle Dusche und für das, was du sonst noch im Sinn hast.«

Im Nu hatte ich geduscht, schlüpfte in den Bademantel und kam ins Zimmer zurück. Danny lag auf dem Bett, die Kissen unter den Kopf geschoben. Ich kuschelte mich an ihn.

»Das war so ein unglaublich schöner Tag gestern. Ich danke dir, Danny.«

»Gern geschehen«, erwiderte er, löste den Gürtel meines Bademantels und schob seine Hand darunter. »Ich fand, die Nacht war unglaublich schön«, fügte er hinzu und beugte sich über mich, um die Nase in mein Dekolleté zu stecken.

Ich legte meine Hände an sein Gesicht und ermutigte ihn, sich auf die Brust zu konzentrieren. »Allein schon, dass du diese alte Vespa aufgetrieben hast, finde ich ganz erstaunlich.«

»Ich hab dir doch gesagt, dass ich alles Mögliche kann«, sagte er und bewies es mir, als er sich meiner anderen Brust widmete.

Seine Berührung jagte einen Schauer durch meinen Körper, bis in die Zehenspitzen. »Ja, aber dass du es so gut kannst, das hast du mir verheimlicht«, gurrte ich.

Er hob den Kopf und lächelte. Dann veränderte sich plötzlich seine Miene. »Oh, ich habe ganz vergessen. Ich wollte dir noch was erzählen. Als ich gestern in dem Autoverleih war, hab ich deinen Freund gesehen, den von der Party im Oran Mor.«

»Wen meinst du?«

»Wie heißt er doch? Dieser Typ mit der roten Hausjacke, der an eurem Tisch saß.«

»*George Davis*! Der ist bestimmt nicht mein Freund, das kannst du mir glauben.«

»Nein, nicht Davis. Wie hieß er doch gleich wieder?«

»Doch, George Davis. Dieser widerliche hässliche Kerl in der roten Jacke und dem Plastron. Er saß neben Sally.«

»Genau den meine ich, aber der Angestellte in dem Autoverleih hat ihn mit einem anderen Namen angesprochen. Wie hat er ihn gleich genannt? Ich müsste mich doch daran erinnern können. Der Typ hat sich über alles Mögliche beschwert, und der arme Angestellte war schon völlig fertig mit den Nerven. Vor seinem Schalter stand eine lange Schlange von Kunden, die bedient werden wollten, und der Angestellte sah abwechselnd auf die Leute und dann wieder auf diesen Kerl, und schließlich sagte er: ›Es tut mir wirklich leid, Signor …‹ Herrschaft, wie hieß er doch gleich? Signor …« Danny schlug sich mit der flachen Hand an die Stirn, und plötzlich kam ihm die Erleuchtung. »Signor Davinsky. Genau, das war's. Davinsky. Wie konnte ich das vergessen. Der Angestellte hat diesen Namen bestimmt hundert Mal gesagt.«

Mein Hirn fing an zu rattern wie eine Brief-Sortiermaschine. Es warf Daten in verschiedene Fächer, bis das Fach gefunden war, in das der Name passte. Nach einer knappen Minute war die Information in der richtigen Ablage gelandet, und jäh gefror mir das Blut in den Adern. Ich setzte mich mit einem Ruck auf und wartete, bis mein Herzschlag sich beruhigt hatte und ich reden konnte, ohne dass sich meine Stimme überschlug.

»Bist du sicher?«

»Ja. Der Angestellte hielt seinen Pass in der Hand und schaute jedes Mal darauf, ehe er ihn mit seinem Namen anredete.«

»Aber sein Name ist Davis.«

»Viele Leute verkürzen aus geschäftlichen Gründen ihren Namen, damit man ihn sich leichter merken kann.« Danny wandte seine Aufmerksamkeit wieder meinen Brüsten zu, das Thema George schien für ihn abgehakt. Doch ich musste unbedingt mehr erfahren.

»Hast du mit ihm gesprochen?«, fragte ich.

»Nein. Ich hatte das zwar ursprünglich vor, aber dann

hat er sich so zum Narren gemacht und all die Leute gegen sich aufgebracht, die da in der Warteschlange hinter ihm standen, dass ich lieber nicht mit ihm in Verbindung gebracht werden wollte. Ich drehte ihm den Rücken zu, damit er mich nicht bemerkte.«

Danny ging nun dazu über, die Stellen, die er gestreichelt hatte, mit Küssen zu bedecken, und es fiel mir schwer, mich nicht dem wohligen Gefühl hinzugeben, das seine Berührung in mir auslöste. Doch das, was er mir da eben erzählt hatte, ließ mir keine Ruhe.

»Worüber hat er sich denn beschwert?«

»Über *alles*. Und das in zwei Sprachen. Er beschwerte sich auf Englisch, dass der Wagen nicht dem Modell entspreche, das er sich hatte reservieren lassen, dann fing er an auf Russisch zu schimpfen, dass er sich an die Polizei wenden würde. Dann wechselte er wieder über zu ...«

»Du sprichst Russisch?«, unterbrach ich ihn.

»Ja. Ich glaube, das habe ich dir noch gar nicht erzählt. Der Bruder meines Vaters gehörte einer Gruppe von Unternehmern an, die nach der Perestroika nach Russland gingen. Er eröffnete dort einen Cateringservice, der ein Riesenerfolg wurde, und so bot er mir nach meiner Kochausbildung an, für ihn zu arbeiten. Dafür musste ich Russisch lernen, denn mein Onkel meinte, wenn man die Sprache nicht beherrscht, ist es für die zahlreichen zwielichtigen Geschäftemacher dort ein Leichtes, einen über den Tisch zu ziehen. Ich habe etwa ein Jahr bei ihm gearbeitet, dann ging ich wieder zurück nach Irland. Ich habe in dieser Zeit zwar ziemlich gut Russisch gelernt, doch beruflich hat mich die Arbeit dort nicht weitergebracht, im Gegenteil.«

»Wie sehen denn diese zwielichtigen Geschäftemacher

aus?« Von George Davis abgesehen, fügte ich im Stillen hinzu.

»In Russland gibt es einen Schwarzmarkt, da würdest du staunen. Die Leute kaufen und verkaufen alles, was illegal ist und einen Marktwert besitzt. Dabei machen sie riesige Profite, und der größte Absahner dabei ist die russische Mafia.«

»Es gibt eine russische Mafia?«

»Aber sicher, und sie ist genauso mächtig und einschüchternd wie die italienische, die man von den Filmen her kennt.«

Ich war vor Schreck wie gelähmt. Sicher hatte Sally keine blasse Ahnung, mit wem sie es da zu tun hatte. »Was verkaufen die denn da für Sachen?«

»Alles, was du dir vorstellen kannst. Wenn es illegal ist und einen Markt dafür gibt, hat die Mafia die Hände im Spiel und macht das Geschäft.«

»Waffen?«, fragte ich.

»Waffen werden im großen Stil gehandelt. Waffen und Formeln zur Herstellung von nuklearen Waffen. Du kannst dir nicht vorstellen, was da alles läuft. Es gibt da einen Typen, Vladimir Chomsky heißt er, der steht im Moment vor Gericht, weil er versucht hat, Informationen über Nuklearwaffen an die Nordkoreaner zu verkaufen. Das Urteil ist noch nicht gesprochen, aber die Regierung hat ziemlich handfeste Beweise gegen ihn.«

»Woher weißt du denn das alles?«

»Auch die amerikanischen Zeitungen berichten darüber. Kleine Artikel, aber mir fallen sie auf, weil ich mich dafür interessiere. Außerdem hält mein Onkel mich auf dem Laufenden, was sich dort drüben alles abspielt. Er ist mal ziemlich übel zugerichtet worden von einem dieser Mafiatypen, aber inzwischen hat er gelernt, wie man mit denen umgehen muss.«

»Und *wie* muss man mit denen umgehen?«

»Man bezahlt. Auf die eine oder andere Weise«, erwiderte Danny und streifte mir meinen Bademantel von der Schulter. Ich stieg rasch aus dem Bett, sodass Danny mit meinem Bademantel in der Hand und fragendem Blick dalag. Ich musste um jeden Preis Sally davon abhalten, morgen mit George wegzufahren.

Ich zog mich an. »Danny, mir ist gerade eingefallen, dass ich bei den heutigen Rezepten einige Veränderungen vornehmen möchte, die ich mit Sally und Sonya noch nicht abgesprochen habe«, improvisierte ich. »Ich muss sie unbedingt gleich heute früh davon in Kenntnis setzen. Ich lauf rasch rüber. Es dauert nicht lange.«

Er blickte mich verwirrt an. »Nun, natürlich bin ich frustriert angesichts dieser abrupten Änderung deiner Absichten, aber ich schätze selbstverständlich deine hohe Arbeitsmoral.«

»Ich bin gleich wieder da«, sagte ich und küsste ihn.

»Das hat nichts damit zu tun, dass ich dir die Körpercreme nicht gekauft habe, oder?«

»Nein. Ehrlich.« Ich war schon unterwegs zur Tür.

»Willst du deine Rezepte nicht lieber mitnehmen?«, fragte er, als ich mit leeren Händen hinausgehen wollte.

»Ach ja, natürlich«, sagte ich und nahm meine Tasche an mich.

Sally war nicht in ihrem Zimmer. Ich eilte in den Speisesaal. Dort war sie auch nicht, aber Sonya saß dort.

»Hallo, guten Morgen, Casey«, sagte sie lächelnd. »Na, wie war dein Ferientag?«

Derjenige, der schon tausend Jahre her ist?, dachte ich bei mir. »Es war einfach fantastisch!«, erwiderte ich und hätte ihr am liebsten alles haarklein erzählt, aber ich musste ja unbedingt Sally finden, deshalb fasste ich mich kurz und sagte dann: »Sonya, ich bin auf der Suche nach Sally. Hast du sie gesehen?«

»Sie ist noch nicht zurück.«

»Zurück von wo?«

»Von ihrem Termin mit George.«

Ich riss verwundert die Augen auf. »Das ist morgen, Sonya. Samstag. Sally hat gesagt, am Samstag.«

»George hat die Pläne kurzfristig geändert und den Termin auf den gestrigen Tag vorgezogen. Sally meinte, sie würden über Nacht bleiben.«

Mein Herz klopfte wie wild. Gleich würde mir schwindlig werden. Ich trank einen Schluck aus Sonyas Wasserglas. »Weißt du, wohin sie mit George gefahren ist?« Vielleicht waren sie ja gar nicht nach Slowenien unterwegs, um sich mit Boris zu treffen. Vielleicht handelte es sich um eine ganz andere Sache.

Sonya schürzte die Lippen. »Woher soll ich das wissen? Weiß denn einer von uns über diesen George Bescheid?«

Besser als mir lieb ist, dachte ich bei mir. »Wollte sie nach ihrer Rückkehr hier ins Hotel zurückkommen?«

»Nein, sie will sich mit uns in Comacchio treffen.«

Laut Plan würde ich an diesem Tag nicht nach Comacchio fahren. Das Restaurant, in dem ich die Vorbereitung für die heutigen Dreharbeiten machte, lag in einer ganz anderen Richtung. »Woher weißt du, dass sie dort hinkommt?«

»Sally hat noch nie einen Termin oder eine Sendung abgesagt«, erwiderte sie in sachlichem Ton. »Sie hat mich noch nie hängen lassen. Sie wird da sein.«

Ich bemühte mich redlich, meine Panik zu verbergen. »Ich habe so ein ungutes Gefühl, dass George, dass George ... wie soll ich sagen ... sie vielleicht nicht zurückbringt oder so.«

Sonya neigte sich vertraulich zu mir. »Casey. Unter uns gesagt, George ist ein riesengroßes Arschloch, aber ich glaube nicht, dass er ein Kidnapper ist.«

Ich atmete tief aus, ehe ich weiterredete. »Hör mal«, bat ich dann, »tust du mir einen Gefallen? Rufst du mich in meinem Restaurant an, sobald sie wieder auftaucht, damit ich beruhigt bin?«

Sonya stellte ihre Tasse ab und schaute mich verwundert an. »Was ist denn los, Casey? Gibt es etwas, das ich wissen sollte?«

»Ich habe einfach ein schlechtes Gefühl, wenn sie mit dem Kerl zusammen ist. Sei so lieb, bitte. Ruf mich an, wenn du sie siehst.« Ich sagte »wenn«, aber eine Stimme in meinem Hirn brüllte »falls«.

»In Ordnung. Wir werden in Comacchio sein, ehe du dein Restaurant erreichst. Ich rufe dort an und hinterlege eine Nachricht für dich.«

»Danke, Sonya.«

Als ich in mein Zimmer zurückkam, saß Danny an dem kleinen Schreibtisch, trank Kaffee und studierte einen Autoatlas. Er trug nur Jeans, weder Hemd, Schuhe noch Socken. Ich hasste George nicht nur, weil er Sally so zu schaffen machte, sondern auch, weil er mir den Vormittag verdorben hatte, der ganz anders hätte verlaufen können.

Ich ließ meine Tasche auf den Schreibtisch fallen. »Danny, ich brauche deine Hilfe.«

»Kein Problem. Ich bin inzwischen ein richtiger Profi, was Fernsehküche angeht.«

Ich zog einen Stuhl heran und setzte mich neben ihn. »Ich wünschte, das wäre mein Problem.« Ich wusste, Sally rechnete damit, dass ich über die Sache Stillschweigen bewahrte, aber ich war überzeugt, dass sie in Gefahr war, und im Moment war Danny der Einzige, der möglicherweise helfen konnte.

»Oh Mann«, bemerkte Danny, als ich mit meiner Geschichte fertig war. »Das klingt aber gar nicht gut.«

»Hast du je den Namen Davinsky gehört, als du in Russland warst?«

»Nein, ich nicht, aber vielleicht mein Onkel. Möchtest du, dass ich ihn anrufe?«

»Würdest du das bitte tun?«

Er schaute auf die Uhr. »Ja. Ich müsste ihn eigentlich jetzt erreichen können.«

Danny telefonierte, während ich unruhig im Zimmer auf und ab lief und mich bemühte, das Bild von Sally mit Zementblöcken an den Füßen aus meinem Kopf zu verscheuchen.

Nachdem Danny ein paar Minuten auf Russisch geredet hatte, legte er auf. »Mein Onkel ist für etwa drei Stunden außer Haus. Ich habe die Hotelnummer hinterlegt, damit er zurückrufen kann.« Ich lief immer noch nervös auf und ab, da kam er zu mir her, nahm mich in seine Arme und hielt mich fest. »Komm, beruhige dich, Casey. Ganz sicher wird alles gut. Versuch dich zu entspannen, mein Schatz.«

»Ich fürchte, das geht jetzt nicht mehr.«

»Kannst du nicht so tun, als ob? Du musst doch jetzt zu diesem Restaurant fahren und den Set vorbereiten und aufbauen. Du darfst jetzt nicht mit dem Allerschlimmsten rechnen.«

Er hatte natürlich recht, aber seine Worte erschienen mir so sinnlos, angesichts der Tatsache, dass nach allem, was ich wusste, Sally bereits bei den Fischen sein konnte.

»Nimm doch den Wagen und fahre schon mal los, und ich rufe dich an oder komme nach, sobald ich was von meinem Onkel gehört habe.«

»Wie willst du denn hinkommen?«

»Das lass meine Sorge sein. Ich schaff das schon irgendwie.« Er küsste mich. »Jetzt geh schon«, sagte er. »Lass mich nur machen.«

Ich saß daheim in den USA nicht oft hinter dem Steuer, und bald schon wurde mir klar, dass die italienischen Straßen nicht unbedingt der ideale Ort waren, um mehr Routine beim Autofahren zu gewinnen. Die Italiener drückten wie wild auf die Hupe, um mich aus dem Weg zu scheuchen, und rasten dann, böse Blicke in meine Richtung werfend, an mir vorbei. Nachdem ich um Haaresbreite von einem Alfa Romeo ausgelöscht worden war, parkte ich den Wagen schließlich vor einer kleinen Fischtaverne am Meer, dem Ristorante da Rosa.

Ich atmete ein paar Mal tief durch, rief mir wieder einmal ins Gedächtnis, *the show must go on*, und ging zum Eingang. Das Haus an sich war nichts Besonderes, ein schlichter, wenig bemerkenswerter Bau, aber die dazugehörige Terrasse war wunderschön. Sie war an der Seite des Hauses gelegen, von Weinreben überwachsen, die sich um eine

Pergola rankten. Um die dunkelgrünen Reben waren Lichterketten mit winzigen Glühbirnchen gewunden. Überall standen große Terrakottatöpfe mit weiß blühenden Pflanzen, deren Blattwerk üppig und sattgrün schimmerte. Die Tische waren mit gestärktem, schneeweißem Leinen gedeckt, und auf jedem Tisch standen ein gläsernes Windlicht und eine kleine Vase mit frischen Blumen. Von der Terrasse aus genoss man einen geradezu atemberaubenden Blick auf das verführerische Blau des Adriatischen Meeres.

»*È bello, no?*«

Ich drehte mich herum und erkannte die Frau, die ich vor ein paar Wochen auf dem Video in Sonyas Büro gesehen hatte. Sie trug das gleiche geblümte Hauskleid und darüber die Rüschenschürze.

»*Bellissimo*! Es muss am Abend wunderbar romantisch sein, mit den Lichterketten und dem Mond über dem Meer«, sagte ich.

»*Paradisiaco*. Ich bin Rosa.« Sie reichte mir die Hand. »Sie sind Amerikanerin. Gehören Sie zu den Fernsehleuten?«

»Ja. Ich bin Casey Costello. Ich helfe Ihnen bei den Vorbereitungen der Gerichte.«

»Ah, ja. Ihre Produktionsleiterin hat angerufen und eine Nachricht für Sie hinterlegt. Sally ist wieder da.«

Ich blickte dankbar zu dem Ort hinauf, an dem Gott zu Hause war. »Ach, das ist ja wunderbar«, sagte ich erleichtert. Rosa schaute mich fragend an. »Es gab ein paar Probleme mit dem Zeitplan«, erklärte ich ihr.

»Aber die sind nun gelöst, nicht wahr?«

»Ja.«

»Na, dann ist es ja gut. Kommen Sie doch herein. Wir trinken erst einmal einen Espresso zusammen, ja?«

»Klingt fantastisch.« Ich hatte keine Zeit gehabt zu frühstücken, und ich spürte, wie meine Energie immer mehr schwand. »Darf ich bitte vorher noch Ihr Telefon benutzen?«

»*Certo.*«

Ich rief Danny an, berichtete ihm, dass Sally zurück war, und fragte, ob er etwas von seinem Onkel gehört habe.

»Bis jetzt noch nicht. Sobald er sich gemeldet hat, rufe ich dich an.«

»Hast du die Nummer von hier?«

»Du meinst, die Nummer, die du auf dem Block auf dem Schreibtisch notiert hast, auf den Blöcken auf beiden Nachtkästchen und auf dem Zettel, den du in meine Hosentasche gesteckt hast?«

»Schau mal ins Bad. Am Spiegel klebt auch noch ein Zettel.«

Ich hörte das Rauschen und Gurgeln der Espressomaschine, und kurz darauf erschien Rosa, ein Tablett in der Hand, auf dem zwei kleine Tassen mit braunschwarzem Espresso und ein Teller mit selbst gebackenen *biscotti* standen.

»Nehmen Sie Platz, nehmen Sie Platz«, sagte sie und wies mit dem Kopf in Richtung eines Tisches mitten in der Küche. Ich kannte ihn schon von dem Video.

Rosa redete mich auf Italienisch an, und als ich in ihrer Muttersprache antwortete, schien sie davon sehr angetan. Ich erzählte ihr, dass die Familie meiner Nonna aus Neapel ausgewandert war.

»Ah, dann wissen Sie ja, wie man die *brodetto* zubereitet, die Fischsuppe?«

»Ja, aber wir sagen dazu *zuppa di pesce.*«

»Und Sie servieren dazu geröstetes Brot, nicht wahr?«

»Richtig. Und natürlich haben wir drüben andere Fische. Wir verwenden Fische aus dem Atlantik, und die sind meistens viel größer als die aus dem Mittelmeer.«

Rosa stellte ihre Tasse ab, ging zum Kühlschrank und nahm mehrere in Zeitungspapier gewickelte Päckchen heraus. Nacheinander wickelte sie alle aus. In jedem befand sich eine andere Sorte Fisch, und alle machten den Eindruck, als wären sie noch vor ein paar Minuten im Meer geschwommen.

»Sehen Sie nur, sind die nicht prächtig?«, sagte Rosa.

Erst beim Anblick all dieser Fische wurde mir richtig klar, wie viel Vorarbeit auf uns wartete. Wir mussten genügend Fische ausnehmen und putzen, damit es für eine komplette Fischsuppe und drei in Reserve reichte.

»Sie sind *incredibili*«, sagte ich und stand von meinem Stuhl auf. »Ich denke, wir machen uns lieber an die Arbeit und beginnen mit dem Ausnehmen.«

»Nicht diese Fische. Die sind nur für die Kamera. Kommen Sie, ich zeige Ihnen, was ich vorbereitet habe.« Sie führte mich in einen Kühlraum, in dem mehrere Tabletts, markiert mit *uno, due, tre* und so weiter, in Reih und Glied auf den Regalen standen. Sie hatte bereits alle benötigten Fische küchenfertig vorbereitet, einschließlich derjenigen für die Reservegerichte.

»Jetzt staune ich aber«, sagte ich. »Perfekte Arbeit.«

»*Grazie*. Wie wär's? Sollen wir *piadine* für das Mittagessen machen?«

»Aber gern. Es interessiert mich sehr, wie die gemacht werden.«

»Buon. Wir fangen mit dem Teig an.« Sie nahm eine große Steingutschüssel aus dem Regal und gab Hefe, etwas lauwarmes Wasser und ein paar Esslöffel Mehl hinein. Dann verrührte sie alles miteinander. »Jetzt warten wir, bis sich ein paar Bläschen bilden, etwa fünf Minuten. Machen Sie zu Hause manchmal Pizzateig?«

»Ja.«

»Das hier ist das Gleiche. Es ist ganz einfach.« Als die Hefe Bläschen bildete, gab sie Mehl, Olivenöl und Salz dazu und reichte mir einen hölzernen Kochlöffel. »Jetzt rühren Sie kräftig, bis das Ganze zusammenhält. Dann kneten wir den Teig.« Sie streute Mehl auf die Arbeitsfläche, und ich verrührte die Zutaten und beförderte den Teigklumpen auf die Arbeitsplatte. Rosa teilte ihn in zwei Hälften, und jede von uns beiden knetete ihren Teig so lange, bis er schön elastisch war. Wir formten ihn zu zwei Kugeln, die Rosa mit einem Geschirrtuch bedeckte und beiseite stellte. »Jetzt machen wir die Füllungen«, sagte sie.

Sie ging in eine geräumige Speisekammer und kehrte mit einem Korb zurück mit verschiedenen italienischen Salamiwürsten, Schinken, mehreren Sorten Käse, roten Paprikaschoten, Broccoli und frischem Rucola. Genau wie Sally bei dem Ankündigungs-Spot für die Italienreihe gesagt hatte, kochte Casey Costello nun direkt in einer italienischen Küche zusammen mit einer waschechten Italienerin, doch das Kochen hier unterschied sich kaum von dem, wie ich es von zu Hause gewohnt war, mit meiner Mutter oder Nonna. Die Zutaten waren die gleichen, und genau wie meine Mutter und Großmutter kochte auch Rosa ohne Rezept. Sie kannte ihre Produkte genau, und es schien sie zu befriedigen, dass auch ich sie kannte. Mir wurde bewusst, viel stärker als das Land, als die Sprache, verband mich die Küche mit meinen italienischen Wurzeln. Ich bepinselte die Paprikaschoten mit

Öl und legte sie in den heißen Backofen zum Rösten. Als sie sich schwärzlich verfärbt hatten, entfernte ich die Stiele und Samen und schnitt das Fruchtfleisch in schmale Streifen. Ich legte sie in eine Schüssel, salzte und beträufelte sie mit Olivenöl und Essig. Rosa putzte den Broccoli, schnitt ihn in kleine Stücke und schmorte ihn, zusammen mit Knoblauch und Chilischoten, in Olivenöl. Ich wusch den Rucola, entfernte die harten Stängel und schüttelte ihn trocken. Wir gaben die verschiedenen fertigen Füllungen auf Teller. Es war eine wahre Farborgie.

»Jetzt machen wir die *piadine*.« Rosa zog das Geschirrtuch beiseite, und zum Vorschein kamen die herrlich aufgegangenen Teigkugeln. Sie knuffte sie zusammen und überließ eine davon mir. »Reißen Sie den Teig in sechs Stücke«, sagte sie, während sie ihren eigenen Teig zerteilte. Dann reichte sie mir ein Nudelholz. »Jetzt rollen Sie den Teig aus, so groß etwa.« Sie formte mit den Händen einen Kreis von etwa zwanzig Zentimetern Durchmesser. »Er muss dünn sein, so wie der hier.« Sie hob den Rand des Teigfladens hoch, den sie gerade ausgerollt hatte, er war etwa einen halben Zentimeter dick.

Als wir die gesamte Teigmenge ausgerollt hatten, stellte sie zwei Backbleche oben auf den Herd und erklärte, dass diese sehr heiß werden müssen, ehe man die Teigkreise darauf legt. »Jetzt schauen Sie mir einfach zu und machen es mir nach.« Kein Problem. Mit dieser Lehrmethode »Zuschauen und Nachmachen« war ich aufgewachsen. Rosa tauchte die Hand in ein Schälchen mit Wasser und bespritzte das Blech. Ich tat es ihr nach. Das Wasser zischte und verdampfte sofort. »Jetzt ist das Blech heiß genug«, meinte sie.

Mit der Gabelspitze nahm sie einen der Teigkreise und legte ihn auf das heiße Blech; ich machte es ihr nach. Nach ein paar Minuten wendete sie den Fladen, ließ ihn noch ein paar weitere Minuten backen, nahm ihn vom Blech und bepinselte ihn mit Olivenöl. Auch ich holte meinen vom Blech und bepinselte ihn mit Öl. »Jetzt gibt man die gewünschte Füllung darauf und faltet das Ganze zusammen, genau so«, instruierte sie mich, gab etwas Salami und Käse auf ihren Fladen und faltete ihn.

Ich füllte meinen mit geschmortem Broccoli, klappte ihn zusammen und biss hinein. Himmlisch.

»Sei so lieb und lass was für mich übrig.«

Überrascht hob ich den Kopf und erblickte Danny. Er schmunzelte, und es schoss mir der Gedanke durch den Kopf, dass die Menschen normalerweise nicht schmunzeln, wenn die Welt zugrunde geht. Vielleicht hatte ich mich in etwas hineingesteigert. Ich stellte Rosa Danny vor, und er setzte sich an den Tisch und aß zwei der *piadine*, ehe er Rosa erklärte, er müsse etwas mit mir besprechen.

Wir verließen zusammen die Küche und gingen vor dem Haus ein paar Schritte auf und ab, während er mir erzählte, was sein Onkel ihm berichtet hatte.

»Er hat von Boris Davinsky gehört. Der war nur ein kleiner Fisch in der russischen Mafia, eigentlich ein Außenseiter, aber es geht das Gerücht, dass er Kontakte mit einem Amerikaner geknüpft hatte, der gewillt war, geheime Informationen über Nuklearwaffen zu verkaufen. Mein Onkel kannte den Namen des Amerikaners nicht, aber ich schätze, es könnte sich um Sallys Ehemann handeln.

Boris war nur ein Mittelsmann«, fuhr Danny fort, »und als der Amerikaner verschwand, verlor Boris seinen einzigen Kontakt und seinen Wert für die Mafia. Die Mafia glaubt, er hat Vladimir Chomsky den Behörden ausgeliefert und sich bereit erklärt, gegen ihn und die Mafia auszusagen. Dann ist er auf einmal verschwunden. Er hat wahrscheinlich Panik bekommen. Die Regierung sucht ihn, damit er bei dem Prozess aussagen kann. Die Mafia sucht ebenfalls fieberhaft nach ihm, um seine Aussage zu verhindern. Meiner Einschätzung nach schröpft er Sally, um genug Geld zusammenzukriegen, um dauerhaft untertauchen zu können.«

»Und was ist mit George?«

»Mein Onkel hat nie von ihm gehört. Er sagt, Boris hat keinen Sohn. Er hat eine Tochter, aber sie lebt irgendwo in den Vereinigten Staaten. George könnte ein Verwandter sein, aber Genaueres weiß ich nicht.«

»Was meinst du, weiß die Mafia von George?«

Danny blieb stehen und schaute mich an. »Ich weiß, was du denkst, Casey. Wenn die Mafia von George weiß und ihn dazu benutzt, Boris zu finden, werden sie vermutlich dabei auch auf Sally stoßen, nicht wahr?«

Ich nickte. »Ist Sally in Gefahr?«

Er fasste mich an den Armen. »Möglicherweise, Casey. Es wäre gut, wenn du sie überreden könntest, sich in den USA an die Behörden zu wenden.«

»Und hier? Ist sie hier in Gefahr?«

»Wir sollten sie jedenfalls nicht allein lassen.«

»Hat das dein Onkel gesagt?«

»Ja.«

»Ich muss sofort zu Sally und ihr das alles berichten, und dann schnüre ich sie zusammen wie ein Paket und trage sie eigenhändig zur Polizei, wenn sie nicht auf mich hören will.«

»Ich werde dir dabei helfen, aber unternimm nichts, ehe die Dreharbeiten heute Nachmittag nicht abgeschlossen sind.«

»Du hast recht. Ich werde warten.«

Warten war eine Zerreißprobe für meine Nerven. Als das Aufnahmeteam eintraf, verköstigten wir es mit *piadine*. Ich ließ Sally nicht aus den Augen, achtete aufmerksam auf irgendwelche Anzeichen, ob sie möglicherweise ein unangenehmes Zusammentreffen mit russischen Gangstern hinter sich hatte, aber sie schien ganz normal und guter Dinge. Eins jedoch fiel mir auf, nämlich, dass sie ihre *piadina* nur zur Hälfte aß; wenn Sally ihren Appetit verloren hatte, so war das ganz gewiss kein gutes Zeichen.

Doch auch wenn Sally möglicherweise beunruhigt war, so würde die Kamera das nicht bemerken. Sally und Rosa kamen wunderbar miteinander aus. Vom ersten *buona sera* an gingen die beiden vertraut miteinander um, als wären sie junge Mädchen, die einander Geheimnisse erzählten. Die Kamera fing zwei gute Freundinnen ein, die plauderten, sich in der Gesellschaft der anderen sichtlich wohlfühlten und zusammen *brodetto* zubereiteten.

Als wir einen Schnitt machten, um die Fischsuppe, die die beiden vor der Kamera vorbereitet hatten, gegen eine fertige auszutauschen, plauderten sie unverkrampft weiter, als wären sie allein in der Küche. Als die Kamera wieder lief, schöpfte Rosa eine Portion Suppe in einen Teller. Sie nahm zwei Löffel, reichte einen davon Sally und sagte zu ihr, *mangia*. Jede der beiden Frauen kostete von der Suppe, schaute die andere an, drückte einen Zeigefinger in die Wange und sagte: *squisito*!

Als John sagte, »das ist im Kasten«, wurde mir schlagartig bewusst, dass damit endgültig alles im Kasten war. Unsere Arbeit war beendet, und nun, nachdem wir so lange Zeit miteinander verbracht hatten, fiel uns der Abschied schwer.

Rosa lud uns ein, noch ein bisschen auf ihrer schönen Terrasse zu verweilen und den Ausblick zu genießen. Die Dämmerung senkte sich bereits herab, und Rosa schaltete die Lichterketten ein und öffnete ein paar Flaschen Prosecco. Wir blieben so lange, bis die *brodetto* verzehrt, der Mond aufgegangen war und ich allen beigebracht hatte, wie man eine Tarantella tanzt.

Zu später Stunde fuhren Danny und ich Sally ins Hotel zurück.

»Fange heute Abend noch nicht davon an«, meinte er, als wir zu zweit aufbrachen, um für Sally den Wagen zu holen. »Warte bis zum Morgen, wenn sie ausgeschlafen ist und du dich in Ruhe zu ihr hinsetzen kannst. Sag ihr, dass du gerne mit ihr morgen früh in ihrem Zimmer frühstücken würdest; sie jetzt vor dem Schlafen zu beunruhigen hat keinen Sinn.«

Ich pflichtete ihm bei, doch als wir Sally zu ihrem Zimmer brachten, konnte ich nicht anders, als sie zu ermahnen, auf jeden Fall die Tür abzuschließen. Dann wartete ich, bis das Schloss hörbar eingeschnappt war.

Kaum hatte Danny unser Zimmer aufgesperrt, marschierte ich geradewegs ins Bad, unter die Dusche, um den Fischgeruch loszuwerden, und wünschte dabei, ich könnte auch die Gedanken an George Davis einfach mit dem Wasser fortspülen. Zehn Minuten später schlüpfte ich neben Danny ins Bett, wobei ich nichts als ein paar Spritzer Mimosenduft am Leib trug. Danny trug nicht einmal das.

»Hmmm. Du riechst so gut«, sagte er und rieb seine Nase an meinem Hals, dann wanderte sein Kopf weiter nach unten, um zu sehen, welche Stellen ich sonst noch mit Mimose betupft hatte. Er wurde fündig, küsste die Stelle zwischen meinen Brüsten und fragte: »Bist du schon zu müde? Du hast schließlich einen harten Tag gehabt.«

Ich fuhr mit der Hand durch sein Haar. »Überhaupt nicht«, sagte ich und war auch schon eingeschlafen.

21. Kapitel

I stepped from eggshells to pins and needles, from burning coals to shards of glass

Nathan Moore

Ich trat von Eierschalen auf Nadeln, von glühenden Kohlen auf Glasscherben.

Am nächsten Morgen früh um sieben ging ich in Sallys Zimmer. Sie hatte bereits das Frühstück bestellt und für zwei Personen decken lassen und saß nun am Tisch und blätterte in einem Stapel Papiere, die offenbar in dem Briefkuvert mit der Aufschrift *Express* gekommen waren, das auf dem Boden lag.

»Was ist das, Sally?«

Sie verzog das Gesicht. »Das sind die neuen Buch- und Fernsehverträge.« Sie schaute mich um Vergebung bittend an. »Bei einer neuen Fernsehanstalt. Ich hatte keine Wahl.«

Ich legte meine Hand auf den Stapel. »Unterschreibe *nicht*.«

Sie schob meine Hand weg. »Casey, mir gefällt das alles genauso wenig wie dir. Ich tue nur, was ich tun muss.«

Ich erhob meine Stimme. »Sally. Warte einen Augenblick und hör mir zu.«

Offensichtlich waren ihr die Entschlossenheit in meinem Gesicht, der energische Ton meiner Stimme, nicht entgangen, denn sie machte den Mund auf und klappte ihn wieder zu. Als sie schwieg, nahm ich ihr gegenüber Platz und holte tief Luft.

»Bitte, hör mir jetzt einfach gut zu. Der Mann auf der CD, Boris Davinsky, ist Mitglied der russischen Mafia. Er hat eins der hohen Tiere bei der Mafia verpfiffen, einen gewissen Vladimir Chomsky, der nun im Gefängnis sitzt und auf seinen Prozess wartet. Dann ist Boris verschwunden. Die Mafia sucht überall nach ihm, und wenn sie ihn findet, werden sie wohl kaum gemütlich mit ihm plaudern. Die russische Regierung sucht ihn ebenfalls, weil er bei dem Prozess gegen Vladimir aussagen soll.«

»Mein Gott«, sagte sie leise. »Ich habe nie an etwas so Gefährliches wie die Mafia gedacht.«

»Das ist noch nicht alles, Sally. George heißt nicht Davis mit Nachnamen; sein wirklicher Name ist Davinsky, genau wie Boris Davinsky.« Sally schnappte nach Luft. »Wenn ich in der Lage war, das herauszufinden, kann die Mafia das auch«, fuhr ich fort. »Und auch die Russen; sie werden sich Georges bedienen, um an Boris heranzukommen – und bei ihrer Suche könnten sie auch auf dich stoßen. Wenn die Mafia dich findet, wird man dort sicher nicht erst überlegen, ob du womöglich ganz harmlos und völlig unbeteiligt bist. Die werden nicht lange fackeln. Und wenn die russische Regierung dich findet, heißt das für dich wer weiß was, womöglich, ab nach Sibirien.«

In Sallys Augen stand etwas geschrieben, was ich bei ihr noch nie gesehen hatte – nackte Angst. »Woher weißt du das alles?«

»Von Danny.«

»Du hast es Danny erzählt?«

»Eigentlich hat er es mir erzählt.« Ich schilderte den Vorfall bei der Autovermietung und berichtete ihr von Dannys Onkel in Russland. »Anfangs habe ich Danny gegenüber geschwiegen, aber als ich dich warnen wollte, warst du schon mit George weggefahren. Ich wusste, du steckst in einem fürchterlichen Schlamassel, und bekam es mit der Angst zu tun.«

Sie streckte den Arm aus und drückte meine Hand. »Kein Wunder. Du hast richtig gehandelt. Was hat Danny sonst noch gesagt? Sollen wir ihn nicht hierher holen und zu dritt alles bereden?«

Ich hatte gehofft, sie würde dies vorschlagen, und rief augenblicklich bei ihm an. Gleich nachdem Danny hereingekommen war, nahm er Sally in den Arm. Sie solle wegen der Situation nicht in Panik geraten, beruhigte er sie, in Russland würden häufig völlig unschuldige Menschen in solche Schlamassel verwickelt, aber wir wären ja in Italien. Dann setzte er sich, damit wir besprechen konnten, was als Nächstes zu tun sei und wie wir vorgehen wollten.

»Ich habe eben noch einmal mit meinem Onkel telefoniert«, begann Danny. »Bis jetzt hört man nichts davon, dass Davinsky umgebracht oder festgenommen worden ist, das heißt also, dass alle Seiten immer noch nach ihm suchen. Sally, ist George mit Ihnen über die Grenze gefahren, um Boris zu treffen?«

»Nein. Er hat mich an die Grenze gebracht, und ich ging allein in ein schäbiges Hotel, gleich in der Nähe, wo Boris auf mich wartete. Am nächsten Morgen ging ich in aller Früh zurück über die Grenze und traf mich wieder mit George.«

»Das ist gut. George wusste wahrscheinlich genau, dass man bei einem Grenzübertritt sofort auf seinen Namen aufmerksam werden würde. Das ist auch der Grund, weswegen Boris Slowenien nicht verlassen wollte. Offensichtlich hat sich keiner von den beiden getraut, sich um einen falschen Pass zu bemühen.«

»Das heißt also, niemand weiß, dass sich Sally mit Boris getroffen hat?« Meine Frage klang eher wie ein Gebet.

»Höchstwahrscheinlich nicht«, sagte Danny.

Ich runzelte die Stirn. »Höchstwahrscheinlich nicht« war mir nicht genug. Dann kam mir ein anderer Gedanke, und ich fragte Sally: »Hast du die CDs gesehen?«

Sie blickte Danny befangen an, als wollte sie sich für Peters Verhalten entschuldigen. »Ja«, erwiderte sie. »Es sah nicht so aus, als wäre es zu einer Übergabe gekommen, und ich erklärte mich bereit zu zahlen und die Verträge zu unterzeichnen.«

»Ich fürchte, das Ganze nimmt völlig unerwartete Dimensionen an, Sally«, sagte Danny. »Sie müssen sich an die zuständigen Behörden wenden.«

Sally senkte den Kopf. »Ich weiß. Sie haben ja recht. Ich hätte das von Anfang an tun sollen, aber ich dachte, ich könnte einfach für die CDs bezahlen und damit wäre die Sache aus der Welt. Nie im Leben ist mir der Gedanke gekommen, dass dieser Mann mit der Mafia zu tun hat.«

»Das kann ich gut verstehen«, sagte Danny. »Im Übrigen bin ich der Meinung, Sie sollten sich erst an die Behörden wenden, wenn Sie wieder zu Hause sind. Ich habe das Gefühl, dass Sie dort sicherer sind. Wann ist das nächste Treffen mit George geplant?«

»Er kommt gegen Mittag, wegen der Verträge.«

»Bis dahin sollten Sie schon abgereist sein. Sie sollten so schnell wie möglich in die USA zurückfliegen.«

»Kennst du jemanden beim FBI oder der CIA?«, fragte ich Sally.

Ihre Antwort kam prompt. »Ja. Unser guter Freund John Long ist beim FBI. Er kannte Peter vom College.« Sie schaute mit gequälter Miene aus dem Fenster. »Ich finde es furchtbar, dass er das erfahren muss.«

»Er wird es nicht schwerer aufnehmen als du, Sally. Und vielleicht kann er ja helfen.« Sie nickte, und Danny wollte wissen, für welche Uhrzeit die Abfahrt aus Ravenna geplant sei.

»Giuseppe wird uns um sechzehn Uhr abholen und nach Mailand fahren. Unser Flugzeug geht morgen früh.«

»Schau im Internet nach, Casey, ob es heute noch einen Flug gibt«, riet Danny.

Ich klappte Sallys Laptop auf. »Der letzte Flug nach Washington geht heute Nachmittag um fünfzehn Uhr dreißig ab Mailand.«

Danny schaute auf die Uhr. »Das schaffen wir. Ich fahre euch hin. Sind noch Plätze vorhanden?«

Ich schaute nach, ob es noch einen freien Platz gab, dann änderte ich spontan meinen Entschluss und bestellte zwei. Ich konnte Sally nicht allein reisen lassen. Sollte tatsächlich jemand auf die Idee kommen, sie zu kidnappen, wüsste ich wenigstens Bescheid und könnte Hilfe holen, es sei denn – ich musste schlucken – ich wurde ebenfalls gekidnappt. »Alles klar, ich hab zwei Plätze gebucht«, verkündete ich.

»Packen Sie Ihre Sachen, Sally«, forderte Danny sie auf.

»Ich werde Sonya informieren, dass wir früher fliegen«, sagte ich.

»Was wirst du ihr sagen?«, wollte Sally wissen.

»Dass ein Risotto milanese auf uns wartet, das wir nicht kalt werden lassen wollen. Mach schon, pack!«

Zwanzig Minuten später standen wir in der Hotelhalle. Sonya fragte nicht nach, warum wir so überstürzt abreisten. Sie steckte gerade mitten in einer Besprechung mit John und hatte den Kopf voll mit anderen Dingen.

»Übrigens, Sonya«, fügte ich hinzu, »ich habe beschlossen, ein paar Tage bei Sally in Washington zu bleiben, deshalb fliege ich nicht mit dir nach New York zurück.«

»Das wird sicher nett«, antwortete sie zerstreut.

»So viel Aufregung, und das gleich in aller Früh«, bemerkte ich zu Danny, als wir an der Rezeption standen und warteten, bis auch Sally ausgecheckt hatte.

»Sieht so aus, als hätte der noch einen schlimmeren Tagesanfang gehabt«, sagte Danny und wies mit dem Kopf auf einen Mann, der in der Nähe saß und Zeitung las. Ich schaute zu ihm hin und dann zurück zu Danny. »Wieso, was ist mit ihm?«

»Schau mal auf seine Füße.«

Ich bemerkte, dass er zwei verschiedene Socken trug, einen blauen und einen braunen. Ich lachte. »Es ist mir ein Rätsel, wie das Leuten passieren kann. Wo haben die denn ihre Augen, wenn sie ihre Socken anziehen?«

Das Gesicht des Mannes war hinter seiner Zeitung verborgen. Danny sagte: »Vielleicht muss er eine starke Brille tragen und konnte sie nicht finden.« Danny streckte die Hand aus und berührte liebevoll mein Haar. »Oder vielleicht hatte er eine schöne Frau im Zimmer und konnte die Augen nicht von ihr abwenden, während sie sich anzog.«

Ich lächelte. »Das erscheint mir logischer.« Dann hob ich

fragend die Augenbrauen. »Warum passen dann deine Socken zusammen?«

»Ich habe nur weiße.«

Danny raste den ganzen Weg nach Mailand wie ein Verrückter, genau wie die Italiener. Während der Fahrt plauderte er seelenruhig mit Sally, und die beiden schmiedeten Pläne für ihre gemeinsame Sendung. Sonya hatte Sally richtig eingeschätzt: Sie konnte alle möglichen Probleme am Hals haben, doch niemals litt ihre Arbeit darunter. Ich hingegen war vollauf damit beschäftigt, aus allen Wagenfenstern zu blicken und Ausschau nach der Mafia zu halten.

Sally und Danny kamen überein, in der Sendung eine prächtig dekorierte Eistorte mit dem Namen *Baked Alaska* vorzustellen. Vieles sprach dafür: Man konnte sie in der zur Verfügung stehenden Zeit zusammensetzen, sie machte mächtig Eindruck, und Sally bekam Gelegenheit, ihren Bunsenbrenner einzusetzen. Danny hatte nichts dagegen, die Torte nach einem Rezept in Sallys Buch zuzubereiten, deshalb brauchten wir lediglich auszuarbeiten, welche Arbeitsschritte auf dem Bildschirm zu sehen sein sollten.

»Wie schlagen Sie das Eiweiß für die Baisermasse, Danny, mit der Maschine oder von Hand?« Sally interessierte sich immer für die Methoden anderer Köche.

»Sweetie kümmert sich bei uns im Restaurant um die Desserts, deshalb ist es bei mir schon eine Weile her. Aber früher habe ich dazu am liebsten eine Kupferschüssel und einen Schneebesen genommen.«

»Genau wie ich. Aber in der Sendung sollten wir vielleicht eine Küchenmaschine verwenden, denn die meisten Zuschauer haben eher so ein Gerät zu Hause stehen.«

»Ist mir recht.«

»Wie prüfen Sie, ob der Eischnee fertig ist?«, fragte Sally.

»Mit dem Eitrick.«

»Gut. Ich auch.«

In den meisten Baiserrezepten steht, man solle das Eiweiß steif, aber nicht zu lange schlagen, damit es nicht allzu fest wird. Viele Hobbyköche wissen nicht, wie das im Idealfall aussehen soll, außerdem passiert es einem relativ leicht, dass man das Eiweiß zu lange schlägt. Wenn man nun ein ganzes rohes Hühnerei auf den Eischnee legt und es sinkt weiter ein als ein paar Zentimeter, ist das Eiweiß noch nicht steif genug. Sinkt es gar nicht ein, ist es zu fest und man sollte in diesem Fall ein weiteres rohes Eiweiß zugeben und die ganze Masse noch einmal kurz schlagen.

Sally drehte sich zu mir herum. »Schreibst du dir das alles auch auf, Casey?« Ich war so mit meiner Mafiawache beschäftigt, dass ich mir keinerlei Notizen gemacht hatte, die doch unerlässlich für mein Skript waren.

»Ich notier mir das gleich«, sagte ich und blickte mich suchend nach meiner Tasche um. Dann fiel mir ein, dass ich sie in den Kofferraum gelegt hatte. »Aber meine Tasche liegt im Kofferraum.«

»In meinem Rucksack ist ein Notizblock«, sagte Danny und beschleunigte, um drei langsamere Fahrzeuge zu überholen; sie fuhren nur hundertvierzig.

Ich öffnete den Reißverschluss am Rucksack und brauchte nicht lange zu suchen. Der Block lag obenauf, direkt unter dem Foto von Kim, der Empfangsdame, die mich, bekleidet mit einem äußerst spärlichen Bikini, von einem fernen Strand grüßte. Ich hob den Kopf, um zu sehen, ob Danny mich im Rückspiegel beobachtete, dann drehte ich schnell das Bild um. Es war eine dieser Karten, die man mit einem persönlichen Foto in eine individuelle Grußkarte verwandelte. *Ich wollte, du wärst hier*, hatte Kim geschrieben und ihren Wunsch mit mehreren Ausrufezeichen und Herzchen betont. Zur Krönung hatte sie die Adresse mit einem Kussmund in einem total grässlichen, kitschigen Rosa versehen. Ich spürte förmlich, wie die Wut in mir hochstieg, und biss mir auf die Lippen, um nicht eine Kanonade italienischer Schimpfwörter auf Danny loszulassen.

Nun, was hatte ich denn erwartet? Ich wusste doch, wie er war. Wir waren uns unter völlig ungewöhnlichen Umständen nahegekommen, in denen ich ihn ganz für mich allein gehabt hatte. Im wirklichen Leben lief es völlig anders, ich würde ihn mit anderen teilen müssen, und das Teilen war mir schon von jeher ein Gräuel. Ich beschloss, den Mund zu halten, steckte das Foto in den Rucksack zurück und nahm den Block heraus.

»Hast du gefunden, was du brauchst?«, fragte Danny, ohne sich umzudrehen.

»Ja«, erwiderte ich.

Am Flughafen beschwatzte Danny die Angestellte an der Sicherheitsschranke, bis sie ihm gestattete, seine liebe alte Mutter, Sally, zum Flugsteig zu begleiten. Die junge Angestellte schmolz förmlich dahin. Als ich dann durch die Schranke ging, hörte ich, wie sie zu dem Mann am Monitor sagte, wie gerne *sie* seine liebe alte Mutter wäre.

Als es an der Zeit war, das Flugzeug zu besteigen, hielt Danny mich kurz zurück, während Sally vorausging. Er nahm eine seiner Visitenkarten heraus und schrieb etwas darauf.

»Hier ist meine Nummer zu Hause in Irland. Ruf mich an. Jederzeit, egal, um was es geht. Ich fliege morgen Abend von dort nach New York zurück. Bitte lass mich wissen, wie es dir geht.«

»Ja.«

»Und bitte sorge dafür, dass Sally sich umgehend mit ihrem Freund vom FBI in Verbindung setzt.«

»Ja, natürlich.«

Er nahm mich in den Arm und drückte mich fest an sich. »Und bitte pass auf, dass ich, sobald du im Flugzeug sitzt, nicht wieder auf ›nett‹ zurückgestuft werde, okay?«

Ganz locker und entspannt erwiderte ich: »Aber du bist doch nett.«

Er legte den Kopf zurück und schaute mich skeptisch an. »Und lieb und aufmerksam. Und hilfsbereit ...«, fuhr ich fort.

»Hör auf! Das hört sich ja an wie der Weihnachtsmann.«

Er wickelte eine Strähne meines Haars um seine Finger. »Du weißt, wenn wir wieder in New York sind, wird es wegen unserer Arbeit schwierig werden, Zeit füreinander zu finden.«

Aha, so also wollte er die Sache handhaben. Die beruflichen Verpflichtungen. Ich fragte mich, für welchen Teil des Tages ich eingeplant war. Ich trat einen Schritt zurück.

»Hör mal, Danny«, sagte ich. »Wir haben eine tolle Zeit miteinander verbracht. Es war fantastisch. Aber ich habe eigentlich nicht vor, das Ganze in New York fortzusetzen.«

Der finstere Blick, mit dem er mich bedachte, ließ mich an einen Mafiakiller denken – so stellte ich ihn mir zumindest vor. »Was willst du damit sagen?«, fragte er.

Ich kniff ihn in die Wangen und umarmte ihn flüchtig. »Danny, es war klasse, aber jetzt muss ich los. Die anderen Passagiere sind schon alle eingestiegen.« Ich drehte mich um und machte mich auf den Weg.

»Warte noch einen Moment, Casey.«

»Ich muss einsteigen«, rief ich über die Schulter zurück. »Ich rufe dich aus Washington an.«

Mensch, das hatte ich aber bravourös hingekriegt, dachte ich bei mir und konzentrierte mich sodann auf das unmittelbar anstehende Problem, nämlich: Sally heil nach Hause zu schaffen.

Sobald das Flugzeug in der Luft war, schliefen Sally und ich erschöpft ein. Zum ersten Mal an diesem Tag fühlte ich mich sicher. Hier konnte uns nichts passieren, und so schlief ich tief und fest, zwei Stunden lang.

Als ich wach wurde, schlief Sally immer noch. Vorsichtig stieg ich über ihren Sitz, um zur Toilette zu gehen. Als ich zu meinem Platz zurückkam, sah ich ihn. Er saß auf der anderen Seite des Mittelgangs, das eine Bein lang ausgestreckt. Er trug einen blauen und einen braunen Socken. Auch er schlief, den Hut tief in die Stirn gezogen, sodass ich kaum etwas von seinem Gesicht sah, nur so viel, dass er jung war. Auftragskiller sind immer jung. Ich rief mir seine Schuhe, die Hosen in Erinnerung und kam zu dem Schluss, dass es dieselben waren. Wie hoch war wohl die Chance, dass zwei Männer falsche Socken trugen, sich in unserem Hotel in Ravenna aufgehalten hatten und dann im selben

Flugzeug nach Washington saßen? Gleich null. Sally wurde verfolgt. Besser gesagt: *Wir* wurden verfolgt.

Als ich wieder auf meinem Platz saß, klopfte mir das Herz bis zum Hals. Ich hatte nicht die leiseste Ahnung, wie ich mich verhalten sollte. Bilder drängten sich mir auf, wie meine Leiche, in Stücke gehackt und in einem Müllsack verstaut, bei meinen Eltern vor der Haustür abgestellt wurde. Mit einiger Mühe rief ich mich zur Vernunft.

Okay, immer schön langsam, Casey. Denk alles gründlich durch. Der Mann konnte an Bord wohl schwerlich eine Waffe bei sich tragen, und falls sein Ziel Sally war, würde er warten müssen, bis sie den Flughafen verließ. Wenn Sally vom Flughafen aus das FBI verständigte, würde man uns vielleicht jemanden schicken, der uns abholte, sodass wir das Flughafengelände nicht allein zu verlassen brauchten. Aber wenn sie nun niemanden schickten? Ganz einfach – dann waren wir erledigt. Ich beschloss, Sally gegenüber den Mann mit den zwei verschiedenen Socken nicht zu erwähnen, aber darauf zu bestehen, dass sie sofort nach der Landung ihren Freund beim FBI anrief. Während des restlichen Fluges war ich hellwach und malte mir zur Aufmunterung immer wieder mal aus, was für Augen George machen würde, wenn er entdeckte, dass Sally nicht mehr im Hotel war.

Als wir am frühen Abend desselben Tages landeten, bemühte ich mich, den Mann mit den beiden verschiedenen Socken nicht aus den Augen zu verlieren, doch plötzlich war er in der Menge verschwunden. Ich hatte nie richtig sein Gesicht gesehen, und bei diesen Menschenmassen war es schier unmöglich, ihn anhand der Füße wiederzuerkennen. Ich wich nicht von Sallys Seite und blieb stehen, nachdem wir den Zoll passiert hatten.

»Sally, bitte ruf deinen Freund John von hier aus an.«

»Ich denke, das hat Zeit, bis wir zu Haus sind.«

»Ich verlasse diesen Flughafen nicht, Sally. Bitte ruf ihn an.«

»Das ist doch Quatsch, Casey. Komm, lass uns gehen.«

Da setzte ich mich kurzerhand auf den Fußboden. »Ich gehe keinen Schritt weiter.«

Sie stupste mich leicht mit ihrem Schuh Größe zweiundvierzig. »Nun, dann beweg dich wenigstens ein bisschen zur Seite. Du behinderst alle Leute. Ich rufe ja schon an.«

Es dauerte eine Weile, bis Sally John an den Apparat bekam, und als die Verbindung endlich hergestellt war, erzählte sie ihm mit brüchiger Stimme, dass sie, Peter betreffend, verstörende Informationen erhalten habe und gerne mit ihm darüber reden würde. Sie lauschte einen Moment, dann hängte sie ein.

»Er hat gesagt, ich soll hier warten. Er kommt und holt uns ab. Er will uns anrufen, sobald er am Flughafen eingetroffen ist.«

Zwanzig Minuten später klingelte Sallys Handy. John wartete am Ausgang auf uns. Er begrüßte Sally herzlich, lud unser Gepäck in den Kofferraum und half uns auf den Rücksitz.

Ich lehnte mich zurück und seufzte erleichtert auf. John setzte sich hinters Steuer und legte seinen Sicherheitsgurt an – und dann stieg *er* ein. Der Mann mit den beiden verschiedenen Socken.

John ließ den Motor an, und ich langte nach dem Türgriff. Ich wusste, ich konnte Sally nicht mit mir aus dem

Wagen zerren, aber ich konnte schreien. Um uns herum waren viele Menschen, man würde mich hören. Falls der Wagen losbrauste, konnte ich mir das Kennzeichen merken und die Polizei verständigen. Die Tür war von innen verriegelt. Oh Gott! Oh Gott! Wir würden in einem Müllsack enden. Ich holte mein Handy aus der Tasche. Wen sollte ich anrufen? Wenn ich den Notruf wählte, würde man veranlassen, ein fahrendes Auto zu verfolgen? Würde ich denn überhaupt den Satz herausbringen: »Wir sind am Flughafen von einem angeblichen FBI-Agenten und einem Mann mit einer blauen und einer braunen Socke gekidnappt worden«? Oder würden sie schon vorher die Säge herausholen?

»*Halt*«, brüllte ich. »*Ich muss pinkeln*!« Und ich war ziemlich sicher, dass ich das soeben tatsächlich getan hatte.

John trat abrupt auf die Bremse und drehte sich zu mir herum. »Okay. Aber ich werde Agent Roark zu Ihrer Begleitung mitschicken müssen.«

»Wen?«

Der Mann mit den beiden verschiedenen Socken drehte sich zu uns herum, und John stellte ihn vor.

»Das ist Tim Roark von der CIA. Er ist Ihnen seit Ravenna gefolgt.«

»Aber von wem hat er denn diesen Auftrag?«, fragte Sally.

»Warten wir, bis wir dich nach Haus gebracht haben, Sally. Es gibt viel zu bereden. Jetzt suchen wir erst einmal eine Toilette für Casey.«

»Es ist wieder weg«, sagte ich, denn ich verspürte nicht die geringste Lust, diesen Wagen wieder zu verlassen, mit oder ohne Begleitschutz durch Agent Roark. »Übrigens, haben Sie noch ein zweites Paar dieser Socken daheim im Schrank liegen, Agent Roark?«

Dieser blickte nach unten auf seine Füße. »Verdammt. Immer wieder passiert mir das.«

22. Kapitel

Ready for the times to get better Crystal Gayle

Jetzt muss es aber bald mal wieder besser werden.

Vierzig Minuten später hielten wir vor Sallys Haus, und sie bat uns alle herein. Sally wohnt in einem stilvollen Reihenhaus, das typisch für das Washingtoner Viertel Georgetown ist und sich in eine Sackgasse schmiegt, die nur einen Katzensprung entfernt von den Restaurants und Geschäften der Wisconsin Avenue liegt. Der zweistöckige Backsteinbau hatte ursprünglich Peter gehört. Nach ihrer Heirat hatten er und Sally das Haus zusammen renoviert und dabei seinen ganzen Charme ans Licht gebracht. Im Erdgeschoss gab es eine Diele, ein gemütliches Familienwohnzimmer und ein Gästezimmer, in dem ich die kommenden Tage logieren würde. Aber es war der erste Stock, der einem die Sprache verschlagen konnte. Dort befand sich die riesige Küche mit einem Esstisch, an dem zur Not zwanzig Personen Platz fanden. Sally und Peter hatten die Wand zwischen Küche und Esszimmer herausnehmen lassen und einen einzigen großzügigen Raum geschaffen.

Für ein formelles Esszimmer hätten sie, darin waren sie sich einig, keinen Gebrauch gehabt; wer bei ihnen zu Gast war, hielt sich ohnehin in der Küche auf, entweder, weil er beim Kochen mithalf oder Sallys Show genoss. An der einen Seite führten Flügeltüren auf einen kleinen Balkon, wo man auf den Garten und auf einen alten Magnolienbaum blickte, dessen Zweige man von dem Balkon aus berühren konnte. An dem Esstisch zu sitzen und diesen Baum zu betrachten, besonders im Frühjahr, wenn er in Blüte stand, war einfach fantastisch. Wir vier hatten nun an diesem Tisch Platz genommen, und bei der Erinnerung daran, wie es früher hier gewesen war, entspannt, gemütlich und heiter, ohne eine Spur der Panik, die uns jetzt beherrschte, spürte ich einen Kloß im Hals.

John bat Sally, ihre Geschichte mit allen Einzelheiten zu erzählen. Als Sally mit ihrer Schilderung fertig war, wie Peter Informationen an einen Mann namens Boris verkauft hatte, wie George sie erpresste, dass Aufzeichnungen existierten und sie sogar nach Slowenien gefahren war, wirkte sie sichtlich am Ende ihrer Kraft.

John wandte sich an Agent Roark. »Tom?« Tom nickte nur, und John stand auf, ging hinüber zu Sally und legte den Arm um sie. »Sally«, sagte er behutsam, »Peter war kein Verräter, ganz im Gegenteil. Er hat für uns gearbeitet.«

»Aber ich habe doch auf der CD gesehen, wie er sich anbietet, irgendwelches Material zu verkaufen.«

»Das gehörte zu seiner Arbeit. Das war seine Tarnung. Ich will versuchen, dir das Ganze zu erklären.« Er nahm wieder Platz und wandte sich Agent Roark zu. »Tom, bitte geben Sie uns mal das Foto von Davinsky.« Tom zog ein Foto aus dem Stapel Papier vor ihm auf dem Tisch und hielt es Sally hin. »Ist das der Mann, den du in Slowenien getroffen hast?«, fragte John.

Sally meinte, der Mann auf dem Foto sehe ihm ähnlich,

aber er habe einen Bart gehabt, eine Brille, außerdem sei sein Haar dunkler gewesen.

Tom zog ein anderes Foto hervor und zeigte es Sally.

»Ja. Das ist er. Ein fieser, widerlicher Arsch.«

John erlebte offensichtlich zum ersten Mal, dass Sally so ein Wort in den Mund nahm, denn er lachte laut auf. »Da hast du wirklich recht«, meinte er. »Wir wissen seit Langem, dass es einen sehr regen illegalen Waffenhandel von Russland aus gibt. Und wir bemühen uns schon einige Zeit mit den Russen zusammen darum, diesen Handel aufzudecken, lange Zeit ohne Erfolg, bis Peter dann auf Boris stieß. Aber Boris war nur ein kleiner Fisch, und Peter versuchte über ihn, an die Bosse heranzukommen.«

»Diese ganzen Reisen nach Russland dienten nicht wissenschaftlichen Zwecken, Mrs. Woods«, fügte Agent Roark hinzu. »Peter leistete sehr wichtige, riskante Arbeit für sein Land.«

John fuhr fort: »Peter hatte gerade Vladimir Chomsky enttarnt, als er zu unser aller Leidwesen verstarb. Die Russen nahmen Chomsky und Davinsky fest, und Boris erklärte sich bereit, gegen Chomsky auszusagen, um für sich selber ein milderes Urteil herauszuschinden. Entgegen unserer Einwände setzten die Russen Davinsky bis zur Verhandlung wieder auf freien Fuß, woraufhin dieser untertauchte. Er wusste, wenn die Mafia ihn fände, würde er ein toter Mann sein. Wir suchen ihn, die Russen suchen ihn, und mehrere Mafiakiller sind auf ihn angesetzt, um ihn umzubringen. Dank dir wissen wir nun, dass er sich in Slowenien versteckt und können ihn beschatten.«

»Das verstehe ich nicht. Inwiefern hat Sally euch zu ihm geführt?«, fragte ich.

Tom antwortete. »Als Sally über die Grenze nach Slowenien einreiste, wurden ihre Passdaten automatisch an das Hauptquartier in Washington weitergegeben, da sie in ein Land reiste, das zum ehemaligen Sowjetblock gehört. Das ist so üblich bei jedem Reisenden, der mit jemandem verwandt ist oder sonst wie in Verbindung steht, der für den Geheimdienst tätig ist, und Peters Name steht eben nach wie vor in unserer Kartei.« Tom wandte sich an Sally. »Ich nahm Ihre Spur auf, als Sie in dem Hotel dort eincheckten, und bin Ihnen seitdem gefolgt. Anfangs war es ein rein routinemäßiges Vorgehen, aber als ich merkte, dass Sie sich mit Davinsky trafen, läuteten in unserer Abteilung die Alarmglocken.«

John fuhr fort: »Bis zu deinem Anruf, Sally, hatten wir nicht die leiseste Ahnung, weswegen du nach Slowenien gefahren warst. Wir folgten dir und ließen noch am selben Tag in deinem Haus eine Abhöranlage installieren. Du musst verstehen, wir konnten ja nicht hundertprozentig ausschließen, dass du nicht versuchen würdest, Informationen zu verkaufen, an die du vielleicht über Peter herangekommen warst. Das ist auch der Grund, weswegen wir Boris nicht unverzüglich festgenommen haben. Falls du Geschäfte mit ihm vorhattest, hätten wir über dich an Boris' Mittelsmänner herankommen können.«

»Jetzt mach mal halblang, John!« Sally stemmte die Hände in die Hüften. »Ich, eine Spionin?«

John schmunzelte. »Es sind schon viel seltsamere Dinge passiert.«

»Und wie passt George Davinsky in dieses Bild?«, wollte ich wissen.

Tom beantwortete meine Frage. »Wir wussten gar nichts über ihn, bis er Sally diesseits der Grenze wieder abholte.

Ich habe seinen Namen von dem Autoverleih erfahren und leitete diese Information an John weiter. Wir denken, dass er ein Neffe von Boris ist. Während wir uns hier unterhalten, wird er überwacht.« Er schlug seinen Aktenordner auf und zog ein weiteres Foto heraus. »Kennen Sie diese Frau?«

Das Haar war anders, sie war auch nicht so dick, doch ich erkannte sie trotzdem und platzte heraus: »Das ist Carol Hanger! Wie ist die denn in diese Sache verwickelt?«

»Olga Davinsky. Die Tochter von Boris.« Mir fiel ein, dass Sully von einer Ähnlichkeit zwischen ihr und George gesprochen hatte. Kein Wunder. Wahrscheinlich waren sie Cousin und Cousine. »Boris hat sie und ihre Mutter hierher in die Staaten geschickt, als Olga noch klein war, also ist sie hier aufgewachsen, aber sie hat ihren Vater jedes Jahr ein paar Mal besucht. Als Boris untertauchte, verschwand auch sie von der Bildfläche. Wir haben sie seitdem nicht mehr gesehen.«

Dass diese Olga nicht koscher war, davon war ich überzeugt. Wie mein Vater immer sagte: Traue keiner Frau mit einer schlechten Frisur. »Ich weiß, wo sie sich derzeit aufhält«, sagte ich. »Ihr Haar ist inzwischen pink.«

John beugte sich vor und legte die Hand auf Sallys Arm. »Du warst uns eine große Hilfe, weil du auf uns zugegangen bist, Sally.«

»Warum hat Peter mir nicht gesagt, was er macht? Ich hätte es niemandem erzählt.«

»Das ist einfach nicht erlaubt, Mrs. Woods«, antwortete Tom. »Man weiß nie, ob Ehepaare sich nicht scheiden lassen, und dann lässt plötzlich ein Partner, aus Rache, die Tarnung auffliegen.«

»John? Hast du gewusst, dass er ein Agent war?«

»Ja. Peter und ich haben uns nach dem College gemeinsam bei der CIA beworben. Ich blieb ein paar Jahre dabei, dann ging ich zum FBI.«

»Dann war Peter also bereits für die CIA tätig, als ich ihn kennenlernte.«

»Ja«, sagte John. »Er war einer der fähigsten Leute dort.«

Sally schwieg. Ich konnte nur ahnen, was sie nun alles zu verarbeiten versuchte.

»Wie geht es nun weiter?«, fragte ich.

»Jetzt, wo wir wissen, warum du dich mit Boris getroffen hast, Sally, werden wir ihn festnehmen. Damit werden auch alle deine Sorgen mit einem Schlag zu Ende sein.«

»Was ist mit George?«, fragte ich und ergötzte mich im Stillen an dem Bild, wie er in Handschellen abgeführt wurde.

»Wir werden ihn noch eine Weile beschatten, damit er uns zu Olga führt und wir herausfinden, ob sie in die Sache verwickelt ist. Meiner Schätzung nach ist das der Fall, aber wir brauchen handfeste Beweise. Dank Sallys Aussage hat das FBI genügend belastendes Material, um George wegen Erpressung anzuklagen. Er wird für sehr lange Zeit hinter Gitter kommen.«

Ich malte mir aus, wie George in einer Gefängniszelle schmoren würde, und plötzlich brach es aus mir heraus, und ich fing laut zu singen an: *»I've been a long time leaving (but I'll be a long time gone).«*

»Gene Autrey?« Sally sah mich fragend an.

»Waylon Jennings«, erwiderte John an meiner Stelle, und ich lächelte ihn an.

Er lehnte sich zurück. »Ich möchte zu gern wissen, wie Boris eine Verbindung von Sally zu Peter herstellen konnte. Peter ist immer unter falschem Namen gereist. Na, ich hoffe, ich werde es bald erfahren. In der Zwischenzeit muss ich euch beide bitten, über diese ganze Sache Stillschweigen zu bewahren, zumindest so lange, bis wir George und Olga geschnappt haben. Wir schätzen, sobald George erfährt, dass Boris festgenommen wurde, wird er in die Staaten zurückkehren und Kontakt mit Olga aufnehmen.«

Tom fügte hinzu: »Falls er Sie anruft, Mrs. Woods, verkehren Sie weiter geschäftlich mit ihm. Sagen Sie, Sie wären frühzeitig aus Italien abgereist, weil in Ihrer Verwandtschaft jemand krank geworden oder gestorben ist. Wir beobachten Ihr Haus, Ihre Telefone sind ohnehin angezapft, deshalb werden wir es augenblicklich wissen, wenn er sich bei Ihnen meldet, und seien Sie versichert, wir werden diese ganze Sache nicht unnötig in die Länge ziehen. Meiner Schätzung nach haben wir schon in ein paar Tagen alles, was wir an Informationen brauchen.«

Tom besah sich die Notizen, die er gemacht hatte, während Sally ihre Geschichte erzählt hatte. »Erzählen Sie mir von diesem Danny, der Sie über die Verbindung zur Mafia aufgeklärt hat«, bat er mich.

Ich ging davon aus, dass den Agenten meine Schlafzimmergeheimnisse nicht weiter interessierten, deshalb würde er es mir wohl auch nicht verübeln, wenn ich persönliche Dinge für mich behielt. Ich berichtete, wer Danny war und wie er in die Sache verwickelt wurde.

Tom zückte seinen Stift. »Ich brauche seinen Namen, die Adresse und Telefonnummer. Sie dürfen ihm Bescheid geben, dass Sie wohlauf sind, aber Sie dürfen ihm und auch niemand anderem etwas von unserer Unterredung erzählen. Keinem Menschen. Verstehen Sie?«

Kein Problem. Diese Geschichte würde mir ohnehin niemand abkaufen.

Ich beschloss, wenigstens bis Dienstag bei Sally zu bleiben. Ich hatte Mittwochmorgen eine Livesendung und musste dafür rechtzeitig zurück sein. Sonntagvormittag rief ich meine Eltern an und sagte ihnen Bescheid. Sie waren natürlich enttäuscht, denn sie hatten mich zum Familienmittagessen erwartet, damit ich der ganzen Tischrunde von Italien erzählen konnte. Anschließend telefonierte ich mit Mae, um sie zu fragen, ob sie die Vorbereitungen für Dienstag alleine erledigen könne. Das würde sie locker schaffen, meinte Mae, und dann erzählte ich ihr von Sallys und Dannys geplanter Gemeinschaftssendung.

»Das ist ja total cool«, erwiderte sie. »Alle meine Bekannten, die Danny im Fernsehen gesehen haben, finden ihn total heiß.«

»Nach seiner Sendung haben wir eine Tonne Zuschauerpost bekommen.«

»Sally und er zusammen, das wird der Knüller. Was wollen sie denn kochen?«

»Baked Alaska. Das Rezept aus Sallys Buch. Ich werde dir das Skript in ein paar Tagen zukommen lassen.«

»Super«, erwiderte sie, und ich legte auf und wählte die Nummer von Sonyas Büro. Ich hinterließ eine Nachricht, ich würde mir Montag und Dienstag freinehmen. Wenn Sonya damit ein Problem hätte, würde es sich in Luft auflösen, sobald ihr klar wurde, dass Sally nun doch ihren Vertrag verlängern würde.

Nun musste ich noch Danny informieren, dass wir in Sicherheit waren. Als John und Tom am vergangenen Abend

Sallys Haus verlassen hatten, war es bereits nach Mitternacht gewesen, und Sally und ich waren vollkommen erschöpft ins Bett gefallen. Ich beschloss, Sally zu bitten, bei Danny anzurufen, und sie willigte sofort ein.

Ich gab ihr seine Nummer, und als die Verbindung zustande kam, erzählte sie ihm, dass es uns beiden gut gehe, und bedankte sich noch einmal bei ihm für alles, was er für sie getan habe. Sie unterhielten sich noch eine Weile über die geplante Eistorte, dann reichte sie mir das Telefon.

»Er möchte mit dir reden«, sagte sie. Widerstrebend nahm ich den Hörer.

»Du musst erleichtert sein, dass es nun vorbei ist«, hörte ich ihn sagen.

»Das kannst du laut sagen! Aber es gibt da noch *einiges*, was geregelt werden muss.«

»Der Meinung bin ich auch. Was sollte dieser seltsame Abgang am Flughafen, als du dich von mir verabschiedet hast?«

»Ich meinte, was George betrifft, muss noch einiges geregelt werden.«

»Ja, aber jetzt reden wir davon, dass zwischen uns ...«

»Tun wir nicht. Ich denke, zwischen uns ist alles geregelt. Ich hatte eine schöne Zeit ...«

»Das hast du mir schon in Mailand gesagt. Und ich glaube dir. Was ich nicht glauben kann, ist dieser plötzliche Sinneswandel mir gegenüber. Hast du immer noch dieses dämliche Wühlmauszeug im Kopf?« Er brüllte fast.

»Hör mal, Danny. Ich kann jetzt nicht so gut reden. Unser Telefon hier wird abgehört, dieses Gespräch bekommen alle möglichen Leute mit.« Ich wusste nicht, ob im Moment tatsächlich jemand mithörte, aber es war eine feine Ausrede, um dieses Gespräch, das mir unangenehm war, zu beenden.

Er schwieg eine Weile, dann sagte er in emotionslosem, kaltem Ton: »Gib mir Bescheid, wenn ich irgendetwas für Sally tun kann. Wir sehen uns dann nächste Woche im Studio. Schicke mir die Skripts per E-Mail. Die Adresse hast du ja.« Ehe ich mich verabschieden konnte, hatte er schon aufgelegt.

Sally musterte mich aufmerksam über den Rand ihrer Brille.

»Bitte keine Fragen«, war alles, was ich zu ihr sagte, und sie richtete sich danach.

Montagnachmittag läutete es an der Tür. Es war John. Noch während wir ihn hereinbaten, sagte er: »Es ist überstanden.«

Wir luden ihn ein, mit uns Kaffee zu trinken, und setzten uns alle an den großen Tisch in der Küche.

»Wir haben George und Olga festgenommen«, berichtete er. »Sobald George klar geworden war, dass Sally Ravenna verlassen hatte, versuchte er, Boris zu kontaktieren. Als ihm das nicht gelang, rief er Olga an, um sich mit ihr zu beraten, wie sie vorgehen sollen. Sie meinte, er solle nach Hause zurückfliegen, und dann würden sie entscheiden. Wir schnappten uns zuerst sie und dann George, gleich nach seiner Landung in New York.«

»Weißt du inzwischen, wie er die Verbindung zwischen Peter und mir hergestellt hat?«, fragte Sally.

»Dafür bist du selbst verantwortlich, Sally.«

»Wie denn das?«

»Olga hat ihren Vater oft in Russland besucht. Als sie auf der Hotelfachschule war, hat sie Bücher mit auf die Reise genommen, um auf die Prüfungen lernen zu können. Dein erstes Buch ist Pflichtlektüre an dieser Schule. Kannst du dich erinnern, welches Foto auf der Umschlagseite zu sehen ist?«

»Peter und ich, hier in dieser Küche.«

»Genau. Boris hat dieses Bild gesehen und fragte Olga über dich aus. Er fand heraus, dass du berühmt und wahrscheinlich auch reich bist. Gemeinsam heckten sie einen Plan aus und zogen George hinzu, um ihn mit seiner Hilfe in die Tat umzusetzen. George ist der Sohn von Boris' verstorbenem Bruder.«

»Wer hat die Treffen von Peter und Boris aufgezeichnet?«, fragte ich.

»Das war Boris«, sagte John. »Wir waren uns ziemlich sicher, dass er plante, Peter zu erpressen, sobald er sein Geld von der Mafia bekommen hatte.«

»Dann ist es jetzt also tatsächlich überstanden«, sagte Sally.

»Ja. Wir haben per Gerichtsbeschluss erwirkt, dass sowohl George als auch Olga Schweigepflicht auferlegt wird, die beiden dürfen nicht über den Fall reden. Eure Freunde, die vielleicht ein paar Einzelheiten kennen, werden euch sicher Fragen stellen. Es steht euch frei, von Georges Erpressungsversuchen zu erzählen, aber Peters Tätigkeit bei der CIA ist immer noch vertraulich und muss vorerst auch vertraulich bleiben.«

Wir beide nickten, wir hatten verstanden. Eine Sache gab es noch, die ich wissen wollte.

»Hat man George am Flughafen, vor allen Leuten, Handschellen angelegt?«, fragte ich und rieb mir im Geist die Hände.

»Aber ja«, erwiderte John. »Er war deswegen höchst beleidigt. Er sagte zu unserem Agenten: ›Wissen Sie eigentlich, wer ich bin? Haben Sie überhaupt eine Vorstellung, wer ich bin?‹«

Sally und ich schauten einander an und brachen in Lachen aus. Mein Gott, Rache ist so süß.

Als John fort war, riefen wir Sonya an, um ihr zu berichten, dass George im Gefängnis saß und dass Sally ihre Vertragsverlängerung unterschreiben werde, wenn sie kommenden Montag ins Studio käme. Ehe wir noch auf das Thema zu sprechen kommen konnten, unterbrach sie uns mit der Bemerkung, sie habe große Neuigkeiten für uns.

»Ich habe soeben mit einem Redakteur der *New York Times* telefoniert. Sie bringen in der Mittwochausgabe einen Artikel über Danny. Er wird auf der Titelseite der Food-Beilage erscheinen. Zuvor, heute Vormittag, hat ein Redakteur von *People* angerufen. Sie wollen nächsten Montag ins Studio kommen und Aufnahmen von Danny machen, von seinem gemeinsamen Auftritt mit Sally.«

»Aber das ist ja wunderbar«, erwiderte Sally. »Vielleicht werden Danny und ich in den kommenden Jahren noch viele tolle Sendungen zusammen machen.« Und dann teilte sie Sonya mit, dass George aus dem Spiel sei und sie, Sally, bei *Morning in America* bleiben werde.

»Du lieber Himmel!«, rief Sonya aus. »Ich hab das Gefühl, ich bin in eine andere Zeit versetzt. Erzählt, was ist passiert?«

Sally benutzte den Apparat auf der anderen Seite des Zimmers, und nun schaute sie zu mir her und hob verschwörerisch die Augenbrauen, während sie in den Hörer sprach.

»Du erfährst alles Weitere, wenn wir wieder in New York sind. Aber eins kann ich dir jetzt schon sagen: Wir alle sind wieder eine glückliche Familie.«

»Das ist wunderbar. Einfach wunderbar. Casey, ich bin sicher, du hast dafür einen passenden Song auf Lager.«

»Back in the saddle again …«, summte ich in meinen Hörer.

»Das kenne ich auch«, rief Sally und stimmte mit ihrer dröhnenden Stimme ein, »*when a friend is a friend*.«

23. Kapitel

Please don't tell me how the story ends

Kris Kristofferson

Bitte sag mir nicht, wie die Geschichte ausgeht.

Dienstagnachmittag flog ich zurück nach New York. Mein Vater holte mich am Flughafen ab, eine Chauffeurmütze auf dem Kopf und in der Hand ein Schild, auf dem zu lesen stand SIGNORINA COSTELLO.

Er drückte mich fest an sich und sagte, »*ciao mortadella*«. Immer, wenn mein Dad sich in einer Fremdsprache versucht, muss man mit so einem Resultat rechnen. Einmal, als wir zu einer Reise nach Mexiko aufbrachen, hatte er uns mit »*vaya con tacos*« verabschiedet, und sein Lieblingsgruß bei Junggesellenabschieden lautet »*arrivederci scherzi*«. Dad verkündete, Nonna warte zu Hause auf mich und Mary würde zum Essen kommen.

»Wartet Nonna denn schon seit Sonntag auf mich?«

»Wenn es nach ihr gegangen wäre, schon, aber wir haben sie schließlich überreden können, wieder nach Haus zu gehen und sich zu gedulden, bis wir uns bei ihr melden würden. Na, meine Weltklassetochter, hast du eine aufregende Reise gehabt?«

»Du machst dir ja keine Vorstellung, Dad.«

Er hob die Augenbrauen. »Vielleicht solltest du warten,

bis wir zu Hause sind, damit du die Geschichte nur einmal zu erzählen brauchst?«

»Gute Idee. Wie ist es dem Conti-Clan in der Zwischenzeit ergangen? Was gibt es Neues von Mrs. A. und ihrer Bingoleidenschaft?«

»Nun, Onkel Tony besteht darauf, dass sie Prozac einnimmt.«

»Wieso Prozac? Hat sie Depressionen?«, fragte ich.

»Wie sollen wir das wissen? In all den dreißig Jahren, die ich sie nun kenne, hat sie kein einziges Mal gelächelt. Sie ist geradezu besessen von Übellaunigkeit.«

»Vielleicht sollte man eine Teufelsaustreibung erwägen.«

»Stimmt. Aber Pater Joseph will immer noch nichts mit ihr zu tun haben.«

»Und dabei heißt es doch, ›Vater, vergib ihnen‹«, seufzte ich.

»Oh, aber es gibt tatsächlich eine große Neuigkeit.«

»Und die wäre?«

»Deine Tante Connie ist ›von ihrer Reise‹ zurück.« Mein Vater verwendete zwar den familieninternen euphemistischen Ausdruck, konnte es aber nicht lassen, seiner Stimme einen spöttelnden Klang zu verleihen.

»Ich fasse es nicht. Was ist passiert?«

»Nun, Russell behauptet, Onkel Mike sei von seiner Freundin abserviert worden, weil er so komische Essgewohnheiten entwickelt hat und sie nicht mehr in anständige Restaurants ausführen wollte.«

»Das hat Russell doch erfunden?«

»Wahrscheinlich. Aber ist ja auch egal. Jedenfalls war Mike nur zwei Tage später wieder zurück bei Tante Connie.«

»Und sie hat ihn wieder aufgenommen? Mann, Pater Joseph könnte noch einiges von Tante Connie lernen, was das Verzeihen angeht.«

»Sie hat sich wieder mit ihm versöhnt. Und alle tun so, als wäre es nur ein kleiner Urlaub gewesen.«

»Du meine Güte. Ich schätze, bei Tante Connie fehlt das Rachegen. Ich hätte ihn sehr sehr lange schmoren lassen, wenn ich ihn überhaupt wieder genommen hätte.«

»Ja, aber du siehst auch nicht so aus wie Tante Connie. Ihr mangelt es an einer Menge Genen, wenn du mich fragst.«

Ich schaute meinen Vater schief an und ahmte den Tonfall meiner Mutter nach, wenn sie pikiert war. »Mike!«

Er setzte seine betont unschuldige Miene auf, die er so meisterhaft beherrschte. »Was denn? Was habe ich denn gesagt?«

Wir mussten beide lachen, weil wir dieses Spielchen so gut draufhatten, dann fuhr er fort mit dem Familienklatsch.

»So wie es aussieht, beginnt für Raymond eine neue Phase.«

»Wie das denn?«

»Onkel Little Joe hat damit gedroht, ihn in eine Entzugsklinik zu stecken, deshalb hat er sich bereit erklärt, sich einer dieser anonymen Gruppen anzuschließen für Leute mit – wie deine Mutter es ausdrücken würde – speziellen Problemen. Du weißt ja, deine Mutter würde es niemals über sich bringen, einen aus der Familie als drogensüchtig zu bezeichnen. Nun ja, jedenfalls bringt deine Tante Gina Raymond jetzt jeden Tag dorthin, eine ganze Weile schon, und ich denke, es hilft ihm. Gina sagt, er ist ein völlig anderer Mensch geworden. Er hat sich die Haare schneiden lassen und lässt die gepiercten Stellen wieder zuwachsen.

Was er allerdings mit diesem grässlichen Tattoo anstellen will, weiß ich nicht.«

Als wir in unsere Einfahrt einbogen, sagte mein Vater: »Vielleicht wäre es nicht schlecht, wenn du so tun würdest, als hörtest du diese Geschichten zum ersten Mal; deine Mutter wird sie ohnehin aus ihrer ganz eigenen Sicht erzählen.«

»Ganz bestimmt.«

Keine zehn Minuten später saßen wir alle um den Küchentisch versammelt, tranken Kaffee und knabberten italienisches Gebäck. Ich fasste mich bei der Schilderung meiner Reise kurz, denn wenn meine Cousine Mary später käme, würde ich ohnehin alles noch mal und in allen Einzelheiten erzählen müssen. Ich erwähnte weder George noch Danny. Von George würde ich erst berichten, wenn Mary zugegen war, und über Danny wollte ich mich sowieso in Schweigen hüllen.

Dann verteilte ich meine Geschenke, und nachdem diese ausgepackt und gebührend gewürdigt worden waren, sagte Nonna: »Ich habe auch ein Geschenk für dich.«

»Wirklich?«

»Dir zu Ehren mache ich heute Abend Auberginen-Parmigiana. Da, wo du in Italien warst, haben sie keine Ahnung, wie man das richtig zubereitet.«

Niemand wusste es, außer meiner Nonna. Ihre überbackenen Auberginen sind die besten und meine absolute Lieblingsspeise. Meiner Meinung nach gibt es keine Steigerung mehr.

»Soll ich die Auberginen schneiden?«, bot Dad sich an. Eines der Geheimnisse einer guten Auberginen-Parmigiana liegt im Schneiden der Auberginen. Die Scheiben müssen sehr dünn und gleichmäßig sein; auf diese Weise werden sie im Ofen gleichzeitig weich und verschmelzen während des Garens förmlich miteinander, außerdem bekommen sie nur so eine schöne, gleichmäßige Kruste. Mein Vater hat die ruhige Hand eines Künstlers und ist unbestritten der beste Auberginenschneider in der Familie. Dennoch wollte Nonna lieber auf Nummer sicher gehen.

»Okay, Michael«, erwiderte Nonna. »Aber stell dich neben mich, damit ich dir beim Schneiden auf die Finger sehen kann. Casey kann dir helfen, und ich mache inzwischen die Marinara. Paula, du wäschst den Salat und brätst Würstchen als Beilage.« Die Marinara, eine fleischlose Tomatensauce, ist das zweite Geheimnis von Nonnas überbackenen Auberginen. Fleisch in der Sauce würde das feine Aroma der Auberginen überdecken.

Ich wusch die Auberginen und reichte sie an meinen Vater weiter. Da wir nicht, wie andere Leute, unsere Kräuter in der Sauna ziehen, begab ich mich sodann in den Garten, um Basilikum für Nonnas Marinara zu ernten. Sobald mein Vater eine Aubergine in vollkommen gleichmäßige, hauchdünne Scheiben geschnitten hatte, legte ich diese Schicht für Schicht in einen Durchschlag, salzte zwischendurch und legte auf die oberste eine doppelte Lage Küchenpapier. Dann stellte ich eine Dose Tomaten darauf, als Gewicht, damit die Auberginen ihre Bitterstoffe ausschieden. Als Nächstes mussten Eier verschlagen werden. Geheimnis Nummer drei: die Auberginen dürfen nicht in Semmelbröseln gewendet werden; eine dünne Eihülle genügt als Panade für die zarten Scheiben. Ich goss Olivenöl in eine große Pfanne, ließ es heiß werden und briet darin die panierten Auberginenscheiben aus. Dann holte ich ein ordentliches Stück

Parmesan aus dem Kühlschrank. Das ist das letzte Geheimnis: Verwenden Sie ausschließlich frisch geriebenen Parmesan; wenn Sie zu viele andere Käsesorten mischen, wird das Gericht allzu leicht zäh und gummiartig.

Während wir rührten, schnitten und rieben, lieferten mir Mom und Nonna ihre Versionen der familiären Ereignisse. Mary traf ein, gerade als wir die Auberginen ins Backrohr schoben. Nachdem meine Cousine alle Anwesenden gebührend begrüßt und umarmt hatte, schleppte sie mich hoch zu meinem Zimmer.

»Also, erzähl, was ist passiert, nachdem ich aus Florenz abgeflogen bin?«

»Wir fuhren nach Ravenna ...«

»Ich könnte dich erwürgen. Los, erzähl mir von Danny, auch die Einzelheiten.«

Gehorsam schilderte ich Mary jenen Abend in Florenz, an dem es fast passiert wäre, dann meine Erlebnisse an dem Ferientag selbst und schließlich jene Nacht, in der ich meine sexy französische Unterwäsche trug und es tatsächlich passiert war. Ich versuchte es aussehen zu lassen wie ein flüchtiges Liebesabenteuer.

Sie legte beide Hände aufs Herz und ließ sich auf das Bett zurückfallen. »Na Gott sei Dank. Mir fehlen die Worte.« Als sie sich endlich wieder aufsetzte, erklärte sie: »Siehst du? Hab ich es dir nicht gesagt?«

»Was hast du mir gesagt?«

Sie tat so, als hielte sie eine Gitarre in der Hand. »I never mind getting burned, if I can just stand near the flame«, sang sie.

»Der Text stimmt zwar nicht, aber das ist sowieso egal, weil es mir nämlich durchaus etwas ausmacht, wenn ich mir die Finger verbrenne. Es war ein kurzes Abenteuer, und jetzt ist es vorbei.«

»Du machst nur Spaß, oder?«

Ich schüttelte verneinend den Kopf.

»Was? Bist du denn verrückt geworden? Wenn du unbedingt einen Rückzieher machen willst, dann warte damit wenigstens noch eine Weile. Du hast gerade eine tolle Zeit mit einem tollen Typ erlebt. Und, glaube mir, der Mann ist *wirklich* heiß. Oh bitte, erzähl mir nicht, dass du ihm schon gesagt hast, es ist aus und vorbei.«

»Doch.«

»Oh Mist, Casey. Wie hat er reagiert?«

»Er hat einfach aufgelegt.«

Sie sank auf das Kissen zurück. »Da haben wir es wieder, das Bobby-Morgan-Syndrom«, sagte sie kopfschüttelnd.

Wir gingen nach unten, gerade als die Auberginen aus dem Ofen geholt wurden. Alle versammelten sich um den Esstisch.

»Gut. Jetzt wo wir alle hier sind«, sagte meine Mutter und teilte das Essen aus, »erzähl uns *alles*, was du auf deiner Reise erlebt hast.«

Ich begann mit den eher unverfänglichen Ereignissen und wurde mit Fragen überschüttet. Mary wollte einen detaillierten Bericht, wie sich die Italienerinnen kleiden, welche Teile aus meiner neuen Calvin-Klein-Garderobe ich getragen hatte und warum um alles in der Welt ich nicht zu Prada oder Escada gegangen war. Nonna wollte wissen, welche Zutaten Rosa in ihre *brodetto* gab, wie Anna Maria ihren Nudelteig machte und, natürlich, warum ich nicht nach Neapel gefahren war. Mom fragte mich, ob ich auch Italienisch gesprochen hätte, ob ich es geschafft hätte, mir die Gossensprache zu verkneifen, und ob ich mir die Adressen für meine Dankesbriefe aufgeschrieben hätte. Dad interessierte nur eines, er wiederholte seine Frage mehrmals: »Wo finde ich diesen Dreckskerl von Mario, diesen Grapscher?«

Zwei Stunden später, allmählich tat uns schon der Hintern weh, saßen wir immer noch am Tisch. Ich hatte drei Mal um Nachschlag gebeten, meinen Reißverschluss ein gutes Stück aufgemacht und George immer noch nicht erwähnt.

»Erzähl von deinem Ferientag in Florenz, Casey«, bat Mary. Ich warf ihr einen bösen Blick zu, den sie jedoch schlicht ignorierte. Selbstredend wollte ich meiner Mutter diesen Tag nicht verschweigen, doch da ich mir noch nicht überlegt hatte, wie viel ich von Danny preisgeben mochte, schilderte ich einfach meine Tour durch Florenz und tat so, als hätte der Tag ebenso bittersüß wie der Film geendet, als wären Danny und ich anschließend getrennte Wege gegangen.

Mary hüstelte, enthielt sich aber eines Kommentars. Wir saßen bereits bei Kaffee und Gebäck, als ich schließlich das Thema George anschnitt. Ich erzählte so viel ich durfte, ohne etwas auszuplappern, das der Geheimhaltung unterlag. Alle hörten gebannt zu.

»Das ist ja nicht zu fassen!«, rief Mary aus. »George hat Sally erpresst, und deshalb hat sie so getan, als wäre er ihr Agent? Was hatte er denn gegen sie in der Hand?«

Das war der Punkt, an dem es kompliziert wurde, aber ich hatte mir eine Antwort zurechtgelegt. »Er hat ihr Lügen aufgetischt und das so geschickt angestellt, dass Sally überzeugt war, sie entsprächen der Wahrheit. Welche Lügen das waren, ist mir nicht bekannt und ich will es, ehrlich gesagt, auch gar nicht wissen. Mary, erinnerst du dich an diese Frau, Carol, die ihn bei dieser Party im Oran Mor begleitet hat?«

»Die mit der pinkfarbenen Marshmallow-Frisur, die die Vorspeisen in ihre Handtasche geschaufelt hat?«

»Genau. Ihr richtiger Name ist Olga Davinsky, sie ist Georges Cousine. Die beiden haben dieses Ding zusammen gedreht. Sie ist ebenfalls festgenommen worden.«

»Ach je, wer soll jetzt all den Starköchen assistieren, wenn diese Dame hinter Gittern sitzt?«, fragte Mary ironisch.

Aus der Stereoanlage tönte die Stimme von Louis Prima: »*I'll be glad when you're dead, you rascal you.*«

»Genau so empfinde ich auch«, bemerkte ich.

Nonna pflichtete mir bei und hakte nach wegen Danny. Ich fragte mich ernsthaft, ob Mary ihr unter dem Tisch Informationen zugespielt hatte.

Die restliche Woche verging wie im Flug. Als ich Mittwochmorgen ins Studio kam, sah ich auf den ersten Blick, dass Mae alles im Griff hatte. Entzückt nahm sie die Federboa entgegen, die ich auf einem Flohmarkt in Florenz für sie entdeckt hatte. Dann holte ich meine Skripts heraus und machte mich an die Arbeit.

Unser »Talent« in dieser Sendung, Allison Field, war ein ehemaliger Serienstar, die man nach einem heftigen Streit, bei dem viel schmutzige Wäsche gewaschen worden war, gefeuert hatte. Sie galt als schwierig und anspruchsvoll und war, was Fernsehauftritte betraf, eigentlich weg vom Fenster. Doch sie hatte Sonya dereinst auf dem Höhepunkt ihrer Popularität eines ihrer allerersten Fernsehinterviews gegeben, und so hatte Sonya nicht ablehnen mögen, als Allison um einen Auftritt in unserer Sendung gebeten hatte.

Allison hatte kürzlich eine Gymnastik-CD auf den Markt gebracht, zu der ein kleines Buch mit fettarmen, köstlichen Rezepten gehörte, eine Kombination, die dem Käufer körperliche Fitness und Wohlbefinden versprach. Ihrem Aussehen nach zu urteilen, war Allison bestens qualifiziert, uns alle zu lehren, wie wir mit unserem Körper umgehen sollten.

»Womit soll ich anfangen?«, fragte ich Mae, die besser als ich wusste, welche Arbeit noch anstand.

»Du richtest den Truthahn-Hackbraten her, und ich mache die Spaghetti mit Zucchini«, sagte sie mit einem Grinsen, amüsiert über den Rollentausch.

Jonathan, der immer noch seine Halskrause trug, kam in die Küche, ignorierte die Farbenpracht der vier verschiedenen Paprikasorten, die für das Nudel-Zucchini-Gericht bestimmt waren, und schoss sich augenblicklich auf das Braun des Hackbratens ein.

»Er ist nicht so intensiv braun wie Rinderhackbraten, außerdem kommt obenauf eine wirklich hübsche Tomatensalsa«, sagte ich ermunternd.

»Braun ist braun«, grummelte er.

Ich gab ihm den bunten, wie ein Huhn geformten Keramikkrug aus Deruta, den ich für ihn erstanden hatte, und er schenkte mir tatsächlich ein Lächeln.

»Was macht übrigens dein Hals? Geht es besser?«

»Ganz und gar nicht«, erwiderte er leidend. »Ich dürfte eigentlich noch gar nicht arbeiten. Der Orthopäde meint, ich werde wohl bis zum Ende meines Lebens sein Patient bleiben. Er hat gesagt, ich sei in einem verheerenden Zustand.«

Ich musste grinsen. »Bist du sicher, dass er deinen Hals gemeint hat?«

»Mir ist nicht nach Späßen zumute, Casey.«

Und aus war es mit dem Lächeln. Was seinen Humor betraf, den hatte man ihm wohl schon wegoperiert, lange bevor ich ihn kennengelernt hatte.

Etwa eine halbe Stunde, ehe Allison auf Sendung gehen sollte, brachte Sonya sie zu uns in die Küche. Nichts an ihrem Gehabe deutete auch nur im Entferntesten darauf hin, dass dieser Ex-Serienstar Allüren hatte oder kompliziert war. Allison fand, die Speisen sähen super aus, lobte uns, wie geschickt das Skript in Szenen aufgeteilt sei, und machte sogar Jonathan halbwegs glücklich, indem sie die Requisitensammlung in seinem Schrank bewunderte.

Wir alle waren äußerst angetan von ihr. Sie legte eine gute Sendung hin, in der sie zum Schluss für die Zuschauer ein paar gut trainierte Muskeln spielen ließ.

Am Donnerstag drehte sich in unserer Sendung alles um das Thema Schokolade, weswegen Jonathan kurz vor dem Schlaganfall stand. Unser Studiogast an diesem Tag, ein Patissier, wollte den Zuschauern demonstrieren, wie man Schokolade schmilzt und daraus Pralinen und raffinierte Tortendekorationen herstellt. Ich versuchte Jonathan zu überzeugen, dass Dunkelbraun vor einem weißen Hintergrund einfach fetzig wirkt, doch unser Stylist war den ganzen Vormittag beleidigt, und so gab ich schließlich meine Versuche auf, seine Stimmung zu heben.

Ich selbst war auch nicht gerade bester Stimmung. Und ich kannte auch den Grund. Ich hatte meine Skripts per

E-Mail an Sally und Danny geschickt und ein paar nette Zeilen hinzugefügt. Ich wollte meine Beziehung zu Danny zwar nicht weiter vertiefen, doch da ich schließlich mit ihm zusammenarbeiten musste, sollten wir, wenn es nach mir ging, wenigstens Freunde bleiben.

Klingt super! Kann es kaum erwarten, dich zu sehen, hatte Sally per Mail geantwortet. Von Danny kam nichts.

Donnerstagabend erwartete mich eine Pleite anderer Art: Richard rief an.

»Casey, es tut mir so leid. Ich war ein Idiot. Es ist einfach dumm gelaufen. Du und ich, wir haben uns nicht so gut vertragen, und Lexi gab mir zu verstehen, dass sie mich toll fand. Da hat mich einfach der Rappel gepackt.«

Willkommen im Club, dachte ich bei mir, schwieg aber und ließ ihn weiterreden. »Ich vermisse dich. Ich wünschte, du würdest wieder bei mir einziehen. Übrigens wollte ich dir noch sagen, dass Lexi nicht mehr für mich arbeitet.«

»Es tut mir leid, Richard. Aber du hattest im Grunde recht. Es hat nicht funktioniert, und es ist wenig wahrscheinlich, dass es in Zukunft mit uns klappen könnte.«

»Casey, ich liebe dich.«

»Es tut mir leid, Richard, aber ich liebe dich nicht. Und glaube bitte nicht, dass du mich tatsächlich liebst. Ich denke, unsere Beziehung war nur einfach bequem für uns beide.«

»Das sind harte Worte.«

»Nein. Es ist die Wahrheit.«

»Es gibt einen anderen, hab ich recht?«

»Nein, das stimmt nicht.«

»Nun, dann bist du eben einfach immer noch wütend, das ist schließlich dein gutes Recht.«

»Richard, wenn ich wütend wäre, würde ich dich auf Italienisch beschimpfen.«

Daraufhin schwieg er, er hatte wohl eingesehen, dass ich recht hatte.

»Kann ich irgendetwas tun, dass dich bewegen würde, deine Meinung zu ändern?«, fragte er nach einer Weile.

»Was unsere Beziehung angeht, nein, aber du könntest mir einen Gefallen tun und mir einen Termin zur Zahnreinigung geben.« Manchmal muss man praktisch denken. Gute Zahnärzte sind rar.

Freitagmorgen war keine Livesendung angesetzt, also konnten wir in Ruhe unsere Vorarbeiten für die Eistorte am Montag erledigen. Montag ist immer ein schwieriger Tag für Livesendungen, denn sonntags arbeitet keiner aus unserem Team im Studio. Wir backten die Kuchenböden, stellten unsere Tabletts zusammen, füllten das Speiseeis in die passenden Formen und stellten sie in den Gefrierschrank, und ich stellte mich geistig auf die eisige Behandlung ein, die mich von Danny erwartete.

24. Kapitel

Maybe I didn't treat you quite as good as I should have Willie Nelson

Vielleicht hätte ich ein bisschen lieber zu dir sein sollen.

Montagmorgen fuhr ich ins Studio, um mit Sally zu arbeiten, und fühlte mich, trotz dieser Aussicht, deprimiert wie nie zuvor. Danny hatte das ganze Wochenende nichts von sich hören lassen, und ich fragte mich, ob er sein Schweigen mir gegenüber den ganzen Vormittag fortzusetzen gedachte. Vielleicht war die Art, wie ich mich in Mailand von ihm verabschiedet hatte, doch nicht so gelungen gewesen. Jedenfalls hatte ich nicht erwartet, dass er so heftig reagieren würde. Ich nahm mir vor, sollte ich Danny nun am Morgen allein in der Küche vorfinden, würde ich mich munter und unbefangen geben, als wäre nichts gewesen.

Danny war nicht in der Küche, als ich ins Studio kam. Zu meiner Verwunderung traf er erst ein, als alle anderen aus dem Team schon da waren. Offensichtlich wollte er vermeiden, mit mir allein sein zu müssen. Wenigstens hatte er schließlich auch für mich ein Hallo übrig – nachdem er Sonya, Sally, Mae, Jonathan und die beiden Tonys begrüßt hatte. Mehr schien er mir gegenüber nicht über die Lippen zu bringen, und dann machte sich jeder an seine Arbeit.

Alle außer mir waren blendender Laune. Im Vergleich zu mir wirkte Jonathan wie die reinste Ulknudel.

Wir drängten uns zu acht in der winzigen Küche – mehr fasste dieser Raum wirklich nicht. Wir ließen die Tür offen stehen, denn es war erst sechs Uhr und das Morgenmagazin war noch nicht auf Sendung, dennoch musste ich an Zirkusclowns denken, die sich in einen VW-Käfer quetschen, an Teenager, die sich zuhauf in eine Telefonzelle zwängen. Ich bekam Platzangst, doch den anderen schien die Enge nichts auszumachen. Sie schwelgten in Erinnerungen an ihre erste Baked Alaska, und Danny schilderte uns seine erste Begegnung mit dieser berühmten Eis-Baiser-Torte.

»Als ich mein Stipendium bekam, das ja vom irischen Staat zur Verfügung gestellt worden war, wurde mir und vier weiteren Stipendiaten zu Ehren ein festliches Abendessen ausgerichtet. Veranstaltungsort war das offizielle Speisezimmer im Amtssitz der Staatspräsidentin, und ich war ein bisschen nervös, weil ich noch nie in einer so vornehmen Umgebung gewesen war. Meine Mutter beruhigte mich und riet mir, einfach die Präsidentin zu beobachten und ihr alles nachzumachen. Ich richtete mich danach und schaffte es tatsächlich ohne peinliche Zwischenfälle bis zum Dessert. Es wurde Baked Alaska serviert – jeder bekam eine eigene kleine Eistorte vorgesetzt, mit brennenden Wunderkerzen, versteht sich. Mitten im Essen bemerkte ich plötzlich, dass Präsidentin Robinson ein kleines Tortendeckchen aus Papier auf ihrem Teller liegen hatte und ich nicht. Meines war so an der Eistorte festgefroren, dass ich es bereits zur Hälfte mitgegessen hatte. Nun stand ich vor dem Problem, ob ich den Rest auch noch essen sollte, damit es so aussah, als hätte ich nie eins gehabt, oder ob ich das halbe

Tortendeckchen auf dem Teller liegen lassen und damit jedem zeigen sollte, was für ein Dummkopf ich war.«

»Was haben Sie gemacht?«, fragte Mae. »Haben Sie es liegen lassen?«

»Nein, ich bin ein stolzer Hund. Ich hab es natürlich gegessen.«

Sally wieherte vor Vergnügen. »Das ist ja köstlich«, rief sie aus und wischte sich die Tränen von den Backen.

Alle versetzten sich nun in Dannys Lage und versuchten zu entscheiden, wie sie an seiner Stelle gehandelt hätten, als der Regisseur plötzlich verkündete, er wolle einen »Foodshot« machen, eine Großaufnahme der fertigen, hübsch dekorierten Baked Alaska.

Sonya fand, es wäre eine gute Idee, wenn Sally und Danny, sozusagen als Probe, die Eis-Baiser-Torte zusammensetzen würden, dann könne man gleich sehen, wie das Ganze später vor der Kamera funktionierte. Die beiden stellten sich nebeneinander an den Tisch, Mae reichte ihnen eine Schüssel mit Eischnee, und Jonathan stellte eine mit einem Tortendeckchen belegte Glasplatte vor sie hin, auf der ein Biskuitboden lag. »Wir fangen da an, wo die Baisermasse fertig ist«, sagte Sonya.

Sally tauchte einen Kuchenpinsel in mit Rum aromatisierten Zuckersirup und tränkte den Boden. »Das ist Schweineblut. Ich bin sicher, Sie werden das sehr lecker finden.«

Danny ging sofort auf ihr Spielchen ein. Er hielt die Schüssel mit der Eiskrem über den Kuchenboden und sagte: »Und hier sind die pürierten Schnauzen und Schwänze. Was wäre Schweineblut ohne das restliche Schwein?«

Als die beiden den Kuchen so weit zusammengesetzt hatten, dass nur noch die Baisermasse auf dem Kuchen verteilt werden musste, hatte Sally die Idee, aus diesem letzten Arbeitsschritt einen Wettkampf zu machen. Danny hatte seine Tortenhälfte schneller verziert, und Sally warf ihm vor, geschummelt zu haben, und schmierte ihm Eischnee auf die Nase. Danny musste lachen, dann machte er Anstalten, ihr mit seinem Spritzbeutel hinterherzujagen. Sally wollte zurückweichen, trat dabei Mae auf die Füße und war gefangen.

»Tortenschlacht, Tortenschlacht!«, brüllte Jonathan.

»Halt. Wir brauchen den Eischnee noch«, sagte Mae und musste dabei so heftig lachen, dass sich ein paar Haarspangen aus ihrer Frisur lösten.

»Hilfe, Hilfe«, rief Sally, doch kaum hatte sie den Mund aufgemacht, spritzte Danny Eischnee hinein.

Sally leckte sich die Lippen. »Hm, das schmeckt sehr gut.«

»Ich denke, ihr beide müsst noch etwas an der Szene feilen«, bemerkte Sonya trocken.

Wir machten die Eistorte fertig. Wenn man bedachte, was das gute Stück schon alles durchgemacht hatte, sah sie wirklich toll aus. Und wenn Sally und Danny später vor der Kamera ebenso gut gelaunt waren – natürlich ohne das Gerede von Schweinen und die Baiser-Schlacht –, würden sie auf die Zuschauer mindestens genauso toll wirken.

Ganz offensichtlich hatte der Italienaufenthalt das Verhältnis der beiden, die sich vorher schon gut verstanden hatten, noch weiter verbessert. Er jedenfalls hatte den ganzen Morgen schamlos mit ihr geflirtet, und sie hatte seinen Flirt nicht minder schamlos erwidert. Im Gegensatz dazu war meine Beziehung zu ihm offenbar endgültig den Bach runtergegangen. Das Flirten fehlte mir.

Als wir mit der Vorbereitung fertig waren und ich mich gerade entschlossen hatte, auf meinen obligatorischen Gang zum Frühstücksbuffet zu verzichten und mir stattdessen meine Skripts vorzunehmen, packte Sally mich am Arm.

»Komm, Casey, wir holen uns was zu essen.«

Ich hatte an diesem Morgen noch nichts in den Magen bekommen, doch auch als ich vor dem Buffet stand, verspürte ich absolut keinen Appetit, also schaute ich einfach zu, wie Sally ihren Teller belud.

»Willst du heute nichts essen, Casey?«

»Nein, ich habe eigentlich keinen Hunger.«

»Ach.« Sie nickte. »So etwas gibt es doch gar nicht.« Dann musterte sie mich kritisch. »Könnte deine Appetitlosigkeit eventuell damit zusammenhängen, dass ihr beide, du und Danny, euch benehmt wie zwei Kinder, die im Sandkasten um ein Schäufelchen streiten?«

»Du hast es also bemerkt?«

»Wie könnte ich es nicht bemerken? Du hast deine Gefühle noch nie gut verbergen können. Und Danny kenne ich zwar nicht so gut wie dich, aber ich sehe, wenn ein Mensch unter Spannung steht.«

»Er war doch so fröhlich da drinnen«, sagte ich.

Sie schaute mich aufmerksam über den Rand ihrer Brille an. »Willst du mir nicht erzählen, was eigentlich los ist?«

»Du weißt ja, wie es anfing – wir hatten ein kleines Techtelmechtel in Italien. Das Ende der Geschichte ist, dass ich keine Bindung mit ihm eingehen will.«

»Du hast da wohl eine Menge in der Mitte ausgelassen. Ich denke, dir liegt viel mehr an ihm, als du zugeben willst. Im Moment fehlt mir die Zeit, um mit dir darüber zu reden. Ich muss hoch in die Maske. Gehen wir doch zusammen zum Mittagessen, wenn ich meinen Begleittext gesprochen habe.«

»Gern.«

»Nimmst du jetzt ein paar Muffins?«

»Nein. Ich habe wirklich keinen Hunger.«

Wir gingen wieder und unterwegs musste ich daran denken, was mein Vater einmal gesagt hatte, nämlich, dass man vor lauter Verliebtheit den Appetit verlieren kann. Falls dies tatsächlich der Grund war, ging es einem dabei aber gar nicht gut.

Als die Kameras liefen, fingen sie ein, wie prächtig Sally und Danny sich verstanden. Sie legte ihm den Arm um die Schulter und verkündete, wie sehr sie sich freue, ihren guten Freund Danny O'Shea im Studio zu haben. Dann erzählte sie dem Publikum, dass sie eine wunderbar altmodische, klassische Eis-Baiser-Torte zubereiten würden, Baked Alaska.

»Zuerst müssen Sie die Baisermasse machen, die genau richtig geschlagen sein muss.« Die Kamera fuhr näher. »Wir haben hier das Eiweiß von sechs Eiern, extrafeinen Zucker und Vanilleextrakt, und dazu ein bisschen Weinstein, um die Masse stabiler zu machen. Sind wir so weit, Danny?«

»Noch nicht ganz.« Danny ließ die Küchenmaschine noch ein paar Sekunden laufen. »Jetzt ist sie richtig.« Er nahm die Schüssel mit der Baisermasse heraus und hielt sie Sally zur Begutachtung hin.

»Schön steif, aber nicht zu fest«, kommentierte sie. »Aber wir gehen lieber auf Nummer sicher.« Mit diesen Worten legte sie ein ganzes Hühnerei auf die Masse und erklärte den Zuschauern, es solle im Idealfall knapp drei Zentimeter einsinken. »Perfekt. Jetzt setzen wir die Eistorte zusammen.«

Sally pinselte mit Rum aromatisierten Zuckersirup auf den Biskuitboden, während Danny den Zuschauern den Vorgang erklärte; dann stürzte Danny das Speiseeis aus der Schüssel auf den Kuchenboden, und Sally zog die Plastikfolie weg, mit der die Schüssel ausgekleidet gewesen war. Dann füllten beide ihre Spritzbeutel und verteilten gemeinsam die Baisermasse in Spiralen auf dem Eis. Sally strahlte Danny an und riet den Zuschauern, nach Möglichkeit immer gemeinsam mit einem Freund zu kochen. »Da macht das Kochen gleich doppelt Spaß.«

Danny bestäubte die Torte mit Puderzucker, langte dann unter den Tresen und holte einen Bunsenbrenner hervor. Sally beäugte kritisch das Gerät, machte »Ha!« und holte einen Bunsenbrenner ans Tageslicht, der zweimal so groß war.

»Ihrer kommt mir sehr klein vor. Erfüllt er seinen Zweck?«, fragte sie Danny mit einem anzüglichen Grinsen.

»Wir werden sehen«, erwiderte er, und zusammen verliehen sie der Baisermasse eine schöne braune Oberfläche.

Als die Sendung zu Ende war, machte der Fotograf von *People* seine Aufnahmen von Danny und Sally und einer Baked Alaska, die sich bereits in einen schmelzenden Eisberg zu verwandeln drohte. Mae und Sonya wollten sich diesen Spaß nicht entgehen lassen und blieben noch eine Weile, während ich zurück in die Küche ging, um den Tonys beim Aufräumen zu helfen. Der Kuchen würde ihnen gehören, sagte ich, sobald der Fotograf mit seiner Arbeit fertig sei.

Zehn Minuten später kam Danny in die Küche. Ich fegte den Boden.

»He, Tony und Tony«, sagte er. »Draußen auf dem Set steht eine Eistorte, die gegessen werden muss. Schnappt sie euch, ehe sie völlig geschmolzen ist.«

Die Tonys schauten mich an, ob ich einverstanden war.

»Geht schon«, sagte ich.

Sobald die beiden draußen waren, schloss Danny die Tür. Er nahm mir den Besen aus der Hand und lehnte ihn gegen die Wand.

»Okay, Casey. Es waren etwa dreitausend Meilen und acht Tage nötig, bis sich mein irisches Temperament etwas abgekühlt hatte, aber jetzt bin ich ruhiger und ich will mit dir reden.«

Das Herz klopfte mir bis zum Hals, und ich hoffte und betete, dass er mir etwas Positives zu sagen hatte. Schlechte Nachrichten auf nüchternen Magen sind wirklich übel.

»Du hast mich nicht nur wütend gemacht, Casey. Du hast mir wehgetan.«

Mir wurde flau in meinem leeren Magen. »Dir wehgetan? Inwiefern habe ich dir wehgetan?«

»Du hast mich benützt, um in Italien eine schöne Zeit zu haben – ein kurzes Wälzen im Stroh, sozusagen. Dann, am Flughafen, hast du mich regelrecht abserviert, hast mir zu verstehen gegeben, dass ich nur ein kurzer Zeitvertreib für dich war.«

Ich richtete mich kerzengerade auf. »Moment mal. Du hast das völlig falsch verstanden. Das, was du da sagst, stimmt überhaupt nicht. Das hab ich doch gar nicht getan.«

»Ach, tatsächlich?« Er schaute mich finster an, seine Augen waren nicht mehr blau, sondern eher von der Farbe aufgewühlter Meereswogen. »Hättest du dann vielleicht die Güte, mir zu erklären, *was* du getan hast?«

Eine Zeit lang brachte ich kein Wort heraus, denn es dämmerte mir, dass es in seinen Augen genau so ausgesehen haben musste. Ich war diejenige gewesen, die in Italien auf ihn zugegangen war, nachdem ich ihn in New York mehrere Male hatte abblitzen lassen. Nach Florenz verhielt ich mich so, als würde es zwischen uns prima laufen, und dann in Mailand zeigte ich ihm plötzlich die kalte Schulter.

Ich schuldete ihm eine Erklärung, deshalb brachte ich das Foto von Kim zur Sprache und was ich davon hielt. Denn meiner Meinung nach würde ein Mann nicht mit dem Foto einer halbnackten Frau im Reisegepäck herumfahren, wenn es sich nur um eine Bekannte handeln würde.

»Ich bin einfach nicht für Beziehungen geschaffen, die nicht monogam sind, Danny. Ich hätte dir das schon am Flughafen erklären sollen, aber ich dachte wohl, es würde dich gar nicht interessieren.«

Selbst diese Erklärung verscheuchte nicht das Sturmtief in Dannys Augen. »Dieses Foto befand sich in meinem Rucksack, weil es an dem Tag mit der Post kam, an dem ich Irland verließ, um nach Florenz zu deiner Geburtstagsfeier zu fliegen. Ich habe im Flugzeug meine Post durchgesehen und sie dann in meinen Rucksack gelegt. Sie liegt immer noch dort. Kim war im Urlaub und hat an alle, die sie kannte, das gleiche Foto geschickt. Es hängt auch an der Wand in unserer Restaurantküche.«

»Willst du damit sagen, dass Kim dir nichts bedeutet?«

»Nein, das will ich nicht. Kim bedeutet mir sehr viel. Sie arbeitet von Anfang an in meinem Restaurant und ist für mich sehr wichtig. Sie sorgt dafür, dass all diese jungen Geschäftsmänner Tag für Tag zum Mittagessen wiederkommen. Aber ich habe kein *Verhältnis* mit ihr und habe auch nie eins gehabt.

Außerdem will ich eins klarstellen, Casey, ich spiele nicht herum. Klar, hier und da ein Flirt, aber das gehört eben zu meinem irischen Naturell. Ich habe gar nicht die Zeit, mich herumzutreiben. Ich stehe von früh bis spät im Restaurant, und zwar sieben Tage die Woche. Und ich gehöre zu denen, die ihrer Freundin treu sind. Meine vergangenen Beziehungen, alle beide, waren lang und monogam.«

»Das wusste ich nicht«, brachte ich kleinlaut heraus.

»Du hast auch nie gefragt. Aber selbst wenn du gefragt hättest, bezweifle ich, ob du mir geglaubt hättest.«

Er hatte recht. Ich hätte ihm nicht geglaubt. *Alles*, was er sagte, war wahr. Es sah in der Tat so aus, als hätte ich ihn benützt und dann weggeworfen, jedenfalls hatte er es wohl so aufgefasst – aber nur, weil ich ihm etwas bedeutete. Dass dies der Fall war, hatte er mir auf vielerlei Weise zu verstehen gegeben. Doch ich hatte es nicht zu schätzen gewusst. Ich fühlte mich absolut schlecht, und mir fiel rein gar nichts ein, was ich zu meiner Verteidigung hätte vorbringen können. Deshalb übernahmen meine Gefühle, die ich ja ohnehin nur schlecht verbergen kann, die Führung, und ich fing zu weinen an.

»Oh mein Gott«, sagte er. »Tu das nicht. Das ist unfair.«

»Ich hab dich nicht benützt, Danny. Ich habe die Zeit mit dir sehr genossen. Ich wollte mit dir zusammen sein.« Und dann entschloss ich mich zu einem wirklich mutigen Schritt und schaute ihm direkt in die Augen. »Ich will mit dir zusammen sein.«

Im Nu verzog sich der Sturm, und Danny hob die Hand und wischte mir die Tränen aus dem Gesicht.

»Okay, Entschuldigung angenommen.« Er stand mit dem Rücken zu unserem Romeotisch, und so war es für ihn ein Leichtes, die Hände nach hinten auf die Platte zu legen und sich hochzustemmen. Als er dann auf dem Tisch saß, streckte er schnell die Beine aus, schlang sie um meine Taille und zog mich näher. Er hielt mich mit seinen Beinen fest und legte mir die Hände auf die Schultern.

»Weißt du, was ich denke?«, sagte er. »Du wolltest in mir unbedingt diese Wiesenwühlmaus sehen, weil du dich gleich bei unserer ersten Begegnung zu mir hingezogen fühltest und mit dieser Situation nicht umgehen konntest.«

»Oh, wie arrogant von dir.« Ich wollte zurückweichen, doch seine Beine schlossen sich noch fester um meinen Körper.

»Das ist es. Ganz bestimmt. Ich fühlte mich ja auch von der ersten Minute an zu dir hingezogen. Als ich dich das erste Mal sah, wusste ich sofort, dass ich dich wollte. Wie du dastandst in deinem völlig durchnässten, verknitterten Kleid und diese Bemerkung über meinen Hintern losgelassen hast.«

»Also, hör mal, das war eine sündhaft teure Seidenbluse von Chloé.«

Er strich mit seinen Händen über jenen Körperteil, den er damals durch den feuchten Stoff gesehen hatte. »Ich weiß nicht, wie das gute Stück aussieht, wenn der Stoff trocken ist, aber nass ist es jedenfalls unbedingt sein Geld wert.«

Ich schaute zur Tür. »Du bist dir hoffentlich dessen bewusst, dass wir uns in einem Fernsehstudio befinden, wo es ganz viele Menschen gibt, von denen jederzeit einer zur Tür hereinschneien kann.«

»Sally hält Wache. Ich habe sie gebeten, niemanden reinzulassen, bis ich damit fertig bin, dich zu erwürgen.«

»Und sie war damit einverstanden?«

»Ja. Sie hat gesagt, sie würde dich selber in die Mangel nehmen, wenn du es nach unserer kleinen Aussprache immer noch nicht begriffen haben solltest.«

Ich musste schmunzeln. Sally, die Kupplerin. »Sie findet wohl auch, dass ich mich wie eine Närrin benommen habe?«

»Ehrlich, die ganze Truppe hat sich auf meine Seite geschlagen. Die Tonys haben zwar am Anfang noch ein paar Zicken gemacht, aber sobald Mae für mich Partei ergriffen hatte, sind sie zu mir übergelaufen. Sally hat zu deiner Verteidigung vorgebracht, dass du nicht zuletzt wegen diesem Benehmen so sympathisch bist.« Ich lehnte mich an ihn, und er schlang seine Arme und Beine um mich und küsste meinen Hals. »Du hast ja keine Ahnung, wie sehr es mir gefehlt hat, dich zu berühren, obwohl ich so eine Stinkwut auf dich hatte.« Plötzlich hielt er inne und schnupperte. »Hmm. Rieche ich da etwa Mimose?«

»Mm-hmm.«

Danny glitt vom Tisch und küsste die Spitze des V-Ausschnitts meines T-Shirts. »Welche Stellen noch?«, fragte er und schob das V ein wenig zur Seite.

»Keine, die ich dir hier zeigen könnte.«

»Ich hab dir doch gesagt, dass niemand reinkommen wird. Außerdem, heißt dieser Tisch nicht deswegen bei euch ›Romeo‹?«

»Nicht unbedingt«, lachte ich, hob die Hand und fuhr mit den Fingern durch sein Haar. »Außerdem gibt es bessere Orte als diese Küche hier, um Mimosenduft zu schnuppern.«

»Da hast du recht. Bei mir. Heute Abend.« Er lächelte. »Einverstanden?«

»Einverstanden.«

»Und morgen Abend? Und übermorgen Abend? Und ...«

Statt einer Antwort legte ich die Arme um seinen Hals und küsste ihn, während es laut und deutlich in meinem Kopf hallte: *When Irish eyes are smiling.*

»Ich fasse das als Ja auf«, sagte er. »Okay. Jetzt können wir die Tür wieder aufmachen. Aber langsam. Ich schätze, mindestens sechs Leute lehnen sich dagegen, um zu hören, ob ich das schaffe, was ich mir vorgenommen habe.«

»Und das wäre?«

»Dich zu überzeugen, dass ich eine Präriewühlmaus sein will.«

DIE REZEPTE

Mrs. Costellos Cannoli

Die kleinen Teigovale für die Gebäckrollen kann man schon einige Tage im Voraus zubereiten und im Kühlschrank lagern. Tiefgefroren halten sie sich mehrere Monate. Man kann sie außerdem bereits mehrere Stunden vor dem Füllen in Öl ausbacken, füllen sollte man sie aber erst kurz vor dem Servieren, weil sie sonst durchweichen und unansehnlich werden.

Ausrüstung: Röhrchenformen aus Metall, ähnlich wie für Schaumrollen

Ergibt 10 Cannoli

Für die Teigrollen

1½ Tassen Mehl
1 EL Zucker
1 Prise Salz
2 EL zimmerwarme Butter
etwa 3 EL Marsala oder süßen oder trockenen Weißwein
1 Eiweiß, leicht verschlagen
1½ l Pflanzenöl zum Frittieren

Für die Füllung

450 g Ricotta aus Schaf- oder Kuhmilch
(in einem mit einem Mulltuch ausgelegten Sieb 1 Stunde abtropfen lassen)
½ Tasse extrafeiner Zucker
1 TL Vanillezucker

¼ Tasse fein gewürfeltes Orangeat
70 g Schokoladenstreusel
Puderzucker zum Bestäuben

Für die Teigrollen Mehl, Zucker und Salz in einer Schüssel vermischen. Die Butter in Flöckchen untermengen, bis die Mischung die Konsistenz von Streuseln annimmt. So viel Marsala oder anderen Wein zugeben, dass alle Zutaten zu einer homogenen Masse verarbeitet werden können. Die Masse auf eine Arbeitsfläche geben und 7 bis 10 Minuten kneten, bis ein geschmeidiger Teig entsteht. In Klarsichtfolie wickeln und mindestens 1 Stunde kühl stellen.

Das Pflanzenöl in einem hohen Topf auf 170 °C erhitzen.

Den Teig auf einer bemehlten Fläche etwa 2 mm dick ausrollen (entweder von Hand mit einem Nudelholz oder indem Sie den Teig in Stücke teilen und durch die Nudelmaschine drehen). Aus dem Teig Kreise von etwa 10 cm Durchmesser ausstechen und die Teigkreise zu Ovalen ausrollen. Die Metallformen mit Öl einpinseln und jeweils ein Teigoval leicht überlappend um eine Form wickeln. Die Nahtstellen mit Eiweiß bepinseln und zusammenkleben. Den Teig an den beiden offenen Enden der Form etwas weiten.

Jeweils zwei bis drei Rollen in das heiße Öl geben und 2 bis 3 Minuten ausbacken, bis sie eine goldgelbe Farbe angenommen haben. Mit einem Schaumlöffel herausnehmen und auf Küchenpapier abtropfen lassen.
Kurz auskühlen lassen und dann die Rollen vorsichtig von den Formen streifen. Vor dem Füllen gut auskühlen lassen.

Für die Füllung das Mulltuch aus dem Sieb entfernen und den Ricotta durch das Sieb in eine saubere Schüssel drücken. Zucker, Vanillezucker, Orangeat und Schokoladenstreusel untermischen. Die Masse mit einem Spritzbeutel mit großer Lochtülle in beide Öffnungen der Rollen füllen. Mit Puderzucker bestäuben und servieren.

Die Fleischsauce der Familie Conti

Die Amerikaner italienischer Abstammung bezeichnen diese Sauce als *gravy*; die Italiener in Italien nennen sie *ragù*. Beide sind sich einig, dass dieses Gericht aus der italienischen Küche nicht wegzudenken ist. Es gibt dafür so viele verschiedene Rezepte wie Städte in Italien, aber sobald Sie einmal Ihre eigene Version lieb gewonnen haben, werden Ihnen alle anderen auf ewig unzulänglich vorkommen.

Ergibt etwa einen Liter Sauce

Circa 1 kg preiswertes Schweinefleisch mit Knochen (etwa vom Hals oder von der Schulter)
Circa 500 g preiswertes Rindfleisch
¼ Tasse kaltgepresstes Olivenöl
1 mittelgroße Zwiebel, grob zerkleinert

3½ große Dosen Tomaten mit Saft (zu je 800 g Nettogewicht, zusammen etwa 12 Tassen)
Salz und frisch gemahlener schwarzer Pfeffer
Braciole (nach Belieben; siehe nachfolgendes Rezept)
Fleischbällchen (siehe nachfolgendes Rezept)

Schweinefleisch und Rindfleisch waschen, trockentupfen und in etwa 10 cm große Würfel schneiden. In einem hohen Schmortopf das Öl erhitzen und die Zwiebel glasig dünsten. Die Zwiebel an den Rand schieben und nach und nach die Fleischstücke von allen Seiten anbraten.
Die Tomaten durch ein Sieb drücken, um die Kerne zu entfernen, und zu dem Fleisch in den Topf geben. Mit Salz und Pfeffer würzen und zum Kochen bringen. Bei starker Hitze 15 Minuten kochen, dann die Hitze reduzieren und mit halb geschlossenem Deckel 2½ Stunden garen, dabei gelegentlich umrühren. Wenn die Sauce zu dicklich wird, immer wieder eine kleine Menge heißes Wasser nachgießen. Nach 1 Stunde Garzeit eventuell die *braciole* dazugeben. 45 Minuten vor Ende der Garzeit die Fleischbällchen zugeben. Das Fleisch aus der Sauce nehmen, die Sauce zu Pasta servieren und die Fleischspeisen getrennt servieren.

Braciole

Genau genommen handelt es sich um *braciolini*, kleine Fleischröllchen. Normalerweise bereitet man diese Speise als eine einzige große Roulade zu, aber die kleinen Röllchen lassen sich leichter servieren.

Für 6–8 Personen

3 Scheiben Rindfleisch aus der Oberschale
(je ½ cm dick, zusammen etwa 700 g)
225 g Schinken
½ Tasse frisch geriebene Semmelbrösel
½ Tasse frisch geriebener Parmesankäse
Salz und frisch gemahlener schwarzer Pfeffer
½ Tasse fein gehackte Petersilie
Olivenöl zum Braten

Die Fleischscheiben in Stücke von etwa 7x10 cm schneiden und jedes Stück klopfen, bis es 2 bis 3 mm dünn ist. Auf jede Fleischscheibe eine Scheibe Schinken legen.

Semmelbrösel, Parmesankäse, Salz, Pfeffer und Petersilie vermischen und die Mischung auf die Fleischscheiben verteilen, dabei einen schmalen Rand von etwa einem ½ cm lassen. Die Scheiben aufrollen und mit Zahnstochern befestigen oder mit Küchengarn zusammenbinden. Das Öl in einer Bratpfanne erhitzen und die *braciole* von allen Seiten gut anbräunen. Die Röllchen in die Fleischsauce geben und fertig garen.

Fleischbällchen

Für 6–8 Personen

450 g Rinderhackfleisch
4 große Eier, verschlagen
1 Tasse frisch geriebene Semmelbrösel
¼ Tasse frisch geriebener Parmesankäse
Salz und Pfeffer
⅓ Tasse dunkle Rosinen (nach Belieben)

Alle Zutaten in eine Schüssel geben und gut vermengen. Mit feuchten Händen Bällchen von etwa 4 cm Durchmesser formen. Fleischbällchen in die köchelnde Fleischsauce geben und garen.

Nonna Contis überbackene Auberginen

Dieses Gericht erscheint Ihnen zu simpel? Genau darin liegt seine Schönheit. Die Aubergine ist der Star dieser Speise, weil keine anderen aufdringlichen Aromen ihr die Schau stehlen können.

Für 6–8 Personen

1 mittelgroße Aubergine (etwa 600 g)
Salz und frisch gemahlener schwarzer Pfeffer
4 große Eier
Olivenöl zum Braten
1½ Tassen Marinara-Sauce (siehe nachfolgendes Rezept)
¼ Tasse frisch geriebener Parmesankäse

Die Aubergine schälen und in papierdünne Scheiben schneiden. Die Scheiben schichtweise in einen Durchschlag legen, jede Schicht salzen und auf die oberste Schicht zuerst Küchenkrepp und dann einen Teller legen. Den Teller mit einer Dose Tomaten beschweren und die Aubergine etwa 1 Stunde Saft ziehen lassen, dann abspülen und trockentupfen.

Backofen auf 200 °C vorheizen.

Die Eier in einer flachen Schüssel oder Auflaufform verschlagen und salzen und pfeffern. In eine Bratpfanne von 25–28 cm Durchmesser Olivenöl etwa einen ½ cm hoch einfüllen und auf mittlerer Flamme erhitzen. Die Auberginenscheiben durch die verschlagenen Eier ziehen und kurz abtropfen lassen, dann portionsweise in der Pfanne auf beiden Seiten goldbraun braten und auf Küchenpapier abtropfen lassen. Darauf achten, dass die dünnen Auberginenscheiben nicht verbrennen.

Auberginenscheiben abwechselnd mit der Sauce in eine flache Auflaufform schichten und mit einer Schicht Sauce abschließen. Den Käse gleichmäßig auf der Sauce verteilen und das Gericht im Rohr 10 Minuten backen. Heiß oder zimmerwarm servieren.

Marinara-Sauce

Ergibt etwa 1½ Tassen

3 EL kaltgepresstes Olivenöl
2 große Knoblauchzehen, geschält und in dünne Scheiben geschnitten
1 Prise Chilipulver oder ¼ TL Paprikapulver
1 große Dose Tomaten mit Saft (800 g), zerkleinert
Salz
etwa ¼ Tasse frische Basilikumblätter, grob zerkleinert

In einer Kasserolle oder Bratpfanne bei mittlerer Hitze das Öl erhitzen und den Knoblauch weichdünsten, ohne dass er braun wird. Chili oder Paprika unterrühren und nach 15 Sekunden die Tomaten mit Saft zugeben. Zum Kochen bringen, dann die Hitze reduzieren, mit Salz und Basilikum würzen und etwa 20 Minuten bei schwacher Hitze garen, bis die Sauce leicht dicklich wird.

Sal Vitos Pasta mit Blumenkohl

Dieses Gericht schreit geradezu nach einer ziemlichen Menge Knoblauch, aber Sie können die Menge nach Belieben reduzieren.

Für 6 Personen

1 großer Blumenkohl (knapp 1 kg)
1/2 Tasse kaltgepresstes Olivenöl
5 große Knoblauchzehen, fein gehackt
1/4 bis 1/2 TL Chiliflocken, ersatzweise getrocknete Chilischoten, zerkleinert
450 g Penne oder ähnliche Nudeln
6 Anchovisfilets, abgespült, trockengetupft und fein gehackt (nach Belieben)
Salz
Frisch geriebener Pecorino-Käse oder in Olivenöl gebräunte Semmelbrösel

Von dem Blumenkohl die Blätter und den Strunk entfernen. Den Kopf in etwa 8 cm große Röschen teilen und in kaltem Wasser waschen. Die Röschen in kochendes Salzwasser geben und 5 Minuten kochen. Mit der Schaumkelle herausnehmen, abtropfen lassen und sehr fein hacken. Das Kochwasser aufbewahren und auf dem Herd warm halten.

In einem großen flachen Schmortopf das Olivenöl erhitzen, Knoblauch und Chili zugeben und bei schwacher Hitze braten, bis der Knoblauch eine goldbraune Farbe angenommen hat. In der Zwischenzeit das Kochwasser vom Blumenkohl erneut zum Kochen bringen und die Nudeln hineingeben. Gegebenenfalls die Anchovisfilets in den Topf zu dem Knoblauch geben und 1 Minute mitbraten. Den Blumenkohl zu dem Knoblauch in den Schmortopf geben und alles gut miteinander verrühren. Mit Salz abschmecken und 3–4 Minuten garen, bis der Blumenkohl wieder heiß ist. Die Nudeln abgießen, in eine vorgewärmte Schüssel geben, den Blumenkohl untermischen und mit dem Käse oder den Semmelbröseln bestreuen.

Michaelas Panzanella

Panzanella ist der perfekte Salat für den Sommer. Sie können ihn als eigenständiges Mittagessen servieren oder auch als Beilage zu kaltem Huhn oder gegrilltem Fleisch oder Fisch.

Für 6 Personen

450 g altbackenes kräftiges italienisches Weißbrot, vorzugsweise Vollkorn
2 mittelgroße rote Zwiebeln, gepellt und in dünne Scheiben geschnitten
3 mittelgroße Knoblauchzehen, gehackt (nach Belieben)
Salz und frisch gemahlener schwarzer Pfeffer
4 große, vollreife Tomaten, in unregelmäßige große Stücke geschnitten
½ Tasse frische Basilikumblätter, grob zerkleinert
½ Tasse sehr hochwertiges kaltgepresstes Olivenöl
2 EL Rotweinessig

Das Brot in große Stücke schneiden und in eine Schüssel geben. Mit sehr kaltem Wasser bedecken und ½ Stunde einweichen. Die Zwiebelscheiben in eine kleinere Schüssel geben, mit kaltem Wasser bedecken und ½ Stunde einweichen, dabei das Wasser mindestens einmal wechseln. Dadurch verlieren die Zwiebeln an Schärfe.

Das Brot abtropfen lassen, gründlich ausdrücken und in eine Schüssel krümeln, in der der Salat anschließend serviert werden kann. Mit einer Gabel Knoblauch, Salz und Pfeffer mit dem Brot vermengen. Die Zwiebeln abtropfen lassen und auf das Brot legen. Die Tomaten mit Salz, Pfeffer und Basilikum vermischen und auf die Zwiebeln verteilen. Mit Klarsichtfolie abdecken und mindestens eine Stunde im Kühlschrank durchziehen lassen.

Olivenöl und Essig zugeben und den Salat gründlich durchmischen. Nach Belieben mit ganzen Basilikumblättern dekorieren.

Gino Baffonis Ragù alla bolognese

Eine Sauce bolognese ist nicht so flüssig wie die Tomatensaucen, die hier beschrieben werden. Sie wird zu einer dicken, kräftigen Sauce eingekocht, die gut oben auf den Nudeln liegen bleibt. Die beste Begleitung für die Bolognese sind Spaghetti.

Ergibt etwa 6 Tassen Sauce

3 EL Butter
1 EL kaltgepresstes Olivenöl
1 mittelgroße Zwiebel, gehackt (etwa 1 Tasse)
3 große Knoblauchzehen, gehackt
1 kleine Karotte, gehackt (etwa 1/4 Tasse)
1 Stange Bleichsellerie, gehackt (etwa 1/2 Tasse)
Salz und frisch gemahlener schwarzer Pfeffer
450 g fein gehacktes Rindfleisch zum Braten oder
450 g Rinderhackfleisch
1/2 Tasse Milch
1 1/4 große Dosen Tomaten mit Saft
(1000 g, beziehungsweise etwa 4 Tassen), zerkleinert
3/4 Tasse Rotwein
1 Tasse Rinderbrühe
3 EL süße Sahne (nach Belieben)

In einem breiten Schmortopf (28–30 cm Durchmesser) die Butter in dem Olivenöl bei mittlerer Hitze schmelzen. Zwiebel, Knoblauch, Karotte und Sellerie unterrühren, mit Salz und Pfeffer würzen und das Gemüse bei schwacher

Hitze etwa 15 Minuten schmoren. Die Hitze etwas erhöhen und das Fleisch in den Topf krümeln. Das Fleisch anbraten und dabei in kleine Stücke zerteilen, bis es eine graue Farbe angenommen hat. Salzen, die Milch zugießen und bei starker Hitze einkochen lassen. Tomaten, Wein und Brühe zugeben und einmal aufkochen, dann die Hitze reduzieren und die Sauce 2½–3 Stunden köcheln lassen, bis die meiste Flüssigkeit verdampft ist. Nach Belieben die Sahne in die fertig gegarte Sauce einrühren und leicht einkochen lassen.

Anna Marias Tagliatelle di Parma

Frische Erbsen und/oder Stangenspargel passen herrlich zu diesem Pastagericht. Sie müssen nur das Gemüse vorher blanchieren und den Spargel in mundgerechte Stücke schneiden. Dann schmoren Sie das Gemüse zusammen mit dem Schinken und gehen ansonsten wie in dem nachfolgenden Rezept beschrieben vor.

Für 6 Personen
6 EL Butter
100 g Schinken, in schmale Streifen geschnitten
2 Tassen süße Sahne
Salz und frisch gemahlener schwarzer Pfeffer
1 Prise gemahlene Muskatnuss

3 EL Tomatenmark oder Marinara-Sauce (siehe Rezept oben)
600 g Tagliatelle (selbst gemacht oder fertig gekauft)
frisch geriebener Parmesankäse

In einem breiten Schmortopf die Butter bei mittlerer Hitze schmelzen und den Schinken unterrühren. 3 Minuten schmoren, dann die Sahne einrühren und die Temperatur höher schalten. Die Sahne unter häufigem Rühren um die Hälfte einkochen lassen, mit Salz, Pfeffer und Muskat würzen. Tomatenmark beziehungsweise Tomatensauce einrühren und 1–2 Minuten garen, damit sich die verschiedenen Aromen vermischen. Die Sauce in einer vorgewärmten Schüssel mit den fertig gegarten Nudeln vermischen und großzügig mit Käse bestreuen.